ダークホースの罠

Trap of the dark horse
Izumi Tanizaki
Illustration : yoco

谷崎　泉

CHARADE BOOKS

yoco

Illustration

yoco

contents

CHAPTER1

今夜こそ携帯の電源を切って寝よう。常にそういう思いを抱いてはいるのだが、実行できた例《ため》しはない。それどころか、後生大事に携帯を枕元《まくらもと》に置いて眠るのが癖になってしまっている。

「………」

ピピピと着信音が鳴り始めたのに気づいてはいたが、あまりにも深く眠っていたため、すぐには出られなかった。それも仕方のない話だ。胡桃英人《くるみひでと》はこの十日余り、並べたパイプ椅子《いす》の上で仮眠を取るのがせいぜいの暮らしを送っていた。久方ぶりに戻った自宅で、ようやくベッドで寝られる喜びを満喫していたところだったのだ。

重い腕を動かし、音のする方を探る。ごそごそと探し当てた携帯を、胡桃は目を閉じたまま耳につけ、「はい」と返事をした。

相手の予想はついていたものの、実際声を耳にするとうんざりする。

『寝てたか？』

「……」

わかっているくせにしれっと聞いてくる相手に聞こえるような溜《た》め息《いき》をつき、寝返りを打つ。ベッドの横にあるサイドテーブルに手を伸ばし、置いてあった煙草《たばこ》を取ると、それを咥《くわ》えながら「わかってますよね？」と掠《かす》れた声で確認した。

「俺、家に帰ってきたの、十日ぶりですよ？」

『わかってるさ。俺だってできるなら、こんな時間からお前の不機嫌な声を聞きたくない』

相手がこんな時間と言うのを聞き、胡桃は煙草の先にライターの火を近づけながら、サイドテーブルの上に目をやる。灰皿の向こうにあるデジタル式の目覚まし時計が、「3：23」という数字を表示していた。

つまり、午前三時二十三分ということか。帰ってきて風呂に入り、ベッドに倒れ込んだのが一時過ぎ。安穏と寝ていられたのは二時間余り。それをラッキーと捉《とら》えられるような余裕は胡桃にはまったく残っていない。

「他に回してください」

『出払ってるんだよ』

仕方ないじゃないか…と困ったように言う相手に、まだもグチグチ言いたい気分だったが、自分以上に根を詰めて働いているのは知っている。正しく「仕方ない」か。吸い込んだ煙を盛大に吐き出し、「どこですか？」と胡桃は聞いた。

『新小岩《しんこいわ》の…駅から徒歩五分ほどのマンションだ。男が死んでるという通報があって、近隣の交番から確認に行かせたら、その部屋の住人らしき男の遺体が発見された。現場には機捜《きそう》が到着してるはずだ。お前のとこから近いだろう？』

「…十五分ほどですか」

『俺の方はあと三十分はかかりそうだ。すまんが、頼む』

お愛想のように頼むとつけ加え、続けて現場の住所を読み上げる。胡桃はそれを暗記してしまうと、電話してきた相手…上司である南野《なんの》に、「ところで」と切り出した。

「うちの増員ってどうなったんですか？　ちゃんとかけ合ってくれてるんでしょうね？」

『やってるやってる』

「……」

軽い調子で二度繰り返すところからして、絶対に怪しい。胡桃は南野に聞こえるよう、舌打ちをして一方的に通話を切った。まったく、当てにならない。八つ当たりみたいに鼻から煙草の煙を吐き、切ったばかりの携帯で電話をかける。

今度は自分が文句を言われる番だが、聞きたくないから用件だけで済まそう。腹の中でそう決めて、顰《しか》めっ面で立ち上がり、クロゼットのドアにかけてあるシャツを取る。それに腕を通し、ボタンを嵌《は》めかけたところで呼び出し音が途切れた。

さっきの自分と同じく、寝ぼけた声で「はい」と返事する相手に聞いたばかりの住所を伝える。

「殺しだ。新小岩２－３４………、エスペランサ新小岩３０２号室」

『えっ…主任？』

「碓氷《うすい》と笹井《ささい》さんにも連絡頼む」

ちょっと待ってください…と引き留めかける相手を無視し、胡桃は通話を切る。かけ直してきたら、「仕方ないだろう」と南野から向けられた台詞《せりふ》を引用して済ませようと考えていたが、携帯が鳴ることはなかった。

ということは、自分に対する怨念《おんねん》をふつふつ滾《たぎ》らせながら、指示に従っているのだろう。呪《のろ》いのわら人形でも作られていそうだと渋い気分で思い、胡桃は短くなった煙草を灰皿に押しつけた。

数時間という短い滞在だったが、風呂には入れたし、着替えも済ませられた。それだけでもマシだと思うことにして、胡桃は顰めっ面で玄関を出て、カンカンと高い音を響かせながら鉄製の階段を足早に下りる。胡桃が暮らしているのは倉庫の二階にあった事務所部分を改築した部屋で、男の一人暮らしには十分すぎるほどの広さがある。

近辺も似たような倉庫物件ばかりで、住居として暮らしている人間はほとんどいない。そのお陰で近所づき合いがいらないのが、不規則な生活を送る胡桃にとってはありがたかった。夜明け前、人気《ひとけ》のない道を歩き、車通りの多い幹線道路まで出た胡桃は、タクシーを探しながら歩いた。しばらくして目当ての車を見つけ、大きく手を挙げる。運よく停《と》まってくれたタクシーに乗り込み、「新小岩まで」と告げる。

南野にも言われた通り、胡桃の暮らす清澄白河《きよすみしらかわ》から新小岩までは比較的近い。殺人事件として捜査本部が設けられるなら、江戸川《えどがわ》署あたりだろうなと考えながら、まだ暗い街並みを眺めた。その横顔にはうんざりを通り越した諦観《ていかん》が滲《にじ》んでいる。

被疑者の供述が二転三転した面倒な事件がようやく片づき、練馬《ねりま》の捜査本部から解放されたのは昨日の午前中のことだ。胡桃だけでなくその部下たちも休みなしで働いていたので、しばらく休むと上司である南野に宣言した。当番制となっている次の在庁番までは三日あり、それまで互いに休息を取ろうと言い合って解散した。

そのまま胡桃も自宅に帰って眠りたかったのだが、細々とした事務仕事が残っており、渋々本庁に出向いた。そこで山積みになっていた仕事を片づけ、ようやく自宅に戻れたのは日付が変わる頃だった。

働きすぎじゃないかと、自分自身に嘆息しつつ、眉間《みけん》に皺《しわ》を刻む。己の現状を憂える胡桃の形相は自然と恐ろしいものになっており、ハンドルを握る運転手は息を潜《ひそ》めて後部座席の様子を窺《うかが》っていた。

微妙な緊張を乗せた車が新小岩近辺に近づくと、胡桃は運転手に指示を出して、南野から聞いた住所へ誘導した。交差点を左折するとすぐにＰＣ《パトカー》が停まっているのが見え、その後ろにつけてくれるよう頼む。

「…そこでいいです」

運転手が緊張を覚えていたのには胡桃も気づいており、支払いを済ませる時にせめてと思って「ありがとうございました」と礼を言ってみたものの、固い表情は変わらなかった。最悪な愛想笑いと揶揄《やゆ》される顔がいけなかったのかと渋く思いながら、車を降りる。

「……」

逃げるように去っていくタクシーを眇《すが》めた目で見る胡桃は、百八十五センチを越える長身の持ち主で、手足が長い。細身に見えても実は鍛えられた身体《からだ》つきをしており、その存在感は人目を惹《ひ》く。仕事柄もあって目つきの悪さは否めないが、整った顔立ちは鑑賞に堪《た》えうるものだ。無精っぽく伸ばした髭《ひげ》がなければ実際の年齢よりも若く見えるだろう。

目立つ背格好と微妙にイケメンなせいもあって、スーツ姿であってもいつもカタギには思われない。運転手が怯《おび》える意味は胡桃自身も理解でき、溜め息をついて目の前の建物を見上げた。エントランス脇《わき》の壁面にあるプレートには「エスペランサ新小岩」という名称が見える。ここだと確認し、誰でも出入りできるエントランスから中へ入った。

入り口を入ってすぐのところに郵便受けがある。五列、八段。四十軒近い世帯が入居可能だと考えられる。それを過ぎると、突き当たりにエレヴェーターがあり、右手には非常口と書かれた鉄製の扉があった。

エレヴェーターの表示は八階まで。単純計算で、一フロアに五部屋。南野から聞いた部屋番号は302で、三階であるのを示していた。胡桃はエレヴェーターではなく、右手のドアを開け、その向こうにあった階段を使って三階まで上がった。

三階に着き、鉄製の扉を押し開けると、真っ直《まっす》ぐ続く外廊下があり、その中ほどの部屋のドアが開け放たれていた。制服姿の若い巡査が玄関前に立ち、部屋の中を窺うように見ている。胡桃の足音を聞いた彼はさっと表情を引き締め、部屋の前にガードするように立ちはだかった。

胡桃は懐から取り出した身分証を提示し、「ご苦労さん」と声をかける。

「機捜は?」

「はい。奥に…」

制服警官が胡桃に答えるのと同時に、部屋の奥から「誰だ?」と尋ねられる。聞き覚えのある声に「胡桃です」と答えながら、相手が出てくるのを待った。間もなくして姿を現した機捜の捜査員は、顔見知りの村越《むらこし》という男で、胡桃を見ておやという表情を浮かべた。

「お前、練馬にいるんじゃなかったのか?」

「昨日、ようやく片がつきまして」

「で、これか。ご苦労なこった」

苦笑を浮かべる村越からこれまでの経緯を聞こうとした時、かつかつという足音が聞こえた。

胡桃が振り返ると、黒いパンツスーツ姿の女が勢いよく廊下を歩いてくるのが見える。セルフレームの眼鏡《めがね》をかけ、長い髪を一つにまとめた生真面目《きまじめ》そうな女は、胡桃の部下である玉置《たまき》だ。

玉置が思いっきり不機嫌そうであるのは胡桃にもわかったのだが、無視するわけにもいかない。ぎこちない愛想笑いで、「早いな」と声をかけたのだが。

「……」

玉置は胡桃とは目も合わせず、村越にだけ、「お疲れ様です」と言って頭を下げる。あからさまな態度の差に、村越は気の毒そうに胡桃を見た。その顔に「お前も大変だな」と書かれているのを見た胡桃は苦笑して、状況の説明を求めた。

村越はポケットから手帳を取り出して開くと、目を微《かす》かに眇めて内容を読み上げる。

「…一報が入ったのは午前二時三十五分。新小岩のエスペランサ新小岩というマンションで男が殺されているというものだった。通報者は名乗らず、電話を切ったが、若い女の声だったそうだ。いたずらの可能性も高かったが、一応、巡回に回っていた交番の巡査を立ち寄らせてみると、通報通り、男の遺体が発見された。巡査がここに到着した時には玄関のドアは開いていて、部屋は無人だったそうだ。その後、連絡を受けた俺たちがここに到着したのは…午前三時二十分過ぎ。…中を見てもらったらわかるが、右奥の部屋に遺体があって…まあ、わかりやすい事件ではあると思う」

肩を竦《すく》めて村越が言うのに、胡桃は小さく鼻を鳴らして「なるほど」と相槌《あいづち》を打つ。その隣で話を聞いていた玉置は、具体的な内容には触れていない会話を怪訝《けげん》に思った様子で、「どういう意味ですか?」と村越に直接尋ねた。

村越は再度肩を竦めて答えようとしたのだが、廊下側から「村越さん」と呼ぶ声に阻まれた。

「悪いな。さっき緊急の応援要請があって、すぐに行かなきゃいけないんだ」

「大丈夫ですから行ってください。何かあったらまた連絡します」

「頼む」

胡桃の肩をぽんと叩《たた》き、村越は呼びにきた相手と足早に現場を出ていく。説明してもらえなかった玉置がその後ろ姿を不満げに見ているのを、胡桃は「仕方ないだろ」と言って窘《たしな》めた。

そんな胡桃を玉置は目つきを鋭くして、睨《にら》むように見返した。

「主任はなんでも仕方ないで済まそうとしますが、仕方ないで済んだら警察はいりません」

「小学生か」

「仕方ないで済まないことの方が多いって言いたいんです」

「仕方ないで済まそうとしてるのは俺じゃない。係長だ」

「だとしても、それを下の私たちに押しつけず、なんとかしてくれるのが主任の役目じゃないですか」

「……」

俺だって好きで主任なんかをやってるわけじゃない…という言葉が口を突きそうになったが、堂々巡りなのはわかってる。大きな溜め息だけで済まし、胡桃は靴カバーをくれと玉置に手を出した。玉置は肩にかけていた鞄《かばん》から取り出したカバーを、渋々胡桃に渡す。

「自分で用意してください」

「忘れてたんだ。いいじゃないか。お前はいつも持ち歩いてる鞄の中に入れてるんだから。男の俺はそういうわけにはいかないんだよ」

「セクハラです」

「…なんで?」

「女はいつも鞄を持ち歩いているもの、という考えは男性主体のものであり、女性の役割を決めつけているとも取れる発言は、性別蔑視《べっし》的な見解に基づいたものであり、性別蔑視発言はセクハラに繋《つな》がります」

「……」

とうとうと持論を展開する玉置の相手をするつもりはなく、胡桃は無視して受け取った靴カバーを淡々と装着した。とっくに慣れてはいるが、玉置の無茶な持論を夜の明けきっていない早朝から、現場で聞かされるのはきつい。

警視庁捜査一課で、強行犯捜査を担当する四係の主任という立場にある胡桃には、三人の部下がいる。捜査を行う上で最小単位としてある班は、主任とその下に四、五名の捜査員という人数構成であるのが常だが、胡桃には三人しか部下がいない。しかも、その三名全員が微妙に問題を抱えているという、厳しい状況下で胡桃は職務の遂行を求められていた。

玉置は胡桃班の紅一点で、仕事の面だけで言えば、一番優秀だ。胡桃班だけでなく、捜一全体に目を向けても、玉置と並ぶほど有能な女性捜査員はなかなかいない。しかし、その優秀さと比例するほどの問題を玉置は抱えている。なんでも「セクハラ」の一言に結びつけようとするのも、たくさんある問題の一つだ。

「主任は無意識だとしても、私に女性としての役割を押しつけていることになるんですよ。聞いてますか？」

「……」

だって、お前、女だもん。そんな言葉を返してしまいそうになるのを堪え、胡桃は「失礼します」と一応の断りを入れてから、遺体があるという部屋を目指して廊下を進んだ。胡桃に負けじと急いで靴カバーをローヒールのパンプスに嵌めた玉置も、その後に続く。

「そもそも主任は…」

背後では玉置がなおも熱弁を振るっていたが、眉《まゆ》を顰《ひそ》める胡桃の耳には届いていなかった。玄関先にも足の踏み場がないほど、多くの靴が脱ぎ捨てられていたが、部屋の中も似たり寄ったりの状態だった。廊下にも物が多く、掃除や整理整頓《せいとん》といった言葉とは無縁の部屋だと入り口から判断できる。

「…汚いな」

「そうですか？」

思わず呟《つぶや》いた胡桃に、玉置は怪訝そうに相槌を打つ。うちはこんなもんですよ…と聞いた胡桃は、溜め息をつきたいような気分になった。玉置の部屋を訪ねることは絶対ないだろうが、現場にでもならなければ、決して足を踏み入れたくない種類の部屋である。

「お前も掃除した方がいいぞ。突然死んだらどうする？」

「死んだら私にはわかりませんから、平気です」

玉置の正論に「まあな」と頷《うなず》き、胡桃は開け放たれているドアからキッチンのついたダイニングルームを覗く。六畳ほどの部屋の中央には正方形のテーブルがあり、その傍《そば》には二人がけの小さなソファが置かれていた。

テーブルの上には飲みかけのペットボトルや、弁当、カップ麺《めん》の空き容器といった、飲食関係のゴミが散乱しており、他にも漫画や雑誌など雑多な物で埋め尽くされていたが、その一角にあったものに胡桃は目をつけた。

無言でテーブルに近づき、しゃがんでそれを見る。背後から覗き込んだ玉置は「シャブですか？」とつまらなそうに聞いた。

「だろうな」

白い粉末の入ったビニール製の小袋と、注射器、ライターなど、覚醒剤《かくせいざい》を使用する際に使われる小道具が無造作に置かれている。機捜の村越が「わかりやすい」と言っていたのはこれのことだろう。

それを玉置も察したようで「ふうん」とやる気のない呟きを漏らした。

「シャブ中ってことは…オーバードーズですか」

「さあ…」

オーバードーズ…薬物の過剰摂取が死因だろうかと聞く玉置に、胡桃はわからないと首を傾《かし》げ、もう一度室内を見回してから立ち上がった。いわゆる１ＤＫの間取りで、ダイニングルームの隣にもう一部屋ある。村越からも遺体は右奥の部屋にあると聞いた。そっちを見ようと玉置を促し、半分ほど開いた襖《ふすま》の向こうを覗き込む。

「……」

胡桃は職業柄、多くの遺体を見ている。死後数週間が経過した腐乱死体や、ぶよぶよに膨らんだ水死体など、見るに堪えないものも数多目《あまた》にしてきた。勘弁してくれよと泣きたくなる時もいまだにあるのだが、目の前にある遺体はそういうのとはまた違った、感慨に似たような気持ちを胡桃に起こさせた。

「何これ」

思わず出てしまったというように玉置が呟くのを聞き、胡桃は小さく息を吐く。胡桃もまさに「なんだこりゃ」と言いたい気分だった。

手前の部屋と同じ六畳の部屋のほとんどをダブルサイズのベッドが占領している。その中央に問題の遺体があった。間違いなく男だとわかるその遺体は、珍妙な格好をしていた。全裸でありながら、靴下は穿《は》いており、目元にはアイマスクをつけている。胸の上にはピンク色のハート型のクッションが置かれ、その真ん中あたりに黒く焦げた孔《あな》が開いていた。

クッションの孔は恐らく弾痕で、犯人が拳銃《けんじゅう》を用いて被害者を殺害したと推測できる。覚醒剤を使用していたと思われる男が、拳銃で殺害された。なるほど。わかりやすい事件だといえなくもないだろうが。

「すごい格好ですね」

ふいに男の声が聞こえ、胡桃が驚いて振り返ると、体格のいい男が恐縮したように身体を竦めた。遅れてすみません…と詫《わ》びるのは、胡桃の部下である碓氷だ。胡桃は「お疲れ」と言おうとしたのだが、碓氷から漂ってきたなんともいえない臭《にお》いが鼻につき、「うっ」と息を呑《の》んだ。

胡桃が顰めっ面をひどくするのに気づき、碓氷は「すみません」と再度謝る。

「まさかこんなに早く呼び出されると思ってなかったので…焼肉行っちゃいましてて」

碓氷が喋《しゃべ》るたびに漏れ出すのは強烈なニンニク臭だ。焼肉を食べたくらいではこんなことにはならないだろうと怪訝そうに言う胡桃に、碓氷は大きな身体をますます竦めた。

「ニンニクのオイル焼きを少し」

「少し？」

「…もう少し？」

少しよりもちょっと多いかもしれないとごまかす碓氷に、なんともいえない表情を向けた後、胡桃ははっと思い出したように玉置を見た。玉置に碓氷、そして、もう一人部下はいる。

「そういや、笹井さんに連絡ついたのか？」

「ついたと思いますか？」

質問に質問で返してくる玉置に、胡桃は渋面を深くする。三人しかいないというのに、その一人は常に連絡が取りにくい状態であるのが、いかんともし難い。対抗したように顰めっ面になってみせる玉置に、胡桃は続けて連絡するよう指示してから、再び碓氷を見た。

碓氷は胡桃班で一番の若手で、怪我《けが》で一線を退いたものの、一時は柔道界のホープとして期待されたこともある巨体の持ち主でもある。胡桃も背は高い方だが、碓氷には負ける。斜め上から見てくる碓氷に、玉置と共に室内から身元が特定できるものを探すように命じた。

「財布か…鞄か。免許証の類《たぐ》いだ。あと、携帯かスマホがないか」

「了解です」

二人が即座に行動を開始した時、「おーい」と玄関の方から呼ぶ声がした。南野の声だとわかり、胡桃は遺体のある部屋を出て玄関へ向かう。ぐちゃぐちゃに靴が置かれた玄関先で、南野は靴カバーを嵌めようと腰を屈《かが》めていた。

「早かったですね」

「ああ…思ったより、道が空《す》いてて…。おい、胡桃。手を貸してくれないか」

「……」

足場が狭いから片足立ちができないと訴える南野を胡桃は眇めた目で見て、その腕を摑《つか》んで支えになる。南野は胡桃よりも十年上で、すでに四十半ばという年齢にもかかわらず、見た目はかなり若い。無精髭に顰めっ面がトレードマークの胡桃と並んでいると、南野の方が部下に見られたりもする。

というのも、捜査一課の係長という重責を担っているようにはとても思えない、柳腰と飄々《ひょうひょう》とした態度、それに似合う嫋《あで》やかな容姿が原因だろう。そのせいで現場で舐《な》められたり、失礼な目にもたびたび遭っているというのに、南野はまったく気にするふうでもない。

「悪いな。運動不足かな。最近、足下がふらつくんだ」

「歳《とし》でしょう」

「えっ。そんな歳でもないよ。まだ四十五…って、歳か。歳なのか、俺?」

「知りませんよ。とにかく、こっち来てください」

首を傾げる南野に眉を顰め、胡桃は顎《あご》でついてくるように示す。素直に従う南野と共に右奥の部屋に入り、遺体を見せた。

「これは…またおかしな格好だな」

「向こうの部屋にシャブがありますから、ラリってた可能性もあります」

「ハイになってたってことか？　それにしたって、靴下にアイマスクだけって…。アイマスクしてるってことは寝ようとしてたのか？　パンツ脱いで？　靴下は脱がないで？」

　通常では考えられない格好であるのは、覚醒剤を使用していたせいではないかと考えたものの、南野の言う通りそれでは説明しきれない部分もある。全裸遺体というのはまま見られるが、靴下とアイマスクのみを着用しているというのは、胡桃の記憶にはなかった。

「犯人はクッションをサイレンサー代わりに使ったんだと思いますが、…にしても、納得がいかない点が多いですね。この格好で寝ていたところを襲われたと考えるのも無理があるような気がします。鑑識は？」

「もうすぐ着くはずだ」

　鑑識が到着し、証拠保全の作業を行うまで、迂闊《うかつ》に遺体に触れることはできない。しばらく待とうと話していると、玉置が「主任」と呼ぶ声がした。南野と共に手前の部屋に顔を出すと、財布から免許証が見つかったという報告がある。

「…この免許証の持ち主だとすれば…氏名は『新家祐二《にいやゆうじ》』、年齢は…三十歳。住所は…新小岩2‐………ここになってますね」

　だとすれば、本人の物で間違いないだろう。玉置が差し出してくる免許証を受け取り、続けて「現金は？」と尋ねる。

「残ってました。クレカとキャッシュカードもあります。強盗目的ではなかったようですね」

「携帯か、スマホは？」

「見つかってません。充電用のコードはあるので、どこかにあるのかもしれないんですが…」

何分、部屋の散らかりようが半端じゃない。続けて探すと言う玉置に「頼む」と言いかけた時だ。胡桃は自分の携帯が鳴っているのに気づき、「すまん」と断ってポケットに手を突っ込んだ。取り出した携帯を見れば、見知らぬ番号が表示されていた。しかも、相手は携帯などではなく、見覚えのない市外局番だ。間違い電話だろうかと訝《いぶか》しみつつ、ボタンを押した胡桃は、「はい？」と窺うように返事をした。

すると。

『英人くん？　私。茅野《ちの》の篤子《あつこ》だけど…』

「！」

茅野の篤子と名乗る女性の声を聞くのは随分《ずいぶん》久しぶりだったが、すぐに誰かはわかった。同時に、厭《いや》な予感が過《よぎ》って、息を呑む。顔つきが変わったのに気づき、南野が窺うような視線を向けてくるのがわかって、胡桃はそれとなく背を向けてその場を離れた。

玄関まで出ると、息を吸ってから篤子に「すみません」と詫びる。

「ご無沙汰《ぶさた》していて……、あの…」

『突然、ごめんね。英人くんには報《しら》せんとと思って…。もう急なことで私らも…』

戸惑いが強く滲んだ声で「急なこと」と言われた胡桃は、らしくなく、自分が緊張しているのを感じながら「もしかして」と聞いた。茅野の篤子というのは、長野に住む父の妹だ。同じく長野で暮らす父の様子を、時折見てくれている篤子からの報せというのは…。

『お父さんが亡くなったんだよ。昨夜《ゆうべ》、家の近くで倒れて…近所の人が救急車を呼んで病院に運んでくれたんだけど、間に合わなくてね。私も報せてもらって、今、こっちに着いたところで…。

英人くん、いつ、帰ってこられる？』

「……」

父が亡くなった。疲れた叔母《おば》の声を聞きながら、胡桃は小さく息を吐き、口元を押さえた。父はどうやって死んだのだろう。最後に見た父の顔が思い出せず、胡桃は緩く頭を振って目を閉じた。

胡桃は早くに母を亡くし、長野に住む父とは高校卒業以来、別に暮らしてきた。一人息子である胡桃に叔母が帰ってこいと言うのも当然で、予定を立てたらすぐに連絡を入れると返して一旦《いったん》通話を切った。先ほど携帯に表示されていたのは実家のある長野の市外局番だったと、今さらながらに思い出し、父との複雑な関係を痛感する。

心の中で溜め息をつき、振り返ると、いつの間にか南野がすぐ後ろに立っていた。表情を曇らせているところを見ると、異変を察しているようだ。胡桃は眉間に皺を刻んだまま、小声で不幸があったのだと告げた。

「どなたか亡くなったのか？」

「…父です」

「それは……ご愁傷様です。…胡桃は…実家、長野だったよな？　すぐに帰れ」

「いえ。取り敢《とあ》えず、初回の捜査会議に出てから…」

「何を言ってるんだ。お母さんだって大変だろう」

「母は…亡くなってるので…。今のは叔母です」

「だったら、なおさら帰らないと、叔母さんが困るじゃないか」

南野が呆《あき》れた顔で言うのはもっともで、胡桃は反論できなかった。実のところ、父との間に複雑な事情を抱える胡桃としては、できるだけ向こうにいる時間を短くしたいというのが本音だったのだが、迷惑を被《こうむ》る叔母に申し訳ないという気持ちはあった。

今までも自分の勝手な振る舞いで、叔母には迷惑ばかりかけてきた。胡桃は諦《あきら》めをつけて、

「そうですね」と溜め息交じりに相槌を打つ。

「取り敢えず、顔を出してきます。できるだけ早く帰ってきますから…」

「こっちは心配しなくていい。シャブが出てるんだ。暴力団絡みの案件なら、案外、簡単に片がつくかもしれない。お前が帰ってくるまでは俺が捜査の指示を出しておくからさ」

「……」

それが心配なのだとまでは言えず、真面目に言っている南野を一瞥《いちべつ》してから、胡桃は軽く頭を下げた。それから、玉置や碓氷には話さないでくれと頼んだ。プライヴェートを知られて、余計な勘ぐりを受けたくなかったからなのだが、南野は困った顔で首を傾げる。

「でも…皆で弔電とか、お香典とかも…」

「そんなの要りません」

「けど…どうやって説明したら…」

「腹痛とでも言っておいてください」

適当に説明してくれと強引に頼み、胡桃はそのまま現場を抜け出した。後を南野に任せるのに

は不安があったが、死んだとなれば帰らないわけにもいかない。とにかく、早急に用を済ませて戻ってこようと決め、マンションの外に出ると、車を借りるために近くにあるレンタカーショップを探し始めた。

胡桃の実家…といっても、定年後に父が移り住んだ家で、胡桃は住所しか知らない場所だ…は安曇野《あずみの》にあり、東京からは中央道と長野道を乗り継ぎ、五時間ほどかかる。現場近くで車を借りた胡桃は、一旦、自宅に戻って礼服を用意し、叔母に連絡を入れてから長野を目指した。

亡くなった胡桃の父は長野県警に勤める警察官だった。県内の勤務地を何年置きかに転々とする暮らしで、胡桃は松本《まつもと》市で高校を卒業した後、警視庁で働くことを希望して上京した。制服勤務を経て、所轄署で刑事となったのは二十五の時。その次の年には本庁の捜査一課に転属となり、今は主任として班を纏《まと》める立場にある。

トラックに挟まれるようにして高速道路を飛ばしながら、最後に父の顔を見たのはいつだったろうかと改めて考えた。父がまだ長野市にいた頃で、定年前だったから、少なくとも五年以上は前だ。その後、電話での声しか聞いておらず、顔は合わせなかった。父が移り住んだ安曇野の家に行くのも初めてだ。

では、最後に話したのはいつか。正月……に話したかどうか。思い出そうとしても記憶が出てこず、胡桃は顰めっ面で煙草を咥えた。煙草に火を点《つ》け、窓を細く開けて吸い込んだ煙を吐き出す。

幼い頃から父との間には微妙な距離を感じていた。多忙だった父は家にほとんどおらず、母との二人暮らしのようなものだったから、そのせいだと考えていたのだが、中学に入って間もなく、本当の理由がわかった。

「……」

厭な思い出ほど、心に強く残っているもので、すぐに思い出せるというのが皮肉だ。重い記憶を追いやるように緩く頭を振り、短くなっていた煙草を灰皿に捨てる。SA《サービスエリア》にも寄らずに走らせていた車は、中央道と長野道の分岐点まで差しかかっており、安曇野を目指して長野道を進んだ。IC《インターチエンジ》を下りた後も、ナビに住所を入力したお陰で、さほど迷うこともなく、父の家に着くことができた。早朝に東京を出てから五時間余り。時刻は午前十時を過ぎていた。

「ここか…」

長野市から引っ越すことになった時、父が電話をしてきた。安曇野に中古の家を買ったから、そちらで暮らす。短い説明ではどういう家なのかはわからなかったが、一人暮らしには十分すぎただろう、二階建ての田舎家《いなかや》だった。

安曇野でも中心街からは外れた山間《やまあい》の集落で、家の背後には山林が迫っていた。一軒一軒の間に距離があり、田畑を挟んだ向こうに見える隣家とは、百メートル以上離れている。公道に停めた車から降りると、表札を確かめるために敷地内へ足を踏み入れた。

すると、玄関の引き戸が開き、懐かしい顔が現れた。連絡をくれた叔母の篤子だ。父以上に篤子には会っていなかったが、記憶にある姿とほとんど変わっていなかった。

「英人くん」

「叔母さん。すみません、いろいろ迷惑をかけまして」

「ずっと運転してきて疲れたでしょう。車はあの後ろに停めて」

篤子の指示に「わかりました」と返事し、一旦戻って、敷地内に乗り入れた。用意してきた礼服と、着替えを入れたバッグを手に降り、玄関前で待っている篤子のもとへ向かう。

「叔父さんは？」

「中におるよ。久しぶりだねえ。髭まで生やしとって…すぐにわからなかったわ」

「無精してまして…」

顎回りの髭を珍しげに見られ、胡桃は苦笑を返す。篤子に続いて玄関から中へ入ると、三和土《たたき》には何足かの靴が並んでいた。叔父のものであろう紳士物の革靴の横に、田舎には不似合いなハイヒールが並んでいる。

それを見た瞬間、胡桃はどきりとして息を呑んだ。まさかという思いが浮かび、微かに眉を顰める。折れそうなピンヒールは篤子のものだとはとても思えない。だとしたら…他に誰か来ていることになる。こんなハイヒールを履くような親戚《しんせき》は…。

厭な予感を抱き、表情を固くする胡桃に気づかず、篤子は突っかけを脱ぎながら、昔話を続けていた。

「英人くんに最後に会ったのは…兄さんがまだ県警におった頃だよね。十年…以上は経《た》ってるはずだから…」

「叔母さん」

「何？」

敷居を跨《また》いだところで立ち尽くし、ハイヒールを見つめたまま、胡桃は「もしかして」と尋ねる。

「…沙也香《さやか》さんが……来てるんですか？」

緊張が混じった低い声を聞き、篤子ははっとした顔になった。上《あ》がり框《かまち》から胡桃を戸惑った顔で見る篤子は、どう言おうか悩んでいるようだったが、そこへ「英人」と呼ぶ声が聞こえた。

昔と変わらないその声を聞き、胡桃は内心で派手に舌打ちをした。表情に出さないよう、自分を強く律して、ハイヒールを見ていた視線を上げる。

「……」

上がり框から続く廊下の向こうに喪服姿の女が立っている。葬儀で出会《でくわ》すのは二度目だ。最初の時は制服姿だったが、受ける印象は同じだ。制服も喪服も、本来であれば畏《かしこ》まった服装であるのに、彼女が着ると違ったものに映る。

薄化粧であっても人目を引く美しい顔立ちや、喪服でさえも艶《つや》っぽさを感じさせる妖艶《ようえん》な雰囲気は、二十年以上が経っても変わっていない。音もなく近づいてきた喪服の女…沙也香は、篤子の隣で立ち止まると「元気そうね」と胡桃に声をかけた。

「………」

沙也香を睨むように見たまま無言でいる胡桃がどういう心境でいるのか、篤子はわかっている様子で、慌てて場を取り繕う。胡桃に靴を脱いで上がるよう促し、沙也香にはお茶を淹《い》れてくれと頼む。頷いた沙也香が台所の方に行ってしまうと、上がり框に足をかけた胡桃に、篤子は小声で「ごめんね」と詫びた。

「兄さんから…何かあった時にはあの子も呼ぶように頼まれてたもんだから」

「……。父が……」

「英人くんは…複雑だろうけど、許してやって」

ごめんね…と、繰り返し詫びる篤子に、胡桃は「いいえ」と言って首を振った。篤子が悪いわけではない。それに…父の思いも、理解はできる。ただ、久しぶりに顔を合わせた沙也香は、やはり心底苦手だと痛感させられる相手で、胡桃は感情を表に出さないよう、自分に強く言い聞かせた。


玄関脇には六畳の和室があり、その奥にある八畳間に続く襖が開け放たれていた。仏壇のあるその座敷に棺《ひつぎ》が置かれており、篤子の夫である洋介《ようすけ》と、高校生くらいの少年がいた。見覚えのない少年を不思議に思って見ると、向こうも胡桃を見ており、目が合う。

「……」

顔が小さく、少女だと言われても納得しそうな、綺麗《きれい》な顔立ちをしている。あぐらをかいて座っていても、手足が細くて長いのがわかった。胡桃は誰だろうと不思議に思った程度だったのだが、相手がじっと凝視してくるのが気にかかった。

頭を下げるわけでもなく、視線を避けるわけでもなく、少年は胡桃を見つめたままだ。自分の顔に何かついているのだろうと、怪訝に思って頰《ほお》に手をやった時、洋介叔父から「英人くん」と声をかけられた。

「久しぶりだね。立派になって」

「…あ…すみません。叔父さん、このたびはご迷惑をおかけしてすみません」

洋介の声を聞いた胡桃ははっとして、少年から視線を外す。子供を気にしている場合ではなかった。胡桃は洋介の前で正座し、改めて深く頭を下げた。洋介は父と同じ歳で、すでに定年退職しており、仕事を休むなどの支障はないはずだったが、面倒をかけたのは間違いない。

「いや、迷惑ってことはないよ。こういう時はお互い様だから。急なことで、英人くんも驚いただろう」

「はあ…。…それで死因は…？」

「心筋梗塞《こうそく》だそうだ。救急車が来た時には意識がなかったそうで…病院で亡くなったんだが、俺たちも間に合わなくてね」

死に目に会えなかったと洋介は残念そうに言うが、胡桃は違うことを思い浮かべていた。病院で息を引き取ってよかった。自宅で亡くなっていたら、変死扱いになり、行政解剖を必要としただろう。面倒なことにならなくてよかったとほっとする自分は、罰当たりだろうかと考える。

首を捻《ひね》る胡桃に、洋介は顔を見ないのかと尋ねた。今さらという気持ちはあったが、洋介への手前もあって、自分の感情は伏せて一通りのことはするべきだと考えた。棺の上部に設けられた小さな扉を開けると、死に化粧が施された父の顔が現れる。

「……」

歳を取ったなと思って、手を合わせた。それから、扉を閉じ、葬儀の段取りを洋介に相談する。

「あの…それで葬式なんですが…」

「ああ、それなんだが…」

胡桃に尋ねられた洋介が説明しかけた時、篤子が沙也香と共に座敷に入ってきた。湯飲みや急須《きゅうす》の載ったお盆を手にした篤子は、話が聞こえていたらしく、洋介に代わって説明する。

「兄さんが全部決めてたもんで、その通りにやろうと思ってるんだわ」

「葬儀場を…ですか？」

「英人くんも仕事が忙しいし…迷惑かけたくないって思ってたんだろうね。葬儀用のお金とかも、全部私が預かってたんだよ」

近くの葬儀場の互助会にも入り、準備をしていたと聞き、胡桃は気が抜けたように「はあ」と相槌を打った。通夜は今晩で、三時過ぎには葬儀会社が迎えに来るという。何もかも、篤子が手配してくれているのは非常にありがたく、胡桃は姿勢を正して、改めて篤子と洋介に深々と頭を下げた。

「本当にすみません。叔父さんと叔母さんには…感謝しています。ありがとうございます」

「英人くん、頭上げて。兄さんは英人くんが忙しいのをよくわかってて、自分で準備しとったんだと思うよ。私らは兄さんの残した指示通りにやっとるだけだから…」

気にすることはないと言い、篤子はお茶を飲むよう勧めた。胡桃が顔を上げると、その前にすっと茶托《ちゃたく》に載せられた湯飲みが置かれる。白い手の持ち主は沙也香で、微かに頬が強張《こわば》るのを感じながら、彼女にも頭を下げた。

胡桃にお茶を出した沙也香は、壁を背に座っている少年の隣に正座した。並んで座った二人を見て、胡桃は驚いて息を呑む。もしかして…。そんな思いで沙也香を見ると、視線に気づいた彼女が、微かに微笑《ほほえ》んだ。

「息子の朝生《ときお》よ」

「……」

やっぱりという呟きを呑み込み、胡桃は先ほど自分を凝視してきた少年を見た。沙也香の息子だという朝生を見た時、綺麗な顔立ちをしていると思ったが、比べてみると母親とよく似ているのがわかる。胡桃と目が合った朝生は、無言で軽くお辞儀をした。

胡桃よりも二つ年上の沙也香は、三十七になる。高校生の息子がいてもおかしくはない歳ではあるものの、とてもこんな大きな息子がいるようには見えない。沙也香が結婚していたとは…。

驚くべきなのか、驚くべきことでもないのか。判断がつかず、胡桃は無言で朝生から目を背けた。朝生がどういう少年であっても、沙也香の息子であれば、関《かか》わりを持たないのが一番だ。

沙也香に対する蟠《わだかま》りはいまだ抜けていないのだと、再会して、改めて実感したばかりだ。成長できていない自分を痛感し、胡桃は苦い気持ちで薄い色の緑茶を飲んだ。


沙也香に初めて会ったのは、母の葬儀の席だった。胡桃の母親は、彼が中学に入った年に、交通事故で亡くなった。あまりに突然の出来事で、実感が湧《わ》かないまま親族席に座っていた胡桃は、焼香に現れた母子連れに目を奪われた。

父が県警にいたことから、葬儀にも多くの警察関係者が参列しており、普通の葬儀以上に堅い雰囲気が漂う中で、その母子は浮いていた。三十半ばほどの母親は喪服姿でも美しさが引き立つような美貌《びぼう》の持ち主で、その娘は中学の制服姿でありながらも、妖艶な色香を振りまいていた。

あれは誰なのか。ひそひそと噂《うわさ》する声は聞こえてきたけれど、正体を知っている人間はいないようだった。胡桃も不思議に思いながら葬儀を終えたのだが、それからしばらくして、母子の正体を知った。

四十九日を済ませ、間もなくのこと。葬儀で見かけた謎《なぞ》の母子が、父との二人暮らしになった胡桃の家に現れた。戸惑う胡桃に、父は二人を新しい家族だと紹介した。まだ四十九日を済ませたばかりなのに再婚なんてと驚く胡桃に、父はさらなる衝撃の事実を伝えた。

再婚相手の娘、沙也香は、お前と半分血の繋がった実の姉だ…と。

「……」

ふう…と息を吐くと、吸い込んだ煙が白くたなびく。携帯灰皿に長くなった灰を落とし、顰め っ面で再び煙草を咥える。以前は洋介も煙草を吸っていたのだが、禁煙したばかりだと聞いては、肩身の狭い思いで庭に出るしかなかった。

家と同じく、一人暮らしには十分すぎる広さの庭には畑もあり、父が育てていたらしい野菜が植わっている。農業には無縁の暮らしを送ってきた胡桃には、どういう野菜なのかもわからなかった。

父が畑仕事をしていたというのも驚きだった。定年後に野菜作りを趣味にする人間は多いと聞くが、父もその一人だったとは。自分もいつか、野菜を育ててみたいなどと思うようになるのだろうか。

畑を眺め、そんなことを考えていると…。

「おじさん」

「っ…」

ふいに背後から声をかけられ、驚いて振り返る。控えめな笑みを浮かべて立っていたのは朝生で、胡桃は微かに眉を顰めて再び背を向けた。朝生は胡桃の隣に並び立ち、「何してるんですか?」と聞いた。

「…別に」

「さっきはすみませんでした。じろじろ見ちゃって。自分と血縁関係にある人に会うのは初めてなものですから」

「……」

丁寧な口調で話す朝生は高校生には思えない大人びた雰囲気を持っていた。そんなところも母親譲りなのだろう。朝生とはできるだけ関わらないでおこうと決めていた胡桃は、何も言わずに咥えていた煙草を携帯灰皿に放り込み、その場を離れることにした。

だが、戻る先は家の中しかなくて、朝生もついてくる。せめて、篤子や洋介が一緒だったら逃げ場があったのだが、二人は近くの衣料品店へ出かけてしまっていた。

父の棺が置かれた座敷にいるのは気が引けるように感じられ、その手前の六畳間で腰を下ろす。朝生も近くに座ったのを億劫《おっくう》に思いながら、テレビをつけた。リモコンのボタンを押し、いくつかチャンネルを切り替えたのだが、やけに少なく感じる。おかしいなと思い、ボタンを押す動作を繰り返していると、朝生がぼそりと呟く。

「地方だと局数も少ないんだと思いますよ」

「……」

朝生に指摘された胡桃はばつの悪い思いで、ＮＨＫに番組を合わせてリモコンを置いた。時刻は二時半。三時には葬儀社が迎えに来るとのことで、それまでには篤子たちも帰ってくると言っていた。

あと少しの我慢だ…と思ったの束《つか》の間《ま》、沙也香の姿が見えないのに気がついた。台所の方へ窺うように視線を向けた胡桃に、朝生がまた呟く。

「母なら篤子おばさんたちと一緒に出かけました」

「……」

またしても先回りされたようで、胡桃は不快に思って眉を顰める。そんな胡桃をじっと見つめ、朝生は神妙な顔で尋ねた。

「子供の相手はめんどくさいなって思ってます？」

「……」

「それとも、…母が苦手だから、俺のことも避けよう…とか？」

窺うような問いかけに反応するつもりはなかったのに、ビンゴでもあったので、つい表情が動いてしまった。朝生はわずかな変化も見逃さず、「やっぱり」と納得したように頷く。沙也香が苦手なのは事実だが、息子の口から本人に伝わっても困る。胡桃はうんざりしながら「違う」と否定した。

ようやく口を開いた胡桃を、朝生は期待を滲ませた顔つきで見る。会話の糸口が摑めてほっとした様子だが、必要以上に朝生と関わるつもりはないという胡桃の気持ちは変わらなかった。ただ、沙也香についての余計な誤解を生まないよう、説明する。

「別になんとも思っちゃいない。俺と沙也香さんは…あまりにも違いすぎるから、昔から仲もよくなかったんだ」

「そうなんですか。俺は苦手ですけど」

「……」

悪気はなさそうでも、口にする内容はブラックなものだ。年齢的に反抗期というやつなのかと訝しんでいると、玄関の開く音が聞こえた。篤子と洋介の話し声もして、助かった気分で胡桃は腰を上げる。朝生がまだ自分を見ているのがわかって、面倒な気分は大きくなっていくばかりだった。


朝生は自分を「おじさん」と呼び、血縁者と会うのは初めてだと言った。ということは、沙也香は父には朝生を会わせていなかったのか。篤子から沙也香を呼ぶように頼まれていたと聞いたので、二人には交遊があったのだろうと推測していたが、どうも違うらしい。

座敷の片隅でそんなことを考えているうちに三時となり、葬儀社の人間が迎えにやってきた。礼服姿の男が慣れた様子で挨拶《あいさつ》をして、棺を専用のワゴン車に乗せ、葬儀会場まで運んでいく。その後から胡桃も篤子たちと共に、自分の車で移動することになった。

沙也香は篤子の車に乗ろうとしていたので、朝生もそちらに同乗するかと思ったのだが、いつの間にか胡桃が乗ってきたレンタカーの助手席に座っていた。

「何してんだ。あっちに乗れよ」

「小さな車に四人乗るっていうのも息が詰まるかと思って。これってレンタカーですか?」

「……」

小声で朝生に命じたものの、従うつもりはなさそうだ。篤子たちへの手前もあるので引きずり降ろすわけにもいかず、渋々胡桃は運転席に乗り込んだ。洋介がハンドルを握る車を先に行かせ、その後について走り始める。

「レンタカーってことは…おじさん、車持ってないんですか?」

「……」

「警視庁に勤めてるって聞きましたけど、何してるんですか?」

「……」

「その顔で交番勤務はできなさそうですけど」

無視すると決めているのに、窺うような視線や物言いが鬱陶《うっとう》しくて、つい顰めっ面が深くなる。大体、その顔ってのはどういう意味だ。自分だって交番勤務の経験くらいある。むっとしながら煙草を取り出し、火を点けた。

八つ当たりのように煙を吐き出すと、窓を閉めきったままの車内が白くなる。すると。

「けほ…っ…けほ…っ」

ふいに朝生が咳《せ》き込みだし、胡桃は眉間に皺を刻んで隣を見た。朝生は申し訳なさそうな表情で、ぜんそくの持病があるのだと告げる。

「……」

だったら、向こうに乗ればいいじゃないかと内心で憎らしく思いながら、すべての窓を開けて、吸いかけの煙草を灰皿に押しつけた。これで文句はないだろうと鼻先から息を吐き出し、うんざりした思いでフロントガラスの向こうを見た。

ゴルフ場やキャンプ場のある山間を走るうねった山道を抜けると、しばらくして国道に出る。間もなくして、葬儀場のものらしき看板が見えてきた。通夜は六時からで、明日の葬儀は十時からだと聞いている。その後に火葬場に行き、遺骨を拾わなくてはならない。自由の身になれるのは早くても明日の夕方になるだろう。一番肝心な初動捜査を逃してしまうことになるのは痛いが、仕方のない話だ。

だが、これは余分なストレスだ。助手席で風を浴びて座っている朝生を横目で見て、胡桃は溜め息を零《こぼ》した。


葬儀場に任せてしまえば、すべてがシステマティックに進んでいく。胡桃の役割といえば、篤子が「これでいい？」と意見を聞いてくるのに、頷く程度だった。一番の仕事は喪主としての挨拶だったが、それも葬儀場側が用意してくれた文面を読むだけだったので、さほどのことでもない。

一番面倒だったのは、父が勤めていた県警の関係者が多く弔問に訪れ、挨拶するたびに職位を確認されることだった。警視庁に勤めていることはばれている。ごまかすわけにもいかず、捜査一課で主任をしております、と返すしかなかった。

そんな答えを誰もが満足げに聞き、立派な仕事に就いていて、お父さんも安心しているだろうと続けた。実際、父には捜査一課に配属になったことも、主任となったことも報告した覚えはない。ただ、風の噂で知ってはいるだろうと思っていた。

父が安心していたのかどうかはわからない。結局、自分と父の関係は突きつめられることなく終わってしまった。通夜を終えた後、胡桃は参列者のいなくなった会場で一人、ぼんやり座り込んで父の遺影を眺めていた。そこへ背後から誰かが近づいてくる気配がした。足音を忍ばせていることからも誰なのか予想がつき、相手が声をかけてくる前に立ち上がって振り返る。

驚いて足を止める朝生を見て、胡桃は顰めっ面で「なんだ？」と聞いた。

「…さすが、捜査一課の刑事だけありますね」

「……」

通夜の間、近くに朝生の姿は見えなかったが、どこかで話を聞いている可能性は高いと思っていた。白々しい物言いで「さすが」などと言う朝生の相手をするつもりはなく、胡桃がその場を離れようとした時だ。

上着のポケットに入れた携帯に着信が入る。朝生の横を通り過ぎながら携帯を取り出すと、相手は玉置だった。時刻的にもすでに初回の捜査会議は終わり、捜査に入っている頃だろう。胡桃自身、そろそろ電話を入れて状況を聞こうかと考えていたので、早足で歩きながらボタンを押した。

『玉置です。今、大丈夫ですか？』

「ああ。どうだ？」

第三者に話を聞かれるのを避けるため、建物を出て駐車場へ向かう。幸い、田舎だけあって、駐車場はだだっ広い。周囲に車の停まっていないスペースの真ん中で立ち止まり、取り出した煙草を咥えた。

『戻ってからと思ったんですが、ちょっと気になる点が出てきたので…。ええと、まず、あの遺体は「新家祐二」であると確認が取れました。前科《まえ》があったんです』

「だろうな。シャブか？」

『はい。覚せい剤取締法違反で二度検挙され、再犯で実刑を食らい、二年前に出所していました。あの後、キッチンのシンク下からまとまった量のシャブと、パケ分けする機材とかが出たんです』

「売人だったのか」

低い声で呟くように言う胡桃に、玉置は薬物関係の捜査を専門とする組対《そたい》に確認を取ったと返す。

『組対は新家の動きを摑んでいないようでした。新家を知ってるという捜査員にも聞いてみましたが、暴力団関係者とは接触していなかったというんです。なので、新家は組絡みのルートとは別のルートで仕入れて捌《さば》いていたのではないかと』

「だが、チャカで殺されてるところからも、どっかの組が…」

絡んでいるんじゃないか…と言いかけた胡桃を遮るように、玉置が「それなんです」と声を上げる。胡桃の言う通り、発見された遺体には拳銃で殺害されたと思われる形跡が残っていたのだが…。

『実は…あの後、鑑識が来て作業を終え、胸の上に置かれていたクッションを退《ど》けたところ…遺体の首に索条痕《さくじょうこん》が見つかったんです』

「……」

索条痕とは紐状《ひもじょう》の縄などを凶器として絞殺《こうさつ》された際に残る痕《あと》だ。遺体の胸に置かれたクッションには銃痕《じゅうこん》とみられる孔が開いており、拳銃によって殺害されたのだと考えていた。では、撃たれていなかったのかと確認する胡桃に、玉置は「いいえ」と答えた。

『撃たれてはいたんです。ですが、出血量が少ないので、鑑識は絞殺されてから撃たれたのではないかと言ってます。あと、索条痕の出方から判断すると、背後から襲われたようです』

「じゃ、ベッドで殺害されたんじゃないのか」

『寝てる人間を背後から絞め殺したりはできませんからね』

「首を絞めて殺してから、ベッドに移動させ、チャカで撃ったと？」

『そうなります』

どうしてそんな面倒な真似《まね》をする必要があったのだろう？　拳銃で殺害するつもりがあったなら、絞殺する必要などないように思える。玉置もそれが気になり、帰京を待たずに報告したのだとつけ加えた。

『お父様の葬儀だと聞きましたので…遠慮しようかとは思ったんですが』

「……。どうして知ってる？」

『係長が』

南野には口止めをしたのに、まったく守っていないようなのに苛《いら》つき、胡桃は顰めっ面で舌打ちをする。本当に当てにならない…と心の中で愚痴りながら、「取り敢えず」と玉置に指示を出した。

「俺が戻るまで新家の交友関係を重点的に洗え。絞殺だったとしてもチャカが使われてるんだ。暴力団が無関係だとは思えない。新家がシャブを組関係以外のルートから仕入れてたなら、それで揉《も》めて消された可能性もある」

『了解です。主任は明日の夜くらいには戻れますか?』

「いや。今から出るから…一時…二時くらいまでにはそっちに着く」

『えっ。葬儀は…』

いいんですか? と心配する玉置に、「大丈夫だ」と適当に返し、東京に着いたら連絡すると伝える。そのまま通話を切ろうとした胡桃だったが、「ちょっと待ってください」と玉置に引き留められた。

「なんだ?」

『笹井さんとまだ連絡が取れないんです』

「……。そのうち現れるだろ」

『じゃ、私と碓氷の二人だけで仕事しろって言うんですか? そんなの不公平です。同じ給料なのに、納得がいきません』

「……。わかった。俺から連絡を入れておくから」

とにかく捜査にかかれと、まだも不満を漏らそうとする玉置を遮り、胡桃は通話を切った。取り出したものの、火を点けずにいた煙草をケースに戻し、笹井の番号に電話をする。すぐに留守電に切り替わったので、早急に連絡をよこすよう、短いメッセージを残した。

長男として喪主を務め、火葬場まではつき添うべきだとわかってはいたが、ややこしい背景がありそうな事件を放っておくわけにはいかなかった。自分が戻らなくてはどうにもならない。緊急事態だから仕方がないのだと、言い訳のように思いながら、駐車場を歩く足を速めた。


親族の待合室にいた篤子と洋介に、胡桃は仕事の都合でどうしても東京に戻らなくてはいけなくなったと伝え、後を頼めないかと丁重に頼んだ。篤子は困った顔を見せながらも、殺人事件の捜査が理由だと聞くと、仕方ないと言って頷いた。

「兄さんも英人くんは戻ってこられないかもしれないって言ってたし…。お通夜だけでも出られてよかったんだよね」

「すみません。叔母さん、叔父さんには本当に感謝しています。また、落ち着いたらすぐに戻りますので…」

「でも、喪主の挨拶はどうする？」

明日の葬儀では喪主として胡桃が参列者に挨拶することになっていた。どうせ用意された文面を読むだけだから、それも叔母さんにお願いします…と厚かましく言いかけた時、傍にいた沙也香が手を挙げた。

「じゃ、私が」

「…ああ。そうだね。沙也香さんがやってくれるなら」

その方がいいと、篤子は大役を逃れられたのにほっとした顔で言う。胡桃は一瞬、躊躇《ためら》いを覚えたが、父にとってもその方がいいのではないかと、すぐに思い直すことができた。複雑な心中が顔に出ないように気をつけ、沙也香に頭を下げて「よろしくお願いします」と頼んだ。

沙也香が喪主として挨拶するのを、参列者の中には訝しく思う人間もいるかもしれないが、父がわけアリの再婚をしたのはとうに知れ渡っている。遠く離れた地で暮らす自分に、口さがない噂話が聞こえてくることもない。沙也香さえいいのなら…と納得し、話をまとめると、胡桃は慌ただしく車に向かった。

葬儀が終わったらいつでも帰れるよう、荷物は車のトランクに積んであった。葬儀場からそのまま高速に向かうことにし、車を発進させる。高速道路のインターチェンジはゴルフ場やキャンプ場のある山を越えた向こう側にあった。

ここからインターチェンジまで、距離的にも小一時間はかかるだろう。横目でナビを見ながら、そんな目算を立てた時だ。

「…っ！」

後部座席で何かが動いた気がして、胡桃は息を呑む。ハンドルを握ったまま振り返ると、そこには…。

「っ…な…にしてんだっ⁉」

「おじさん、前向いてください！　危ないですよ」

「何をしてるのかと聞いてる！」

後部座席に潜んでいた朝生が注意してくるのに怒鳴り返しながら、胡桃は前方に向き直った。

車を停めようと考えたのだが、生憎《あいにく》、山道に差しかかっており、停車できそうな路側帯はない。

仕方なく、バックミラーで後ろを窺うと、朝生が神妙な顔つきで愛想笑いを浮かべる。

「いつの間に乗り込んだんだ？」

「…おじさんが篤子おばさんたちに挨拶してる時に…」

「俺は東京に帰るんだぞ？」

「だから、乗せてってもらおうかと」

「は？」

「こう言うのはなんなんですが…俺、死んだ人に会ったこともないですし…。いても意味ないような気がして」

朝生の表情に困惑が滲んでいるのを見て、胡桃は溜め息を呑み込んでバックミラーから視線を外した。朝生にとって亡くなった父は、血の繋がった実の祖父だ。けれど、会ったことはないという相手に、まだ若い朝生が興味を持てないのも仕方のない話だろう。

葬儀をつまらなく思うのも理解はできるが、立場上、悪事に荷担するわけにはいかない。胡桃は肩で息を吐き、「とにかく」と朝生を諭した。

「一旦、葬儀場に戻るから。東京に帰ってもいいかどうか、母親に相談しろ」

「おじさん、急いでるんでしょう？」

「だとしても、このままお前を乗せて行くわけにはいかない」

「大丈夫です。あの人は俺が何をしたって、何も言いませんし」

「……」

どういう親子関係なのかと呆れるが、胡桃自身、似たような環境下にあったから、何も言えなかった。ただ、朝生を乗せてはいけないという考えを曲げるつもりはなく、車を走らせながらUターンできる場所を探した。

そんな胡桃の心情を読んだ朝生は、運転席と助手席の間から身を乗り出すようにして、「お願いします」と頼み込む。

「戻って相談しているのが篤子おばさんたちに知れたら、引き留められると思うんです。そういうの…めんどくさいというか…」

「……」

「迷惑はかけません。後ろでおとなしくしてますから」

「……」

「…おじさん。もしかして、俺が嫌いなんですか?」

どうしてそうなるのか。好き嫌いという感情の問題ではない。胡桃は苛つきつつも、眉を顰めて背後を振り返った。

「あのな…」

「あっ!!」

よく考えてみろと説教をしかけた胡桃の横で、朝生が前方を指さして声を上げる。ごまかそうとするのかと腹を立てつつも、朝生が指す方を目線で追った胡桃は思わず息を呑んだ。

「っ!!」

夜道に倒れている人影を見つけ、急いでブレーキを踏む。キキッと音を立てて急停車した車内で、座席の間から顔を出していた朝生が前のめりになってダッシュボードに頭をぶつけそうになる。それをすんでのところで助けてやりながら、胡桃は「大丈夫か？」と聞く。

「あ…はい」

「ったく。こんなところで…何してやがんだ」

ハザードランプを点《とも》した車から降りると、胡桃は顰めっ面で道路上で仰向《あおむ》けに寝転がっている人影に近づいた。まだ若い男性だ。カーブした道を越えて、直線道路に出たところだったから気づけたものの、もう少し手前だったら轢《ひ》いていたかもしれない。

周囲には人家もない、山の中だ。しかも、すでに日は暮れ、街灯もない場所だから、あたりは真っ暗である。体調を崩して行き倒れたのかとも思ったが、それにしては寝姿がおかしかった。仰向けで、胸の上で両手を組んでいる姿は、意識的なものに見える。

「ふざけんなよ。酔っ払いか？」

「というより、自殺しようとしてるんじゃないですか？」

一緒に車を降りてきた朝生が冷静な見解を口にするのを聞いて、胡桃は盛大な溜め息を零した。よりによって…どうして自分の車に轢かれようとするのか。

「だったらよそでやれ！　俺の車に轢かれるな！」

「おじさんの車を選んだわけじゃないと思いますよ。…あれ。外国の人じゃないですか？」

倒れている男性の傍にしゃがみ込んだ朝生はそう言い、「What's happened?」と英語で話しかけた。すると、瞼《まぶた》が開き、男性は寝転がったままの体勢で、朝生と、その横から覗き込んでいる胡桃を見比べるようにして目を動かした。

男性の髪は黒く、瞳も同じ黒い色をしていたが、顔立ちからして、朝生の言う通り外国人のようだった。自分を覗き込んでいる胡桃と朝生をじっと見つめた後、起き上がって「どうして」と口にする。

「轢かない？」

「…は？」

「どうして轢かないのかと、聞いている」

胡桃は男性が何を言っているのか意味がわからず、困って朝生を見た。すると、朝生も同じように困惑した顔で胡桃を見る。男性が話しているのは日本語で、理解不能な外国語ではないはずなのだが…。

どうして轢かないのか…という意味は？

「何言ってんだ？　こんなところで寝てると轢かれるぞ」

「轢かれるために寝ていた」

「はあ？」

「構わぬ。さっさと轢いてくれ」

そう言って、男性は再び道路上に横たわって目を閉じる。つまり…朝生の言ったように、男性は自殺志願者で、車に轢かれるために道路上に寝ていたということか。

胡桃はうんざりした気分で天を仰ぎ、溜め息をついて車に戻りかけた。その腕を朝生が掴み、「いいんですか？」と尋ねる。

「何が？」

「放っておいて。あのままじゃ、本当に轢かれちゃいますよ?」

「死にたい奴は勝手に死ねばいい」

朝生の勝手な行動でただでさえ苛ついていたところへ、珍妙な輩《やから》に出会ったせいで、胡桃のむかつきはピークに達していた。冷たい口調で吐き捨てるように言う胡桃を、朝生が表情を固くして見る。無言であっても非難のこもった目で見る朝生に罪悪感を覚えさせられて、胡桃はがくりと項垂《うなだ》れる。

自分は朝生にも、おかしな自殺志願者にも関わり合いたくはないのに。

「……」

ちっと派手な舌打ちをした胡桃は、道路上に寝ている男のところまで戻って、腰を屈めて右足首を摑んだ。それを持ち上げて引っ張り、寝ている男を連れて停めてある車へ向かう。アスファルトの道路上を引きずられることになった男は、驚いて大きな声を上げた。

「な…っ…何をする⁉　離せ…っ‼」

「お前を轢いた人間が気の毒だ。人の迷惑も考えろ」

「迷惑はかけぬ!　私はただ…死にたいだけだ!」

「それが迷惑だって言ってんだ」

何を言ってるのかと呆れ、胡桃は車の近くまで男を引きずっていくと、後をついてきていた朝生に後部座席のドアを開けるよう命じた。さっと朝生が開けたドアから男を放り込み、乱暴に閉めてロックする。

男は窓ガラスを叩いて「出せ!」と訴えていたが、自分でロックを解除して出ようという考えはないようだった。

「近くの交番に放り込んでやる。それでいいだろ？」

「はい。それがいいと思いますが…あの人、荷物とかはないんでしょうか？」

朝生の指摘を聞いた胡桃は男が寝ていた道路の方を見たが、何もない。男は身一つで寝ていた様子で、鞄やデイパックなどの荷物は持っていないようだった。だが、自殺志願者が荷物を持っているというのもおかしな話だ。家出人じゃないんだから…と胡桃が肩を竦めて返すと、朝生はさらなる疑問を口にした。

「でも、外国の人ですよね？」

「見た目はな。だが、日本語はぺらぺらなようだ。こっちに住んでるんじゃないのか」

「なるほど。でも、こんな山の中まで…歩いてきて、あそこで自殺するために寝てたんでしょうか？」

朝生が疑問を抱くのもわからないではない。山間を走る道は真っ暗で、周囲には人家などまったくない。葬儀場のあった地区からも随分離れている。人気どころか、さっきから車の一台も通らないような辺鄙《へんぴ》な場所である。

そこに日本語ぺらぺらの外国人が自殺するために道路上に寝ていたというのは…。客観的に考えればおかしな話なのかもしれないが、胡桃にしてみれば、自殺しようというだけでも理解の及ばない行動だ。

「自殺しようとするくらい追い詰められてるなら、行動もおかしくなるんだろ。とにかく、あいつを交番に放り込んだら、お前を葬儀場に戻すからな」

「あ…いや、だから、それは…」

自分の話に戻ったことに朝生が慌て、胡桃を説得しようと口を開きかけた時だ。胡桃の携帯に着信が入る。朝生に背を向けて取り出した携帯を見れば、南野の名前が表示されていた。南野の口の軽さを憎く思っていた胡桃は、眉を顰めて開いた携帯を耳につける。

「はい」

『胡桃か？　なあ、玉置からお前が帰ってくるって聞いたんだけど…』

「葬式だって、なんで話したんですか？　言わないでくれって頼んだじゃないですか」

『いや、話してないって。話してないんだけど、なんか、バレてたんだって』

自分から漏らしたのではないと南野は弁明するが、故意ではなくとも、態度の端々や言動から情報が筒抜けになっていた可能性は高い。南野のガードの緩さを責めても仕方のない話で、それ以上の追及はやめて、今から戻るつもりなのだと続けた。

「通夜は終わりましたし、後は任せられそうなので…。今から戻って玉置たちと合流したいと思ってます」

『通夜は終わったって…葬儀は明日なんだろう？　それは出た方が…』

「用はなんですか？　説教するために電話してきたんじゃないでしょう？」

さすがの南野でも口酸っぱい説教のためだけに電話はしてこないとわかっていた。胡桃に促された南野は「それがな」と本来の用件を続ける。

『麻取《まとり》から問い合わせが来たんだ』

「……」

麻取…厚生労働省の地方厚生局に設置された麻薬取締部に所属する麻薬取締官には、特別司法警察職員としての権限が与えられている。つまり、警察官と同じ逮捕権を持ち、薬物関連の捜査を行っているのだ。

遺体として発見された新家の自宅からは、覚醒剤を使用していただけではなく、密売を行っていたらしき証拠が出ている。組対は新家をマークしていなかったと玉置から聞いたが、麻取は違ったのだろうかと訝しく思いながら、胡桃はどういう内容の問い合わせなのかと確認した。

『暴力団絡みの殺しなのかどうかって』

「なんで麻取がそんなことを？」

『どうも麻取の方では新家を内偵してたらしいんだ』

「だったら、向こうの方が詳しいでしょう。何か情報は入ったんですか？」

『そんなに簡単にほいほいネタをくれるような相手じゃないよ。今、探りを入れてるからさ』

もう少し待ってくれと言う南野に、胡桃は渋々了承し、「頼みますよ」とつけ加えた。麻取が新家をマークしていたのであれば、殺害当日の動きも摑んでいる可能性もある。ただ、南野の言うように命令系統の異なる麻取から情報を仕入れることは、容易ではない。

暴力団絡みかどうか確認してくるからには、組対と同じく、麻取も新家と暴力団の繋がりを摑めていなかったということか。そんな胡桃の考えを読んだように、南野が「とにかく」と続けた。

『チャカが使われてる以上、なんらかの形でどっかの組が絡んでいる可能性は高い。そのへんも…』

調べてみる…と続けた南野に、胡桃は「フン」と電話越しにも聞こえるような鼻息を吐いた。

いかにも気に入らなげな様子を察し、南野が訝しげに尋ねる。

『なんだよ？』

「またあいつじゃないでしょうね」

『……。あいつって？』

「ろくでもないのとは関わるなって言ってるんです」

　わかっているくせに聞き返してくる南野に苛つきつつ、胡桃ははっきり関わるなと注意した。南野はある暴力団関係者を情報屋として使っているのだが、胡桃はそれを気に食わなく思っている。それを知っている南野は、困ったように「何言ってるんだよ」ととぼけてみせてから、東京に戻ったら連絡をくれともごもご言いながら通話を切った。

　恐らく、南野は自分の忠告を聞かないに違いない。苦々しく思いつつ、胡桃は携帯をしまって溜め息をつく。困ったものだと憂えたけれど、通話を切って目の前の現実に立ち返れば、それも吹っ飛ぶ。

　自分をどうやって説き伏せようか、窺う朝生と、車の中で「出せ！」と叫んでいる謎の自殺志願者。胡桃は憑《つ》きものでも落とすみたいにぶるぶると首を振ってから、再度溜め息をついて運転席に乗り込んだ。


「おい、ここから出せ！　私をどうするつもりだ⁉」

「うるせえな。出たいなら自分でさっさと出ればよかっただろ？」

外からリモコンでロックはしたが、内側から開けることは容易だ。そうしなかったのは誰かに甘えたいという欲求があるからなのではないか。車に轢かれようとしながらも、助けて欲しいという気持ちがあるように思え、胡桃は溜め息をついて後部座席の男を見た。

「いいか。交番まで送ってやるから、そこで話を聞いてもらって、ゆっくり考えてみろ」

「考える…って…何を考えるのだ？」

「そりゃ…お前が今後、どうすればいいかだよ」

訝しげに聞き返してくる男に適当な答えを返していると、遅れて朝生が助手席に座った。胡桃はシートベルトを締めろと言い、エンジンをかける。朝生はシートベルトには手を伸ばさず、運転席の胡桃に「おじさん」と話しかけた。

「俺、考えたんですけど…、おじさん、急いでるんですよね？」

「…お前を送っていくくらいの時間はある」

「でも、この人を交番に連れていって、説明とかしてたら時間がかかると思うんです。手続きとかもあるでしょうし。おじさんの立場的にも放り出しておしまいってわけにはいかないでしょう？」

「……」

朝生の言うことはもっともであって、胡桃は微かに目を眇めて隣を見る。確かに、交番に預けるとなれば事情を説明する必要があるし、自分の身元も明かさなくてはいけなくなる。そうなれば、それなりの時間がかかるのは確実だった。

「だから、このまま東京まで行って、俺がこの人を交番に連れていくっていうのはどうですか？

そしたら、おじさんはすぐに仕事に向かえるでしょう?」

「……」

「あの人にはおじさんと東京に帰るって、電話で伝えますから。おじさんが一緒なら、あの人も安心すると思うんです。なんなら、今から電話します」

朝生の甘言に乗りたくはなかったが、早急に東京へ帰りたいのは事実である。遺体に扼殺痕《やくさつこん》が残っていたというのも気になるし、麻取が絡んできているというのも気に食わない。南野は自分が指示を出しておくと言っていたが、玉置からそのあたりの話が聞けなかったところをみると、「任せるよ」とでも言ってそうだ。

事件捜査の要は初動にあるというのに、こんなところで時間を無断にしている場合ではない。ちらりと後部座席を振り返れば、「今後…」と呟いて考え込んだままの男がいる。よくよく見れば、男は全体的に薄汚れており、その格好はかなりみすぼらしいものだ。

「……」

先ほど喚《わめ》いていた様子からも、交番に連れていき、自殺しようとしていたのでよろしくお願いします…でとても終わりそうにはない。ハンドルに凭《もた》れかかり、しばらく考え込んでいた胡桃は、仕方なく意を決して朝生を見た。

「…電話しろ」

胡桃に命じられた朝生はぱっと顔を輝かせ、手にしていた自分のスマホで電話をかける。電話はすぐに繋がり、朝生は短い会話で用を済ませた。

「…俺。おじさんの車に乗せてもらって東京に戻ってるから。……うん。じゃ」

朝生自身も言っていたし、胡桃も予想はしていたが、沙也香はあっさり了承したようで、ものの五秒も必要としなかった。運転席から横目で見る胡桃に、朝生は嬉《うれ》しそうな顔で「承諾取りました」と返す。

朝生の父親は東京にいるのだろうか。一緒に暮らしているのか。東京のどこに住んでいるのだろう。色々と気になることはあったが、知ってしまえば厄介な影響を及ぼすような気がして、敢えて尋ねなかった。

朝生を連れて東京へ戻ることが決まり、胡桃は男の了承も取ろうと思い、後部座席を振り返る。

「おい」と声をかけられた男は、はっとしたように顔を上げた。

「悪いが、俺は急いで東京に戻らなきゃいけないんだ」

「東京…」

「向こうで話を聞いてくれる奴を紹介してやるから。それとも、お前の家がこっちにあるなら…」

「家はない」

男が長野在住であれば振り回すことになってしまうから気の毒だとも思ったが、違うのだと即答される。しかも「家はない」と言うのは…。つまり、薄汚れているのはホームレスだからなのかと、納得する。

「じゃ、いいな」

東京へ行くぞ。そう断って、周辺を確認してから車を発進させる。とにかく、自分は早急に捜査活動に加わらなくてはならないのだ。これ以上ない顰めっ面で胡桃はハンドルを握り、真っ暗な山道を抜け、長野道の安曇野インターチェンジを目指した。

　高速道路に乗り、走行が安定すると、胡桃は後部座席の男に「なあ」と声をかけた。車に放り込んだ時は「出せ」と喚き散らしていた男は、その後静かになり、窓にへばりつくようにして物珍しげにずっと外を眺めていた。

　自分が呼ばれているのだと気づくと、はっとしたような顔で胡桃を見る。

「なんだ？」

「名前は？」

「私の名か？　カミルだ」

　車に轢かれて死のうとしていた男と話せば、面倒な会話にしかならない気がしてできるだけ関わらないようにしたかったのだが、名前くらいは知っておく必要がある。カミルという名はやはり外国のもので、胡桃は続けてどこの出身なのかと聞いた。

　その問いについて、カミルは首を傾げて聞き返す。

「出身とは？」

「どこから来たんだ？　日本人じゃないだろう？」

　名前も顔立ちも、男が純粋な日本人ではないのだと教えている。カミルは微かに眉を顰めて、しばらく考えたのちに答えた。

「…最後にいたのは…イングランドだ」

「イギリスの人なんですか？　日本語上手ですよね？　いつからこっちにいるんですか？」

　イングランドと聞いて、助手席の朝生が後ろを振り返って滞在期間を尋ねる。カミルは眉間の皺を深くし、「わからぬ」と言って首を横に振った。

「目覚めたら…この国にいたのだ。ここはナガノという国なのだろう？」

「ナガノ？　それは県名ですよ。ここは日本です」

　カミルから妙な確認をされた朝生は、困った表情で返してから、運転席の胡桃を見る。朝生の戸惑いは理解できて、胡桃は渋面で肩を竦めた。

　いつからいたのかも覚えていないというのも問題だが、日本語を話せるのにここが日本だとわかっていないのはおかしな話だ。カミルには何かしらの問題があるのではないか。轢かれるために寝ていたと言ったが、もしかすると、事故にでも遭って頭を打ったのではないだろうか。

　そのせいで少しおかしくなっているのだとすれば…。妙な言動にも納得がいくと想像する胡桃の横で、朝生が別の質問をカミルに向ける。

「カミルさん、荷物とか持ってなかったみたいですけど…。手ぶらで歩いていたんですか？」

「ああ。本当は寝ていた棺桶を持って出たかったのだが…追いかけられたりしたので無理だった。あれは大きいし…」

　棺桶を持って出る…というのは一体どういう意味なのか。訝しく思って胡桃はバックミラーでカミルの様子を確認したが、彼の表情は真剣で、ふざけている様子など一切なかった。だが、荷物と聞かれて「棺桶」と答えるのは普通ではない。

「お前、事故に遭って…頭を打ったんじゃないのか？」

「事故？　いや。そんな覚えはないぞ」

それも忘れてしまっている可能性もある。棺桶という答えに困惑している朝生に、それ以上聞くのはよせと小声で指示した。かなり混乱している様子のカミルを刺激するのはよくない。朝生は頷き、口を閉じたのだが、今度はカミルの方が自ら話し出した。

「…本当は…あの村に戻ってベネディクトを捜《さが》したいのだが…、夢中で逃げたものだから、どこにあるのかわからず、戻れなくなってしまったのだ…。…だから……仕方なく、死のうと考えたんだ」

村に戻ってベネディクトを…。カミルの話は荒唐《こうとう》無稽《むけい》すぎて、胡桃はまったく理解が追いつかなかった。

自分が交番へ連れていくという朝生に任せようと考えていたものの、これは無理そうだ。カミルはただの自殺志願者というわけではないように思える。自分の部下である碓氷あたりに、対応を任せた方が無難だろうと考えていると、一度は黙った朝生が再びカミルに問いかける。

「ベネディクトさんというのは…お友達ですか？」

「友達よりもずっと大切な存在だ。私はベネディクトがいないと生きていけない」

きっぱりと言い切るカミルの顔は自慢げなもので、胡桃と朝生は返す言葉がなかった。誰かがいないと生きていけないなんて。そこまで言い切れるような相手に、胡桃も朝生も出会ったことがない。

「そうなんですか。じゃ、カミルさんはベネディクトさんを捜さなきゃいけないんですね」

「ああ。ベネディクトが傍にいなかったから…途方に暮れてしまい、死のうとしたのだ」

自殺しようとした原因はベネディクトがいなかったことだと聞いた胡桃は訝しげに首をひねる。大切な存在を失い、悲嘆に暮れて自殺を考える…というのはわからないでもない。しかし、カミルにはそこまでの哀《かな》しみは感じられなかった。

カミルが車に轢かれようとしていたのは事実だが、死のうとするほど追い詰められている人間が、早く轢けと要求するだろうか？　やっぱり、何かがおかしい。違和感を強く覚える胡桃に対し、まだ子供の朝生は正直に捉えているようだった。

「そんな…。死んだら、ベネディクトさんに会えなくなっちゃうじゃないですか。大丈夫です。おじさんがベネディクトさんを捜してくれますから！」

「っ…おい⁉」

何を言い出すのかと慌て、胡桃が朝生を叱《しか》ろうとするよりも早く、カミルが反応する。

「本当かっ⁉」

「おじさんは警察官なんです。だから、ベネディクトさんもきっと見つかりますよ」

「お前…勝手な…」

ことを言うなと険相で言いかけた胡桃を遮るように、カミルが後部座席からぐいと身を乗り出してくる。「頼む」と胡桃に告げる声は真剣なものだった。

「ベネディクトを捜してくれ。もし、ベネディクトが目覚めていたら…きっと私を捜してくれてはいると思うが、目覚めていなかったら…私が起こしてやらなくてはならないのだ。ベネディクトがいなければ…私はどうやって暮らしていけばいいのか、わからぬ」

「……」

言ってる内容はよくわからずとも、カミルがベネディクトを必要としている気持ちはひしひしと伝わってくる。気軽な約束はできないと思いながらも、そこでカミルを突き放せば別の面倒が生じる気がして、胡桃は曖昧《あいまい》に頷いた。

東京に戻ったら碓氷に預ける腹積もりがある。ベネディクトとやらを捜してやってくれと頼んでやればいいだろうと、軽く考えることにした胡桃に対し、カミルの方は心底からほっとしたように呟いた。

「よかった…。これで一安心だ」

「……」

横目で見たカミルは嬉しそうに笑みを浮かべており、適当な安請け合いをした自分に罪悪感を覚え、さっと視線を外す。前方に見えてきた標識で、東京まであと二十キロ近くだとわかる。間もなく東京に着く。そうすれば、カミルとも朝生とも縁が切れるのだからと自分に言い聞かせ、胡桃はハンドルを握る掌《てのひら》に力を込めた。

東京に着いたのは深夜二時が近くなった頃で、胡桃はまず、朝生を自宅まで送ろうと考えた。すでに公共交通機関は動いていない。どこに住んでいるのかと聞く胡桃に、朝生は答えずに、違う質問を返す。

「カミルさんを交番に届けなくていいんですか?」

「それは俺の部下に任せることにする。とにかく、お前は家に帰れ」

「…おじさんはどこまで行くんですか？」

「……。新小岩だ」

「じゃ、そのあたりでいいです」

「じゃ、ってなんだ。じゃって。電車も地下鉄も動いてないぞ」

「なんとかなりますから」

世話をかけたくないだけなのだと言う朝生を訝しく思ったものの、胡桃としても朝生を通じて沙也香の個人情報を知りたくはなかったので、好都合と考えることにした。不承不承頷き、先に車を返すためにレンタカーショップへ向かう。二十四時間営業の店で車を返却してから、玉置に連絡を入れた。

「…俺だ。今、現場近くのレンタカーショップにいる。そっちは？」

『駅前の居酒屋を出たところです。新家がキャバ嬢と交際していたのがわかりまして、錦糸町《きんしちょう》の店に今から向かおうかと』

「わかった。碓氷は一緒か？」

『いえ。それが、あいつ、急に腹が痛いとか言い出して』

夜間外来のある病院に行ってるのだと聞き、胡桃は溜め息をついた。玉置は一人で聞き込みしていたと愚痴を交えながら説明し、捜査車両で来ているのでレンタカーショップまで迎えに行くと続ける。玉置の申し出はありがたいもので、胡桃は待っていると返して通話を切った。

「……」

碓氷は玉置に一緒に動いているだろうからと考え、合流するついでにカミルの世話を任せようと考えていた。それが病院に行っているというのは間が悪い。どうしたものかと悩みつつ振り返ると、すぐ傍に朝生とカミルが立っていて、息を呑んだ。

「っ…。何してるんだ？」

カミルはともかく、朝生は自宅に帰るべきだ。さっさと帰れと渋面で言い放つ胡桃に、朝生はしれっと返す。

「それが、鍵《かぎ》がなくて」

「は？」

「家の鍵です。あの人から貰《もら》ってくるの、忘れてました」

「……」

そんなこと、朝生は今まで一言だって、言わなかった。自宅に戻るつもりで車に忍び込んでいたのだから、てっきり、そのあたりのぬかりはないだろうと思い込んでいたのに。今さら何を言ってるのかと眉間に皺を刻む胡桃に、朝生は控えめな笑みを浮かべて「なので」と続けた。

「おじさんの家にいさせてもらえませんか？」

「はあ？」

「明日の夜にはあの人も帰ってくると思うので。それまでの間でいいですから」

「何言ってるんだ？　父親は？　家にいないのか？」

「父は…いないんです」

困った顔で朝生が答えるのを聞き、胡桃は失敗を犯した気分になる。沙也香は昔から艶聞《えんぶん》の絶えない女だった。あの沙也香がどんな家庭を…と考えても想像がつかなかった胡桃にとって、父はいないという朝生の発言は納得いくものだ。

「…にしたって、どうしてお前が俺ん家《ち》に…」

「他に頼れる人がいないんです。明日の夜までどこかで時間を潰《つぶ》すというのも…問題がある気がして…」

「……」

確かに朝生の言う通り、未成年である朝生を保護者の同伴なく、夜間に出歩かせるのは胡桃の立場上問題がある。何か解決策はないかと考えたが、生憎、胡桃には時間がなかった。

間もなく、玉置が現れる。朝生は…恐らく、玉置が狂喜乱舞するタイプの少年だ。顔が綺麗で、細くて手足が長い。玉置はいくつかの問題を抱えているが、美少年好きというのも、厄介な問題の一つだった。

捜査現場でも美少年を見つけると執拗《しつよう》に追い回したりする。一度、自分好みの未成年を相手に三時間近く、無関係な内容も含まれる「事情聴取」を行って、問題になりかけたことがあるのだ。

玉置が朝生に夢中になることは容易に予想がついて、絶対に会わせたくはなかった。さらに、朝生が自分の甥だと知ったら…。知らぬ間にとんでもない噂を流される予感がして…あの胡桃主任に美少年の甥御《おいご》さんが！　というような…背筋に悪寒が走る。

それに朝生とはただの叔父と甥の間柄ではない。自分自身の複雑な家庭環境も知られたくはない胡桃は、苦渋の決断を下した。

「……。わかった。…その代わり、部屋の物には一切、触るなよ？　おとなしくしてろ」

「わかってます。マナーは守ります」

「沙也香さんが帰ってきたら、すぐに家に帰れよ。それまでの間だけだぞ？」

「わかってます」

真面目な顔つきで頷く朝生に、胡桃は渋々ながら自宅の鍵を預けた。それから、手帳に住所と携帯の番号をメモしてちぎり、続けて渡す。紙片を受け取った朝生は、「それで」と胡桃に聞いた。

「カミルさんはどうするんですか？」

「……………」

朝生の問いかけにはっとし、胡桃は隣に立っているカミルを見る。胡桃と目が合うと、カミルは優雅な笑みを浮かべた。ベネディクトを捜してくれると聞いた時から、カミルは胡桃に絶大の信頼を置いているというような態度になっていた。

期待に満ちた目で自分を見ているカミルに罪悪感を抱きながら、胡桃はそれとなく視線を外して俯《うつむ》く。確氷は使えない。ならば…玉置に？　いや、駄目だ。カミルは恐らく、二十代半ばで、玉置の好きな少年の範疇《はんちゅう》から年齢的には外れているが、王子様タイプも守備範囲なのだ。

今のカミルは全体的に薄汚れた感じだけれど、小綺麗にしたらかなりのイケメンだと思われる。西洋人特有の彫りの深い顔はいわゆる甘いマスクというやつで、きらきら光る黒い瞳《ひとみ》も魅力的だ。肌だって風呂に入れれば白く輝くような気がする。

胡桃は眇めた目でカミルを見て、力なく首を振る。玉置に任せたりしたら、確実に必要以上の世話を焼きたがり、捜査に戻ってこない可能性が高い。多々の難はあっても、玉置が有能で即戦力であるのは事実だ。

そうして悩み抜いた胡桃が出した結論は…。

「…一緒に連れていけ」

腕を摑んで引き寄せた朝生に胡桃は小声で命じ、タクシーを拾うために、通りに向かって手を挙げた。胡桃の合図に気づいたタクシーが減速して近づいてくる。

「いいんですか?」

「世話を任せよう思ってた部下が体調不良で病院に行ってるんだ。そいつが戻ってきたらなんとかさせるから、ひとまず、俺の家に行ってろ。何かあったらすぐに携帯に連絡しろよ」

「わかりました」

朝生が神妙な顔つきで頷くと、タクシーが三人の前で停まる。胡桃は朝生に、着替えの入った荷物をついでに持って帰ってくれと頼みながら鞄を預け、先に車に乗せた。それからカミルの方を振り返って、一緒に乗るように促した。

「俺はちょっと用があるんだ。こいつと俺の家で待っててくれないか?」

「待っていればいいのか?」

「ああ。また連絡する」

「わかった」

了解したと頷き、カミルは朝生の隣に乗り込む。二人を乗せたタクシーが走り出し、そのテールランプが見えなくなるのと同時に、玉置の運転する捜査車両が胡桃の前に滑り込んだ。間一髪セーフ…といったところだが、果たしてこれでよかったのか。胡桃は首を傾げて助手席のドアを開けた。

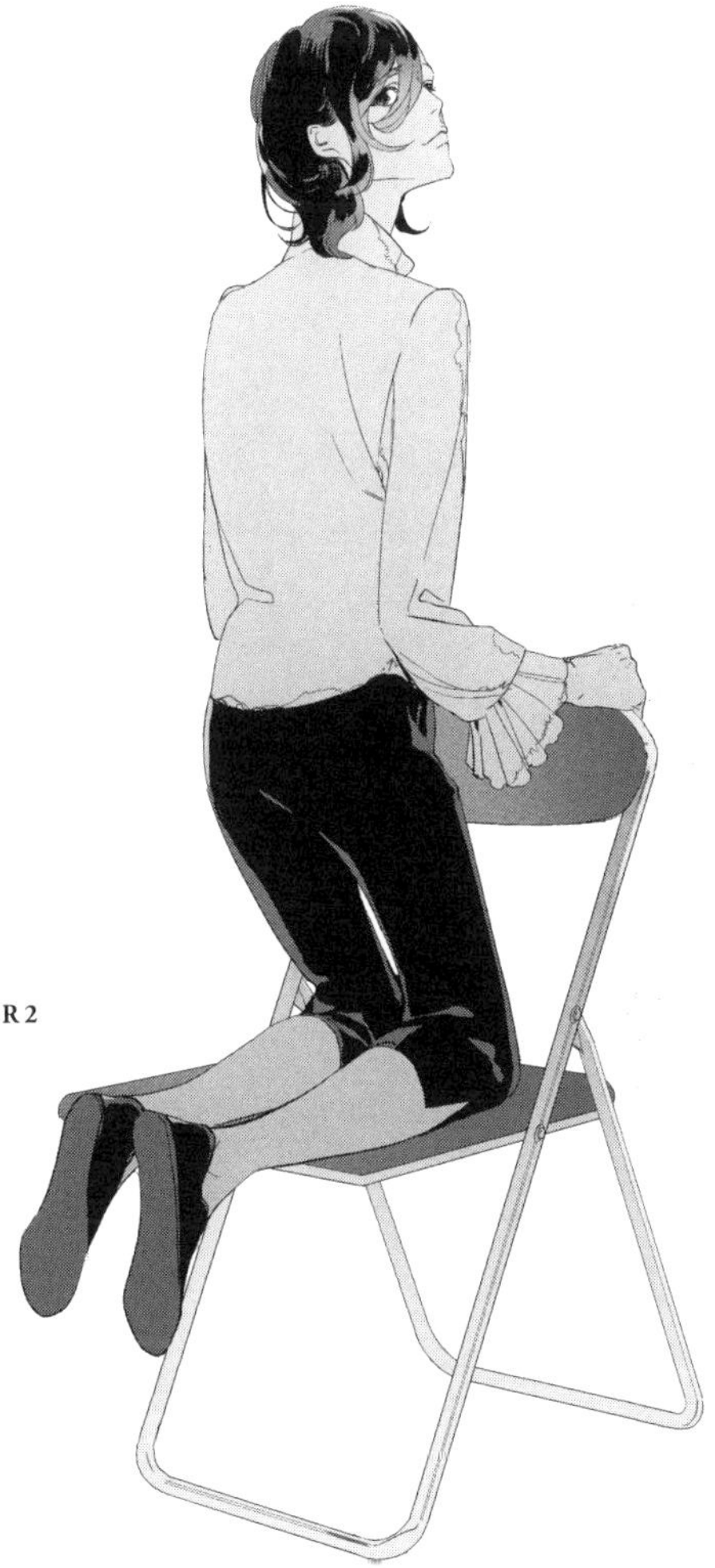

CHAPTER2

ハンドルを握った玉置は「ご苦労様です」と挨拶してから、意味ありげな視線で胡桃を見た。胡桃が「なんだ？」と返すと、小さく鼻先から息を吐いて、車を発進させる。

「いえ」

「いえって感じじゃないぞ。何かあったのか？」

「何もありませんよ。碓氷が腹痛で、笹井さんとは連絡がつかなくて、一人で走り回らなきゃいけないくらい、いつものことです。…ただ、喪服って五割増し、いい男に見えるはずなんだけどなと思いましてね」

「はずって、なんだ。はずって」

「主任はねえ。その髭が」

ありえないと玉置に首を振られた胡桃は、眉を顰めて顎に手をやった。玉置は男臭いのが嫌いで、髭や体毛など、その最たるものだと嫌悪する。胡桃の無精髭に近い顎回りの髭も嫌っていて、常々、剃《そ》るように進言していた。

「ぜんっぜん、私の好みではありませんが。主任は背も高いし、取り敢えずイケメンなんですから、髭を剃った方がもてますよ。知ってます？　女子のほとんどは髭が嫌いなんですよ。髭を生やせば格好良く見えるなんて、男の幻想ですから」

「別に格好良く見せたくて伸ばしてるわけじゃない」

「じゃ、どうして伸ばしてるんですか？」

「そんなことより、新家の女の情報は？」

どうでもいい会話を交わしている場合ではない。語気を強めて尋ねた胡桃に、玉置は信号に従って交差点を右折しながら、現在までにわかった情報を伝えた。

「携帯もスマホも部屋からは発見されなかったんです。ですが、室内から女物の着替えなどが見つかったことから、新家に女がいるのは確実だと考え、周辺の飲食店を聞き込んでいたんです。そしたら駅前で新家の行きつけだった居酒屋を見つけまして。新家はいつも女連れで来ていて、その女が錦糸町のキャバクラで働いてると話していたのを、店員が聞いていました」

「錦糸町のなんて店だ？」

「そこまでは。葵《あおい》という名前で働いているらしいとしかわかってません」

「葵ね。ありがちだな」

錦糸町には多くのキャバクラがある。葵という源氏名のキャバ嬢も複数いそうだ。個人情報の宝庫である、スマホや携帯電話の類いが見つからなかったのが痛い。充電器の類いは発見されているので、犯人が持ち去ったのかと考えながら、胡桃は懐の煙草を取り出しかけた手を止めた。

玉置は嫌煙家だ。自分の前では絶対に吸うなと、きつく念を押されている。喫煙者としての権利を訴えたくても、世情が許してくれないのはわかっていて、手持ち無沙汰な気分で頭を掻《か》いた時だ。

携帯が鳴り始め、ポケットから取り出すと、連絡が取れていなかった最後の部下、笹井の名が表示されていた。時刻は深夜二時をとうに回っており、初回の捜査会議にも笹井は顔を出していない。本来であれば厳重に注意しなくてはならないところなのだが…。

溜め息を堪えて電話に出ると、笹井は開口一番「悪い」と謝ってきた。

『本当〜に悪かった。いや、もう、いろいろ大変で…。本当〜にすまないと思ってる。奥さんが国に帰るって大騒ぎで…宥《なだ》めるのに大変で、電話にも出させてもらえなかったんだよ。まったくもって申し訳ない！』

「…今、どこですか？」

『自宅を出たところで…すぐに現場に向かうよ。ええと…新小岩だっけ？』

「錦糸町の方にお願いします。笹井さん向けのネタが」

『了解』

調子のいい返事を聞き、通話を切った胡桃は、運転席からの視線を感じてちらりと隣を見た。ハンドルを握りながらも、玉置が恐ろしい目つきで睨んでいるのがわかり、肩を竦める。非難めいた目でいるのは、上司として笹井を注意しないことに不満を持っているからに違いない。

「そんな目で見るな。また奥さんと揉めてたみたいで…仕方ないじゃないか」

「仕方なくないですよ。揉める原因を作ったのは笹井さんに決まってますから！」

笹井は胡桃よりも年長だが、立場的には玉置と同じく、胡桃の部下である。四度の離婚歴があり、今はコロンビア人の妻と五度目の結婚生活を送っている。四十を過ぎても女好きで、それなりの魅力がある笹井には、常に艶聞が絶えない。

「向こうの人は情熱的だって言うし、誤解もあるんだろう」

「火のないところに煙は立たないって言うじゃないですか。どうせまた、ろくでもないことしでかしたんですよ。それに！　捜一の捜査員は、いつ何時も呼び出しには即座に応じるのが基本じゃないですか。主任なんか、お父さんの葬式をすっぽかしてまでここにいるのに」

「……。まあ、それはそれとして」

微妙に悪意ある物言いな気がしたが、敢えてスルーし、笹井と会っても揉めないように忠告する。四角四面を好む玉置と、自堕落を絵に描いたような笹井は、正しく水に油でまったく気が合わない。救いは玉置がどんなに突っかかっても、女好きの笹井は決して怒ったりしないので、喧嘩《けんか》にはならないことなのだが、だからこそ、永遠に和解もない二人だと言える。

まだも笹井に対しての文句を吐き出そうとする玉置に、胡桃は「ところで」と切り出した。

「碓氷は大丈夫なのか?」

「いつもの食いすぎに決まってますよ。死ななきゃ治りません」

厳しい意見を吐き、玉置が唇を尖《とが》らせる気持ちは、わからないでもない。現場に現れた時もニンニク臭い息を吐き出していたのを思い出し、溜め息をつく。根っからの体育会系である碓氷は、いまだ現役時代の感覚が抜けず、やたらスタミナをつけようとしたり、食べすぎたりするので胃腸を痛めることが多いのだ。

有能で真面目だが、口うるさくて特殊な問題を抱える女の部下と、年上で働く気のないバツ四の部下に、ガタイはよくても腹痛持ちの部下。そして上司は及び腰。やっぱりどう考えても、一番大変なのは自分じゃないかと、胡桃は改めて自分自身を気の毒に思うのだった。

錦糸町に着くと、適当なパーキングに車を停めて、キャバクラ店を片っ端から当たった。葵という名前のキャバ嬢は胡桃の予想通り何人もいて、三軒回って五人と面談したが、新家とは無関係だった。

その上、明け方近い時間となり多くの店が閉店していたため、出直す必要がありそうだと玉置と対応を相談しかけた時だ。笹井から連絡が入り、場所を教える。間もなくして、通りにタクシーが停まって笹井が降りてきた。

「主任、ルナちゃん、ごめんごめん。本当に悪かった」

「笹井さん、いい加減にしてくださいよ。現場に姿見せないだけでなく、初回の捜査会議にも出ないなんて、前代未聞ですよ？」

「本当〜にすまなかったと思ってる。係長には土下座して謝っておくからさ。で、なんで錦糸町？」

「ガイシャの女が錦糸町のキャバクラで働いてるってネタが取れまして」

キャバクラで働くキャバ嬢だと聞き、笹井はきらりと目を輝かせた。無類の女好きである笹井にはうってつけの捜査である。店をもう訪ねたのかと聞く笹井に、胡桃は首を横に振った。

「それが本人の源氏名しかわかってないんです。葵っていうらしいんですけど、よくある名前なんで…今のところ、五人確認しましたが、空振りでした。それにもう閉まってる店も多いので出直そうかどうか、悩んでたところです」

「いや、主任。仕事を上がったキャバ嬢はホストクラブに行くからさ。そっちで話を聞いてみたらいいよ」

俄然やる気で、笹井は知り合いの情報通に聞いてみると言い、スマホを取り出した。歓楽街の情報について、笹井は班の誰よりも詳しい。調子のいい感じで笹井が話し始めるのを聞いていると、胡桃の携帯が鳴る。

相手は南野で、すぐに電話に出た。錦糸町に移動してくるまでの間に電話を入れたのだが、留守電になっていて、メッセージだけ残してあった。

『悪い。ちょっと手が離せなくて…、戻ってきたのか?』

「はい。今、玉置と笹井さんと錦糸町にいます。ガイシャの女を探してるところですが、そっちはどうですか?」

『一度、会って話せないか』

南野とはいろいろ打ち合わせなくてはいけない用件も多い。胡桃は待ち合わせ場所を決めて通話を切り、玉置に笹井と一緒に後を頼むと伝える。玉置は恐ろしい険相で舌打ちをしてから、忌々しげな口調で「了解です」と返した。

間もなくして通話を切った笹井は、キャバ嬢の溜まり場であるホストクラブがわかったと言う。

「駅西にある『ビッグバン』って店が流行《はや》りみたいだ。行ってみよう」

「笹井さん、俺、係長と合流しますんで、玉置と後を頼めますか?」

「了解。ルナちゃん、行こう」

「ルナちゃんって呼ばないでくださいって言ってるじゃないですか!」

問題は多々あれど、笹井の捜査手腕は確かなものだ。お目付役に口うるさい玉置をつけておけば、さぼることもないだろう。後で玉置の愚痴を山ほど聞かせられる覚悟だけして、胡桃は通りを走ってきたタクシーを停めて乗り込んだ。

南野が指定したのは捜査本部が置かれている江戸川署にほど近いファミレスで、胡桃が到着すると、窓際の席で座ってコーヒーを飲んでいた。

「ご苦労さん。どうだった？」

「笹井さんがキャバ嬢の集まるホストクラブを見つけたんで、玉置と当たらせてます。葵という名前はわかってるんですが…」

席に着きながら状況説明を始めた胡桃は、妙な視線を感じて南野を見る。戸惑いが浮かんだ南野の顔を見て、怪訝そうに首を傾げた。

「なんですか？」

「どうって聞いたのはその件じゃない。親父さんのことだよ」

「……」

南野の物言いに呆れたような調子が混じっているのを感じ、胡桃は困った気分で微かに眉を顰めた。注文を取りに来たウエイトレスにホットコーヒーを頼み、煙草を取り出す。南野は喫煙者ではないが、胡桃のことを考えてか、喫煙席に座っていた。

「どう…と聞かれても…。死因ですか？　遺体の様子ですか？」

「お前ね」

ますます呆れたように、南野は溜め息をつく。煙草を咥えて火を点けた胡桃は、顔を横に向けて煙を逃してから、父親との間には色々あって疎遠にしていたのだと説明した。

「なので…あまり哀しいとか、そういうことも思わなくて…ですね。父親の方も俺を頼るつもりはなかったらしく、近くに住む叔母にいろいろと頼んでいたんです。なので、俺がいなくても大丈夫ですから。この件に関してはもう触れないでください」

「……。わかったよ」

「それより、麻取の方はどうなりましたか？」

「組対はノーマークだったものの、麻取は新家が売人であるのを摑んでて、仕入れルートを探るために泳がせていたようだ」

「じゃ、新家を張ってたんですか？」

「ああ。だが、二十四時間態勢での張り込みはしていなかったらしい。新家の死亡推定時刻は午前二時過ぎで、麻取が最後に新家を確認したのはマンションに帰った、前日の午後十時頃だと言ってる。…ああ、そうだ。死因なんだが、どうも絞殺のようだ」

「玉置から聞きました。索条痕があったようですね」

司法解剖の結果が出たのかと聞く胡桃に南野が頷いた時、ウエイトレスがコーヒーを運んできた。しばし話を中断し、ウエイトレスが去ってから、南野が話を続ける。

「大塚の浦島《うらしま》先生からの情報だ。報告書としては明朝に間に合うかどうか…ってところらしいが、弾痕から生体反応が出なかったそうだ」

「つまり、死んだ後に撃たれたと」

「そうなるな」

肩を竦めて頷いた南野はコーヒーを飲み干して、明日、詳しい話を聞きに行くつもりだとつけ加える。胡桃はそれに同行すると申し出て、煙草の火を灰皿で消した。

「チャカだけなら、暴力団の線が濃そうなんだがな」

「首を絞めて殺しておいて、さらに撃つ必要なんてないように思えますが」

「たまたま出会して、首を絞めたとか…」

「撃った方が早いです」

南野が口にした推論を即座に否定し、胡桃はコーヒーに口をつけた。南野が易々《やすやす》と飲み干したのも納得できるぬるさと、薄さである。近くを通りかかったウエイトレスに淹れ直してくれるよう声をかけると、南野も一緒にお代わりを頼んだ。

「とにかく、新家の交友関係を洗い出すのが先決だな。携帯もスマホも出てきてないのが痛いが…。今のところ、望みがありそうなのは女か」

「ですね」

犯人像をはっきりさせるには被害者に関する情報が必要だ。南野の意見に頷き、何気なくレジの方に視線を向けた胡桃は、支払いをしようとしている客に目を留めた。若い外国人の二人連れで、片方の男がどことなくカミルに似ていた。事件以外にも問題を抱えているのを思い出した胡桃は、溜め息交じりに呟く。

「…外国人の迷子って…どこに任せたらいいんですかね？」

「は？」

唐突な質問をする胡桃を、南野は不思議そうに見て首を傾げる。どうだろうな…と考えてから、最寄《もよ》りの交番じゃないかと、適当な返事をした。

「最寄り…」

だとしたら、カミルの場合、寝転がっていたあの山道から一番近い交番が最適だったことになる。やはり、東京に戻るのが多少遅れたとしても、向こうで交番に預けてくるべきだったか。

今さらな後悔を胸に浮かべていると、テーブルの上に置いた携帯に着信が入った。同時に、南野のスマホも鳴り始め、互いがそれぞれに返事をした。

「…はい」

『主任？　葵ちゃん、見つかったよ』

「本当ですか？」

『なんだけど…ちょっとばかり…問題が…』

胡桃の携帯に電話をかけてきたのは笹井で、朗報を告げられたのだが、その声は曇ったものだった。笹井の背後からは女同士が罵《のの》り合う声が聞こえてきて、どういう状況であるのかは容易に想像がつく。胡桃が苦笑いを浮かべて、すぐに行きますと告げようとしたところ…。

前の席から南野に「胡桃」と呼ばれ、目線を向けた。

「マンションの防犯カメラの映像で、死亡推定時刻近辺に若い女が出入りしているのが確認できたそうだ」

「……。笹井さん。その女、絶対に逃がさないでください」

短くも鋭い声で命じる胡桃に、笹井は「了解」と返す。携帯を握り締めて立ち上がった胡桃は、「女を見つけました。引っ張ってきます」と南野に言い残し、ファミレスから駆け出した。

ファミレス前で拾ったタクシーに乗り、錦糸町へとんぼ返りした胡桃は、「ビッグバン」というホストクラブに向かった。店の入り口前に客引きとして立っていたホストに案内させ、店内へ入ると、店のマネージャーだという男がすぐに出てきた。迷惑顔の男と共に店の奥にある事務所へ向かう。

華美な装飾の店内とはまったく違う簡素なドアを開けると、事務机が二個ほど置かれた狭い部屋に、笹井と玉置、それから二十歳《はたち》そこそこの派手なメイクの女がいた。

「ご苦労さんです。たまたま客で来てた子が知り合いだというんで、呼んでもらったんだよ。で、話を聞こうとしたら…」

「逃げ出そうとしたんで捕まえました」

「ちょっと、おじさん、その女の上司？　その女に暴力ふるわれたんで、訴えたいんだけど！」

笹井と玉置が胡桃に説明するのを聞いていた女が、ふて腐れた顔で訴える。玉置が顔を引きつらせて拳《こぶし》を握り締めるのを見つけた胡桃は、「まあまあ」と宥めて、壁際のパイプ椅子に腰掛けている女の前に立った。

「警視庁捜査一課の胡桃と言います。名前は？」

「……」

「じゃ、葵さんと呼ばせてもらいますが、どうして逃げようとしたんですか？」

「……」

「警察官の制止を振りきって逃走しようとしたのはそれなりの理由があったから、ですかね？」

「…それは…」

胡桃を睨むように見ていた葵は眉を顰めて、追いかけられたから怖くなって逃げたのだと言い訳する。警官に対する言い訳に慣れている様子なのを見て、胡桃は別の質問を向ける。

「新家祐二を知ってますか?」

「……」

「新家は錦糸町のキャバクラに勤める葵という女性とつき合っていて、その女性らしき人物が昨日の午前二時半過ぎ、新家のマンションに出入りしてるのが防犯カメラの映像で確認されています。葵さん、あなたじゃないですか?」

「……」

「新家はその後、他殺体として発見されています。わかりますか? このまま何も話さないのであれば、あなたが一番に疑われますよ」

途中から葵は胡桃から目を背けて、俯いていた。眉間に皺を刻み、唇を噛みしめる葵は小さなバッグを胸に抱いている。両手で抱き締めたバッグをじっと見つめ、胡桃は「その中に」と続けた。

「新家の部屋からくすねたシャブが入ってるんじゃないですか?」

「……」

胡桃に指摘された葵は俄《にわか》に動揺し、激しく首を横に振った。違うと繰り返し否定するものの、態度が物語ってしまっている。胡桃は背後に立っていた玉置に、バッグの中身を確認するよう命じた。

どんなに致し方のない事態でも、セクハラだと訴えられかねない世の中だ。女性の被疑者には可能な限り、寄らないようにしている。その点、同じ女である玉置に遠慮はなく、葵が抱いていたバッグを強引に取り上げた。

葵は激しく抵抗したが、剣道の有段者である玉置は力も強く、何より気合いで負けていない。

「っ…痛いっ…！　何すんのよ！　ババア！」

「…主任」

投げてよこされたバッグを受け取り、胡桃は笹井と共に中身を確認する。案の定、新家の部屋で見たのと似たような覚醒剤を小分けにしたパケが、何個か出てきた。検査をするまでもなく、覚醒剤に違いない。

胡桃が「これは？」と聞くと、葵は顰めっ面で「拾った」と呟く。胡桃はハンカチを使って摘まみ上げたパケの一つを葵の前に翳《かざ》すようにして、先ほどまでよりも口調を厳しくして、彼女に自身の状況を確認させた。

「いいか？　これからお前の指紋と新家の指紋が出れば、拾ったなんて言い訳はできなくなる。新家と一緒にシャブやってたのを隠したいのかもしれないが、覚せい剤取締法違反より、殺人罪の方がずっと重いんだぞ？」

「ち…がう。私が行った時には…」

「行った時には？」

どうだったんだ？　と言葉尻を捉えて尋ねる胡桃に、葵は首を激しく振って、自分は殺しちゃいないと否定する。署で話してもらうと言い、胡桃は玉置に捜査本部へ連絡を入れるよう命じた。

応援の捜査員によって、葵…所持品の運転免許証から、山西《やまにし》エミリという名前が判明した女の所持していたパケの中身が覚醒剤だと断定されると、覚せい剤取締法違反で逮捕し、捜査本部のある江戸川署へ連行した。

取調室で胡桃が山西と向き合った時には午前五時を過ぎており、空も白み始めていた。

「だから、私は何も知らないんだって。行ったら死んでたんだから」

「なのに、通報もせずにパケを盗んで知らんぷりか。つき合ってたんじゃないのか?」

「つき合ってたわけじゃないし。それに…通報もしたし」

「じゃ、通報したのはお前なんだな?」

新小岩のマンションで新家の遺体が見つかったのは、女性の声で通報があったからだ。通報者は名乗らずに電話を切っているが、それは自分だと山西は認める。胡桃は別の捜査員に確認を取るよう命じ、山西に再度状況を確認した。

「マンションの防犯カメラの映像から、お前が新家の部屋に入ったのは午前二時半頃だとわかってる。その時には新家は死んでたって言うんだな?」

「うん」

「マンションを出る姿が映ってるのが…三十分過ぎ。死んでる新家を見て、すぐにパケを持って部屋を出たのか?」

「隠してあるとこは知ってたし…。ヤバイと思って…」

「新家はスマホを持ってなかったか?」

「持ってたよ」

た。


「持ち出したのはお前か？」

「知らないよ」

自分の存在を知られるのを恐れ、覚醒剤と一緒に山西が持ち出した可能性があると考えていたが、怪訝そうに否定する顔は嘘を言ってるようには見えない。胡桃は続けて遺体の状況を確認した。

「新家はどこでどういう状態で死んでた？」

遺体を見た時のことを思い出しているのか、山西は厭そうに眉を顰め、きらびやかなネイルアートが施された爪で、明るい栗色《くりいろ》の髪の先を弄《いじ》る。くるくると髪を指先で巻きながら、「変な格好だった」と小さく呟いた。

「ベッドの上で……裸で…、クッションが載ってて…、アイマスクだけしてた…」

「……靴下は？」

「そこまでは覚えてない」

「普段、新家は全裸にアイマスクで寝る習慣でもあったのか？」

自宅では裸で過ごす人間も一定数いるという。新家もそういうタイプだったのかと聞く胡桃に、山西は首を横に振る。

「ないよ。それに…あのアイマスク、私のだし」

「新家が使うことは？」

「一度もなかった。あいつは部屋が明るくないと眠れないんだけど、私は暗くないと駄目だから、あそこで寝る時は使ってたの」

だとすれば、アイマスクをつけたのは犯人だという可能性が出てくる。首を絞めて殺し、全裸にした上で、アイマスクをつけ…ベッドに寝かせて、クッションを上に置き、撃ち殺した…。そんな筋書を考えた胡桃は、仏頂面で頬杖《ほおづえ》をつく。どうしてそんな面倒な真似をする必要があったのか。さっぱりわからない…と首を捻っていると、取調室のドアがノックされ、碓氷が顔を覗かせた。

「すみません、主任。戻りました」

「……」

大きな身体を申し訳なさそうに竦めている碓氷を無言で招き寄せ、記録を担当している玉置と代わるように命じる。胡桃は玉置に山西の取り調べを任せ、一旦、部屋を出た。

殺害方法からも、本人の反応からも、山西が犯人だとは考えられない。他に防犯カメラに映った人影はなかったのか。南野を捕まえて確認しようと思い、捜査本部のある会議室へ向かっていると、「主任」と呼ぶ笹井の声がする。

振り返れば、笹井と南野がファストフード店の紙袋を手に近づいてくるのが見えた。朝食代わりに買ってきたと聞き、自販機の置かれた休憩スペースで話をすることにした。

胡桃を真ん中にして長椅子に三人並んで座り、南野と笹井はそれぞれが手にしていた紙袋から、買ってきた軽食を次々に取り出す。

「胡桃はチーズバーガーよりも普通のやつの方がいいんだよな？」

「どっちでもいいです。それより、恐らく、女はシロです」

「主任、ホットコーヒーとホットカフェオレとどっちがいい？」

「どっちでもいいです。スマホを持ち去ったのも女じゃないようですし…」

「朝はフライドポテトがないんだと。ハッシュドポテトだけど、いいか？」

「なんでもいいです。ただ、通報したのは自分だと認めて…」

「砂糖とミルクはどうする？」

「いらないです。…とにかく…」

事件の話を詰めたいのに、南野と笹井の関心は朝食の方にあるようで、チーズは自分だの、カフェオレを頼んだのはそっちだの、どうでもいいことばかり話しているものだから、胡桃の顔はどんどん険相になっていく。中央から発せられる不穏なオーラに先に気づいたのは南野で、いそいそとハンバーガーの包みを剝《む》いていた手を止め、とってつけたように「聞いてるぞ」と胡桃に言う。

「……」

聞いているのと、聞こえているのとでは、意味合いが違う。だが、そんな細かなところまで注意し出したら話が進まないと、これまでの経験で学んでいる胡桃は、気を取り直して「とにかく」と再度口にした。

「女の証言はそれなりに信用してもいいと思います。部屋に入った時にはすでに新家は死んでたと言ってますから、犯行時刻は午前二時三十分よりも前でしょう。それよりも前の時間帯に、防犯カメラに映っていた人影はないいんですか？」

「午後十時過ぎに新家本人が帰宅して以降、出入りしたのはあの交際相手だけのようだったが」

「新家が帰宅以前に侵入して隠れていたんじゃないのか？」

チーズバーガーを頰張りながら指摘する笹井に、南野はハンバーガーに齧《かじ》りついて首を振る。

「それもないようだったけど…、一応、確認してみよう」

「お願いします。それと…あのアイマスクは女のもので、新家が使用したことはなかったそうです」

「ということは…犯人が？」

「だと思います。なぜ、そんな真似をしたのかは謎ですが…」

わからないと首を捻り、胡桃はようやく南野から受け取ったハンバーガーの包みを剝いた。一口食べて、腹が減っていたのを思い出す。思えば、昨夜、通夜の前に助六を摘まんで以来、何も口にしていなかった。腹が減っているはずだと納得してから、胡桃ははっとする。

「……」

そうだ…。すっかり忘れていたが、自宅には朝生とカミルがいるのだ。朝生は夜には家に帰るだろうからいいとして、カミルをなんとかしなくてはならない。当てにしようとしていた碓氷は取り調べを手伝わせているから、すぐには使えそうにないし…。

自分で動いた方が手っ取り早いのかもしれないと、渋面を深めた時だ。「そういえば」と笹井が隣から話しかけてくる。

「主任、お父さんが亡くなったんだって？」

「…あ…はい」

「ご愁傷様です。だから喪服だったんだな。不幸があったんだろうとは思ってたけど…まさかお父上だったとは。いくつ？」

「…六十八…でした」

若いね…とらしくない神妙な顔で言う笹井に適当な相槌を返して、胡桃は自分の格好を見直した。荷物になると思い、着替えは朝生に自宅へ持ち帰らせてしまった。笹井のように礼服姿を訝しむ人間も多いだろうし、余計な詮索《せんさく》を受けるのも面倒だ。

朝生とカミルの様子も知りたいから、一旦、着替えに戻ろう。そう決めて、残っていたハンバーガーを口の中へ押し込んだ。

「係長、捜査会議って何時からですか?」

「今のところ、八時半だが」

「ちょっと家で着替えてきます。それまでには戻りますんで。…笹井さん、玉置が取り調べしてますんで、代わってやってください。あいつも飯食ってないと思うんで。碓氷は腹痛なんで、食わせないでください」

「了解」

紙コップのコーヒーも一気飲みし、南野にゴミを頼んで立ち上がる。足早に署内を歩きながら朝生とカミルはどうしているだろうかと考えると、事件のことでいっぱいだった頭に、一抹の不安が過った。

胡桃の自宅は清澄白河にあり、幸い、捜査本部のある江戸川署からはさほど遠くはなかった。隅田川沿いに建つ倉庫の二階事務所を住居に改築した物件に、胡桃が引っ越したのは五年ほど前のことだ。とある事件の関係者から紹介された部屋は、一人暮らしには不相応な広さだが、わけアリのために家賃は破格の安さである。

倉庫の前で停めたタクシーから降り、胡桃は二階に続く外階段を足早に上がる。かつて資材倉庫だった一階は、今は使われておらず、その建物を使用しているのは胡桃だけだ。築四十年近い建物はあちこちが老朽化しており、錆《さ》びも目立つものの、寝起きできれば十分の身の上に不満はなかった。

マンションなどと違い、隣近所のつき合いがないのもいい。多忙な仕事に就く、男の一人暮らしにはもってこいである。鉄製の階段を上がりきった胡桃は、玄関代わりの簡素なアルミ製のドアを開ける。

「……」

何気なく足を踏み入れようとしたところ、目の前にカミルが立っていた。時刻は早朝だ。寝ているだろうと考えていたから、驚いて息を呑む胡桃を、カミルは「遅かったな」と言って迎える。

「あ…ああ…。何してるんだ?」

「胡桃の声が聞こえたから待ってたんだ。ベネディクトは見つかったか?」

「……」

まだだ…と小さな声で答えながら、胡桃は怪訝な思いで眉を顰めた。ただいまと声をかけた覚えはない。ドアを開けたところにカミルがいたので、そんな暇もなかったのだ。声を発したのは、タクシーで支払いを済ませた時だけで、階段を上がってくる途中に、独り言を呟いたりもしなかった。

それに倉庫の二階にある住居部分は通常よりも高い位置にあるせいもあって、道路側の物音はほとんど聞こえない。それなのに、自分の声が聞こえたというのは…。不思議に思ってカミルを見ていると、廊下の向こうから朝生が姿を現した。

「あっ、本当だ。すごいね、カミル」

「だろう」

「カミルがおじさんの声が聞こえたって言うから、聞き間違いかと思ったんですけど…。どうしたんですか？」

「二人して起きてたのか。着替えに来たんだ。この格好じゃ差し支える」

朝生に説明しながら胡桃は廊下を進んで居間へ向かう。後ろをついてくる朝生に家の場所はすぐにわかったかと聞くと、倉庫の上だとは思わなかったという答えがある。

「タクシーの運転手さんに調べてもらったら住所はここで間違いないというので、恐る恐る二階に上がってきたんですが、びっくりするくらい広いので驚きました。おじさん、ここに一人で住んでるんですよね？」

「ああ。いろいろとわけアリでな」

どういう「理由」があるのかは説明せず、胡桃は居間に続くドアを開ける。すると、何かが違う気がして、思わず動きを止めた。三十畳以上の広さがあるリビングには、ソファとテーブル、テレビくらいしか家具はなく、元々殺風景な部屋ではあるのだが…。

やけに綺麗になっている気がする。ソファ周りには脱ぎ散らかした服や、雑誌、飲みかけのペットボトルや、缶、ファストフードのゴミなど、そうした生活の痕跡がリアルに残っていたはずなのに、そういうものがすべて消えている。

どうして…と怪訝に思って朝生を振り返ると、びくりとしたように肩を竦め、「すみません」と開口一番口にした。

「なんかすごく汚くて…どうしても許せなかったんです。俺、ハウスダストアレルギーとかもあるので、掃除させてもらいました」

「……」

すごく汚い…と言われるほどだったろうかと、首を傾げる胡桃に、朝生は表情を曇らせたまま、とうとうと語る。

「飲みかけの缶とかには黴《かび》っぽいものも生えてたし…そこら中、煙草の灰だらけで…灰皿はぎゅうぎゅう詰めで…食べ残しがミイラ化してたり…服だっていつから洗濯してないのかなって感じで…」

「わかった、わかった。仕方ないだろ。ずっと仕事で家を空けてたんだ」

思い出すのも辛《つら》いというように朝生が語るのが、自分の部屋の様子だというのがいけない。胡桃は渋い思いで、仕事が忙しいのだと言い訳する。十日ぶりに戻ってこられて、ようやく風呂に入って床に就いたところで、再び呼び出されたのだ。掃除している暇などあるわけがない。

それでも新小岩の事件現場よりはずっとマシな状態だったはずだ。朝生は潔癖症というやつなのだろうかと考えつつ、「悪かったな」と適当な感じで礼を言う。朝生には不運だったろうが、掃除してもらえたのはラッキーだと前向きに考えつつ、寝室へ向かいかけた胡桃は、何気なく覗いたキッチンにカップ麺の空き容器を見つけた。

自分が食べた覚えのないもので、朝生だろうかと思って振り返りかけたところ…。

「うまかったぞ」

「わっ！」

いつの間にか真後ろに立っていたカミルに話しかけられ、胡桃は飛び上がる。驚く彼をよそに、カミルはいそいそキッチンへ入っていき、カップ麺の空き容器を胡桃に掲げてみせた。

「知ってるか？　胡桃。これはお湯を入れただけで食べられるんだぞ？　しかも、ものすごく美味いんだ！」

「……」

カミルは鼻息荒く自慢げに言うけれど、胡桃にはただのカップ麺にしか見えなかった。自分が知らないだけで、限定味とか…何やらプレミアのついた品なのだろうか。そんなふうに不思議に思っていると、朝生が「おじさん」と呼ぶ。

朝生はカミルにリビングで待っててくれるように言い、胡桃を促してキッチンの向こうにある寝室へ入った。後ろ手にドアを閉め、怪訝そうな胡桃に真面目な顔で切り出す。

「カミルなんですが……なんだか…ちょっと、おかしいと思うんです」

「……」

それは胡桃も薄々感じていたので、俄に心配になった。朝生を深夜徘徊《はいかい》させるわけにはいかず、同じく扱いに困っていたカミルと共に自宅へ向かわせたのだが…。カミルに問題があるとわかっていながら、まだ未成年の朝生に世話を任せた自分は浅はかだったのではないかと反省する。

「何かあったのか？」

「当たり前のことに…いちいち驚くんです」

「は？」

「たとえば…スウィッチ押したら電気が点くとか、バーを上げたら水が出るとか、ガスレンジで火が点くとか…。ライフラインの整っていない未開の地から来た人みたいで」

困惑した顔つきで説明する朝生の話を聞きながら、先ほどのカミルを思い出す。カップ麵を知ってるかとカミルが自慢げに言ってたのは…もしかして、自分にカップ麵の存在を教えてやろうというつもりだったのだろうか？

「カップ麵も？」

「もちろん、知らなかったんです。ていうか、お腹《なか》が空いて…二人でコンビニに買い物に行ったんです。そしたら、もうすっごく驚いて…一緒にいるのが恥ずかしいくらいでした」

「……」

朝生の話を聞きながら、胡桃は自分の推測が当たっているのではないかと考えていた。カミルはただの自殺志願者ではなく、事故に遭って何もかも忘れてしまっているのではないか。もしくは、頭を打ったショックにより、記憶が欠けてしまっている可能性もある。

胡桃は小さく息を吐き、上着を脱ぎながら、朝生にそれを指摘した。

「本人は覚えていないようだが、やっぱり事故にでも遭って頭を打ったんだろう。一度、病院で診察を受けさせた方がいいだろうな」

「頭を打ったショックで忘れてしまってると言うんですか？」

「たぶん」

そうでもなければ、イギリスからやってきたというカミルが、電気や水道にさえ驚くというのはおかしな話だ。朝生はなるほどと頷き、カミルの洋服がぼろぼろなのも、そのせいかなと呟いた。

「つまり…事故現場は別にあって、そこに荷物なんかも…」

「あるかもしれないな。まあ、カミルがイギリス人なのだとしたら、然《しか》るべき機関に問い合わせたらわかるだろう」

パスポートを失《な》くしてしまっていても、日本へ入国した記録は残っているはずだ。碓氷にもそのあたりを調べるよう伝えなくてはいけないと考えながら、胡桃は手早く着替えを済ませ、ネクタイを首に引っかけて上着を掴んだ。

それから首を傾げたままの朝生を振り返り、カミルの対応についてはなるべく早く手配するつもりだと伝える。

「カミルのことは俺がなんとかするから、心配しなくていい。沙也香さんも夜には長野から帰ってくるんだろう。お前はそれに合わせて家に帰れ」

「…それより、おじさん。カミルをお風呂に入れてもいいですか？」

「風呂？」

「薄汚れてるのはずっとお風呂に入ってないせいかなと思いまして。できれば、おじさんの服も貸してやってください」

朝生の言う通り、カミルが薄汚れて服もぼろぼろであるのは胡桃も気づいていた。身長も体格も胡桃の方がカミルより勝っているけれど、大は小を兼ねる。荷物も持っていなかったカミルには着替えもないだろうし、仕方なく、胡桃は「わかった」と返事してクロゼットから適当な衣類を取り出して朝生に渡した。

それを手にした朝生と共に寝室を出ると、カミルは居間の窓際にいた。すでに朝陽《あさひ》が昇り、隅田川沿いにある胡桃の部屋からは、緩やかに流れる川面《かわも》と街の景色がよく見える。眺望はいい方だが、珍しい景色でもない。なのに、興味津々《しんしん》といった顔つきでカミルは窓にへばりつくようにしていた。

「おい」

胡桃が声をかけると、カミルははっとした顔で振り返り、急いでやってくる。

「なんだ？」

「悪いが、俺は仕事が忙しくてまた出掛けなきゃいけないんだ。もう少し、ここで待っててくれ」

「仕事か…。なら、仕方ないな。待っていることにしよう」

「それと、風呂に入って着替えろよ。俺の服を貸してやるから。それじゃ、あんまりだ」

改めて見たカミルの服はかなり汚れて破れてもいて、着替えるように命じてから胡桃は玄関へ向かう。靴を履いてから後をついてきていた二人を振り返り、朝生に夜には家へ帰るように念を押した。

「夜じゃなくても、沙也香さんが長野から帰ってきたって連絡があったら、すぐに帰れよ」

「…わかりました」

愛想笑いで返事をする朝生は怪しげな感じだったが、見張っているわけにもいかない。カミルには連絡するまでここで待つよう言ってから、胡桃は玄関のドアを開けた。朝生はともかく、カミルを早いところなんとかしなくてはならない。この忙しいのに…と憂えながら、胡桃は足早に階段を下りた。

本来であれば、一度、朝生の保護者である沙也香に電話を入れるべきなのはわかっていた。朝生が自ら事情を伝えていたとしても、保護すべき立場なのは自分の方だ。朝生は自分の家にいるので東京に戻ってきたら帰宅させると、一本電話を入れるだけでよかったのに、そうできなかったのは、沙也香との間に解決のしようがない確執があるからだ。

いや、拘《こだわ》っているのは自分だけだ。自分の器の小ささに厭気を覚えつつ、胡桃は江戸川署に戻り、八時半から始まった捜査会議に出席した。長野にいた胡桃は初回の捜査会議には出ておらず、関係資料を改めて読み込みながら、各所からの報告を聞いた。

南野からも聞いていた通り、死亡推定時刻近辺に被害者の部屋に出入りしていたのは、交際相手である山西エミリだけで、被害者の帰宅以前にも不審な侵入者の類いは確認できていなかった。有力な被疑者として浮上している山西を逮捕し、取り調べている胡桃は報告を求められ、現段階での見解を述べる。

「山西エミリは本件の被疑者として有力ではありますが、防犯カメラの記録から山西には本件の犯行は不可能であったとも考えられます」

不可能と口にする胡桃に、捜査本部の監督として顔を出している管理官から理由を求める声が強い調子で上がる。胡桃はその隣に座っている南野をちらりと見てから、犯行にはある程度の時間が必要だったはずだと説明した。

「山西が被害者宅に滞在したのはおよそ五分。その間に被害者の首を絞め、ベッドに寝かせ、拳銃で撃つというのは恐らく無理でしょう。被害者の体重は七十キロ以上ありますが、山西は女性でも小柄で四十五キロほどです。体格差の面からも、山西が被害者をベッドに移動させるのには時間がかかったと考えられます」

それに山西が拳銃を所持していたというのも疑問だ。捜査会議後に山西の自宅を捜索する予定となっており、そこで凶器の類いが発見されれば話も変わってくるだろうが、可能性は低いと見ていた。

山西に関する報告を終え、胡桃が着席すると、続けて被害者宅周辺への聞き込みを行っていた地取り班からの報告がされた。駅に近い住宅密集地であり、マンションの住人のほとんどが単身者で、隣近所への感心も薄い。芳しい目撃情報は聞こえてこなかった。

一通りの報告がそれぞれからなされた後、管理官によるお決まりの訓示…早期解決を目指し各自鋭意努力願う…が下され、小一時間ほどの会議は終わった。捜査員が各自散っていく中で、胡桃は班の人間を集めて指示を出す。

「笹井さん、玉置と所轄を連れて山西エミリ宅のガサ入れをお願いします。たぶん、出ないとは思うんですが、凶器と…あと、本人は否定してますが、もしかすると新家のスマホを持ち帰ってるかもしれないので」

「了解。若い女の子の部屋に入れるなんて、役得だな」

「おかしな真似しないでくださいよ。遠慮なく、捕まえますからね」

「やだな、ルナちゃん。ちょっとした冗談で…」

「だから、ルナちゃんって呼ばないでくださいって言ってるでしょう!」

軽口を叩く笹井を害虫でも見るような目つきで見ながら、玉置はさっさと会議室を出ていく。仲が悪そうでも…玉置の方は真剣に笹井を煙たく思っているのだろうが…仕事は確かな二人だ。

不安なく送り出した胡桃は、碓氷には自分と一緒に現場へ行くぞと指示を出した。

捜査車両を借り受けて駐車場で待っているように碓氷に言い、所轄署の刑事課長と話している南野に声をかける。南野は刑事課長との話をやめ、胡桃のもとへ近づいた。

「大塚の浦島先生と連絡が取れた。今から行けないか?」

司法解剖の詳しい内容を胡桃も聞きたく思い、同行したいと南野に告げてあった。行きますと返事をして、南野と共に駐車場へ向かう。駐車場で捜査車両を借り受けてきた碓氷と合流し、三人で大塚へ向かった。

「山西の家から新家のスマホが見つからないかねえ」

後部座席に座った南野が希望的観測を口にするのに、助手席の胡桃は渋い表情で肩を竦める。スマホや携帯の類いが見つかれば、新家の交友関係が絞り込める。覚醒剤の売買にも使われていたであろう連絡ツールの発見は、最優先事項でもある。

「玉置たちにもスマホを探せと指示は出しましたが、ないでしょうね。山西が持ち出したのはシャブだけでしょう」

「だったら山西じゃない犯人が持ち出したのか」

そう考えるのが妥当だと南野に答え、胡桃は運転席の碓氷を見た。昨夜、胡桃が長野から戻った時、碓氷は腹痛で救急外来にかかっていた。戻ってきてからはすぐに取り調べに当たらせたので、状況を聞けていない。「どうなんだ?」と体調を聞く胡桃に、碓氷は戸惑ったように首を傾げた。

「どう…と言いますと?」

「腹だよ、腹。夜中に病院、行ったんだろう?」

「ああ、はい。もう大丈夫です。ずっと便秘気味だったものですから」

全部出してすっきりしたと言う碓氷の顔は晴れやかなものだったが、胡桃は呆れるしかなくて、力が抜ける。おおかた、食べすぎで胃腸を壊したのだろうとは思っていたものの、便秘というのは。

「便秘で病院行ったのか?」

「ニンニクを一気に食べたのが効いたみたいで。主任も便秘の時はニンニク、お勧めしますよ」

「……」

そこじゃない…と論点がずれているのを指摘したくなるのをぐっと堪え、胡桃は無視して窓の外を見た。便秘で病院の世話になって仕事に支障を来《きた》すなど、胡桃には考えられない話で、本当は山ほど説教したいところだ。だが、ジェネレーションギャップというものを強く感じ始めている年頃としては、口うるさい上司だと思われたくない。

だから、黙っているのが一番だと思い胡桃は口を閉じたのに、後部座席から暢気《のんき》な声が聞こえてくる。

「碓氷、便秘なのか。俺は逆だな」

「下痢の方ですか？」

「下痢まではいかないけど、いつも緩いっていうか。胡桃は？」

どっちだ？　と聞いてくる南野の首を絞めたいような気分に襲われ、胡桃は眉間に皺を刻んで煙草を取り出す。咥えたそれに火を点けようとすると、二人が揃《そろ》ってやめてくれと訴えてきた。

「こんな密閉された空間で吸われたら逃げ場がない」

「煙《けむ》いし、迷惑ですよ」

「…窓、開ければいいんだろ？　お前の腹痛だって十分、迷惑かけてるじゃないか」

ふんと鼻息を吐き、胡桃は厭がらせも込めて煙草に火を点ける。勤務中に便秘で病院に駆け込んだ碓氷には何も言わないのに、煙草を一本吸うだけでも、臭い煙いとうるさく言う南野に苛ついているうちに、車は大塚にある監察医務院に着いていた。

先に南野を正面玄関前で降ろし、胡桃と碓氷は駐車場へ車を停めに向かう。空いていたスペースに駐車し、シートベルトを外して車を降りようとした胡桃は、ふと思いついて碓氷に声をかけた。

「…なあ。ちょっと頼みがあるんだが…」

大塚には検死結果を聞きに来ただけで、碓氷に取り立てた仕事はない。ならば、この間に気にかかっている件を片づけさせようと考え、胡桃は手帳のメモ欄《らん》に自宅住所を書きつけた。

「…ここに…カミルという外国人がいるんだが、事故に遭ったようで、イギリスから来たということ以外、ほとんど覚えてないいんだ。こいつをどっかの署に連れていって、預けてくれないか」

「ええと……つまり、迷子で？」

「そういうことだ。荷物も何も持ってなくて、パスポートも所持していないから、入管に問い合わせた方がいいだろう。それと病院で診察を受けられるよう、手配してやってくれないか」

「わかりました。じゃ…このまま行けば？」

「ああ。俺と係長はなんとかする」

私的流用かもしれないが、迷子を保護するのも警察の仕事である。いいように考え、胡桃は碓氷にカミルの世話を頼んで送り出した。碓氷の車が駐車場を出ていくと、胡桃は建物を回り込んで、正面玄関から建物内へ入った。

入り口の受付で手続きを済ませていた南野は、胡桃が一人なのを見て不思議そうに聞く。

「碓氷は？」

「ちょっと確認させたいことがあったので、先に現場へ行かせました」

胡桃の説明を南野は疑問に思うふうでもなく聞き、「行こうか」と促す。返事をしてその後について歩き始めた胡桃は、少しだけ心が軽くなったように感じていた。

これでカミルの件は片づく。あとは朝生を自宅に帰せば懸念材料は消える。それも沙也香が長野から戻ってくるまでのことだ。自分は事件に集中しようと思い、気を引き締めて姿勢を正した。

東京二十三区内で発生した変死体の検死や解剖を取り扱う監察医務院で、監察医を務める浦島は、南野とは長いつき合いでプライヴェートでも飲みに行くような間柄だ。南野の部下である胡桃も浦島には可愛《かわい》がられており、判断に悩むような案件があると意見を聞いたりできる間柄である。

南野が連絡を入れていたこともあり、浦島は解剖室で問題の遺体を用意して二人の到着を待っていた。胡桃の顔を見ると、にやりと笑い「元気か?」と聞く。

「はあ。ぼちぼちやってます」

「何言ってんだ。父親の葬式さぼってここにいるくせに」

「……」

言うなと口止めしたのも忘れ、唇を尖らせて呟く南野を、胡桃は険相で睨みつける。わなわなと怒りに震える胡桃を見て自分の失敗に気づいた南野は、慌てて発言を撤回しようとしたが、時遅く。

「父親の葬式? 亡くなったのか?」

ずり落ちかけていた眼鏡を人差し指で戻し、浦島は驚いた顔で胡桃に聞く。胡桃は南野に上司に対するものとは思えない顰めっ面を向けてから、渋々、頷いた。

「いいのか。葬式、出なくて」

「…元々、親子関係が希薄だったので。って、俺のことなんかどうでもいいですから、死因について聞かせてください」

そのために来たのだからと言い、胡桃は浦島に説明を求める。浦島は呆れたように眉を微かに顰めてから、ストレッチャーの上に置かれている遺体保管袋のファスナーを下ろした。現れたのは三十前後の男の遺体で、首には索条痕があり、左胸上部に弾痕が見られた。

昨日、胡桃が新小岩のマンションの一室で目にした時には、遺体はアイマスクをつけた状態だったので、どういう顔立ちなのかははっきりわからなかった。白く変色した顔は生前とは面持ちを変えており、捜査資料で見た新家の写真とは別人のようだ。同一人物なのかどうかは、一見しただけでは判断できない。

「南野には電話でも言ったんだが、この首にある索条痕。恐らく、五ミリ幅くらいの‥ねじってある形状のロープで背後から絞められたものだろう。気道を塞《ふさ》がれて窒息死したのが、直接の死因だ。弾痕からは生活反応が得られなかったから、死亡した後に撃たれたんだろう」

「どうしてそんな必要が？」

「さあな。それを調べるのがお前らの仕事じゃないか」

俺の仕事は終わったとにやりと笑い、浦島は書類を見ながら、他に判明した事実を伝える。

「覚醒剤の反応も出てる。注射痕も派手に残ってるし…ヤク中だったのか？」

「二度検挙され、実刑食らってます。今は売人もやってたようで…殺される直前もキメてたんでしょうか」

「どうかな。血液中の濃度からいって、恐らくないと思う」

「じゃ、ラリって裸になってたわけじゃないんですね」

胡桃が呟いた「裸」という言葉に反応し、浦島は説明を求めて南野を見る。被害者が発見された当時、靴下にアイマスクしか身に着けておらず、裸同然の格好だったのだと南野から聞いた浦島は、目を丸くした。

「靴下にアイマスクか。斬新だな」

「あんま考えられない格好じゃないですか。だから、キメてたのかなと思ってたんですが」

「普段から脱いでたタイプなんじゃないのか」

「つき合ってた女がそれはなかったって証言してるんです」

新家の習慣について、山西が嘘をつく必要はないように思える。考えあぐねて頭を掻く胡桃に、浦島は体内に残されていた銃弾を鑑識に回したと続けた。

「綺麗に心臓で止まっていた。九ミリだったし、貫通力が抑えられてるマカロフだろう。クッションを置いて一発っていうのも、慣れた人間の犯行のように見えるが」

「でも、だったら、首絞めただけでよくないですか?」

プロの犯行であれば、なおさら、納得がいかない。顰めっ面になる胡桃に、浦島は肩を竦めて返し、他に遺体から採取できた微細物などもすべて鑑識に回してあるので、結果はそっちから聞いてくれと言った。

「絞殺された上に拳銃で撃たれているってのは確かに過剰な気がするが、売人だったなら暴力団絡みの事件なんだろう。どんな殺され方をしたって不思議はないんじゃないか」

「暴力団が絡んでるかどうかはまだわかってないんです。仕入れのルートは組絡みのものじゃなかったらしくて」

その点については南野が確認すると言っていたのを思い出し、胡桃は隣を見る。どうなっているのか聞こうとしたところ、タイミング悪く、南野のスマホが鳴り出した。南野は「すまん」と詫びて、スマホを耳につけて解剖室を出ていった。

遺体に他に目立った特徴はなかったと聞き、胡桃はありがとうございましたと礼を言った。浦島が遺体を保管袋にしまい直すのを手伝いながら、そういえば…と思い出す。

「…先生。頭を打つと記憶が混乱することって、よくありますか？」

普段、忘れがちだが、浦島は医師免許を持つ医師でもある。カミルの不可解な言動は頭を打ったせいで起こっているのでは…と考えていた胡桃は、浦島の意見を聞いてみたいと思った。流暢《りゅうちょう》な日本語を話しているし、イギリスから来たことも覚えていたが、どうも記憶が曖昧になっている様子だ。

唐突に聞かれた浦島は、微かに眉を顰め、どういうことなのかと事情を聞いた。

「…実は…倒れてた外国人を拾いまして」

「拾った？　なんだそりゃ」

「まあ…そのへんは色々あるんですが…。とにかく、そいつの記憶があやふやなんですよ。自分の名前と、イギリスの出身だってのは覚えてたんですが、いつから日本にいるかとか、どうしてそこに倒れていたのかとか…そのあたりのことは覚えてないみたいで…。それに電気や水道にも驚いて」

「は？」

「スイッチを入れたら明かりが点くとか…水道から水が出るとか…、そういう当たり前のことに驚くらしいんです。なので…頭を打ったせいで混乱してるんじゃないかと」

胡桃の説明を聞いた浦島は、眉間の皺を深くして首を捻った。南野が戻ってくる気配はなく、浦島は胡桃に解剖室を出ようと促す。解剖室に入る際に身につけた上着やキャップ、マスクなどを外し、二人で浦島のオフィスに向かった。

「確かに、頭を打ったりして記憶が混乱することはあるが…電気や水道ってライフラインの存在まで忘れてるっていうのは相当だぞ。日常生活も送れない感じなのか？」

「いえ。会話は可能で…日本語も上手に話すんです」

「じゃ、日本で育ったのかもな。まあ…専門家に診《み》せないと判断がつかないだろうが、…難しいだろうな。頭部ＣＴは撮ったのか？」

「いえ。目立った外傷はなくて…でも、病院で診せる予定です」

その方がいいと勧め、浦島はコーヒーを飲むかと胡桃に聞く。すぐに出るつもりだった胡桃が首を横に振ると、電話を終えた南野が入ってきた。

「すまん。胡桃、俺は別の現場に行かなきゃいけなくなった。ここで分かれよう」

「了解です」

「悪かったな、浦島。また頼む」

気をつけて…とマグカップを掲げる浦島に見送られ、胡桃は南野と共に足早に建物を出た。歩きながら「どこですか？」と現場の場所を聞く胡桃に、南野は「祖師谷《そしがや》だよ」と答える。

「殺しですか？」

「男が頭部を殴られてるようだ」

小さな溜め息と共に短く説明し、タクシーを拾うために通りに向かって手を挙げる。南野は四係の係長として複数の班を監督する立場にいる。捜査本部をかけ持ちすることも多く、常に多忙だ。目の前に停車したタクシーに乗り込もうとする南野に、胡桃は声を潜めて念を押した。

「…組関係の情報。よろしくお願いしますよ」

南野の状況は理解していても、遠慮して気遣う余裕はない。自分は自分で、担当する事件を早期解決させなくてはいけない。厳しい表情で言う胡桃に、南野は眉を顰めて「わかってる」と返し、車を出した。

南野を乗せたタクシーが行ってしまうと、胡桃も同じように手を挙げて車を拾った。新小岩の現場に戻って、色々と確認したいことがある。後部座席に座り、行き先を告げると小さく息を吐いて、情報を頭の中で整理した。

新小岩のマンションに着くと、出入り口やエレヴェーターに設置された防犯カメラの位置などを確認し、三階の新家の部屋に向かった。警備している制服警官に挨拶して中へ入り、室内を見て回った。

昨日の早朝に足を踏み入れた時と同じく、雑然とした部屋には顔を顰めたいような気分にさせられる。遺体のあった部屋には、マットレスが外され枠組みだけになったベッドが残されていた。

六畳の板間のほとんどをダブルベッドが占領しており、ベランダに続く背丈窓があるのだが、カーテンは閉められたままだった。昨日は鑑識の到着前に訃報《ふほう》が入り、途中で抜けてしまっていたので、室内を十分に確認できていなかった。

「……」

ベッドが塞ぐ形になっている窓は普段、開けられることもなかったのだろう。カーテンを捲《めく》ってみると、エアコンの室外機が置かれた狭いベランダが見える。ベランダへは居間からも出入りできるのだろうかと考えながらカーテンを戻そうとした時、窓が施錠されていないのに気がついた。

これは…最初から開いていたのか。誰かが開けたのか。確認を取らなきゃいけないと頭にメモして、手前の部屋へ出る。キッチンのあるその部屋にも寝室と同じような背丈窓があり、それは施錠されていた。

鍵を開け、ベランダに出ると手すりに手をかけて身を乗り出すようにして、周囲の様子を窺う。マンションの向かい側には五メートル幅の公道を挟んで同じような造りのマンションが建っている。しかし、ベランダの類いはなく、壁面に小さな窓が並んでいた。嵌め殺しの窓は磨《す》りガラスになっていて、中の様子は窺えない。

ということは、逆に向かいの建物からこちら側の様子を窺うことも困難だろう。隣合った部屋とはプラスティックのパーテーションで仕切られているだけなので、身を乗り出せば、隣室のベランダを覗くことが可能だった。

だが、住人だったのは若い女性ではなく、ヤク中の売人だ。覗いたりする物好きがいるとは思えない。玉置は隣室の住人を訪ねて確認を取ったのだろうかと考えながら居間に戻ると、携帯が鳴った。

タイミングよく相手は玉置で、どこからか監視されているような気分になりつつ、電話に出る。

『玉置です。山西宅のガサ入れ終わりました。新家殺害に結びつくようなブツは何も出ませんでした。シャブも鞄に入れてたあれだけみたいで、自宅には置いてませんでした』

「新家のスマホは？」

『見つかりませんでした』

予想通りの結果に内心で嘆息し、「ご苦労さん」と玉置を労《ねぎら》う。それから、新家の部屋についいて尋ねた。

「なあ、昨日、ガイシャ宅の…遺体があった方の部屋の窓を開けたか？」

『窓…ですか。ありましたっけ？』

「ベッドの後ろに…ベランダに続く背丈窓があったんだ。カーテンが閉めっぱなしだったが」

胡桃が説明すると、玉置はようやく思い出したようで「ああ」と相槌を打った。自分は開けてないといい、鑑識も同じように開けてはいないだろうと答える。

『ベッドの向こう側にあって、使ってない感じでしたから。窓がどうかしたんですか？』

「鍵が開いてたんだ」

『開けっ放しだったんじゃないですか？　あれだけ散らかった汚い部屋だったんですから、窓の一つや二つ、開いてたっておかしくないですよ。あの部屋にわざわざ忍び込もうって奴はいないと思います』

女子大生やＯＬの部屋ならともかく…と続ける玉置の意見は筋の通ったものだ。そうだなと頷き、胡桃は続けて隣室の住人について尋ねた。玉置はちょっと待ってくださいと言った後、片側の住人にはまだ会えていないと答える。

『西隣の…井原《いはら》という住人は在宅してて、確認を取りました。寝ていたので物音など、不審な様子には気づかなかったということでした。東隣の部屋は不在だったんです。…ええと、不動産会社の記録によると、高畑《たかはた》という男が一人で住んでいるようなんですが』

「わかった。ちょっと確認してみる」

高畑という名前を覚え、胡桃は玉置に笹井と共に新小岩へ来るよう命じる。通話を切った胡桃は、もう一度、一通り室内を見回した後、隣を訪ねるために玄関へ向かいかけた。その時、何気なく通りすぎようとした浴室の前で足を止めた。

「……」

風呂とトイレが別になっているタイプの浴室にはちょっとした脱衣場があり、洗濯機が置いてある。蓋《ふた》が開けっ放しになっていたそれを覗くと、これから洗濯するつもりだったのか、脱いだ服が放り込まれていた。

「……」

それを見た胡桃ははっとし、脱衣場の床を凝視した。一旦、廊下に出て、床に四つん這いになって床を斜めから見る。微かな痕跡を見つけ、ポケットから携帯を取り出し鑑識に連絡を入れた。

「…お疲れ様です、胡桃です。新小岩の現場なんですが、もう一度見て欲しいところがあるんで、すぐに来てもらえますか？　……祖師谷の件は知ってますけど、こっちも急ぎなんです。お願いします」

忙しいと渋る相手を強引に説き伏せ、胡桃は一旦部屋の外に出た。鑑識が来るまで、誰も立ち入らせないように監督の警官に言い、玉置から留守だったと聞いた隣室を訪ねた。

だが、インターフォンを鳴らしても返事はなく、中に人がいる気配もない。何度かインターフォンを押し、ドアを叩いて中へ呼びかけてもみたが、応答がなかったので再度出直すことにした。

そのままマンションを出た胡桃は、通りに出て煙草を咥えた。公道の反対側から三階の部屋を見上げながら、煙草に火を点ける。そのまましばらく考え込んでいると携帯が鳴った。玉置か、鑑識のどちらかだと思ったのに、表示されていたのは碓氷の名だった。

その名を見ると同時に、対応を頼んだカミルの顔が頭に浮かぶ。厭な予感が脳裏に浮かび、一瞬、電話に出るのを躊躇ったが、無視するわけにもいかない。渋面でボタンを押し、「どうした?」と尋ねる。

携帯からは戸惑いの滲んだ碓氷の声が聞こえてきた。

『あ、碓氷です。あの…主任に言われた通り、カミルさんという方を署まで連れてきたんですが…その…、やはり様子がおかしくてですね…。病院で診てもらった方がいいと勧めてるんですが、納得してくれないんですよ。自分はどこも悪くない、病院なんかに行かないの一点張りで…。主任、一度来てもらえませんか?』

「……」

車に放り込んだ時、「出せ」と叫んでいたカミルの様子を思い出し、胡桃は舌打ちをして頭を抱えた。なんとかうまくやれ…と碓氷を突き放してしまいたかったが、押しつけたという後ろめたさもある。仕方ないと諦め、胡桃は「わかった」と返事した。

「どこにいるんだ?」

『江戸川署です』

「……!」

碓氷が口にしたのはよりによって捜査本部が設置されている署で、胡桃は顰めっ面で息を呑んだ。どこへ連れていけと具体的な指示を出さなかったのは、碓氷の顔が利くところへ…面倒を押しつけられそうな相手がいるところという意味で…連れていけという意味を込めてのことだった。よもや、江戸川署に連れていくとは思っておらず、慌てて「わかった」と言い通話を切った。

まったく使えない奴だ！　八つ当たりを含んだ苛つきを露《あら》わにしながら、小走りで大通りに向かい、タクシーを拾うために手を挙げる。停まった車に乗り込んだ胡桃は、「江戸川署まで」と口早に告げて溜め息をついた。


タクシーの車内から玉置に連絡を入れ、新小岩の現場に鑑識を呼んだので、脱衣場の床を重点的に調べさせろと指示を出した。間もなく新小岩に着くという玉置は、指示を復唱した後、「主任は？」と聞く。

「ちょっと用があって署に戻る。終わったらすぐに行く」

了解ですという玉置の答えを聞いて間もなく、タクシーは江戸川署の前で停まった。代金を支払い、車を降りた胡桃は小走りで署内へ向かう。どこにいるのかと、碓氷の姿を捜しかけてすぐに「主任」と呼ばれた。

はっとして廊下の向こうを見た胡桃は、とうに渋面だった顔をさらに渋いものにした。碓氷は廊下に置かれたベンチの前に立っていたのだが、そこにはカミルだけでなく、朝生も座っていたのだ。

どうして朝生まで一緒に来ているのか。訝しげに思いつつ、つかつかと近づく胡桃の顔には、事件に集中したいのにさせてもらえないことによる苛つきが満面に表れていた。碓氷は慌てて胡桃の傍まで駆けつけ、「すみません」と大きな身体を竦めて詫びる。

「なんとか説得を試みてはみたのですが…」

苛立っているのは事実だが、職務外の用件を押しつけたという負い目もある。碓氷を叱りつけるつもりはなく、胡桃が「悪かった」と言おうとした時だ。胡桃が現れたのに気づいたカミルが碓氷の後からやってきた。

「胡桃！　どういうことだ？　私は頭を打ってなんかいないし、どこも悪くないぞ⁉」

「……」

摑みかからんばかりの勢いで詰め寄ろうとするカミルを、慌てて朝生が止める。どういうことだと胡桃が朝生に視線で聞くと、困ったような表情で説明した。

「碓氷さんが…一緒に行こうって言っても、カミルはおじさんに家で待ってるように言われたからって、動こうとしなかったんです。だから、俺も一緒に行くからって…ごまかすしかなくて…」

「ごまかす？　朝生は私をごまかしていたのか？」

「ち、違うよ。それは言葉の綾《あや》ってやつで…」

「あや？」

どういう意味だと聞くカミルの声は高く、署内中から視線が集まっているのを胡桃は感じていた。警察署という堅い場所で、朝生とカミルは厭でも目立つ。あの後、風呂に入ったらしいカミルからは薄汚れた感じがすっかり消え、朝生以上の美貌の持ち主だというのが胡桃の目にすら明らかだった。

捜査本部が置かれている江戸川署には今後しばらくの間、通わなくてはいけないし、これ以上に目立つ真似は避けたい。胡桃は周囲の視線をブロックするように二人の前に立ちはだかり、「いいか」と低い声でカミルに話しかけた。

「お前は自分ではわかってないかもしれないが、忘れてしまってることが多すぎるんだ」

「忘れてなんかない」

「じゃ、どこから来たんだ？　いつ、日本に来たんだ？　どうしてあそこで寝ていた？」

「だから…目覚めたらおかしな村にいて…、たぶん、私が寝ている間にこの国まで運ばれたのだろうから、いつ来たのかはわからない。あそこで寝てたのは車に轢かれるためだ。車に轢かれたら死ねるからな！」

カミルは堂々と答えたものの、誰が聞いても意味不明な内容だ。傍にいた碓氷も怪訝な顔になっているのを見て、胡桃は額を押さえて溜め息をついた。

「…やっぱり、一度病院で…」

「私はどこも悪くない！　頭など、打ってないのだ！」

「わかった。悪くないのはわかったから、病院だけは…」

行こうと胡桃が説得しかけた時だ。「胡桃主任！」と呼ぶ声が聞こえる。はっとして振り返ると、所轄署の捜査員が離れた場所で大きく手を挙げている。

「ガイシャのものらしきスマホが発見されました！」

「…！」

突然入った朗報に、胡桃は「すぐに行きます」と返した。自宅からも、関係者宅からも見つからなかったスマホはどこにあったのか。スマホから新家の交友関係がわかり、犯人に結びつく情報が得られる可能性は高い。

カミルを説得するための時間はなく、胡桃は仕方なく、朝生にカミルを連れて家に戻るよう命じた。

「病院はいいんですか?」

「それどころじゃなくなった。また余裕ができたら考える。今はとにかく、連れ帰ってくれ」

このまま二人をここに留め置くわけにはいかない。被害者のスマホが発見されたことで、捜査本部のある江戸川署には玉置や笹井、南野も集まってくるに違いない。カミルと朝生の存在はできるだけ伏せておきたい胡桃は、仕方なく、カミルに自宅で待っているよう告げた。

「夜には戻る。うちで相談しよう」

「……」

「カミル」

「……胡桃は…ベネディクトを捜してくれるって言ったじゃないか」

憮然《ぶぜん》とした顔で呟くカミルは機嫌を損ねているようで、胡桃はうんざりした気分になりつつも、「わかってる」と返した。今は仕事が忙しくて身動きが取れないのだと申し訳なさそうな顔で詫び、待っててくれと再度頼むと、カミルは渋々頷く。朝生に促されて歩き始めた背中はしょんぼりしているように見え、胡桃は頭の痛い気分だった。

碓氷に任せて終わらせたつもりだったのに。そうは問屋が卸さないというのはこのことか。大きな溜め息をついてから、胡桃は碓氷を促して捜査本部のある会議室へ向かう。その途中、新小岩の現場にいるはずの玉置に連絡を入れた。

「…俺だ。ガイシャのスマホが見つかった」

『本当ですか？　どこにあったんですか？』

「それはまだこれからだが…そっちが終わったら、すぐに戻ってきてくれ」

『わかりました。こちらは先ほどから鑑識に作業してもらってるんですが、脱衣場の床から人の体液らしき微細物が採取できました』

読み通りの結果に満足し、胡桃はすぐに科捜研《かそうけん》に回してDNA鑑定にかけるよう指示する。犯人のものでしょうか？　と尋ねる玉置に、「いや」と返して、自分の推理を伝えた。

「ガイシャのものじゃないかと思ってる。ガイシャは脱衣場で絞殺され…ベッドまで運ばれたんじゃないだろうか。洗濯機の中に脱いだ洋服が入ってるだろう？」

『…あ、本当ですね。じゃ、靴下だけだったのは…風呂に入ろうとしてたところを襲われたから？』

「そう考えれば説明がつく」

『でも、主任。アイマスクはどう説明するんですか？』

「……。それはまた考える」

痛いところを突いてくる玉置に憮然と返し、終わったら戻るよう再度言って通話を切った。玉置の疑問は胡桃自身も抱いたものだったが、せめて、絞殺現場が脱衣場だということから証明できれば一歩進める。

それに…。

「どこから見つかったんですか？」

捜査本部の置かれた大会議室に足を踏み入れると、所轄署の捜査員数人が、見つかったスマホから指紋を採取している鑑識課員を取り囲んでいた。近づきながら尋ねる胡桃に、スマホを発見したという若い捜査員が答えた。

「ガイシャのマンションから数メートル離れた路地に落ちていたそうです。通行人が拾って、交番に届けられていました」

拾得物として何か届けられていないかと、交番に立ち寄ったところ発見したという。通行人がスマホを拾ったのは、新家が殺害された日の早朝で、ちょうど胡桃たちが現場に到着した頃だった。

「どうしてガイシャのスマホだと？」

「見てください」

指紋の採取が終わったスマホを捜査員が胡桃に手渡す。その画面には、新家と山西が顔を寄せ合って写っている写真が映し出されていた。山西は新家とつき合っているわけじゃないと言っていたが、この写真では親密な関係にあったように見える。

しかし、二人の思いには温度差があった可能性もある。眉の薄い、決して人相のよくない新家が似合わない笑みを浮かべているのに対し、山西は真顔に近い。気の毒に思いながら、胡桃はスマホを操作して着信履歴や発信履歴を調べた。

死亡時刻近辺には発着履歴はなく、最後に新家が使ったと思われるのはＳＮＳのメッセージだった。時刻は十二時過ぎ。相手は山西ではなく、友人らしき相手とやり取りをしている。

「…店に来ないかと聞かれて、断ってるな。この後…殺害されたのか。しかし…やたらたくさんの相手とやり取りしてるな」

交友関係を把握するのには骨が折れそうだと呟き、胡桃はスマホを碓氷に渡す。所轄の捜査員と手分けしてスマホ内の情報を分析し、新家の仕入れ先を探れと命じた。

「客も多いだろうが、仕入れ先とも連絡を取ってるはずだ。もうすぐ玉置も戻るから、手分けして作業しろ」

「了解です」

スマホが見つかったことで、一気に事件解決への道が開けるかもしれない。そんな期待を抱きながら、胡桃は自分の携帯を取り出して南野に連絡を入れた。しばらく呼び出し音が続いた後、「はい」と返事した南野に、新家のスマホが見つかったと報告する。

「マンション近くに捨てられていたのを通行人が拾い、交番に届けていたんです。犯人が持ち出して捨てたのかどうかは、今のところ不明ですが、これで交友関係が摑めると思います」

『壊してもなかったのなら、ホシに結びつくような情報は入ってないのかね』

「わかりませんが…それを確認できたから捨てたという可能性もありますね」

『ふん。…それより、お前。現場に鑑識呼んだそうだけど』

どういう理由があったのかと聞く南野に、胡桃は脱衣場が殺害現場なのではないかという推測を伝えた。床に残っていた体液が被害者のものであれば、絞殺される際に付着したのだと考えられる。

「索条痕からもガイシャは後ろからロープ状の凶器を使って絞殺されています。風呂に入ろうとして服を脱いだところを…背後から襲われたんじゃないでしょうか」

『なるほど。だから、靴下だけだったのか。…あ、でもさ』

「アイマスクの件はこれから考えます」

玉置と同じことを言うに違いないと察し、胡桃は皆まで聞かずに途中で遮った。南野は「そうか」ともごもご言い、別の疑問を挙げた。

『もう一つ。だとしたら、脱衣場で殺した後、わざわざ奥の部屋まで運んだってことになるよな？　どうして？』

「……。じゃ、なんで絞め殺した人間を撃つ必要があったんですか？」

それがわかったら、二重に殺した意味もわかるはずだと、不機嫌な調子で返す胡桃に、南野は「そ、そうだなあ」と焦ったように相槌を打ち、後を頼むと言ってそそくさと通話を切った。

自分だってまだまだ疑問だらけなのはわかっている。一気に全部解決できるような事件なんて、滅多にないのだと荒い鼻息を吐き、胡桃は顰めっ面をひどくした。


その日、午後七時から開かれた捜査会議では、被害者のスマホが発見できたことが一番の収穫で、それ以外にはめぼしい成果はあげられなかった。翌日からはスマホの情報を元に、改めて交友関係を洗い直すことを軸に捜査の見直しを図る予定が告げられ、会議は終了した。

捜査会議に南野は姿を見せず、祖師谷の事件の方で大変らしいという情報を、胡桃は笹井から耳にした。笹井は顔が広く、情報通でもある。夕方のニュースで、被害者は三十代の男性で、頭部を鈍器で殴られたことが死因だと報道されているのを胡桃も見聞きしていた。

「ガイシャは同棲《どうせい》してる彼女がいて、その子が所轄にＤＶ被害を相談していたらしい。その子の所在が確認できず…」

「ホシは女ですか」

「そうなりそうだって」

肩を竦める笹井になるほどと頷き、胡桃は小さく息を吐いた。だとしたら早期解決も望めるかもしれないと思うと、担当となった同じ四係の宮下《みやした》班がうらやましくもなる。似たような年頃の男が殺された事件だが、こっちは女がホシだという線はありそうになく、被疑者の影すらまだ見えていない。

不公平だと思ってしまいそうな自分を諫《いさ》めつつ、胡桃は廊下を折れて突き当たりにあるドアを開ける。壁面に書棚がびっしり置かれた狭い部屋には玉置と碓氷、それから所轄の若い捜査員がおり、それぞれがパソコンに真剣な眼差しを向けていた。

スマホ内の情報を分析するのが先決だとして、玉置たちは捜査会議に出席させず、作業に当たらせていた。コンビニの袋を掲げ、「差し入れだ」と胡桃が声をかけると、碓氷が嬉しそうに「ありがとうございます！」と礼を言う。

その向かいで背を丸めてパソコンの画面を睨んでいた玉置は、はっとした顔を上げ、「主任！」と呼んだ。

「どうした？」

何か発見があったのかと思い、胡桃は足早に玉置に近づく。画面を覗き込もうとした胡桃を遮り、玉置は厳しい表情で「どういうことですか？」と聞いた。

その口調は詰問するようなもので、胡桃は微かにたじろぐ。詰《なじ》られるような真似をした覚えはない。訝しげに見る胡桃に、玉置は小鼻を膨らませて不満をぶつけた。

「どうして碓氷なんかに頼むんです？　私に言ってくれれば…っ」

「なんのことだ？」

「甥御さんと迷子の世話ですよ！」

「……」

事件についてのあれやこれやで朝生とカミルのことなどすっかり忘れていた胡桃は、玉置が何を言っているのかわからず、しばらくフリーズした。甥御さんと迷子。それはつまり…、朝生とカミルのことかと理解すると同時に、碓氷への怒りが湧き上がり、向かい側に座っている碓氷を睨みつける。

碓氷には誰にも言うなときつく命じておいた。特に、玉置には絶対に言うなと念を押したのに。南野をはじめ、自分の周囲は約束を守れない奴らばかりだと憤慨する胡桃に、碓氷は自分が悪いのではないと弁明した。

「お、俺は何も言わなかったんです…！　で、でも、所轄の方から噂を聞いたみたいで…玉置さんに問い詰められて…」

結局、話したんじゃないかと冷めた目で見る胡桃を、玉置は鬱陶しいほどの熱量の籠《こ》もった目で見ていた。到底目を合わせたくなく、胡桃は玉置の傍を離れて、机の反対側へ回る。そんな胡桃に玉置は訴えかけるような高い声を上げた。

「二人ともめちゃめちゃ美形じゃないですか！　なのに、どうして私に頼んでくれないんですか⁉」

「……」

お前がそういう反応を見せるのがわかっていたから頼みたくなかったのだと、本音は言えず、胡桃は小さな溜め息をついて椅子を引いて座る。コンビニで買ってきたおにぎりや飲み物をテーブルの上に並べる胡桃に無視されているのも構わず、玉置は一方的に熱く語り始めた。

「美形の男子高校生と、王子様顔の外国人なんて…私の大好物…いえ、私だったらきっちりお世話できたのに。碓氷なんかに任せるから揉めたりするんですよ。私だったら時間をかけてちゃんと説得できましたよ。聞いてますか？　主任」

「碓氷。お前、また便秘になるといけないから、野菜ジュース買ってきてやったぞ。おにぎりもいろいろ買ってきたからな。笹井さんは鮭《さけ》でしたっけ？」

「俺、昆布」

「あざーす。俺、天むすにしよう」

「だから、主任、聞いてますか⁉」

無視を決め込んで、コンビニで買ってきたおにぎりや飲み物を配る胡桃に、玉置が再度確認する。返事をするまで食い下がるのはわかっていたので、胡桃は投げやりに「ああ」と言って、自分用に買ってきたアメリカンドッグを取り出した。

玉置が美少年好きなのは重々承知している。だからこそ、朝生とカミルの存在は伏せておきたかった。だが、ばれてしまった以上、別の方法で興味を削《そ》ぐしかない。玉置が好みにうるさく、朝生たちを直接見ていないのを利用して、胡桃はお前の勘違いだと突き放す。

「高校生なのは確かだが、美形ってわけじゃない。お前が好きそうなタイプじゃないぞ」

「美形じゃない⁉　あれのどこが美形じゃないって言うんですか？　私的にはどストライクですよ！」

「見てもないのに…」

「見ました」

そう言って、玉置は自分のスマホを胡桃に突き出す。そこには朝生とカミルが仲良く並んで写っている姿があった。少し困ったような顔つきで、控えめな笑みを浮かべた朝生の隣にいるカミルは仏頂面だったが、それがかえって彼の美貌を際立たせている。

いつの間にこんなものを！　激しく眉を顰めた胡桃は手を伸ばして玉置のスマホを取り上げようとしたものの、向こうの行動の方が早く、さっと引っ込められてしまう。「ちっ」と派手な舌打ちをし、忌々しげに玉置を見て尖り声を上げた。

「っ…なんだそれは⁉」

「交通課の婦警が二人の帰り際に写真を頼んだら、撮らせてくれたそうです。隠し撮りなんかじゃありませんよ」

「それでも職務中だろ？　どいつだ！　そんなふざけた真似してんのは！」

すぐにデータを消せと憤る胡桃を無視し、玉置は笹井に求められてデータを送る。自分のスマホに届いた写真を見た笹井は、暢気そうに「お、本当にイケメンだ」などと呟いている。胡桃はアメリカンドッグを持った手を震わせながら、二人を江戸川署へ来させてしまったことを深く悔いていた。

碓氷に江戸川署だけには連れていくなと念を押すべきだったのに。自分の対応を反省する胡桃の前で、玉置はうっとりスマホの画面に見入ったままだった。

「主任にこんな美形の甥御さんがいるなんて、知りませんでした。主任とは全然顔立ちが違いますよね？　ご兄弟の息子さんなんですか？」

「……」

「それにこっちも…なんて素敵な王子様…。柔らかウェーブの髪も、きらきらの瞳も品があって、本物の王子様みたいじゃないですか！　二人とも主任の家にいるんですよね？　なんてうらやましい…。ていうか、それより、主任。めちゃめちゃいい部屋に住んでるっていうのは本当なんですか？」

それは碓氷からの情報なのだろう。碓氷には自宅にカミルと朝生を迎えに行かせたから、否応《いやおう》なく、どういうところに住んでいるのか知られてしまった。これまでプライヴェートなことに関してはできるだけ隠してきた胡桃としてはまったく不本意で、険相で碓氷を睨みつける。

碓氷の方も睨まれるとわかっていたらしく、さっとパソコンの陰に隠れたものの、大きすぎる身体がほぼはみ出していている様は滑稽《こっけい》なだけだ。胡桃は碓氷に当てつけるように鼻息を吐き、「とにかく」と玉置に返した。

「あの二人はすぐにいなくなるし、お前には関係ない。さっさと仕事しろ、仕事！」

「仕事にはモチベーションが必要です」

「じゃ、その写真を画面にでも貼《は》っておけ！」

さっきは消せと言った写真を利用しろと、本末転倒なことを言う胡桃に、玉置はあっさり頷き、「そうします」と言ってスマホを操作する。そうしながらも、「生で見たいな〜」とくどくど呟きながら胡桃の方をちらちら見ていた。

その視線を受け止めないよう顔を背けた胡桃は、アメリカンドッグにケチャップをかける。その隣で、昆布のおにぎりを食べていた笹井は、玉置から転送された写真を示して、カミルについて尋ねた。

「この子も主任の甥っ子？　ハーフか、何かかい？」

「…いえ。いろいろ…わけアリで…」

長野で拾った迷子だと説明するのも面倒で、もごもごとごまかしてアメリカンドッグを頬張る。さて、カミルをどうしたものか。頭を打っていないと本人は言い張っているが、その言動は明らかにおかしい。やはり早めに診察を受けさせた方がいいだろうと考え、胡桃は夜の間に一度家に帰ろうと決めた。

見つかったスマホには様々な情報が詰め込まれており、内容の解析は簡単に終わりそうにはなかった。作業の状況を監督していた胡桃は、すぐには重要な情報が出てこないだろうと判断し、十一時を過ぎたところでそれとなく部屋を抜け出した。

昼間は緊急事態が勃発《ぼっぱつ》したせいもあって叶《かな》わなかったが、なんとかカミルを説得して病院で診察を受けさせなくてはいけない。署の近くで拾ったタクシーで清澄白河へ向かい、自宅の前で車を降りた。すでに時刻は深夜に近く、あたりに人気はない。

もう沙也香は長野から戻ったはずだから、朝生は家に帰っただろう。カミルは一人で待っているのかと考えながら階段を上がり、玄関ドアに手をかける。鍵がかかっていない様子なのを見て、そのまま開けると…。

「遅かったな」

「わっ！」

暗がりに立っていたカミルに声をかけられ、胡桃は驚いて飛び上がる。朝に帰ってきた時も待ち構えていたカミルに驚かされたが、今度は暗がりだから余計だ。どうして電気も点けず、真っ暗な中にいるのかと聞かれたカミルは、怪訝そうに聞き返した。

「暗いか？」

「真っ暗じゃないか」

「そうでもないぞ」

首を傾げるカミルに眉を顰め、胡桃は壁面のスウィッチを押して明かりを点けた。すると、カミルは眩《まぶ》しそうに目を瞬《しばたた》かせる。暗い中にいたから眩しく感じるのだろうと思いつつ、朝生は帰ったかと確認した。

「いや」

「……」

首を横に振るカミルの答えを聞き、胡桃が眉を顰めると、「おじさん」と呼ぶ朝生の声がした。胡桃は廊下を小走りで駆けてくる朝生にどうして家に帰っていないのかと聞いた。

「沙也香さんが戻ってきたら帰ると言ってたじゃないか」

「それが…連絡があって、今夜も向こうに泊まるそうなんです。葬儀はすべて終わったようなんですが、家を片づけなきゃいけないって言ってました。おばさんとおじさんに任せるのも申し訳ないから、しばらく長野に滞在するって話で…。なんだか忙しそうな感じがして、鍵がなくて家に入れないと言い出せなかったんです」

「……」

困り顔で説明する朝生に胡桃は何も言えず、神妙な気分で腕組みをした。よくよく考えれば、葬儀が終われば戻ってくるだろうという自分の考えは浅はかだった。確かに、一人暮らしをしていた父の家をそのまま放っておくわけにはいかない。突然亡くなったのだから、何もかもがそのままなのだろう。

本来であればそのあたりを考えなくてはいけないのも自分であるのに、周囲に甘えきっているのを痛感しつつ、「そうか」と力なく返した。そんな胡桃に朝生は「なので」と続ける。

「もう少しいさせてもらってもいいですか?」

「…わかった」

元はといえば、自分の身勝手さが招いている事態だ。朝生の頼みを断ることはできず、胡桃は渋面で頷いて靴を脱ぐ。そのまま居間へ向かおうとしたところ、ふと、違和感を覚えて動きを止めた。

「……」

玄関周りがやけに綺麗になっている。玄関など、通り過ぎるだけの場所なのではっきりとした記憶はないのだが、もっと雑然としていたはずだ。一人暮らしだから誰に遠慮する必要もなく、靴が何足も脱ぎ散らかしてあったし、傘も何本か置きっぱなしになっていた。

下駄箱の上にも外で貰ったティッシュや、郵便受けに入っていたチラシ、宴会で当たった景品など…不用な物で埋め尽くされていたと思うのに、今は何もない。何もないどころか、埃《ほこり》一つなく掃除されているのを確認してから、胡桃ははっとして朝生を振り返った。

確か、昨日も…。訝しげな表情で見る胡桃に、朝生は慌てたように「すみません」と詫びる。

「ここも汚かったので掃除させてもらいました。でも、ゴミ以外の物は捨ててませんから…！」

ほら…と言い、朝生は胡桃の前にある下駄箱の扉を開ける。引っ越して以来、胡桃がほとんど開けたこともなかった下駄箱の中には、靴がきちんと並べられ、その脇にある傘立てにはぴしっと整えられた傘がしまわれていた。

「……」

朝生の几帳面《きちようめん》さに呆れつつも、「世話をかけたな」と適当な礼を言い、朝生に代わって下駄箱の扉を閉める。屈めていた身体を起こして並んで立っている朝生とカミルを見ると、玉置の写真が思い出されて、微かに眉を顰めた。

「…そうだ。署で写真を撮られたか？」

「あ、はい。婦警さんに頼まれたので」

「次に同じようなことを頼まれても断れ。ていうか、署には来るな。子供の来るところじゃない」

いいなと朝生に念を押し、胡桃は廊下を居間へ向かう。朝生はその後ろをついて歩き、胡桃の背中に「おじさん」と呼びかけた。

「しばらくいるんですか?」

「いや。すぐに戻らなきゃいけない。なんだ?」

「相談があるんです」

「相談?」

不思議そうに繰り返した胡桃の前へ回り、朝生は小走りで先に居間へ入っていく。昨夜よりもさらに綺麗になった気がする居間の片隅に置かれていた段ボール箱を抱えた朝生は、それを持って胡桃に近づいた。

「これなんですけど」

「…?」

なんだろうと思って中を見れば、雑多な物が詰め込まれていた。土産《みやげ》で貰ったフラガールの置物や、よんどころない事情があってゲーセンでゲットしたぬいぐるみ、誕生日に半ば厭がらせで贈られた蛍光色のキャップ、酔っ払ってどこからか持ち帰ってきた女体型のライター…など、家にあるのも忘れていたような、どうでもいい雑貨ばかりだ。

朝生はどうしてこれらを集め、自分に見せるのか。首を傾げる胡桃に、朝生は真面目な顔で伺いを立てた。

「いりますか?」

「……。いるかいらないかで言えば…いらないが…」

「じゃ、捨てておきましょうか?」

捨てられてもまったく困らない物ばかりだったから、胡桃は適当に「ああ」と返事したのだが、疑問は残った。朝生が部屋を綺麗にするのは、自分がアレルギー体質だからだろうと考えていたものの、掃除だけでなく不要品の処分まで行おうとするとは。

胡桃は時間がないだけで、休みがあれば必要範囲内の掃除はする。だから、今回の事件現場のように、恐ろしく散らかった被害者宅などを訪れると、信じられない思いになる。だが、他人の部屋まで片づけようと思うほどの掃除好きではない。できるだけ速やかにそこを出ようと考えるだけだ。

今の朝生には帰る場所がないせいなのかもしれないが…。それにしてもと思いつつ、あたりを見回した胡桃は、またしても違和感を覚えた。

「……」

さっきはあったはずの物がない違和感だったが、今回は逆だ。見覚えのない物が増えている。うちにはあんなクッションはなかったし、ラグだって敷いていなかった。ソファの上に並べられたクッションを指さし、胡桃は朝生に尋ねる。

「おい。あれはなんだ？」

「あっ、そうでした。クッションもラグもあった方が居心地いいかなと思ってネットで買ってみました。部屋の感じに合わせてみたんですが、おじさん的には色味とかどうですか？」

「色とかそんなのなんでもいいが…、ネットって…」

ネットで買ったと朝生は気軽に言うが、クッションやラグというのは安価なものだとは思えない。その金はどこから…と不審げに聞く胡桃に、朝生は軽い調子で沙也香からカードを与えられているのだと言う。

「ですから、気にしないでください。食べ物や自分の着替えもそれで買ってますから」

カミルよりも身長の低い朝生が、自分の着替えを借りるわけにはいかなかったというのは理解できるのだが…。食費に関しては気遣ってやるべきだったと反省する胡桃が沈黙したのを、朝生は違うふうに捉えていた。

「もしかして…おじさん、ラグはシャギー感のない方がよかったですか？」

「…シャギー…？」

「毛足が長い仕様のものです」

ほら、こういう…と言って、朝生はラグの上にしゃがみ込み、その表面を撫でてみせる。どっちでもいいし、ラグのことなど考えてもいなかった。問題はそこじゃないのだと言ったところで、とんちんかんな展開にしかならない気がして、胡桃は背後にいたカミルを振り返る。

多忙な中を抜け出してきたのは、カミルに病院で診察を受けることを納得させるためだ。ちょっと話があると持ちかけ、胡桃はカミルを連れて奥の寝室へ向かった。


カミルを先に部屋へ入れた胡桃は、どうやって説得しようかと悩みつつ、後ろ手にドアを閉めた。ベッド近くで立ち止まったカミルは胡桃を振り返り、真面目な顔で先手を取った。

「病院なら行かぬぞ」

「……」

カミルが自分の目的を察していたのを知り、胡桃は苦虫を噛《か》み潰したような顔になる。こうして目の前にいるカミルは普通に見えるけれど、江戸川署で彼が口にしていた内容は明らかにおかしいものだった。あの時は緊急事態で話が途中になってしまったが、今度こそ、納得させなくてはいけない。

胡桃は頭を掻きながら「あのな」と溜め息交じりの声を吐き出した。

「お前は覚えてないだけで…」

「覚えている。頭は打ってない」

「だから、打ったこと自体を忘れてるんだって言ってるじゃないか。お前の説明は意味がわからないんだよ。目が覚めたら変な村にいたとか…」

「それは本当だ」

胸を張るような仕草で頷くカミルを、胡桃は困った顔で見る。カミルは信じてもらっていないと感じたらしく、「本当なんだ」と繰り返した。

「目が覚めて…蓋がなかなか開けられなくて苦労したが、ようやく押し開けて外に出たら…鏡張りの部屋だったんだ」

「蓋？」

「棺桶の蓋だ」

「……」

棺桶…というのは、昨日も聞いた単語である。荷物はないのかと聞いた朝生に、カミルは棺桶が大きくて持って出られなかったというような話をしていた。カミルは棺桶の中で寝ていたというのだろうか。

　ますます理解不能だったが、最後まで話を聞いてみようと思い、胡桃は「それで？」と促した。

「ベネディクトは隣に寝ているはずだったのにいなくて…捜さなきゃと思って、その部屋があった建物を出たんだ。そしたら…そこは、四角い箱のついた高い塔や…丸い大きな籠《かご》のようなものがついたリングのお化けみたいな建物とか…見たこともないような建物がいっぱいある村だったのだ」

「……」

　鏡張りの部屋。高い塔。丸い大きな籠のついた建物。そんなものがある「村」。胡桃はカミルの話していることがさっぱりわからず、首を捻る。

「自分がどこにいるのかもわからなかったが、とにかく、ベネディクトを捜せばなんとかなると思って捜そうとしたのだが…軍人が追いかけて来たのだ」

「…軍人……？」

「あのような乱暴な輩に捕まったら何をされるかわからないと思い、必死で逃げた。村の周りを囲んでいた山に逃げ込んで、その中をぐるぐるしていたら…自分がどこにいるかわからなくなり、村に戻れなくなった。ベネディクトがいなければ、私はどうやって生きていけばいいかわからない。捜そうにもどこをどう捜したらいいのかわからず、それで…途方に暮れて」

　死のうと思いついたのだ。自信満々にそう結ぶカミルの顔には、死に対する恐怖とか、悲壮感めいた感情は一切見られない。いいことを思いついただろう？　そう自慢しているようにも取れて、胡桃は頭を抱えた。

これは…もしかして、頭を打ったせいで記憶が混乱しているというよりも、心の病を患っているのではないか。だとしたら…あの近辺で、入院患者がいなくなっている病院がないか、調べた方が早いのかもしれない。これだけ日本語がうまいことからも、カミルが日本で育った可能性は高い。

もしも病気で妄想の世界に生きているのなら、カミルを問い詰めても望むような答えは得られないだろう。カミルはわざと嘘をついているわけではないのだ。対処法を変えた方がよさそうだと胡桃は考え、「わかった」と難しい顔つきで頷いた。

そんな胡桃をカミルはじっと見つめる。胡桃が自分の話を本当に理解したわけではないのを察したらしく、微かに眉を顰めて不満げな表情を浮かべた。

「胡桃。私は嘘などついてないぞ。全部、本当のことだ」

「わかった、わかった。とにかく…」

「信じてないんだろう?」

信じるとか、信じないとかいう以前の問題だ。作り話…カミルにとってはそうではないのだろうが…につき合っている暇はない。署に戻ったら碓氷に病院を当たらせようと考えていた胡桃は、適当な調子で「信じてるさ」と返した。

すると、カミルはますます顔を顰めて、「信じてない」と言い返す。

「信じてるって言ってるだろう?」

「信じてるようには見えない」

「あのな…」

そもそも、棺桶だの不思議な建物がたくさんある村だの軍人だの、妄想としか思えないような話をしている自分の方がおかしいと思わないのか。そんな台詞を吐きかけて、胡桃はすんでのところで理性を働かせる。

病気ならば責めても仕方ないと思ったばかりだ。渋い顔で「わかったから」と強引に話を切り上げようとした時だ。目の前にいるカミルが、唐突に泣き始めた。

「!?」

カミルは膨れっ面のまま、大きな瞳からぽろぽろ涙を零す。子供がだだをこねて泣き落としにかかるようなものだったが、胡桃は狼狽《うろた》えた。誰かに目の前で泣かれるなんて、滅多にないことだ。そこが取調室で相手が被疑者であれば、いい加減にしてくれと舌打ちのひとつでもついていただろうが、カミルは被疑者ではない。

胡桃は慌ててカミルの肩を掴み、涙が溢《あふ》れ続けている顔を覗き込む。

「どうした?」

「……嘘じゃ…ないんだ」

本当なんだ。カミルは掠れた声で言い、自分の肩を掴んでいる胡桃の右手に自分の左手を重ねた。カミルの手はとても冷たく、胡桃はひやりとした感触にどきりとして息を呑んだ。

「…っ」

恐ろしく冷たい手は体温がまったく感じられない。もしかして体調でも悪いのだろうか。そんな心配を浮かべた胡桃の手を、カミルは両手で包み込むようにして引き寄せ、その指先に口づけた。

「……」

「本当なんだ。信じてくれ」

カミルの思いがけない行動に驚きながらも、痛切な声音が心に響き、胡桃は何も言えなかった。

間近で見るカミルの睫《まつげ》は長く、涙に濡《ぬ》れたそれが小さく震えている。カミルは平然と死のうと思ったなんて言ってみせたりするけれど、実は不安で心細いに違いない。

それを上手に表現できないだけなのだと思いやり、胡桃はカミルを引き寄せて抱き締めた。背中を優しく叩き、「大丈夫だ」と言って安心させてやる。

おかしな迷子を拾ってしまった自分も困っているが、誰より一番、困っているのはカミルだ。自分がどこから来たのかもよくわかっていないだけでなく、自分が何者なのかもわかっていない気がする。

「…大丈夫だから、泣くな。俺がなんとかしてやるから…」

本当になんとかできるかどうかはわからなかったが、嘘になったとしても、今はカミルを安心させてやるのが先決だ。そう考え、抱き締めたカミルを慰めていた胡桃は、腕の中から「胡桃」と呼ばれて、「なんだ?」と聞いた。

「したい」

「…何が?」

「抱いてくれ」

「……」

抱いて…いると言えば、今もそうしている。胡桃はカミルの言う意味がわからず、抱擁を解き、首を傾げてカミルを見た。濡れた目元で自分を見つめるカミルを、不思議そうに見返すと、躊躇いのない口調で同じ台詞が繰り返された。

「胡桃と…したい」

「だから…何を？」

言っている意味がわからないと、胡桃が眉を顰めた時だ。カミルは胡桃の腕を掴み、首を伸ばして口づけた。愛《いと》おしげに重ねられた唇が持つ意味合いを、胡桃はその時ようやく理解して…。

カミルを突き飛ばして後ろへ飛び退《の》いた。

「っ…!!」

したいって…そういう意味か!!　理解はしたものの、信じ難い思いで目を丸くし、胡桃はカミルを凝視する。胡桃に突き放されたカミルは怪訝そうな表情で「厭なのか？」と聞いた。

「…い……」

厭とか、厭じゃないとか、そういう問題じゃない。どう言えばいいのか。まったく言葉が見つからず、胡桃は激しく首を横に振りながら逡巡《しゅんじゅん》していたのだが、結局、向き合うことより逃亡することを選んだ。

「お、俺は仕事があるから、もう行かなきゃいけないんだ。お前のことは…早急になんとかするつもりだから……っ」

早口で言い、胡桃はカミルから距離を取ったまま、慌てて寝室から逃げ出した。ドアを閉め、大きく息を吐いた途端、「おじさん」と呼びかけられる。

「っ…なんだ!?」

「ラバトリーの棚にあるタオルなんですが、古いものは捨ててもいいですか？　結構、使い込まれた感じのもあって…」

「っ…」

部屋から胡桃が出てくるのを待ち構えていたらしい朝生は、今度はタオルを抱えており、深刻な顔つきで尋ねてくる。胡桃はいい加減、相手にしてられない気分で「勝手にしろ！」と言い捨てて玄関へ向かった。

それどころじゃないのだ。なんてことを…自分はなんてことをしてしまったのか。頭の中が真っ白なまま、胡桃は玄関で靴を履き、ドアに手をかけた。そこへ…。

「胡桃」

「っ…！」

唐突にカミルの声が聞こえて飛び上がる。後ろをついてきていたのにまったく気づいていなかった胡桃が焦った顔で振り返ると、今度はいつ帰ってくるのかとカミルは真面目な顔で聞いた。

「し、仕事が、忙しいんだ。ちょっとわからない…」

「そうか。仕事だったら…仕方がないな。仕事は大事だとベネディクトも言ってたし…」

気をつけてな…と見送ってくれるカミルにもごもごと言葉にならない挨拶を返し、胡桃は外に出た。カンカンと高い音を鳴らしながら、鉄製の階段を駆け下りる。困ったぞ。これは本気で早急になんとかしなきゃいけない。動揺を収められないまま、胡桃はタクシーを求めて通りへと走り出した。

CHAPTER3

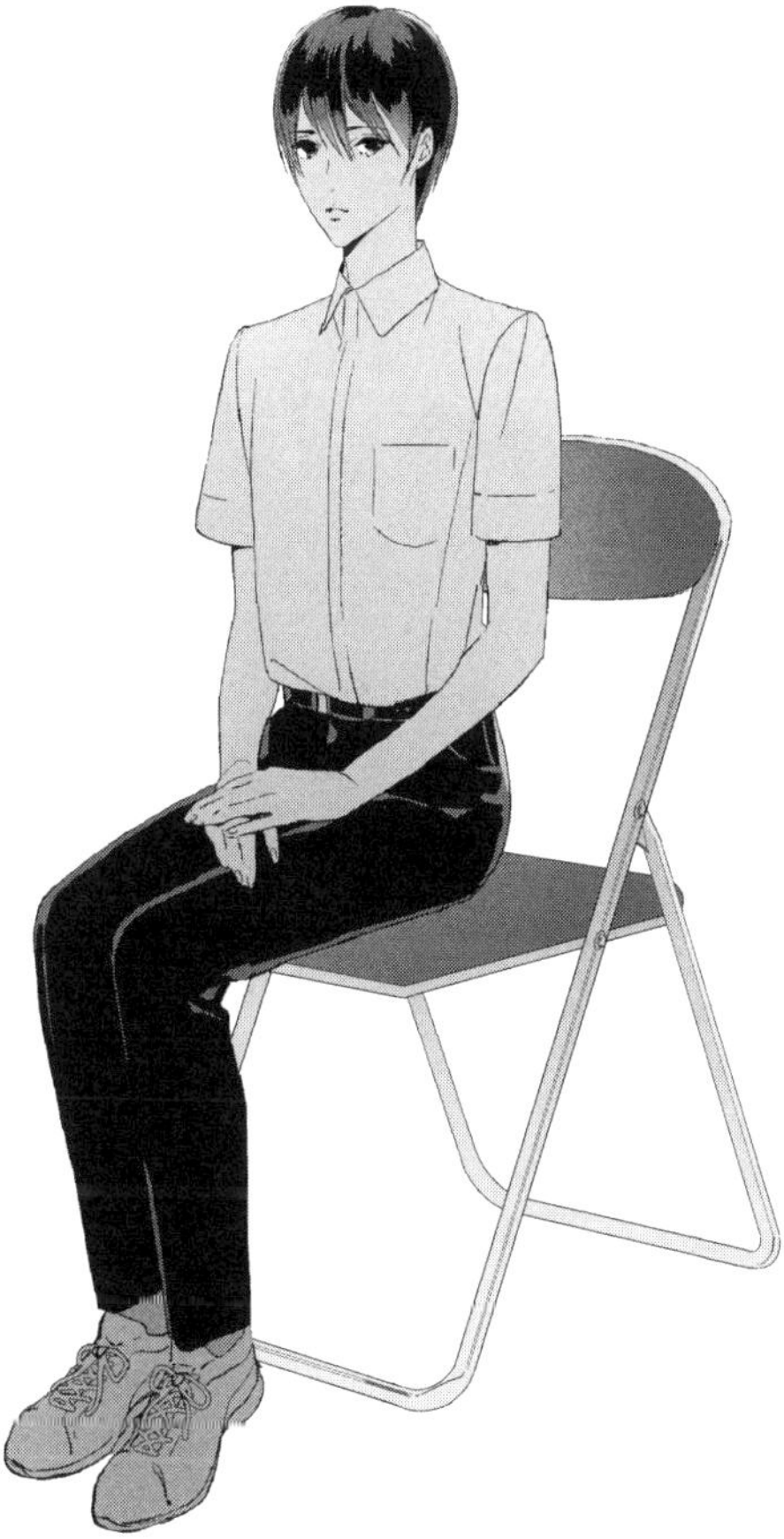

胸がドキドキしたままなのは、走ったせいか。それとも…。胡桃は通りで捕まえたタクシーの運転手に行き先を告げて、参ったと後部座席で頭を抱えた。先ほど我が身に起きたことが信じられず、唇に手の甲を当てる。重ねられたカミルの唇は彼の手と同じく冷たく、柔らかかった。

「……」

カミルは男で、ありえない話だ。不意を突かれたとはいえ、カミルとキスしてしまうなんて…。生娘《きむすめ》でもあるまいし、キス一つで動揺するというのもおかしな話だが、まったくの想定外の事態だったのだから仕方ない。

不可抗力だったと繰り返すことで、胡桃は少しずつ自分を立て直した。車が江戸川署に着く頃にはなんとか冷静さを取り戻せており、今度は慌てて逃げ出してきてしまったのを反省しながら、車を降りた。

署内に入ってしまえば、煙草を吸える場所は限られている。狭い空間に閉じ込められて吸う気にはなれず、戻る前に一本吸っていこうと思い、正面玄関に続く階段の端っこに腰を下ろした。

「まったく……」

取り出した煙草を咥え、火を点けて煙を吸い込むと、少しだけ頭のもやもやが晴れる気がする。キスされたことはひとまず忘れ、カミルを具体的にどうするかを考えなくてはならない。棺桶だの、不思議な村だの、軍人だのといった話は、やはり妄想だとしか思えない。

妄想を本当なんだと真剣に訴えるカミルは…。やはり事故に遭ったというより心の病だと考えるべきかと眉を顰めた時、「主任」と呼ばれた。振り返ると碓氷が立っており、どこにいたのかと聞かれる。

「…ちょっと着替えを取りに行ってたんだ。今、戻ってきたところなんだが、中だと喫煙室しか吸えないだろう。一本吸ってからと思ってな。お前こそ、どうした？」

「笹井さんがコンビニのコーヒーを飲みたいって言うんでお使いです。本当は笹井さんが行ってくれようとしたんですが、玉置さんが逃げるからって」

玉置の読みは正しい。時刻はすでに十二時を過ぎ、笹井はいい加減、作業にも飽きてきているだろうから、逃げ出すタイミングを計っているに違いなかった。作業の方はどうだと聞く胡桃に、碓氷はそろそろ先が見えてきそうだと答えた。

「デジタル系に関する玉置さんの処理能力は半端ないんで。でも、客は大分絞れてきたんですが、仕入れに関するやり取りは全然出てきてないんですよ。あのスマホは売り専門の連絡手段で、仕入れ相手とは違うスマホで連絡を取っていたか…もしくは、証拠を残さないためにも別の連絡手段を取ってたんじゃないでしょうか」

碓氷の意見は納得できるもので、胡桃は「なるほど」と相槌を打って煙草を吸う。コンビニに行くという碓氷は何かいるものはないかと聞いた。

立ち上がった胡桃は、それよりもちょっと頼みたいことがあると碓氷に切り出した。

「頼み…ですか？」

「今度は絶対に、誰にも言うなよ？」

ぎろりと睨む胡桃の迫力に、碓氷は顔を青くして両手を挙げる。言いません！と必死な様子で約束する碓氷を、怪しいものだと訝りながらも、胡桃は長野の安曇野近辺で患者がいなくなった病院はないか探すように頼んだ。

「もしかして…カミルさんですか？」

「…どうも話してる内容が妄想っぽいんだ。虚言というより、自分が妄想している内容を現実だと信じ込んでるようでな。頭を打って記憶が…っていうんじゃなくて、……病気なんじゃないかと」

控えめに頭のあたりを指して言う胡桃に、碓氷は「はあ」と頷く。

「でも、カミルさんと話しててもおかしな感じはしませんでしたけど」

「普通のやり取りはできるんだ。だが、どこから来たかはわかってなくて…。覚えてることを話せと言ったら、棺桶に寝てたとか、目が覚めたらよくわからん不思議な村にいたとか、軍人に追いかけられたとか言い出してな」

「軍人……？」

「病気っぽいだろう？」

神妙な顔で同意を求める胡桃に、碓氷はなるほどと頷く。胡桃は短くなった煙草を吸い殻ケースに入れながら、朝になったらカミルを拾った長野を中心に、専門の病院を当たってくれと碓氷に重ねて頼む。碓氷は頷き、だとしたら、すぐに見つかるだろうとつけ加えた。

「カミルさんはかなりのイケメンですし。有名なはずですから」

「ああ…」

碓氷が何気ない口調で「イケメン」と口にするのを聞き、カミルの顔を頭に思い浮かべた胡桃は微かに眉を顰める。碓氷は大学まで柔道一筋で打ち込んできた男で、バリバリの体育会系だ。もしかすると…そういう経験もあるのかもしれないと考え、「なあ」と声をかけた。

「お前…ずっと体育会系だったんだろう?」

「はい。中学高校大学と柔道部でした」

「…男ばっかの」

「そうですね。特に中高は男子校だったので、むさ苦しいものでしたよ」

男子校と聞き、胡桃は余計に都合がいいと内心で喜んだ。胡桃は中学も高校も共学で、その後は警察官となった。警察学校に入って初めて同性ばかりの組織を体験したけれど、そういう気配とは無縁だった。

警察官となり、特に刑事になってからは、捜査の過程で時折そういう人種に出会ったりもしたけれど、深くは関わり合うことなく、今まで来ている。だからこそ、まったく免疫がなく、カミルのこともどう考えればいいのかわからなかった。

男子校の体育会系であった碓氷なら、対応の仕方もわかるかもしれないと思い、声を潜めて尋ねる。

「だったら…その…そういう奴もいたか?」

「そういう奴?」

「あの……男同士で…その、…」

「ゲイとかっていうことですか?」

「そうだ、そうだ。それだ」

「はい。もちろん」

もちろん…と当たり前のように頷く碓氷を、胡桃は信じられない思いで見つめる。同時に頭に浮かんだのは「もしや」という思いだ。まさか、碓氷も…。息を吸いながら、そっと後ずさる胡桃の考えを察した碓氷は、慌てて首を振って否定した。

「ち、違いますよ。俺はそっちじゃありません」

「……」

「本当ですって。でなきゃ、アイドルの追っかけなんてしてません」

碓氷がアイドル好きであるのは胡桃もよく知っている。納得できる材料にほっとし、「そうだな」と相槌を打つ胡桃に、碓氷はどうしてそんなことを聞くのかと尋ねた。カミルに突然キスされて困っているのだとは到底話せず、曖昧な感じで説明する。

「…いや…ちょっと相談されたんだ。その…同性に、つまり男に迫られて…困ってるんだが、どうしたらいいかって。だが、俺はそういう奴が周囲にまったくいなかったから、なんて答えればいいのかわからなくて」

「はあ。でも、話せばわかってくれるでしょう」

「…そういう趣味はないって…？」

「お互い、厭な思いをしないためにも早い段階できっちり言うべきだと思いますよ。だって、男と女とは違って、どうしようもない話じゃないですか」

「ああ。そうだな」

「俺の連れにもすごく好かれる奴がいて、頻繁にコクられてたんですが、そのたびにちゃんと説明して断ってましたよ。中にはゲイだっていうだけで毛嫌いする奴もいるんですけどね。そういうのもちょっと違うじゃないですか。恋愛っていうのは男女間でもいろいろあるんだし、男同士だったらなおさら、難しいだろうから、丁寧に対応しないと」

なるほど…と頷きながら、胡桃は碓氷のことを少しだけ見直していた。ガタイがいいくせに腹が弱く、肝心な時に使えないと舌打ちすることもあるが、実は理性的に物事を考えられるタイプなのかもしれない。恋愛が苦手で、それが高じて人間関係もできるだけ浅くしようと心がけている胡桃にとって、碓氷のアドバイスは助かるものだった。

あんなふうに逃げ出してきたのは間違いだったのか。カミルにはちゃんと、自分にはそういう嗜好《しこう》がないのだと伝え、わかってもらうべきだ。でないと、中途半端に期待を持たせてしまう可能性もある。

「じゃ、主任。俺、コンビニまで行ってきますんで」

「あ、俺が行ってやるよ。ちょうど煙草を買いに行こうと思ってたところだ」

笹井のコーヒー以外にも何かいるものがあるかと聞く胡桃に、碓氷はリクエストを伝える。玉置はガムで、碓氷は炭酸飲料、一緒に作業している所轄の捜査員には缶コーヒー。わかったと了解し、胡桃は碓氷を署内へ戻らせて、コンビニへ足を向けた。

江戸川署を出て西へ五十メートルほどのところに交差点があり、その斜向《はすむ》かいの角地に建つビルの一階にコンビニが入っていた。交差点を二度に分けて渡り、コンビニで頼まれた買い物を済ませる。両手に買い物袋を提げた胡桃が店を出ると、歩行者用信号が赤になっており、足を止めた。

新家のスマホから仕入れルートに関するめぼしい情報が出なかったらどうするか。頻繁に連絡を取っている人間を片端から捕まえて話を聞いていくか…。骨が折れるなと思いつつ、翌朝からの捜査について考えを巡らせていた胡桃は、何気なく右の方へ目を向けた。

交差点からは離れた道路の端に車が停まっている。胡散《うさん》臭げな高級外車はそれだけで刑事である胡桃の気を引くものだったが、その助手席から降り立った男を見て、愕然《がくぜん》とした。

「……」

いや、正確には「愕然」ではなく、「呆然」だ。呆れた思いで凝視する胡桃の視線に、相手はすぐに気づいた。仏頂面で睨んでいる胡桃を見て、しまったと慌てた表情になるのは南野だ。胡桃は大きな溜め息をついてから、両手にコンビニの袋を提げたまま、ずんずんと高級外車に近づいていった。

「何してんですか?」

「あ…いや、これは…」

動揺している南野はうまい言い訳が出てこないようで、胡桃は舌打ちをして、開いたままの助手席のドアから運転席を覗き込む。高級外車のハンドルに右手をかけ、左肘をシートについて、偉そうなふんぞり返った姿勢で胡桃を見た相手は、せせら笑うように鼻を鳴らして聞いた。

「元気か?」

「……」

答える義理もないと、胡桃は相手に対抗して鼻先だけフンと鳴らす。仕立てのいい三つ揃えのスーツをきっちり着こなし、男でも見惚《みと》れるような魅惑的な笑みを浮かべて運転席に座っているのは、指定暴力団でもある鷲沢《わしざわ》組を率いる、鷲沢だ。

鷲沢は南野が情報屋として使っている男であるが、捜査一課の係長である南野が、こんなふうに誰に見られるともわからない場所で、一緒にいていい相手じゃない。ましてや、その車から降りてくるなど、ありえない話だ。

「主任になったんだろ？　なのに、お使いか？」

「ついでだ」

からかってくる鷲沢に、胡桃は眉を顰めて返す。新家の殺害に暴力団が関わっていないかどうかを南野が調べてみると言った時、胡桃は鷲沢の顔を思い浮かべて注意した。南野だって自分の意図をわかっていたはずなのに。

忌々しく思い、胡桃はこれみよがしな溜め息をついて、険相のまま鷲沢に告げる。

「こういう真似はよせ」

「こういう？」

「一緒にいるところを誰かに見られるような真似だ」

「大丈夫だ。ほとんどの奴は鈍感で、気づかない。お前くらい、鼻の利く犬はそうはいない」

「俺は犬じゃねえ！」

バカにした物言いに腹を立て、胡桃は助手席のドアを足で思い切り蹴《け》って閉める。背後にいる南野が「おいおい」と窘めるのを聞き、ぎろりと睨みつける。まったくわかってない。相手はヤクザで、しかも、一つの組を率いる組長だというのに。

足で閉められた助手席の窓が開き、鷲沢はさらに胡桃をからかった。

「器物破損で訴えるぞ」

「訴えてみやがれ！」

「南野。しつけ直しとけよ」

憤る胡桃を宥めようとする南野にそう言い残し、鷲沢は車を発進させる。アクセルを軽く踏み込むだけで急加速できる高級車はあっという間に交差点に入り、勢いよく左折していった。視界から消えたのは幸いだが、その去り方が鼻につくと、胡桃はなおも苛立った声を上げる。

「あの野郎！　道交法違反で逮捕してやる！」

「難しいと思うぞ」

「っ…あんたが油断しまくりだからいけないんですよ？」

「油断してたつもりはないんだが…本当に、お前は鼻が利くよな」

南野は肩を竦めて鷲沢と同じ台詞を繰り返し、交差点に向かって歩き始める。顰めっ面でその後に続いた胡桃は、どういうつもりなのかと低い声で聞いた。

「…新家の情報が入ったって連絡があってな」

「やっぱり、あの男に調べさせてたんですか」

「俺から聞いたわけじゃない。新家の一件をうちが担当してるって耳に挟んだようで…向こうから連絡があったんだ」

「だからって…」

「わかってるって。気をつけるよ」

自分にこうして見つかっている以上、気をつけているとは言えないから注意しているのだ。腹を立てている胡桃がなおも言おうとすると、南野は歩行者用の信号が点滅しているのを指さし、「渡ろう」と言って足を速めた。

渋々従い、横断歩道を渡ると、次の信号もタイミングよく切り替わる。さっきよりも長い、四車線に跨《また》がる横断歩道を南野と並んで歩きながら、胡桃は「わかってるんですか」と続けた。

「困るのはあんたです」

「…わかってる」

「わかってないですよ」

うんざりしたように繰り返す南野に、胡桃はそれ以上にうんざりした口調で返した。南野とは捜査一課に配属になってからのつき合いで、当時、まだ主任だった南野のもとで胡桃は一捜査員として捜査の基本を学んだ。

南野は飄々としているところが時として物足りなく感じる時もあるが、トータル的には有能な刑事で、胡桃は多くを学んできた。本人が望まざるも係長となったのも、相応《ふさわ》しい人望と能力があった故《ゆえ》だ。

淡々と仕事をこなし、着実に犯人を追い詰める。あからさまな熱心さは見られずとも、南野は常に被害者のことを気にかけ、最大の努力を自分自身に強いる。そんな姿勢は胡桃にも大きな影響を与え、一番、信頼していると言い切れる相手ではあるのだが…。

南野の一番のネックは情報屋として使っている鷲沢と親しすぎるという点だ。二人の関係が癒着の類いではないと、胡桃は信じているものの、他の人間がどう見るかは微妙である。

「余計な誤解を与えかねません」

「まずいことは漏らしちゃいない」

「だとしても、あいつがタダでネタをよこすのはおかしいと考える人間がほとんどです。俺だって訝しく思ってます」

「そうなのか？」

わかっているのか、いないのか。見極めのつかない南野の態度に苛つきつつ、胡桃は「それで」と話を変えた。鷲沢との件は説教を始めたら切りがないと自分でもわかっている。それに皮肉ではあるが、鷲沢がよこす情報は、いつも正確で役に立つ。

諦めて話題を替えた胡桃を、南野は苦笑して見ると、渋いままの横顔に小声で告げた。

「新家は光進会《こうしんかい》と揉めてたらしい」

「光進会…」

南野から聞いた組織名を繰り返し、胡桃は「確か…」と続ける。

「大井町《おおいまち》に本部のある…常磐《ときわ》組系の組織でしたか」

「ああ。光進会はこのところ、上海《シャンハイ》の方からヤクを仕入れて捌いているそうなんだが、新家はその客筋により安く売ってたらしい」

「商売敵《がたき》だったと…。新家のスマホを分析させてますが、仕入れに関する情報は出てきそうにはないんです。新家は光進会の対立組織からヤクを仕入れてたんですか？」

「組織的なものじゃなく、個人で輸入してたんじゃないかって話だ。海外のサイトを潜っていくと手に入るようだ」

だとしたら、サイトの照会履歴を詳細に追う必要がありそうだ。玉置に指示を出さなくてはと考えているうちに、二人は江戸川署に着いていた。正面玄関まで来ると、両手が塞がっている胡桃に代わって、南野がドアを開ける。軽く頭を下げて横を通り、「そういえば」今さらなことを聞いた。

「祖師谷はどうなったんです？　いいんですか？　こっちに来てて」

笹井の話では行方《ゆくえ》がわからない被害者の同棲相手を、重要参考人として捜しているとのことだった。南野は困ったような顔で「ああ」と頷き、まだ見つかっていないので、すぐに粗師谷の捜査本部に帰るつもりだとつけ加えた。

「今のところ、部屋に第三者が立ち入ったような形跡は見られないし、同居女性が一番有力だろうな」

「鈍器で殴られてたって聞きましたが、凶器は？　女でも扱えるものなんですか？」

「ダンベルだよ」

被害者は体格のいい男で、身体を鍛えるのに使っていたらしい…と南野が続けるのを聞き、胡桃は怪訝な顔で頷く。ダンベルでも軽めのものなら女性でも扱えるだろうし、それで思いきり殴れば、十分な凶器になる。

「女はＤＶ被害を訴えていたんだが、元々喧嘩の絶えない二人で、何度か通報もされてる。暮らしていたマンション内では男の方が女を殺すんじゃないかって心配されてたようだ」

「ところが、逆に男の方が殺されたってわけですか。女の方も追い詰められてたんでしょうが、殺すくらいなら別れりゃいいじゃないですか」

「別れられるもんなら、とっくに別れてるさ。恋愛も最後に行き着くのは執着と馴《な》れ合いだからな。難しいもんなんだろう」

肩を竦めて南野が言うのを聞き、胡桃は意外そうに隣を見る。南野はまだ独身で、バツがついているわけでもない。恋愛なんて言葉からは遠いところにいるはずの南野らしからぬ発言に思えて、微かに眉を顰めて聞いた。

「四十五になっても独身のあんたに恋愛がわかるんですか?」

「十年後にはお前だって、四十五の独身だぞ」

「その頃にはそっちは五十五の独り身でしょう」

目くそ鼻くそを笑うといったような言い合いを続けているうちに、いつしか玉置たちが作業をしている部屋に辿《たど》り着いていた。南野は部屋に入る前に、胡桃に念を押してから指示を出した。

「朝になったらネタ元は伏せた上で、組対の松葉《まつば》に光進会について聞いてみてくれ」

「了解です」

ネタ元など言えるはずもないと呆れ気味に思いつつ、南野が開けたドアから部屋の中に入る。眠たげな笹井がようやくコーヒーが来たと喜ぶ声が聞こえ、胡桃は待たせたのを詫びてコンビニの袋を渡した。


ほぼ徹夜でスマホの解析作業を続けたが、朝になっても仕入れルートや、殺害されるに至るようなトラブルに関する情報は出てこなかった。翌朝、八時半から始まった捜査会議では、それまでに判明した情報…主に新家とメールやＳＮＳで頻繁にやり取りしていた人間に関するものだ…

をリストアップしたものを用意し、手分けして当たるように指示を出した。

捜査会議終了後、胡桃は南野から得た情報を元に、組織犯罪対策部の松葉に連絡し、会う約束を取りつけた。玉置たちには江戸川署に残って作業を続けるよう指示し、笹井を連れて指定された待ち合わせ場所に出掛けた。

「ふわあ…。この歳になると仮眠だけってのは辛いな。主任は平気なのか？」

「まあ、ぼちぼち。玉置みたいに座り仕事に集中はできませんけど」

「ルナちゃん、偉いよね。あの仕事熱心さには感心するよ。それで…どこで待ち合わせだって？」

「大井《おおい》競馬場です」

なるほど…と頷き、笹井は眠そうな目で電車の窓から外を眺める。南野が鷲沢から得た情報によると、新家は光進会という暴力団組織に目をつけられていたらしく、大井にはその光進会の本部事務所がある。組織犯罪対策部の五課で暴力団を担当している松葉が、自分たちを光進会の地元である大井競馬場へ呼び出すのには、何かしらの目的があるのだろうと察せられた。

笹井と並んでつり革に摑まり、車窓の向こうに見える景色を眺めながら考えていると、視線を感じる。横を見れば、笹井が興味深げに顎のあたりを見ていた。

「主任の髭は無精髭に見えても、それなりに手入れしてるんだろう？　格好いいよね。俺も伸ばそうかな」

「玉置曰《いわ》く、女子のほとんどは髭が嫌いらしいですよ」

「ホントなの？　でも俳優とかでも伸ばしてる人、多いだろう」

「それはイケメンだから許されるそうです」

「厳しいな。じゃ、よそう。…主任はもてなくていいわけ？」

ポリシーがあって髭を伸ばしてるようには見えないけど。笹井がそう続けるのを聞き、胡桃は苦笑する。確かに、特別な思いがあって髭を伸ばしているわけではない。同時に、女子に好かれたいから剃るというのも、胡桃にはありえない選択だった。

「ま、主任は髭があってもなくてももてるんだろうが」

「もてませんよ」

「いやいや。背は高いし、硬派でクールだって評判だよ？　結婚してないのが不思議だって評判だ」

「縁がなくて」

肩を竦める胡桃を、笹井は気の毒そうに見る。縁がないというより、暇がないんだろうという指摘は、身近なところから見ている者ならではの意見だ。

「主任みたいな働き方じゃ、あっという間に四十になっちゃうよ。係長みたいに」

「……」

「あの人もさ、確実に婚期を逃したタイプだよね。結婚はいいよ。一度はした方がいいって」

バツ四でもある笹井の意見は参考にするべきかどうか迷うもので、胡桃は苦笑を返した。大井町の駅に着くと電車を降り、独特の雰囲気を持つ男たちの群れに交じって大井競馬場を目指す。競馬競艇競輪などの公営賭博場《とばくじょう》近辺を行き交う人間は、ほとんどが連れを持たずに一人で歩いている。誰もが何かを念じているような顔つきで、黙々と目的地を目指す光景は印象的だ。

周囲の様子を窺いながら歩き、場内に入ると、松葉に指定された飲食店を探した。入り口を入って右手に進むと、目当ての食堂が見えた。サッシ戸の向こうに注文できるカウンターがあり、ホール内に並べられた長机が客席として使われている。

まだ朝の十時過ぎだというのに、ビールやワンカップを片手に競馬新聞を真剣に読み込んでいる客が多くいる。その中にずるずるとうどんを啜《すす》っている小太りの男を見つけると、胡桃は足早に近づいた。

「おはようございます」

「おう。悪いな。こんなところまで」

低い濁声《だみごえ》で詫びる組対の松葉に、胡桃は久しぶりに会ったが、いつも変わらない特殊なスタイルに内心で苦笑した。暴力団担当の刑事は迫力ある外見の者が多いが、松葉も例外ではない。ひと味違う色味のスーツや色つきの眼鏡など、暴力団員と見間違われてもおかしくない格好は、特殊な仕事上必要とされる。

その格好のせいで年齢が今一つわからない松葉だが、南野よりも年下で、後輩に当たる。南野とのつき合いも長く、「一緒じゃないのか?」と聞かれた胡桃は、祖師谷の捜査本部の方に詰めているのだと答えた。

「あれか。朝からニュースでやってたが、まだ確保できていないのか?」

「そのようです。おかしな真似をする前に確保できるといいんですが」

「まったくだな。死なれちゃ、殺された方も浮かばれない」

松葉の向かい側に胡桃は笹井と並んで腰を下ろした。松葉は一度置いた箸《はし》を手にし、再びうどんを啜る。その合間に、自分の背後を見るよう、胡桃と笹井に指示した。

「…俺の右斜め後ろ…五列くらい向こうに、ハンチング帽を被《かぶ》った男がいるだろう」

胡桃はそれとなく視線をやって確認する。背中を向けているが、肘をついて競馬新聞を睨んでいる、ハンチング帽の男がいた。胡桃が頷くのを見て、松葉はそれが光進会の幹部なのだと教えた。

「光進会でシャブを一手に扱ってる、三輪《みわ》だ」

「じゃ…あの男が…」

「もしも、お前が言ってた通り光進会が絡んでいるのだとしても、三輪が直接手を下すことはありえない。あいつが好んで使ってるヒットマンがいてな。そいつがチャカを使うんだ」

となれば、三輪が命じて新家を殺させた可能性が出てくる。だが、問題は新家の遺体は撃たれてはいても、死因は違ったという事実だ。新家が普通に…というのもおかしな話だが…撃たれて死んでいたのならば、光進会の犯行だと断定することもできたのだろうが、悩ましい事実がある。

胡桃は声を潜めて、松葉に状況を説明した。

「実は…遺体には索条痕も残っていまして、検死の結果、死因は絞殺だったと判明したんです」

「首絞めて殺した後に撃ったっていうのか？」

「そういうことになります。そのヒットマンというのは…そういう慎重な真似をしたりする奴なんですか？」

「いや…。首を絞めるっていうのは聞いたことがないな」

そもそも二重に殺す必要があるか？　と首を傾げ、松葉は音を立ててうどんを啜る。それをじっと見ていた笹井は、「うまそうですね」とうらやましそうに呟いた。

「うまいぞ。ここの名物でな。肉うどんって言って、うどんの上にしゃぶしゃぶ肉が載ってて、それに紅葉《もみじ》おろしを合わせて食べるんだ」

「朝、食べてないんで…。主任、うどん買ってきてもいいか？」

「じゃ、俺の分もお願いします」

セルフサービスの店だから、サッシ戸の向こうにある調理場まで自ら買いに行かなくてはならない。笹井と同じく、朝食を取っていなかった胡桃も小腹が空いており、買い物を頼んで笹井を見送った。

その気配がなくなると、松葉は「で」と胡桃に聞いた。

「どこからのネタだ？」

丼《どんぶり》の底に沈んだ肉を箸先で拾い、松葉は窺うような目で胡桃を見る。ネタ元は伏せろと南野から指示を受けている胡桃は、ごまかすような苦笑を浮かべ、「いろいろとありまして」と答えた。

他に言いようがなく、そう答えるしかなかったのだが、同時に松葉は予想がついているのだろうとも思っていた。案の定、松葉は胡桃から視線を外し、「ふん」と鼻先を鳴らして肉を口に放り込む。

「あの人はわかってんのか。自分がどれだけヤバイ橋を渡ってるのかって」

「……」

「あれも相当ヤバイ男だが、鷲沢はその何倍も上を行ってるぞ」

箸の尻で自分の背後にいる光進会の三輪を指した後、松葉は「鷲沢」の名前を口にした。やはり何もかもわかっているらしい松葉に対し、胡桃は困った気分で肩を竦める。無言でいる胡桃に、松葉は顰めっ面になって、独り言のように続ける。

「光進会は別件でマークしてることもあって、うちも三輪の動きを追ってたんだ。だが、そんな男に目をつけてるなんて話はまったく入ってきてなかった。そこまでのネタを仕入れられるのなんて、限られてるじゃねえか」

「……」

「まあ…だからこそ、確実なんだろうが」

唇をひん曲げた松葉が箸を置いた時、丼を載せたトレイを運んでくる笹井が見えた。笹井は南野と鷲沢の関係を知らない。松葉も胡桃との間だけでできる話だという認識はあり、笹井が着く前に話題を変えた。

「…とにかく、三輪が命じてやらせたのだとしても、絞殺っていうのが解せないな」

「ですよね。…その上、ガイシャはおかしな格好をしてましてて」

靴下とアイマスク以外は何も身に着けていなかったと聞いた松葉は「なんじゃそりゃ」と呟き、眉を顰める。そこへ笹井が到着し、長机の上にトレイを置いた。

「お待たせ。主任、七味はかけても大丈夫だったよな?」

「はい。ありがとうございます」

「皆が七味をかけてるからさ…、俺もかけてきてみた。うまそう」

いただきます…と手を合わせて、早速箸を割る笹井の横で、胡桃も箸を手にする。残っていた汁まで飲み干した松葉は、爪楊枝《つまようじ》を咥えて「わからんな」と首を傾げた。

「だとしたら、首絞めて殺してから…わざわざ服を脱がせたってことか?」

「いえ。恐らく、風呂に入ろうとして服を脱いだところを、背後から襲われたんだと考えています」

「風呂に入ろうとしてたなら、アイマスクはいらないだろう?」

「ですから…それは…」

胡桃自身、説明がつかなくて、首を捻っている一番の謎だ。説明しようとする口調も心許《こころもと》なげなものになる。言葉に詰まる胡桃に代わって、笹井が後を継いで、わかっている事実だけを淡々と繋げた。

「裸になったところを背後から首を絞めて殺し、ベッドまで遺体を移動させてアイマスクをつけ、胸にクッションを置き、撃った…と。現場の状況から考えると、犯人の動きはこんな感じだよな。主任」

「そうです」

「さっぱり意味がわからねえな」

松葉が眉を顰めるのも無理はない。覚醒剤の密売人が拳銃で殺害されたというだけなら、加害者も犯罪者である線が濃くなり、犯人も限定されてくる。しかし…。今回ばかりは、殺害現場の状況が判断を迷わせる。

ただ、不確定要素があるとはいえ、三輪はなんらかの事情を知っている可能性は高い。胡桃は松葉に、三輪を別件で逮捕して取り調べることはできないかと聞いた。

「逮捕するネタはいくらでも作れるだろうが…三輪は口を割らんぞ。簡単に落ちる男じゃない」

「そうですか…」

三輪が関わったという直接的な証拠がない以上、殺人教唆《きょうさ》での立件は難しいだろう。それにはまず、犯行に及んだヒットマンを見つけなくてはいけない。心当たりはないかと聞く胡桃に、松葉は首を横に振った。

「前に聞いた話じゃ、組関係の人間じゃない素人《しろうと》筋だってことだったが…、簡単に見つかるようなタマじゃないだろう」

確かに、易々と捕まるような人間を暴力団が殺し屋として使うとは考えられない。光進会を攻めるのは相当ハードルが高そうだと溜め息をつき、胡桃は遅れてうどんを食べ始めた。


光進会と三輪に動きがあれば報せてくれるように頼み、胡桃と笹井は松葉と別れて大井競馬場を後にした。絞殺はさておき、拳銃で被害者を撃ったのが三輪の雇ったヒットマンだとすれば、使用された拳銃に前歴がある可能性も出てくる。それが光進会に絡んだ事件に関わったものであれば、突破口になり得るかもしれない。胡桃は銃弾の鑑定に当たっている科捜研でそのあたりを調べてくるよう笹井に命じ、途中で別れて、一人江戸川署へ戻った。

どうして新家は二度、殺されなくてはならなかったのか。プロの犯行ならば、絞殺した時点で、被害者が死んだかどうかわかったはずだ。銃弾という証拠を残してまで拳銃で撃つ必要はない。

ちっともわからないと頭を悩ませながら、駅からの道を歩き、江戸川署の正面玄関から建物内へ入る。玉置からスマホの分析が終わったという報告は来ていなかったので、まだ作業しているのだと思い、二階の部屋へ上がろうと階段へ向かいかけた時だ。

「……？」

廊下の隅から黄色い声が聞こえ、不思議に思って足を止めて覗き込む。すると、婦警たちが集まっており、その中にジャージ姿の玉置が混じっているのを見つけた。昨日から夜を徹して作業している玉置は、スーツからジャージに着替えていたのが、所轄の婦警たちと何をしているのだろう。

怪訝な顔つきで近づいていった胡桃は、聞こえてきた会話に驚愕した。

「えっ、じゃ、主任のお姉さんの息子さんなんだ？」

「そう…なりますね」

「胡桃主任って格好いいけど、彼女っているの？」

「さあ…。俺、おじさんに会ったのは最近なんで…よく知らないんです。あ、でも家に女の人の気配はないです」

「胡桃主任の家に行ったことが？」

「今、おじさんの家にいるので」

「本当に？　胡桃主任ってどこに住んでるの？」

婦警に問われた朝生が素直に答えかけたのに被せるようにして、胡桃は「おいっ!!」と大声で怒鳴った。本人が背後まで来ているのに気づいていなかった婦警たちは凍りつき、鬼の形相でいる胡桃を見ると、蜘蛛《くも》の子を散らしたように四方八方へ逃げていく。

残ったのは朝生と、胡桃の怒鳴り声にはとうに慣れっこの玉置だけだった。朝生と並んでベンチに座っていた玉置は、平然とした顔で「お疲れ様です」と挨拶する。仕事を放り出して何をしているのかと、玉置を叱りたいところだが、朝生がどうしてここにいるのかが気になる。

それに、早く朝生をここから連れ出さなくてはいけないと、胡桃はその腕を摑んで立たせ、連れ去ろうとしたのだが…。

「っ…お、おじさん、無理…っ」

「何が⁉」

「た、玉置さんが…」

玉置がどうかしたのかと朝生を振り返れば、反対側の腕にしがみついていた。両方から引っ張られることになった朝生が悲鳴を上げるのも無理はなく、胡桃は玉置に「離せ！」と怒鳴る。

「厭です！」

「はあ⁉」

「頑張って仕事したんですから、ちょっとくらい、ご褒美くれたっていいじゃないですか！　もう少し、生美少年を鑑賞させてください！」

「バカか、お前は！　さっさと作業の続きを…」

「終わりました！」

終わって報告しようとしたところ、所轄の婦警から朝生が来たという報せを受け、慌てて下りてきたのだと言う。まだ五分も見ていないと訴える玉置に対する譲歩案はなく、胡桃は強引に玉置から朝生を引きはがした。

「あっ…セクハラです！　パワハラです！　訴えますよ！」

「好きにしろ！」

お前の病気につき合っている暇はないと吐き捨て、胡桃は朝生を連れて急いで署を出る。玉置が後を追ってきていないか背後を確認した上で、江戸川署の建物の裏側に回って、朝生に厳しい口調で尋ねた。

「何しに来たんだ？　ここへは来るなと言っただろう」

「すみません。でも、電話よりも直接話したくて…。おじさん、いつ帰ってくるかわからないので…」

「忙しいんだ。俺は」

「カミルのことなんです」

顰めっ面で返した胡桃は、朝生の声が真剣な調子なのに気づき、はっとして彼を見る。カミルがどうかしたのか？　と平然とした顔で聞き返せなかったのは、厭な予感が頭を過ったからだ。

カミルにキスされたことに動揺し、逃げ出してきてしまったが…。朝生を置いてきたという意識はなく、その後のこともまったく考えていなかった。しまった。朝生は未成年で…もしも、カミルが自分にしたのと同じような真似をしたのだとしたら…。

言葉に詰まり、何も言えないでいる胡桃に、朝生は困ったような顔で続けた。

「やっぱり…どこかおかしいような気がするんです」

「あ…ああ…。うん、そうだな…」

朝生が開口一番、被害を訴えなかったのに少しだけほっとし、胡桃はぎこちなく相槌を打つ。

朝生は前にもカミルが当たり前のことにもいちいち驚くと訝しがっていたが、それと同じような疑問がまた出てきたのだろうかと思い、何かあったのかと尋ねた。朝生は胡桃をしばし見つめてから、「これは」と前置きした。

「カミルが言ってたこと、そのままなんです。作ったりしてませんから、信じてください」

「ああ。なんて言ってたんだ？」

「…人間じゃないって」

「え？」

「自分は人間じゃないって言うんです」

朝生の顔は真剣で、訴えるようなものにも見えた。冗談や嘘を言っている気配はまったくないが、だとすれば、胡桃にはなおのこと意味不明の内容だった。人間じゃない…とは？

「…どういう意味だ？」

「わかりません。でも、人間じゃないんだって…告白されたんです」

「人間じゃなかったら……なんなんだ？　犬には見えんぞ」

「俺だって犬には見えません。…カミルは自分が…ヴァンパイアだって言うんです」

「ヴァンパイア？」

「日本語にすると…いわゆる、吸血鬼ってやつだと思います」

吸血鬼。ほほう。そう来たか…と感心できる余裕は胡桃にはなかった。それよりもどっと力が抜けて、その場にしゃがみ込む。大丈夫ですか？　と気遣い、同じようにしゃがんだ朝生に風上に行くよう命じ、懐から煙草を取り出した。

未成年で病気持ちだという朝生の前ではできれば吸いたくない。モラル上も間違ってるとわかってる。でも、煙草の一本も吸わなきゃやってられないと、胡桃は咥えた煙草に火を点けた。

「吸血鬼っていうと…あれか。血を吸って…にんにくが嫌いで…十字架が駄目で…朝陽を浴びると灰になるっていう…。いやいや、あいつ、明るいところにいても平気だったじゃないか」

「そういうステレオタイプな吸血鬼とは違うらしいんです。血も吸わないし、にんにくも嫌いじゃないし、十字架も平気で、朝陽も大丈夫だって言ってました」

「じゃ、どこが吸血鬼なんだ？」

「死なないんだそうです」

「は？」

死なないというなら…それはゾンビじゃないのか。眉間に皺を刻んでそう聞き返した胡桃に、朝生は首を横に振って否定した。

「ゾンビとは違うと思います。死んでも生き返るそうなので」

「それをゾンビって言うんじゃないのか」

「違います。ゾンビは死んだまま徘徊するもので…カミルの話によれば、生き返って元通りになるというので」

死体のまま動き回るゾンビとは違う。真面目な顔でゾンビの定義について説明する朝生を見ながら、胡桃は腕組みをして眉間に皺を刻んだ。問題はゾンビがどういうものであるかではない。

そもそも、ゾンビなんて虚構の世界の話で、現実にはありえない存在なのだ。

いや、ゾンビじゃなくて、ヴァンパイアか。ますます顰めっ面になる胡桃に、朝生はカミルから聞いたという話を続ける。

「カミルはもう三回死んで、生き返ってるんだそうです。イギリスから来たっていうのも、最後にいたのがイギリスのドーヴァーって街で、そこでいろいろあって自ら死んだんだそうです。死ぬと二、三十年で復活するそうなんですが、今回は時間がかかったようで…思いのほか、文明が発展していて驚いたって…。だから、当たり前のことにもいちいち驚いてたらしいんです」

「…へえ」

「へえ…って、おじさん。信じてないんですか?」

「その話をどうして信じられる?」

お前は信じているのかと、鼻から白い煙を吐き出しながら尋ねる胡桃に、朝生は困った顔で首を傾げる。胡桃は顰めっ面をひどくし、咥えていた煙草を手に取って頭を掻いた。そういえば、病院を当たれと命じた碓氷はどうしただろう。

カミルが本気で自分はヴァンパイアだと信じているのだとしたら、相当深い病を患っているとしか思えない。胡桃はこれ以上ない渋面で、自分はカミルが病気なのではないかと疑っているのだと朝生に告げた。

「頭を打って記憶が欠けているとか、そういうのではなくて、心の病気なんじゃないか。病院から抜け出してきてあそこにいたってことも考えられる。今、行方不明になってる入院患者はいないか調べさせてるから…取り敢えず、お前はどこかに行ってろ」

「どこかって、どこですか?」

「友達の家とか…いろいろあるだろう。俺にも棺桶だの…あっ、そうか。ヴァンパイアだから棺桶か」

「なるほど！」

「納得してる場合じゃないだろ。とにかく、あいつの妄想は深すぎて、危険がないとは言えない。あいつの入院先が見つかったら、そこへ帰すから」

それまで家には戻るなと言う胡桃を、朝生は物言いたげな顔で見つめ返した。まだ何かあるのかと胡桃が聞くと、朝生はしばらく逡巡した後、「実は」と遠慮がちに切り出した。

「カミルが…もう一つ、困ったことを言い出したんです…」

「困ったこと？　狼男《おおかみおとこ》とのハーフだとでも？」

馬鹿にしたようにフンと鼻息を漏らし、斜に構えて言う胡桃に、朝生は力なく首を振る。なんだ？　と胡桃が促すと、声を潜めて告げた。

「セックスしようって…誘われたんです」

「!!」

おずおずと朝生が告白した内容は胡桃にとって衝撃のもので、口に戻しかけた煙草を落としてしまう。それを拾うよりも先に、摑みかからんばかりの勢いで朝生に詰め寄った。

「お、お、お前…っ…ま、ま、まさか…っ⁉」

「な、何もしてません！　無理だって断りましたから！」

諸手を挙げ、首を盛大に振って否定する朝生を見て、少しほっとしたものの、胡桃の動揺は収まってはいなかった。カミルに口づけられた記憶が蘇《よみがえ》り、理解しがたい思いでいっぱいになる。

あの時もカミルは突然、「しよう」と持ちかけてきて、自ら口づけてきた。カミルは妄想癖があるだけでなく、好色でもあるのか。自分にしたのと同じように迫ったのだとしたら、まだ子供の朝生が困り顔でいるのも納得だ。胡桃は顰めっ面のままで、地面で燻《くすぶ》っている煙草を諦めてつま先で火を消す。それを拾って吸い殻ケースに入れながら、「とにかく」と朝生に告げた。

「カミルのことを俺がなんとかするまで、あそこには戻るな」

「わかりました。なんとかなったら連絡くれますか？」

「ああ」

本当はさっさと自宅に戻らせるのが一番なのだが、沙也香が長野にいる以上、それもできない。電話すると約束し、胡桃は江戸川署の裏口から朝生を帰らせた。駅へ向かう背中が見えなくなってから、カミルの問題を片づけるために携帯を取り出す。

駐車場を回って正面入り口へ向かいながら碓氷に電話をかけ、病院の件はどうなったかと聞くと、確認が取れたという返事があった。

『一応、長野県内にある該当しそうな施設はすべて当たってみたんですが、行方不明になってる入院患者はいないそうなんです』

「…そうか…」

『なので、他の県にも範囲を広げるかどうか、主任が戻ってきたら聞こうと思ってました』

長野に隣接する県は、新潟や富山などいくつもある。他県からあそこまで歩いてきていた…というのもあまり考えにくい話だが…。

と、悩みつつ正面玄関のドアを開けようとした胡桃は、ガラス戸にへばりつくようにして立っていた玉置を見つけて息を呑む。碓氷には少し考えると伝えて、慌てて通話を切った。

「な、何してんだ⁉」

「主任、朝生くんは？」

「帰った」

「ええ〜⁉　もう帰っちゃったんですか〜？」

最後に挨拶させて欲しかったと嘆く玉置の横を通り過ぎ、胡桃は二階へ上がるために階段へ向かう。ぶうぶうと文句を言いながら後ろをついてくる玉置に、「それで」と声を荒らげて聞いた。

「どうなったんだ？　分析は終わったのか？」

「終わりましたよ。主任が言ってた海外サイトの閲覧履歴なんかは出てきませんでしたよ。やっぱりあのスマホは売り専門に使ってて、仕入れ用みたいなスマホかパソコンがあるんじゃないでしょうか。そっちはどうだったんですか？」

「光進会でシャブを扱っているのは三輪という男で、そいつのヒットマンはチャカを使うそうなんだが…」

「じゃ…」

「だが、死因は絞殺だ」

胡桃の言う意味は玉置にもすぐ伝わり、「ですね」と言って肩を竦める。胡桃はスマホを解析して判明した内容を元に、山西を再度取り調べるよう、玉置に指示した。

「メールやSNSからはわからないトラブルがあった可能性もある。合い鍵を持っていたくらいのつき合いなんだから、新家の交友関係にも詳しいはずだ。スマホにあった名前を出して確認していけ。それに、ヤクの仕入れ先については何も知らないと言っていたが、本人が気づいていないだけで、何か見聞きしているかもしれない」

「了解です」

玉置たちが使っていた部屋に顔を出し、手伝っていた他の捜査員たちを労ってから、胡桃はちょっと出てくると言い残して江戸川署を後にした。朝生のためにもカミルの処遇について急いで考える必要があった。朝生には友達の家にでも行ってろと言ったものの、長い間、世話になれる相手がいるようには思えない。そんな相手がいるのなら、自分の家に居着いたりしないはずだ。

「……まったく…」

本当は親である沙也香に対応を相談すべきだとわかっていたが、胡桃はどうしても電話する気にはなれなかった。長野で喪主を代わると言った沙也香に、よろしくお願いしますと頭を下げた時、これで最後だと心のどこかで思った。

父が死んで、葬儀という儀式が終われば、沙也香と自分を繋ぐ存在が消える。これで本当に縁が切れるのだとほっとしたような気持ちを抱いたのに…、沙也香の息子である朝生を自分の家に住まわせているのだから皮肉なものだ。

朝生の存在は血の繋がりというのは無視できないものなのだと、実感させる。朝生を心配するのも心のどこかで、実の甥だという思いがあるからに違いない。自分の甘さを苦々しく思い、眉間の皺を深くした時、タクシーが停まった。いつの間にか、自宅である倉庫の前まで来ており、運転手に支払いを済ませて車を降りる。

「……」

階段を上がり、玄関を開けようとしたところで、胡桃ははっとした。カミルは前回も前々回も、玄関ドアを開けてすぐのところで自分を待ち構えていた。もしかして…と思い、中を窺うようにしてそろそろドアを引くと…。

「……っ」

ドアの隙間から覗いたすぐ先に、カミルの顔があって息を呑む。思わず、ドアノブから手を離した胡桃に代わってドアを開けたカミルは、満面の笑みで「夜になるかと思っていた」と嬉しそうに胡桃を迎えた。

「あ…ああ…」

どうして帰ってきたのがわかったのか。そう聞けば、自分には超常的な能力があるからだとまた妄想で返されそうで、胡桃はもごもごと返して玄関へ入って靴を脱ぐ。

「朝生は用があると言って出掛けたぞ」

「そうか…」

「仕事は終わったのか？」

カミルの問いに首を振り、胡桃は廊下を歩いて居間へ向かう。居間に続くドアを開け、後ろにいたカミルを振り返ると、ソファに座るよう命じた。素直にソファへ向かうカミルに、何をどう話そうか悩みつつ、傍に近づく。

一人暮らしには過ぎる広さの居間には、引っ越してきた時にテレビとローテーブル、ソファを並べて置いたきりだった。そこへ新しいラグやクッションが追加されただけでなく、微妙に位置まで変わっているのに気づく。犯人は掃除魔の朝生だろう。拘りはまったくないが、毛足の長いラグなど、自分の部屋には不似合いに感じられる。

その上に遠慮がちに腰を下ろし、胡桃はゆったりとソファに腰掛けているカミルを見る。彼の精神状態を慮《おもんぱか》ってできるだけ優しい口調で、「あのな」と話しかけた。

「一度、病院で診てもらおう。俺も一緒に行ってやるから」

胡桃が帰ってきたことを喜んでいたカミルの表情が、一瞬で険しいものになる。カミルはむっとした顔で前と同じ台詞を繰り返した。

「私はどこも悪くない。病院など必要ないと、何度言えばわかるのだ」

「悪いとか…じゃなくてだな…」

心の病なのではないかと本人に直接聞くのはさすがに憚《はばか》られる。どう言うべきか迷いつつ、朝生から聞いた話を確認する。

「…自分はヴァンパイアだって…思ってるのか？」

「朝生から聞いたのか？　実は…そうなのだ。胡桃にも話そうとは思っていたのだが…お前はすぐに出掛けてしまうからな」

真剣な顔で頷くカミルは、「実は日本人なんだ」とでも言っているかのようだった。「ヴァンパイア」という存在が実在していると完全に信じ込んでいる様子のカミルに、胡桃は渋面を深める。これは…どう言うべきか。何言ってんだ。ヴァンパイアなんているわけがないだろう。妄想もいい加減にしろ。そう吐き捨ててしまいたいところだが、下手に刺激して病状を悪化させることになってもよくない。

専門家を捜してここへ連れてくるべきか。どうしたものかと頭を悩ませる胡桃を、カミルは微かに眉を顰めて見つめた。

「……胡桃…。信じないのか？」

「……。…あのな…」

「本当なのだ。私と…ベネディクトは…、同じヴァンパイアの一族で、ずっと一緒に暮らしてきたのだ。…あの時、一緒に死んで…いつものように、ベネディクトが私を起こしてくれるはずだったのに…傍にいなくて…」

「わかった。わかったから…とにかく、一度、医者に診てもらおう」

「だから、私はどこも悪くないのだ！　どうして信じてくれないのだ？　胡桃はベネディクトを捜してくれると言ったではないか。ベネディクトさえいれば……」

こんなことにはならなかったと呟くカミルの表情は哀しげなものになっており、その瞳からはまた涙が溢れ出しそうだった。泣かれるのは辛く、胡桃はカミルから目を背けて煙草を取り出す。テーブルの上にあったはずの灰皿を探していると、カミルが切々と訴える声が聞こえる。

「頼む…、胡桃。ベネディクトを捜してくれ」

胡桃がカミルをちらりと見ると、大きな瞳から涙がぽたりと零れた。一粒の雫《しずく》がきっかけとなり、堰《せき》を切ったように涙が溢れ出す。胡桃は逃げ出したいような気分で咥えた煙草を手に取った。

「…わかった」

わかったから…と言いながらも、安請け合いをしてどうする気だと、自分を責める声が心の奥から聞こえた。そもそも、ベネディクトというのが本当に存在するのかどうかも怪しい。同じヴァンパイアだというベネディクトが、カミルの頭の中でしか存在していないのなら、捜せるはずがないのだ。

そんな相手をどうやって見つけるというのか。途方に暮れた気分で煙草を再度咥えた胡桃の傍で、カミルはぽろぽろと涙を零し続けていた。

「……泣くなよ」

「……」

「悪かった」

目の前で泣かれるのが億劫で、胡桃は渋面で詫びる。カミルは流れ続ける涙を拭《ぬぐ》うこともせず、涙声で訴え続けた。

「私は…嘘などついていない。全部本当なのだ。ベネディクトは…本当のことを話しても誰も信じてはくれないから、話すなと言っていたが……、…私にはどうやってベネディクトを捜したらいいのかわからないし…、胡桃を頼るしかないのだ。だから、本当のことを話しておこうと…」

頼む…と切なげな声で言い、カミルは両手で顔を覆って嗚咽《おえつ》を上げる。ひっくひっくと子供みたいに泣くカミルを、胡桃はほうっておけずに、咥え直した煙草をパッケージに戻して腰を浮かせた。

「悪かったって」

ソファに座るカミルの隣に並び、俯いているカミルの頭を撫でる。子供を慰めるような気分でいた胡桃は、何気なく触れただけだったのだが、カミルがゆっくり自分を見るのにどきりとした。

濡れた瞳と目が合った時、昨夜のことが思い出された。そうだ。カミルからキスされたのも…同じような…。

「…っ…」

じっと見つめられることに厭な予感を覚えた胡桃は、さっと手を離してカミルとの間に距離を取る。唐突に「抱いてくれ」と言い出したカミルは、唖然《あぜん》としている間にキスしてきた。どうしてそういう展開になったのか、胡桃にはさっぱり理解できなかったのだが、もしかして…朝生との間にも同じようなやり取りがあったのかもしれない。

そう考えて、胡桃は微かに眉を顰めて問いかけた。

「…お前…、朝生にも……その…」

セックスしようと持ちかけたのかと続けようとしたものの、遠慮があって聞けなくなる。そんな胡桃に、カミルは涙を手の甲で拭って「ああ」と答えた。

「しようって誘ったら、断られた」

「……」

カミルは軽い感じで言うけれど、朝生は未成年で、同性だ。カミルがゲイだとしても、朝生に恋愛感情が芽生えて迫ったという感じはしない。どういうつもりなのかと眉を顰めて聞く胡桃に、カミルは不思議そうな顔で首を傾げる。

「いけなかったのか?」

「あのな…。…あいつはまだ高校生だし…、子供だ。お前だって、あいつが好きで誘ったわけじゃないんだろ?」

「好き…。好きか嫌いかでいえば、好きだぞ。朝生はいい奴だ」

「そうじゃなくて。恋愛感情があるかないかだ」

呆れた思いで返しながらも、胡桃はカミルが自分に対して抱いてくれと求めた時も、同じような感覚でいたのだろうと納得した。性的に奔放な人間はいるもので、モラル観の違いはいかんともし難いものだ。

溜め息をついて頭を抱える胡桃の横で、カミルは首を傾げて独り言のように呟く。

「恋愛…と言われると難しいな。そういうことはあまり考えないのだ…」

「とにかく、あいつは困ってるんだ。二度と、誘うような真似はよせ」

「わかった。胡桃がそう言うなら、朝生には求めないと約束する。だが、胡桃はいいんだよな？」

「……」

いやいや。首を横に振り、胡桃は険相を深くする。自分だって朝生と同じで、そういう趣味はないのだ。碓氷に受けたアドヴァイス通り、きちんと説明しようと思って息を吸った胡桃は、間近からじっと自分を見つめているカミルと目が合ってどきりとした。

カミルは涙を拭《ふ》いていたけれど、その目元はまだ濡れていて、黒い瞳が煌《きら》めきを放っている。間近で見るカミルは、同性でも見惚れてしまうような美しさだ。恐らく、ゲイでなくとも、カミルに誘われれば心が揺らぐ人間は多いだろう。

そんな考えが頭を過り、胡桃ははっとして首をぶんぶん振る。何を考えているのだと自分を叱《しっ》咤《た》し、深く息を吸う。

「…あのな…」

「胡桃」

カミルに名前を呼ばれ、反射的に彼を見た胡桃は、不意に自分が動けなくなっているのに気づいた。おかしいと思って声を出そうとするのに、それもかなわない。どうしてしまったのかと焦る胡桃の隣に、カミルは「頼む」と続けて寄り添った。

胡桃の身体に凭れかかり、静かな口調で頼みを口にする。

「少しだけ……こうしていてもいいか？」

「……」

「…ずっと眠れなくて……。誰かが一緒にいてくれたら…眠れると思うのだ」

眠れていなかったとカミルが告白するのを、胡桃は意外な思いで聞いた。カミルがそれほどまでの不安を感じているとは思ってもいなくて、自分の気遣いが足りなかったのを反省する。カミルが不安だったのは当然だ。自分がどこから来たのかもよくわかっておらず、帰る場所も言えないのだから。

カミルを困った存在として捉え、早くなんとかしなきゃいけないと対応ばかりを考えていた自分は思いやりが足りなかったのではないか。そう反省する胡桃の手に、ひんやりとしたものが触れる。驚いて視線を動かせば、カミルの手が重ねられていた。

「……」

カミルへの配慮が足りなかったのを反省したのも束の間、冷たい彼の手に触れられているのに厭な予感を覚える。まさか…と怪訝に思い、唯一自由に動かせる視線を手元に向けると、カミルの手が少しずつ動き始めていた。

手から腕に…少しずつ這《は》い上がってくる。眠れないから寄り添ってもいいかと聞いたカミルは…もしかして、それ以上のことを…。

考えているのではあるまいな…と思うのと同時くらいに、胡桃は首の後ろに冷たいものを感じた。驚いて息を呑む胡桃の頭をそっと押さえ、カミルは唇を重ねる。

「……」

身動きどころか、声も出せない胡桃は、カミルを拒絶できなかった。合わせた唇をゆっくり動かし、愛おしげなキスを施したカミルは、至近距離から胡桃の瞳を覗き込む。

「キスだけ」

それならいいだろう？　甘い声で聞くカミルを胡桃は凝視する。昨夜はカミルを突き飛ばして逃げられたけれど、今は声も出せない状態だ。まるで…何かしらの魔力にでも囚《とら》われたかのように…。

まずい。この状況はやばいと慌てる胡桃に、カミルは再び口づける。

「……」

先ほどよりも長い口づけは、唇の感触や温度をリアルに伝える。カミルの唇は手と同じく、ひんやりしていた。丁寧に優しく、カミルは胡桃の唇を味わうようにキスを繰り返す。そのうちに冷たかった唇は温まり、違和感もなくなった。

カミルとキスをしているという信じられない事実に呆然とし、胡桃は頭の中でパニックを起こしていた。何をするのかと声を上げて、カミルを突き飛ばしてしまいたいのに、なぜか指一本さえも動かせない。

「……ふ……」

自由にならない自分に戸惑う胡桃の唇を、カミルは優しく吸い上げて舌を口内へ差し入れる。

一方的な口づけにカミルは夢中になり、急速に行為を淫《みだ》らなものにしていく。いつしか、胡桃の身体にのしかかるような体勢で彼の頭を抱え込み、遠慮なくその口内を味わっていた。

その気はまったくないのに、物理的な刺激を与えられ続けることによって、否が応でも胡桃の身体は反応していく。三十半ばとはいえ、健康な成人男性としては当然の反応だ。それに気づいたカミルはキスを解き、胡桃の股間《こかん》へ手を伸ばした。

「…胡桃…」

耳元で囁かれる声は掠れていて、淫蕩《いんとう》な響きを持っている。服の中で膨らみつつあるものを確かめるようにして摑まれると、ぞくりと身体が震え、ふいに拘束が解かれた。何かに囚われてでもいるかのように身動きが取れなかった身体が動かせるようになったのに気づき、胡桃は慌てて股間に触れているカミルの腕を摑んだ。

「っ…」

けれど、まだ声は出せず、カミルを睨みつけて首を横に振る。カミルは怪訝そうに首を傾げて、「でも」と呟いた。

「胡桃のが…」

「…っ」

いいから…という意味を込めて、再度首を横に振ってから、胡桃は自分の上に乗りかかっていたカミルの身体を抱いてソファに寝転がる。余計な真似をさせないために、カミルの顔を自分の胸に押しつけるようにして抱え込み、ようよう絞り出した声で強引に「寝ろ」と命じた。

「く、胡桃…」

「…なんだ？」

「ちょっと…苦しいから、力を緩めてくれ」

思いっきり抱き締めていたせいで、窒息しそうになったカミルが訴えるのを聞き、胡桃ははっとして力を緩める。それでも、カミルの顔を見る気にはなれず、体勢は変えずに続けた。

「眠れなかったんだろ？　傍にいてやるから」

カミルの頼みはそれだけだったはずだ。キスや余計な触れ合いは必要ない。カミルは何か言いたげにもぞもぞしていたが、自由が利かないのを悟ると動かなくなった。そして、間もなくして寝息が聞こえ始める。

ほっとした気分で、胡桃は抱き締めていたカミルの顔を覗き込む。目を閉じて寝入っている様子は、子供のようにあどけないものだ。

「……」

さっきは…どうして身体が動かせなかったのだろう。身体だけじゃない。声も出せなかった。カミルがいくら綺麗で蠱惑的《こわくてき》だったとしても、自分にとっては欲望を抱いたりする相手じゃない。だから、自らの意思で動かなかったのでは、決してないのだが。

情けないのは、カミルが相手だというのに、キス一つで欲情してしまった自分の身体だ。もう三十半ばだというのに…。しかも、相手は男なのに。あんな濃厚なキスを味わうのは久しぶりだったから…なんて言い訳は通用しないだろう。

まだ熱いように感じる自分自身にほとほと呆れながら、胡桃は長い溜め息を零した。

カミルが眠りについたのを確認した胡桃は、もう少ししたら起こさないようにそっとカミルの傍を離れて、江戸川署へ戻ろうと考えていた。捜査は佳境に差しかかっていて、懸案事項が山積みだ。本当なら自宅に戻る余裕などないはずだった。

だが、胡桃はほぼ三日、徹夜していた。座ったままうつらうつらした程度で、まともな仮眠も取っていない。眠くて仕方がなかったわけじゃないけれど、横になれば自然と寝入ってしまうのは仕方のない話で…。

「……」

携帯が振動している気配を感じ、はっと目を覚ました胡桃は、自分がどこで何をしているのかすぐに把握できなかった。腕の中にはカミルがいて、ぐっすり眠っている。なぜだ⁉ 眉を顰めて必死で思い出し、自宅でカミルを寝かせつけたところまで記憶を戻す。

「…っ」

同時に、自分も一緒に寝てしまっていたのを知り、小さく舌打ちした。熟睡している様子のカミルを起こさないよう、そっとソファから離れる。おかしな体勢で寝ていたせいで、あちこちが痺《しび》れているのを苦く思いながら、上着のポケットから携帯を取り出した。

相手は笹井で、時刻は夕方の五時を過ぎていた。自宅に戻ってきたのは昼過ぎだった。何時間寝ていたのかと自分の失敗に呆れつつ、電話に出る。

『あ、主任？ よかった。どこにいるんだよ。全然、電話出てくれないから』

「…すみませんでした。科捜研の方はどうでしたか？」

笹井とは午前中に大井競馬場で別れ、新家を撃った拳銃について科捜研で調べてきて欲しいと頼んであった。笹井は「それがな」と状況を報告する。

『ガイシャの体内から検出された銃弾は九ミリで、使用された拳銃はマカロフだろうってことだ。ただ、微妙なところでさ。光進会が絡んでると疑われている発砲事件を調べたところ、九ミリの銃弾は出てるんだが、今回と同じ拳銃から発射されたものではないってわかった』

「拳銃を替えてるってことですか。でも、マカロフなんですよね？」

『弱いよ、主任。マカロフなんて、暴力団の御用達だ』

珍しい拳銃じゃないと笹井が言うのももっともで、胡桃は渋い思いで他にわかったことはないかと聞く。ないと答える笹井に、続けてまだ科捜研にいるのかと尋ねると、江戸川署に着いたところだと返ってきた。

『こっちに戻ったらいるかなと思ったら、玉置も碓氷も主任がどこ行ったか知らないって言うから』

「すぐに戻ります」

自分自身に舌打ちしながら答え、胡桃は通話を切った携帯をポケットに戻す。ソファの方を振り返ると、カミルはまだ眠っており、あどけない寝顔を困惑気味に見つめてから、玄関へ向かった。

靴を履いて外へ出て、何気なく階段を下りる途中、踏み板の間に人影を見つけた。一階の倉庫部分は使われておらず、普段から人気のない場所だけに気になって、身を屈めて覗いてみる。すると、壁際に立ち、階段を仰ぎ見ているのは朝生だとわかった。胡桃は驚き、足を速めて階段を下りきる。

「何してるんだ?」

「おじさん…家にいたんですか?」

「あ…ああ。ちょっと、用があって…」

カミルと一緒に寝入っていたとは言えず、もごもごと適当にごまかす。朝生にいつからここにいたのかと聞くと、二時間ほど前だと言いにくそうに答えた。

「あれから…ファストフード店とかにいたんですが…、ああいうところって居心地悪くて…」

「友達のところにでも行けよ」

「…俺、友達いなくて」

苦笑いで答える朝生はどこか寂しそうでもあって、胡桃は何も言えなくなる。頼れる友達がいるくらいなら、うちには居着かないはずだと考えたのが思い出された。複雑な心境でいる胡桃に、朝生はカミルの様子はどうだったかと聞いた。

カミルの名を聞くと疚《やま》しい記憶が蘇り、胡桃は眉を顰めて咳払《せきばら》いをする。朝生の話通り、自分をヴァンパイアだと信じているようだと答え、カミルが入院していた病院は長野で見つからなかったと続けた。

「だから、他県にも捜索範囲を広げるかどうか、考えてるところだ」

「そうなんですか…。おじさん。俺、いろいろ考えたんですけど、カミルと一緒にここにいてもいいですか? カミルはおかしいけどまとも…っていうか、普通に話してるだけなら問題はないんです。ただ…その、誘われるのだけは困りますが…、でも、それも断れば無理強いしたりはしないと思うし…」

「……」

他に行く当てのない朝生は真剣で、胡桃は仕方なく「わかった」と了承した。朝生の言う通り、カミルは妙な妄想を信じてはいるが、奇声を上げたり奇行に走ったりするような、害のあるおかしさはない。

それに朝生のことは誘わないと約束もさせた。代わりに…自分がキスをする羽目に陥ってしまったわけで。カミルと深いキスを交わして、あまつさえ欲情してしまった自分を思い出すと、穴を掘って埋まってしまいたい衝動に駆られる。

相手は男で、ありえないことだと思っていながらも、根底にある邪《よこしま》な思いがいたずらしたのだろうか。自分はそれほど欲求不満だったのかと、つい考え込んでしまっていた胡桃は、朝生がじっと見ているのに気づき我に返る。

「おじさん？」

「…なんでもない。とにかく、また何かあったらすぐに部屋を出て俺に連絡しろ」

「わかりました」

俺は仕事に行くから…と言い残し、朝生に見送られて足早に通りを目指す。あの時、自分はどうして身動きできず、声すら出せないような状態だったのか。ヴァンパイアだというカミルの話を信じるならば、もしかすると、超常的な力で…。

そんな想像をした自分を笑い、緩く首を振る。ばかばかしい。とにかく、目の前の事件をなんとかしてから、こっちの問題も片づけよう。そう決意し、胡桃は鼻先から息を吐き出した。

江戸川署に戻る間、留守録を確認すると、玉置に碓氷、南野といった面々からすぐに連絡が欲しいというメッセージが残されていた。玉置と碓氷には江戸川署で会えるからと、まず南野に電話を入れた。

『珍しいな。笹井ならともかく、お前が雲隠れとは』

「すみません、いろいろあって…。光進会の件は…」

『松葉から連絡があって話は聞いた。三輪が絡んでるそうだけど、あれを引っ張ったところで吐きそうにはないから、どうしたもんかなって…そのあたりを相談したくて…。こっちの捜査会議が終わったら、そっちへ行くから…』

「どうなったんですか?」

『ニュースも見てないのか?』

呆れた調子で返され、胡桃は寝入ってしまった自分を反省する。カミルと眠っている間に祖師谷の事件は急展開を迎えていた。重要参考人として行方を捜していた被害者の同棲相手が確保され、殺害の自供も取れたので、こちらは片がついたと南野は胡桃に説明する。

『凶器のダンベルから被疑者の指紋も採れてるし、事情聴取を済ませたらすぐに検察へ送致する予定だ』

「そうですか…」

事件の性質が違うとはいえ、祖師谷の事件の方が後に起きている。被疑者の目処《めど》さえついていない現状を憂い、改めて、兜《かぶと》の緒を締め直さなくてはいけないと反省する。胡桃は南野に、江戸川署へ来る前に連絡をくれと頼んで通話を切った。

江戸川署に着くと、支払いを済ませたタクシーから降りて、小走りで署内へ入った。二階にある捜査本部が置かれた会議室へ顔を出し、所轄署の婦警に玉置たちがどこにいるか尋ねる。取調室だという返事を聞き、そちらを覗くと、玉置は山西の取り調べを続けていた。

「主任！　どこ行ってたんですか」

「悪い」

玉置は胡桃の顔を見るなり、高い声を上げ、笹井に後を任せて部屋を出る。マジックミラー越しに取調室の様子が見える隣室に二人で入ると、胡桃は連絡が取れず、迷惑をかけたと玉置に詫びた。

「まったくですよ。私なんか、あれからずっと取り調べしてたんですからね」

「で、どうだ？」

「主任が言ってた通り、山西は新家の人間関係をかなり把握してました。証言を曖昧にしていたのは、自分も一緒にシャブを捌いてたと疑われるのを避けたかったからのようです」

「ふうん。実際のところは？」

「微妙だと思いますよ。でも、主犯の新家が死んでいるので客から証言を得るしかないでしょうね」

肩を竦めて玉置が胡桃に渡したのは、新家のスマホから把握できた交友関係をリストにしたものので、山西に確認が取れたものには書き込みがされている。客と思《おぼ》しき人物がかなり絞れたから、順に事情を聞いていくべきだという玉置に、胡桃は頷いた。

「それから、山西に新家が客との間にトラブルを抱えていなかったか確認したんですが、覚えがないとのことでした。新家は友達づき合いの延長みたいな感じで客と接してたようで、大事にしてたと言ってるんですね」

「じゃ…客の線は薄いのか。…海外サイトから仕入れてたのだとすれば、仕入れ先と揉めたというのもありえないだろうし…」

だとしたら、やはり光進会のヒットマンの犯行である可能性が最も高くなるわけだが…。プロの犯行と考えるには、遺体の状況が犯人像と合致しない。

「山西でもなく、客でもなく、仕入れ先でもなく、光進会でもないとすれば…。…誰が新家をあんなふうに殺したんだ？」

「さあ。どんな人間にも恨まれる要素ってありますしねえ」

意味ありげな台詞を吐き、玉置は胡桃をちらりと見る。不気味な視線を感じた胡桃が、怪訝な顔つきで「なんだ？」と聞くと、玉置は「別に」と言って鼻先で息を吐いた。

「……」

別に…と言いつつも、玉置が自分を恨めしい目つきで見る理由を、胡桃はわかっていた。朝生に別れの挨拶をさせてもらえなかったと、根に持っているのだろう。相手にしてられない…と切り捨て、胡桃は山西相手にでれでれしている笹井と取り調べを代わってくるよう、玉置に命じる。玉置もマジックミラー越しに見える笹井の様子には苛ついていたようで、すぐに取調室へ戻っていった。

やはり無理を承知で光進会の三輪を引っ張って吐かせるしかないのか。だが…、よしんば三輪を吐かせてヒットマンに辿り着いたところで、拳銃で撃っただけなら、殺人罪には問えない。それ以前に新家は死んでいたのだ。

どうしたものか。腕組みして考え込んでいると、取調室から追い出された笹井がやってきた。

「主任、ルナちゃんがひどいんだよ。普通に話してただけなのに、でれでれするなとか説教するんだぜ」

「傍《はた》から見れば、口説《くど》いてるようにしか見えませんからね」

「主任までそんなこと。仕方ないじゃないか。あの子、結構可愛いんだから。店でも人気だったらしいよ。お陰でストーカーにつきまとわれて迷惑してたんだって」

「ストーカー…ですか」

山西がストーカー被害に遭っていたというのは初耳だ。笹井の取り調べは的確さを欠くこともあるが、思わぬ情報が拾える場合もある。どういう話なのか詳細を聞く胡桃に、笹井はパイプ椅子を引いて座り、「それがさ」と説明する。

「このところ、目つきの悪い男の二人組が後を尾《つ》けてきたりしてて、気持ち悪かったから、警察に相談しようかって迷ってたらしいんだ」

「目つきの悪い二人組……って、それ、麻取じゃないですか?」

ストーカーというのは大抵単独犯で、二人組での犯行というのは聞いた覚えがない。それよりも、新家をマークしていた麻取が関係者として山西の動きも追っていたと考えるべきだろう。胡桃の指摘に、笹井ははっとした顔で「なるほど」と膝を打った。

「ガイシャは麻取にマークされてたって話だったな」

「麻取は山西も共犯とみて内偵を進めてたんでしょう。それを山西に気づかれ、ストーカーだと勘違いされていた……」

間抜けな話だなと笹井が呆れたように呟くのを聞きながら、胡桃は「だとしたら」と考えていた。麻取は新家の行動をかなり詳しく把握していたといえる。殺害当夜は新家が自宅へ戻ったのを見届けたところで麻取は監視態勢を解いたと聞いたが、それまでマークしていた間に、新家がトラブルに巻き込まれていた様子などを見かけたりはしなかっただろうか。

命令系統の違う組織だけに、協力が得られるかどうかは疑問だ。どうしたらスムースに情報が得られるか。胡桃は眉間に皺を刻んで考え込んでいた。


午後八時から開かれた捜査会議の途中、南野が祖師谷の捜査本部から駆けつけてきた。一通り、それぞれが捜査状況の報告を済ませ、いまだ被疑者の目処がついていないことに誰もがもやもやとした気持ちを抱えつつ、上からの叱咤激励を受けて会議は終了した。

三々五々、捜査員が散っていく中で、胡桃と南野は会議室の隅で顔を突き合わせた。新家の常連客は絞り込めつつあるものの、その中から殺害犯に結びつく情報は得られそうにないと報告する胡桃に、南野は渋い表情を向ける。

「だが、光進会の雇ったプロの犯行だとするには違和感があるって言ってたじゃないか。今のところ、光進会の線以外で当たりがつけられそうなのは客くらいだろう。仕入れ先と揉めていたというのもありえない感じだ」

「ですから、光進会とも客とも仕入れ先とも関係ないところで、何かあったんじゃないかと」

「関係ないところって?」

「わかりません。けど、麻取は何か知ってるかもしれないと思うんですよ」

声を潜めて胡桃が「麻取」と口にするのを聞いた南野は眉を顰める。

「殺害時刻には麻取は現場から離れてたって話だったぞ。そりゃ、うちと麻取は友好的な間柄じゃないが、心当たりがあれば話してるだろう。殺しなんだ」

「確かに、ホシが出入りしたのを見たとか、そういうネタは持ってないと思うんです。でも、気づいてないだけで、ホシに繋がる情報を持っている可能性があります。新家を監視していた麻取の担当者から話を聞けるように段取り組んでください」

「お前はそう簡単に言うけどね」

めんどくさい…と言いかけた南野は、胡桃にぎろりと睨まれて口を噤む。わかったよ…と返事し、渡りをつけてみると言って立ち上がった。一度、本庁に戻るという南野と共に会議室を出た胡桃は、手を挙げて去っていこうとする南野を途中で呼び止めた。

「なんだ?」

「……。松葉さんが心配してました」

言おうかどうか迷ったのだが、松葉と同じように南野を心配する気持ちが口を突いて出ていた。南野は困った顔で胡桃を見返し、頭を掻く。

「…電話あったよ。説教された」

「もうちょっと…真剣に考えてください」

「ああ」

わかったと返事し、南野は背を向けて歩き出す。その背中を見送りながら、胡桃は内心で深い溜め息をついた。わかっているのかいないのか。わかっているのだとしても、南野は鷲沢とのつき合いを自らやめる気はないように思える。

相当、やばい弱みを握られているのではと考えた時もあったが、南野から鷲沢に情報を提供している様子は見られない。かといって、南野が鷲沢の弱みを握っているというのも想像しにくかった。

南野は捜一の係長として淡々と仕事をこなしているけれど、野心などちっともなく、降格も左遷もウエルカムだという雰囲気がある。そんな南野が自分の出世のために鷲沢の弱みを握って利用しているという図式はありえないだろう。

一体、何を考えているのかと渋い気持ちになりつつも、取り敢えずは麻取の一件をうまくとりなしてきてくれるよう願い、胡桃は取調室へ足を向けた。


本庁へ戻っていった南野から胡桃に連絡が入ったのは、翌早朝のことだった。捜査本部の置かれた会議室で、三日以上、徹夜を重ねている玉置や碓氷は机に突っ伏して寝ており、笹井はいつの間にか姿を消していた。一人、渋い顔つきで新家の顧客リストと睨めっこしていた胡桃は、机の上に置いた携帯に着信が入るのを見て手に取る。相手は南野で、待望の知らせだった。

『麻取と話をつけた。七時に会うことになったが、行けるか？』

「仕事が早いですね。すぐにでも」

南野の対応をありがたく思いつつ、二つ返事で待ち合わせ場所を聞く。南野は麻取と会う前に打ち合わせしようと言い、大手町のファストフード店を指定する。胡桃は通話を切るとすぐに江戸川署を出てタクシーを捕まえた。

二十四時間営業のファストフード店に南野は先に到着していて、壁際の席に座っていた。軽く手を挙げて知らせてくる相手に頷き、コーヒーを買って席に向かう。南野が朝からハンバーガーを食べているのを見た胡桃は、苦笑してからかう。

「若いですね。朝から」

「腹減ってたからつい買っちゃったんだよ。…お前は？」

「三時頃、碓氷につき合ってカップ麺食ったんで」

腹は膨れてると返し、南野と並んで座った。壁を背にしたソファ席からは店内すべてが窺える。麻取らしき人間はまだ現れておらず、胡桃はコーヒーを飲んでどうして大手町なのかと聞いた。

「さあ。向こうが指定してきたからさ。ごねることもないかと思って」

「確かに。話してくれそうですかね」

「わからないな。上の人間に話は通したんだが、麻取はチームごとの結束が固いようで…。早いな。七時だって言ったのに」

ぼやく南野の視線の先には二人連れの男がいた。片方はスーツで三十代半ば、もう一人は二十代後半くらいで、シャツにデニムという学生のようなカジュアルな格好をしていた。だが、共に独特の雰囲気を持っており、一般人とはとても思えない。

向こうの方もすぐに胡桃と南野に目をつけ、若い方の男が席に近づいてきた。「南野さんですか？」と聞かれた南野が頷くと、連れの男に合図する。二人分のコーヒーを買ってきたもう一人は、南野と胡桃に軽く会釈して向かい側の椅子を引いて座った。

「田淵《たぶち》といいます。こっちは平川《ひらかわ》です」

短く自己紹介し、田淵と名乗った男は、隣に腰掛けた若い男の紹介もする。南野は半分しか食べていないハンバーガーを包み直しながら、同じように自分と胡桃の紹介をした。

「俺が南野で、こっちが胡桃だ。悪いな。朝早くから」

「いえ、こちらこそ。お呼び立てしてすみません。…大垣《おおがき》から協力するよう指示は受けましたが、うちは新家に関して先日報告した以上の情報は持ってません」

尋ねようとしていることを最初から牽制《けんせい》され、南野と胡桃は顔を見合わせる。友好的な態度までは望んでいないが、敵対的な態度も勘弁して欲しい。胡桃は感情的にならないようにと自分を戒めながら、二人で新家を監視していたのかと確認した。

「はい」

「いつから？」

「…二週間ほどになります。先日もお話しした通り、二十四時間態勢の監視ではなく、新家が外出する際、立ち寄り先や面会者を確認するというものでしたから、自宅に戻ってからの行動は把握していません」

「事件当日のことを知りたいわけじゃないんです。…そちらが新家を監視してる途中、奴はトラブルに巻き込まれたりしてませんでしたか？　誰かと喧嘩してたとか…言い合いになってたとか…。なんでもいいんです。気づいたことがあれば教えてください」

「特にありません」

思い出しているような素振りさえ見せず、即答する田淵を、胡桃は眉を顰めて見る。剣呑《けんのん》な雰囲気を感じ取った南野は、慌てて間に入った。

「なんでもいいんだ。些細《ささい》なことでも…覚えてないかな。たとえば…コンビニの店員に突っかかっていたとか……酔っ払って喧嘩してたとか」

「ないです」

南野に対してもにべもない返答をする田淵は、協力するつもりは毛頭ない様子だった。胡桃は苛ついた思いで頬杖を突き、仏頂面で田淵を見る。自分と同年代に見える田淵が、相当食えない男であるのは確かなようだ。

こういうタイプは交換条件を提示しない限り、絶対に口を割らないだろう。ただ、交換条件に見合うだけの情報を田淵側が持っているかどうかは疑問だ。本当に何も知らない可能性はなきにしもあらずで、迷うところだったが、胡桃は持参していた茶封筒をばさりと音を立ててテーブルの上に置いた。

「新家の部屋からはスマホがなくなっていたんだが、その後、発見されたんだ。これが、その中身を解析した資料だ。残念ながら、殺しに繋がりそうなネタはなくてね。うちには不用なんだが、そっちは興味あるんじゃないのか」

「……」

「ちょっと待て、胡桃……」

田淵が関心を寄せたように表情を動かすのを見て、南野が声を上げる。スマホの中身に関する情報を渡すわけにはいかないと渋る南野に、胡桃は開き直ったように言った。

「うちが挙げなきゃならんのは殺しのホシですよ。組対の手前とか、言ってる場合じゃないでしょう」

「だが…」

「麻取が挙げようが、組対が挙げようが、同じじゃないですか」

麻取と組織犯罪対策部の薬物対策課は、互いに薬物犯罪を検挙する組織としてライバル関係にある。本来であれば不法薬物の売買に関する情報は、同じ警視庁内の組対へ回すべきだが、麻取が情報提供をしてくれるならば譲らないわけでもない。

そんな胡桃からの提示を聞いた田淵は、しばし逡巡した後に、「わかりました」と答えた。

「…二週間、張りついてた間、新家は何度か客と接触したりもしたんですが、客との間にトラブルめいたことは起きませんでした。新家の関係者である山西との間も同様です。他にも揉め事らしき気配は見当たりませんでしたが…」

ただ、と続け、田淵は隣の平川を見る。平川は緊張した顔つきで頷き、田淵の後を継いだ。

「…自分が…一人で監視に当たっている時だったんですが…、マンションから出てきた新家が呼び止められたことがあるんです。距離が開いていたので会話の内容までは聞こえませんでしたが、相手が新家に文句を言っているようでした。新家は相手の話を聞くつもりはないようで、適当にあしらって別れたので、言い合いまでには発展しなかったのですが…」

「男か？」

「はい。三十前後の…新家と似た感じの体格の、眼鏡をかけた男で、マンションの中へ入っていったので住人だと思います」

それが唯一、揉め事らしき出来事だったと言い、平川は窺うように田淵を見る。田淵は笑みのない顔で、他には本当に何もなかったと言いきった。

「……」

二人が他に何も隠していないのだとしたら…その男が怪しいことになる。同じマンションの住人。頭の中でそう繰り返し、胡桃は自分をじっと見ている田淵に、茶封筒を差し出した。田淵は中身を確認し、平川を促して立ち上がる。

「失礼します」

儀礼的な挨拶を残して早々に帰ろうとする田淵に、胡桃は「おい」と声をかけた。特に報告すべき事柄はないと言いながら、やはり情報を隠し持っていた麻取に対し、仕返ししてやりたい気持ちが湧き上がっていた。怪訝そうな顔で振り返った田淵に、唇の端を曲げて笑ってみせる。

「山西はお宅の監視をストーカーだと勘違いしてて、被害届けを出そうとしてたらしいぞ。もうちょっと気をつけた方がいいんじゃないか」

「……」

厭みっぽい胡桃の忠告に、田淵は微かに眉を顰め、無言で背を向ける。足早に店を出ていく二人を見送りながら、南野は食べかけのハンバーガーを包みから出して齧りついた。

「お前も結構粘着質だよね」

「じゃなきゃ、こんな商売やってられません。それより、マンションの住民を片っ端から洗います」

「ご近所トラブルだって？」

「ありえないとは言えません」

どうかな…と首を傾げた南野は、咀嚼《そしやく》していたハンバーガーを飲み込んで、「それより」と続けた。

「あんな情報、勝手に渡して…。組対から怒られるのは俺だぜ？　勘弁しろよ」

「大丈夫ですよ。結局、スマホから出たのは客に関する情報だけでしたから。恐らく、麻取はとうに押さえてる内容ばかりのはずです」

「…じゃ、麻取が怒ってくるんじゃないのか？」

「そこのところはよろしく」

結局、怒られるのは俺じゃないかと、ぶうぶう文句を言う南野に肩を竦め、胡桃はコーヒーを飲む。新家が同じマンションの住人と揉め事を起こしていたのだとしたら。何かが頭の隅っこに引っかかってる気がするのだが、思い出せない。代わりに、アイマスクと靴下だけで死んでいた新家の姿が浮かんできて、うんざりした思いで緩く首を振った。

麻取から情報を入手した胡桃は南野と共に江戸川署へ戻り、定時の捜査会議前に玉置と碓氷に捜査方針の変更を伝えた。

「会議が終わったら、新家のマンションへ行き、住民を全員洗う。住人らしき男が新家に突っかかっているのを麻取が見ていたんだ。玉置は山西に新家が近隣住民と揉めたりしてなかったか、確認しろ。トラブルにはなってなくても、一方的に煙たがられていることもある」

「了解です」

「碓氷は俺とマンションに…いや、まず、笹井さんを捕まえてきてくれ。どうせ家に帰ってるだろうから」

「わかりました。笹井さんを迎えに行ってから、現場のマンションへ向かいます」

午前の捜査会議は八時半より始まり、三十分ほどで終わると、胡桃はすぐに新小岩のマンションへ向かおうとしたのだが、思いがけないアクシデントに見舞われた。笹井の自宅へ行く前に自分を現場近くで降ろしてくれと碓氷に頼み、彼が捜査車両を借り受けてくるのを駐車場近くで待っていた時だ。

「おじさん」

「！」

背後から声をかけられ、驚いて振り返れば朝生とカミルが並んで立っていた。署には来るなと言ったのに…と怒るよりも先に、カミルと深いキスをしてしまった記憶が蘇る。胡桃は自分に動揺してはならないと言い聞かせ、平静を装ってどうしたのかと聞いた。

「な、何しに来たんだ？」

「おじさんに電話したんですけど、出てくれなかったので…ここに来れば会えるかなと思ったんです」

少し困った顔で朝生が言うのを聞き、ポケットから携帯を取り出す。麻取に会う際、邪魔が入っては困ると思い、電源をオフにしたままでいた。朝生からの着歴を確認しながら、胡桃は再度なんの用があるのかと聞く。

「カミルが遊園地に行きたいって言うので…、一緒に行こうと思うんですけど、出掛ける前におじさんの許可を取った方がいいかなと思って」

「遊園地？」

「朝生に目を覚ました時にいた村のことを詳しく話したら、遊園地というところじゃないのかと言うんだ。だから、確かめてこようと思う」

朝生の横から説明して来るカミルはごく普通の態度で、昨日のことをまったく気にしていないように見える。胡桃は自分だけが戸惑っているのを恥ずかしく思いつつ、「だが…」と眉を顰めた。

カミルは普通に見えて普通じゃない。朝生だって、昨日はカミルの妄想に困り顔だったのに…と怪訝に思い、彼の腕を摑んで引き寄せ、カミルと距離を取ってから小声で尋ねた。

「昨夜は大丈夫だったのか？」

「何がですか？」

「…だから…」

「安心しろ、胡桃。朝生のことは誘わないって約束した」

「っ!!」

カミルに背を向けて内緒話をしていたつもりだったのに、ふいに話に入ってこられて、胡桃は目を剝いて振り返る。にっこり笑っているカミルは天気の話でもしているかのようだが、実際は違う。なんて言えばいいのか、胡桃が言葉に詰まっていると、「主任」と呼ぶ碓氷の声がした。

「あ、朝生くんにカミルさん」

「碓氷さん。おはようございます」

車の鍵を手にやってきた碓氷に丁寧な挨拶をする朝生を見ながら、胡桃は渋面で考え込んでいた。カミルの妄想癖に実害がないのはわかっているが、それでも、二人で出掛けさせて万が一にでも何か起きたら…。捜査が佳境に差しかかっている時に呼び出されたりするのは困る。

胡桃は溜め息をつき、朝生にもうしばらく待つよう指示した。

「もう少しで目処が立ちそうなんだ。今日は家に戻っておとなしくしててくれ」

「だが、胡桃。遊園地とやらにベネディクトの行方に繫がるヒントがあるのかもしれないのだぞ」

「わかった、わかった。仕事が片づいたら、俺が連れていってやるから、待ってろ。碓氷。悪いが俺たちを一旦新小岩で降ろしてから、笹井さんを捕まえに行って、戻ったらこいつらをうちまで送ってやってくれないか」

「わかりました」

このまま二人で帰らせてもいいのだが、カミルがだだをこねて朝生を困らせたりしたら気の毒だ。碓氷に自宅まで送らせる手筈《てはず》をつけ、胡桃は朝生とカミルと共に新小岩の現場へ向かった。

現場であるマンション前で車から降りると、胡桃は朝生たちに近くのファミレスで時間を潰しているように命じた。

「そこの角にある店で待ってろ。碓氷が戻ってきたら迎えに行かせる」

「胡桃は一緒に来ないのか？」

「俺はここのマンションで仕事だ」

怪訝そうに聞くカミルに返事をし、朝生にさっさと行けと促す。ファミレスへ向かう二人を見送った胡桃はマンション内へ入り、郵便受けが並ぶエントランスで足を止めた。マンションは八階建てで、二階から八階までが賃貸物件となっている。現在は居室の八割ほどが埋まっていると、不動産会社から提出された資料にはあった。

新家の部屋は三階で、両隣や真上、真下に位置する部屋の住人に、殺害当時に物音を聞いたりしなかったかと、事件直後に確認に回っている。捜査会議に提出されていた資料では、不審な人物はおらず、全員が心当たりはないと答えていた。

だが、麻取の目撃情報は捨て置けないもので、マンションの居住者全員を見直さなければならない。まずは新家の部屋がある三階からだと思い、エレヴェーターを使って三階へ上がった。

「……」

現場でもある部屋の前で立ち止まった胡桃は、ふと右隣の部屋に目をやった。そういえば…右隣の部屋の住人は留守で、確認が取れていなかったはずだ。長野から戻った胡桃が現場を訪れた際、確認を取ろうと訪ねた時も、留守だった。

部屋が借りられていても、なんらかの事情で、長期間留守にしている場合も多い。そういうケースだろうかと考えつつ、胡桃は隣室へ足を向けて、インターフォンを押した。しばらく待っても応答はなく、ドアをノックする。

「…すみません。警察の者ですが…」

すみませんと繰り返し、ノックしても答えはない。やはり実際には居住していない部屋なのか。碓氷が来たら不動産会社に登録されている部屋の名義人について調べさせようと考えていると、どこかで物音が聞こえた。

「っ…！」

はっとして後方を見た胡桃は、朝生とカミルの姿を見つけて顰めっ面になる。階段室のドアを開けてきょろきょろしていた二人は、胡桃を見つけ、小走りに近づいてきた。嬉しそうな顔で「胡桃！」と呼ぶカミルに対し、朝生は困り顔だ。

「何してんだ！　ファミレスで待ってろって言っただろ？」

「すみません、おじさん。でも…カミルが…」

「胡桃の仕事ぶりを見たくてな」

ここで何をしているのだ？　と悪気のない表情で聞くカミルに、胡桃は苛つきを覚えて眉間に深い皺を刻む。ただでさえ、カミルのせいで事件以外の気苦労が絶えなくて苦労させられているのだ。いい加減にしろ…と胡桃が怒りを爆発させかけた時、カミルがふいに頭を動かして視線を移した。

先ほど、胡桃がノックしたドアをじっと見つめていたカミルは「なるほど」と呟く。

「胡桃はこの部屋の男を捕まえに来たのか」

「……」

「胡桃の仕事は悪い奴を捕まえることなんだろう？　朝生からそう聞いたぞ」

　確かに、自分の仕事は「悪い奴を捕まえること」ではあるが…。カミルはどうしてこの部屋の住人を捕まえに来たのだと断定できるのか。それに今、カミルは住人が「男」だと言った。部屋には表札などなく、住人が男であるとわかる材料は何もない。

　戸惑いを覚えつつも、胡桃は部屋の住人は留守なのだと答える。

「いや。捕まえるかどうかはまだわからないんだが、話を聞きに来たんだ。だが、留守で…」

「いるぞ」

「え？」

「中にいる」

　きっぱり断言するカミルは部屋の中が見えているかのようだった。しかし、マンションの廊下側には玄関ドア以外、窓もなく、中の様子はまったく窺えない。なのにどうしていると言い切れるのか、胡桃は訝しく思ってカミルに理由を聞いた。

「なんでわかる？」

「男がぶつぶつ言ってる」

「……」

　ドアを見つめたままカミルが言うのを聞き、胡桃は思わず朝生と顔を見合わせた。何か聞こえるか？　と尋ねる胡桃に、朝生は怯えの浮かんだ顔を横に振る。胡桃にも何も聞こえず、二人して訝しげな表情でカミルを見た。

胡桃と朝生が疑っているのに気づいたカミルは、むっとした顔で、本当だと言い張る。

「私は人間より耳がいいのだ」

「……」

つまり、自分はヴァンパイアだからと言いたいのだろうか。またしても妄想かと呆れ、胡桃は相手にしてられない気分になったのだが、ふと、自分がいつ帰ってもカミルが玄関先まで迎えに出てきているのを思い出した。胡桃の自宅は構造上、外の物音はほぼ聞こえない。なのに、カミルは胡桃が帰宅したのをいつもわかっているようなのだ。

もしかして…あれも、カミルの耳が超常的にいいからなのだとしたら…。

「…なんて言ってるんだ?」

本当に聞こえているのかもしれないと、うっすらと疑いを抱いた胡桃は恐る恐る尋ねる。カミルは微かに首を傾け、自分が聞いている内容を伝えた。

「…俺が悪いんじゃない。あいつが悪いんだ…。どうせ悪い奴なんだから、殺されても当然だった…」

「!!」

カミルが口にしたのは驚天動地な内容で、胡桃は息を呑んで飛び上がる。本当なのかと力強く肩を摑んで確認する胡桃に、カミルは目を丸くして頷いた。

「ほ、本当だ。さっきからぶつぶつ繰り返しているから…、それで」

こいつを捕まえに来たのだと思ったと説明するカミルに、胡桃は真剣な表情で「わかった」と返して、携帯を取り出した。碓氷に連絡を取り、笹井を捕まえるよりも先にマンションの管理会社から、現場の隣室の合い鍵を借りてこいと命じる。

「右隣の部屋だ。…ああ。中にいるようだが、出てこないんだ。すぐに手配してくれ」

その後、玉置にも連絡を取り、応援を連れて現場へ急行するよう指示を出した。妄想癖のあるカミルの話を信じるのにはリスクもあったが、総合的に考え、ありえない筋書ではないと考えられた。

隣室の住人であれば面識もあるだろうし、なんらかの揉め事があったとしてもおかしくない。それに防犯カメラに不審者が映り込んでいなかった理由も納得がいく。あとは…どうやって新家の部屋に侵入したかを…。

「あ」

連絡を終えた胡桃が携帯を握り締めて考え込んでいると、カミルが唐突に声を上げた。どうしたの？　と聞く朝生に、困惑した顔で説明する。

「逃げなきゃ…って…言ってる。…窓の開く音がして……なんだろう。外に出たのか…」

「っ…ベランダか！」

飛び降りるつもりかもしれないと考え、胡桃は一階へ下りるために階段室へ向かいかけた。その時、どこからか「キャー！」と叫ぶ声が聞こえてくる。女性の悲鳴は同じフロアの部屋からのものだと思われた。

「っ…！」

タイミング的に追い詰められた犯人と思しき隣室の住人が、ベランダを通じてどこかの部屋へ侵入した可能性が考えられる。応援が来ていたら片端から部屋を当たれるが、自分一人では限界がある。

どっちから…と迷う胡桃に、カミルが「あっちだ」と廊下の右奥を指して言った。胡桃が反射的にそちらへ走りかけた時、二軒向こうの部屋のドアが突然開いた。

「……っ」

姿を現したのは殺された新家と似た体格の、眼鏡をかけた三十前後の男だった。麻取が目撃した相手と特徴が一致している。胡桃たちを見た男は慌てたように背を向け、エレヴェーターへ向かって駆け出した。下へ向かうにはエレヴェーターと階段という二種類の方法があるが、階段室は胡桃たちの背後にある。

男はエレヴェーターに乗って逃げようとしているに違いなく、胡桃はその後を追いかけ、「おい！」と声をかける。

「新家の隣の住人だな？」

「ち…ちがう…」

「嘘をついてもすぐにばれるぞ。おとなしく、話を…」

エレヴェーターは廊下の突き当たりにあり、他に逃げ場はない。男に追いついた胡桃がその肩を摑みかけた時だ。男は突然、ズボンのポケットから取り出したナイフを、胡桃めがけて振りかざした。すんでのところでナイフを避けた胡桃は一歩下がって、落ち着くように説得する。

「手にしているナイフを捨てろ。お前と新家の間に何があったのか、話を聞かせて欲しいだけだ」

「っ…俺は…、俺は悪くない…っ」

「わかった。とにかく、ナイフを捨てろ」

胡桃にナイフの刃先を向けたまま、男はエレヴェーターの方へじりじりと下がっていき、ボタンを押す。ちらりと見たパネルの表示では、エレヴェーターは上階から下がってきている様子だった。

「……」

もしも…中に人が乗っていたら…。人質を取られてしまうような最悪な事態になりかねない。ナイフを持った男をエレヴェーターに乗せることはできないと判断し、胡桃は強行突破に出た。

「っ」

自分にナイフを向けている男に向かって突進し、身を低くして腰のあたりにタックルする。凶器を手にしている自分が優位だと信じていた男は不意を突かれ、胡桃と共に後ろへ倒れ込んだ。胡桃はナイフを握っている男の腕を摑み、凶器を捨てさせようとしたのだが、なかなか離そうとしなかった。

「は…なせ…っ…」

必死で男と揉み合っているうちに三階に到着したエレヴェーターのドアが開く。中に乗っていた住人がぎょっとした表情で見てくるのに、「閉めろ！」と叫んだ。慌てて、ボタンを連打した乗客がドアを閉め、エレヴェーターは下へ向かう。

それでひとまず危機は去ったものの、男はなおもナイフを離さなかった。男のしつこさに苛つき、「いい加減にしろ！」と声を荒らげ、あらん限りの力で男の身体ごと捻り上げる。

「…っ…」

カンという鈍い音がし、ナイフが手から離れたのだとわかった。それにほっとし、思わず力を緩めると同時に、男に突き飛ばされる。壁に身体をぶつけた胡桃は衝撃を受け、一瞬、状況がわからなくなった。

はっとして体勢を立て直した時には…男が取り落としたはずのナイフを再び手にしていた。そして…。

「……！」

両手でナイフを握り締め、胡桃めがけて身体ごとぶつかる。避ける余裕はなく、胡桃はしまったと焦って、反射的に目を閉じたのだが…。

「…」

予想した激痛が襲ってこない。胡桃が感じたのは、刃物を突き立てられた痛みではなく、誰かが覆い被さってきた重みだった。えっ…と思い、目を開けると、カミルの顔が目の前にあった。

「っ…カミル…っ!!」

「胡桃、大丈夫か？」

カミルは心配そうに聞くけれど、心配なのはカミルの方だ。まさか…カミルは自分を庇《かば》って…。

「っ！」

厭な予感を抱いて、自分に覆い被さっているカミルの肩から背中を覗き込むと、案の定ナイフが刺さっていた。胡桃は息を呑み、「カミル！」と再度声を上げる。同時にバタンと何かが倒れる音と駆け出す足音が聞こえた。

はっとして周囲を見回せば、階段の方へ逃げていく男の背中と、廊下に倒れている朝生の姿がある。仰向けに寝転がっている朝生は意識を失っているようだったが、怪我をしているふうには見えない。男の方は振り返りもせず、階段室へ続くドアを乱暴に開けて外へ出ていった。

それを舌打ちして見てから、胡桃はカミルに声をかけつつ、携帯を取り出す。

「大丈夫か？　すぐに救急車を呼ぶから…気をしっかり持てよ」

「私は平気だ。それより、あいつを追いかけなくていいのか？」

「そんなことできるか！　なんで…俺を庇ったり……バカなことを…っ…」

男を捕まえるのに必死で、カミルと朝生を遠ざけるのを怠った自分を悔いる。まさかカミルが身を挺して自分を庇うなんて、想像もしなかった。信じられない思いで混乱しながらも、胡桃は救急車を呼ぶために電話をかけようとしたのだが、カミルに制される。

「待て、胡桃」

「何言ってんだ。すぐに治療しないと…」

カミルは病院には行かないと言い張っているが、それとこれは話が違う。背中にナイフが刺さっている状況なのだ。一刻も早く治療しなくてはと焦る胡桃に、カミルは怪訝そうに眉を顰めて繰り返した。

「本当に平気なんだ」

そう言って、カミルは身体を捻って自分の背中に刺さっているナイフを確認すると、その柄を握った。そして、何をするつもりなのかと怪訝そうに見る胡桃の前で、一息にナイフを抜いてしまった。

胡桃はカミルの行為に驚き、大声を上げる。

「ば…バカっ！」

ナイフが突き立てられた状態では無闇に抜いたりしないのが鉄則である。抜くことで傷つけられた血管から一気に血液が溢れ出し、出血多量に陥る危険性があるためだ。だから、そのままの状態で病院に連れていこうと考えていたのに。

「そんなことしたら…血が…っ」

「…ちょっと痛いが…平気だ」

「全然平気じゃない！」

顔を顰めて背中を押さえているカミルが淡々と言うのが信じられず、胡桃はとにかく動かずに安静にしていろと言い、携帯を摑み直す。ボタンを押して救急車を呼ぼうとする胡桃に、カミルは微かに苛ついたように「だから」と言って自分の背中を見せた。

「大丈夫だと言ってる。見ろ。塞がってきているだろう？」

「………」

カミルが何を言ってるのかわからず、胡桃は眉間に皺を刻みながら、その背中を見た。先ほど、ナイフが刺さっていた場所はシャツが破れ、血が滲んでいる。だが、そこから溢れ出しているはずの血は止まっており、代わりに…。

『はい。救急指令センターです。どちらからおかけですか？』

「……」

耳につけた携帯から流れてくる声に、胡桃は「すみません」と短く詫び、慌てて通話を切った。

なぜなら…。

さっき、カミルはあの男に刺されたばかりだ。ナイフの刃先は十センチほどあり、背中の左側…左腹部に近い位置に突き立てられていた。それは胡桃も目にしたし、カミルの手には自分で抜いたナイフが握られている。

ナイフの刃先にはカミルの血液が付着している。シャツも破れているし、血に染まっている。なのに…。

「………」

破れたシャツ越しに見えるはずの傷が……ない。完全にないわけではなく、徐々に姿を消していっているのを目の当たりにした胡桃は、思わずカミルのシャツを捲り上げた。

「胡桃っ…こんなところで…何をする？」

強引に背中を露わにされたカミルは戸惑って声を上げたが、胡桃の耳には入っていなかった。カミルの声などよりも、目にしている背中の傷がどんどん塞がっていってるのが信じられず、呆然とする。どうして…なぜ…？

こんなことはありえない！

「な…な……なんで…っ…」

「だから、言っただろう。私は人間ではないのだ。見た目は人間と同じだが、いろいろと違うところがあって、傷の治りが早いのも特徴の一つだ。これくらいの傷なら一晩で治る」

「嘘だ!!」

自分が直面している現実が信じられず、叫ぶ胡桃に、カミルは怪訝そうな顔で「自分で見たじゃないか」と言って背中を指さす。話している間にも傷口は急速に「治って」おり、もうほとんど傷としては認識できないほどになっていた。

まるで映像を逆戻しにしているみたいにするすると消えていったのは…確かなのだが。現実であっても、信じるには無理がある。呆然としたままでいた胡桃は、手にしていた携帯が鳴り始めたのに驚き、反射的にボタンを押した。

「はい…」

『主任、今どこですか？』

聞こえてきたのは応援を頼んだ玉置の声で、胡桃ははっと我に返る。そうだったと慌てて周囲を見渡し、玉置に説明した。

「新家のマンションの…三階だ。今、隣室の男に逃げられて…」

『それってボーダーのシャツを着た、眼鏡の男ですか？』

「ああ。それだ」

『我々が到着したら、マンションから裸足《はだし》で飛び出してきた男が逃げようとしたんで捕まえました』

ナイフで刺されたカミルを捨て置けず、男を追いかけられなかった胡桃は、玉置の報告に「よし！」と声を上げてガッツポーズを決める。すぐに行って確認するから、取り押さえておけ…と指示し、通話を切った。

「……」

しかし、玉置にはすぐに行くと言ったものの、問題は残っている。傷は塞がっているように見えるが、カミルのシャツは破れているし、血が滲んでいて、手にはナイフを握っている。玉置たちに怪しまれるのは間違いなく、説明もしようがない。

それに……。

「おい、大丈夫か？」

廊下に倒れている朝生に近づき、声をかけてみるが反応はない。朝生は気を失って倒れたようなのだが、怪我をしている様子もなく、倒れる瞬間を見ていなかったこともあり、理由はわからない。どうしたんだと言いながら胡桃がその横に跪こうとした時、階段室のドアが開き、玉置が姿を見せた。

「主任……えっ!? 朝生くんっ!? どうしたんですか？」

「いや…それが…」

「やだ！ あいつに何かされたんですか？ 朝生くん、しっかりして！ すぐに救急車を…」

「待て！ 怪我をしてるわけじゃないんだ。そんな大袈裟《おおげさ》なことはしなくてもいい」

恐らく、朝生は気を失っているだけだ。救急車の必要はないと、胡桃は慌てて玉置を制した。玉置は「朝生くん！」と声を高くして呼びかけながら、それとなく朝生の顔や身体に触れている。呆れた行動を横目に見つつ、胡桃は自分の上着を脱いでカミルに羽織るよう、小声で促した。

「これを着てろ。シャツに血がついてるのを見られると面倒だ」

ついでにナイフはポケットにしまうように言う胡桃に、カミルは頷いて言われた通りにする。玉置は朝生に夢中で、カミルのことが目に入っていない様子なのを幸いに思って、胡桃は「おい」と声をかけた。

「こんなところ置いといたら迷惑だ。運ぶぞ」

「主任！　私の朝生くんをそんな乱暴に扱わないでください」

床に横たわっていた朝生をひょいと肩に担いで運ぶ胡桃を、玉置が険相で非難する。「私の」っていうのはどういう意味だと、胡桃は眉を顰め、カミルを促して一緒に階段で一階へ下りた。

マンション前には玉置と共に応援として駆けつけた、江戸川署の捜査員と制服警官が数名おり、先ほど、逃げ出した男が両脇を拘束される形で立っていた。胡桃は朝生を担いだまま、男の前に立ち、自分が捕まえようとした隣室の住人に違いないと確認する。

「間違いない。こいつだ。新家の隣の部屋からベランダ伝いに逃げ出して…別の部屋から出てきたんだ。署に連行して話を聞く。容疑は新家に対する殺人罪だ。覚えがあるな？」

「……」

断定的な口調で問う胡桃を、男は困惑した目で見ただけで、否定も肯定もしなかった。それよりも胡桃の斜め後ろに立っているカミルが気になっているようで、ちらちら見ている。それも当然だろう。男にはカミルを刺した覚えがあるはずだった。

男が面倒なことを言い出しても困ると思い、胡桃は拘束している捜査員にこのまま江戸川署へ連行するよう指示した。それから、一緒にＰＣで来ていた制服警官にカミルと朝生を自宅まで送ってくれと頼む。

「悪いが、こっちは気を失ってるんだ。着いても目覚めなかったら、部屋まで運んでやってくれないか」

「了解です」

「私も一緒に…」

傍で様子を窺っていた玉置がすかさずPCに乗り込もうするのを、胡桃は顰めっ面で制した。玉置には山ほど仕事がある。それに玉置を自宅に上がらせるわけにはいかない。

「お前はこっちだ」

「そんな、主任！　セクハラです！」

「どこがセクハラだ！　いいから、お前はお前の仕事をしろ！」

無闇矢鱈《やたら》にセクハラの一言で片づけようとする玉置を怒鳴りつけ、胡桃は担いでいた朝生を後部座席に放り込み、カミルにも乗るよう促した。

「…終わったら、帰る。それまで大事にしておけよ」

傷口は塞がったように見えたが、治るには一晩かかるとも言っていた。それが本当なのかどうか判断がつかなかったものの、今は取り敢えずこの場から帰すしかない。複雑な心境で声をかける胡桃に、カミルは笑って「わかった」と頷くと、PCに乗り込んでドアを閉めた。

走り去っていくPCを恨めしげな顔の玉置と共に見送り、胡桃は渋面で溜め息をつく。自分が目にしたことが、まだ信じられない。本当に…本当に、カミルは人間じゃないのだろうか。ヴァンパイアだって？　そんなこと言われても…と憂い、零した溜息はとても深いものだった。

逃走しようとした隣室の男…高畑康友《やすとも》は連行された江戸川署で新家殺害を自供し、逮捕された。

高畑の自宅からは犯行に使われたと思われるロープも発見され、新家を絞殺したのは高畑で間違いないと断定された。

「胡桃」

取調室がノックされ、南野が顔を覗かせる。高畑の取り調べに当たっていた胡桃は笹井に担当を代わり、外に出た。朝の捜査会議後、本庁へ戻っていた南野には、高畑を逮捕したと電話で報せていた。

取調室の様子をマジックミラー越しに見られる隣室へ入ると、南野は早速「どうだ？」と状況を聞く。胡桃は椅子を引いて座り、高畑が自供した内容を説明し始めた。

「いわゆる隣人トラブルってやつが動機のようです。新家は生活音がうるさく、高畑は何度も注意してたらしいです。管理会社にも苦情を訴えていた記録が残っていました。麻取が見たのは高畑が新家を注意しているところだったんでしょう」

「相手にしてなかったようだとも言ってたからな。鬱憤が溜まって…ってやつか。高畑はどうやって新家の部屋に入ったんだ？」

「ベランダ伝いに侵入したと言ってます。俺も現場で、新家の遺体があった部屋の窓に鍵がかかってなかったのを気にかけてはいたんです。ただ、ベッドの奥にあって使っている気配のない窓でしたから、重要視してませんでした。マンションの構造上、壁を伝ってベランダから侵入というのも考えにくいと思ったんですが、隣からなら入れるようなんです。事実、高畑は逃げる際にもベランダを伝い、二軒向こうの部屋から出てきましたから」

「三階とはいえ、結構な高さがあるだろう？　身軽な男なのか？」

「趣味でロッククライミングをしていた経験があるようです」

なるほど…と頷く南野に、胡桃は続けて新家が謎の格好で死んでいた理由を明かした。

「高畑が新家の部屋に忍び込んだ時、新家は風呂に入ろうとしていたらしいんです。靴下だけの姿になったところを、背後から襲って絞め殺した…。脱衣場で採取された体液のＤＮＡ鑑定結果はまだ出てませんが、新家のもので間違いないと思います。で、高畑は目的を達成した後、死んでる新家を見てパニクったそうなんです。どうしたらいいかわからなくなり、遺体を浴室からベッドまで運んで、寝かせてみたのはいいが、新家の目が開いたままなのが怖くて…」

「アイマスクか」

はっとした顔で合いの手を入れる南野に、胡桃は神妙な顔で頷く。ベッドの近くに落ちていたアイマスクが目に入り、それを新家の遺体につけた後、窓からベランダに出て、自室に戻ったというのが高畑の主な供述だった。

「じゃ…やっぱり、拳銃で撃ったのは高畑じゃないんだな？」

「だと思います。本人も否定していますし、高畑宅から凶器のロープは見つかりましたが、拳銃は出てません。恐らく…拳銃で遺体を撃ったのは、光進会の雇ったプロなんでしょうね。そいつが新家の部屋に入った時にはもう死んでたものの、部屋が暗かったりしたせいもあって、頸部の索条痕には気づかなかった。変な格好で寝てると思いつつ…クッションを置いて…」

「撃ったと」

指で拳銃の形を作り撃つ真似をする南野に、胡桃は肩を竦める。新家は高畑の手ですでに殺されていたのだから、拳銃で撃った人間には殺人罪は適用されない。銃刀法違反の罪と、死体損壊などの罪が適用されるのだろうが、それを立件するために光進会を捜査するかどうかは、上層部の判断次第だ。

どうします？　と窺うような目で見て聞く胡桃に、南野は眉を顰める。そうだなあと困った顔で頭を掻く南野は、上に相談してみると答えた。

「取り敢えず、ホンボシは挙げられたわけだしな。別件で三輪を挙げても吐くかどうかはわからんし…よしんば実行犯を検挙できてもな…」

「思いきり日和見《ひよりみ》ってますね」

「じゃ、お前は泥沼に自分から突っ込みたいってのか」

「できれば遠慮したいです」

むっとした顔で言う南野にさらりと返し、胡桃は取り調べに戻ると告げた。検察へ送致するために必要な調書の作成が途中だ。南野も記者発表用の打ち合わせをしなきゃならないと言い、先に部屋を出ていく。

その後を追おうとした胡桃は、ふと足を止めてマジックミラーの向こうで取り調べを受けている高畑を見た。逃げようとしたところを摑まった高畑は観念したらしく、素直に取り調べに応じているが、一つだけ口にしていない事実があるのを胡桃だけが知っていた。

高畑はカミルを刺したことについては一切触れていない。怪訝な顔でカミルを見ていた高畑は、自分が刺したはずの相手が怪我した様子もないのを、不思議に思っていたのだろう。このまま高畑が何も言い出さないでくれたら、その方が好都合ではあるのだが…。

よしんば、高畑がカミルを刺したと供述したとしても、その痕跡は消えてしまっているのだから、犯罪として成立することはない。カミルの怪我は治ってしまった…、治ってしまっているはずなのだから。

「……」

犯人を逮捕し、事件は一件落着しそうでも、胡桃の心労はまったく減っておらず、深い溜め息をついてから取調室へ戻った。


翌日の午前中、警察での事情聴取が済んだ高畑は検察へ送致され、江戸川署に置かれた捜査本部は昼前に解散された。事後処理は江戸川署の刑事課に任せ、胡桃たちはようやく休めることとなった。

「じゃ、取り敢えず、明明後日《しあさって》の在庁番までは非番ということで」

「やった〜。ようやく家に帰れるんですね」

「今度は絶対に明明後日まで休みたいよなあ」

「そうだ、主任。朝生くんは大丈夫だったんですか？」

お疲れ…と部下たちを労って解散しようとした胡桃は、はっとした表情の玉置に聞かれ、眉を顰める。意識を失って倒れていた朝生を自宅まで送るように頼んだ警官から、無事送り届けたという報告は聞いたが、朝生本人とは連絡を取っていなかった。純粋に多忙を極めていたせいもあるが、カミルに関する戸惑いが大きく、問題を後回しにしたかったというのが本当のところだ。

「…お前が心配する必要はない」

「私、明明後日まで暇なんで！　なんなら看病に…」

「何言ってんだ。お前もほとんど寝てないじゃないか。とっとと帰って休め」

フンと鼻息つきで言い捨てると、胡桃は「お疲れです」と挨拶して、足早に江戸川署を出た。急ぐ必要もないので電車で帰るために駅へ向かって歩きながら、家で待っているはずのカミルをどうしたものかと悩んでいた。

あの時…カミルは間違いなく刺されたし、考えられないスピードで傷が塞がっていったのも、見間違いではなかった。逮捕した高畑は罪状を増やしたくなかったのか、最後までカミルの件については口にしなかった。胡桃もその方が好都合だったので、何も言わずに通した。

電車と地下鉄を乗り継いで清澄白河の駅に着くと、とぼとぼ歩いて自宅を目指す。いつもなら微妙に遠く感じる駅からの道のりも、足取りが重い時に限ってあっという間だ。自宅である倉庫前で、胡桃は小さく溜め息をついて二階部分にあるアルミサッシのドアを見上げる。しばしそれを無言で見つめてから、階段を上がった。

「……」

玄関ドアの向こうでは、たぶん、カミルが待ち構えているに違いない。カミルは部屋の中で高畑が呟いていたと思われる独り言も聞き取っていた。常人ならざる聴力。人間ではありえない治癒力。

人間ではないと、カミルが言うのを信じなくてはいけないのか。ヴァンパイアだと認めなくてはいけないのか…？　いやいや。それは…いくらなんでも、それはないだろう。力なく首を振り、ドアノブを握って静かに引く。

すると。

「……」

案の定、ドアの隙間からカミルの顔が見える。目が合うと嬉しそうに笑うカミルに暗澹《あんたん》たる気持ちが湧いて、胡桃はドアを閉めた。

「胡桃っ…？　どうしたんだ？　胡桃！」

ドアの向こうから呼びかけてくるカミルの戸惑った声を聞きながら、胡桃は大きな溜め息をついた。カミルのことを妄想と現実の区別がつかない心の病なのだと考え、病院から逃げ出してきたのだと推測したりもしたが、実はすべてが本当なのかもしれない。棺桶に寝ていたというのも。なんたって、ヴァンパイアだというのだから。

しかし、だとしたら、事態はますます厄介だ。どれだけ捜してもカミルが入院していた病院は見つからないだろうし、彼を帰らせる場所もないに違いない。困った…と項垂れながらも、「胡桃！」と呼ぶカミルの声を聞いていた胡桃は、意を決して再びドアを開けた。

「胡桃、どうしたのだ？」

さっき垣間《かいま》見《み》えた笑顔とは違い、怪訝そうな表情を浮かべているカミルは、いつも通りに見える。元気そうだし、背中の傷も治っているに違いない。胡桃は窺うようにカミルを見てから、「朝生は？」と聞いた。

「出掛けたぞ」

「買い物か？」

「いや。電話があって…夜には戻ると言っていた」

頼れる友達はいないような話をしていたが、さすがにカミルとここにいるのに飽きて、行き先を探してでもいるのだろうか。なんにしても、事件も解決したのだから、そろそろ腹を決めて沙也香にも連絡を取らなくてはいけない。

いや、非番の間に長野にも一度顔を出さなくてはならない。世話になった篤子と洋介に礼を言わなくてはならないし、父の遺骨をどうするかという相談も必要だ。いつもなら逮捕した被疑者を送致した後はほっと安堵できるものだけど、今回はまったくすっきりできた感がない。

胡桃は眉を顰めて靴を脱ぎ、居間へ向かいながら後ろをついてくるカミルに、戻ってきてからのことを聞いた。

「あいつは大丈夫だったのか？」

「朝生か？　ああ。帰ってきてからしばらくして目を覚ましたぞ」

「どうして倒れたりしたんだ？」

「暴力的なことが苦手で、胡桃とあの男が揉み合っている最中から気が遠くなりかけていたらしい。私がナイフで刺されたのを見たら、もう駄目だったとか言ってた」

倒れていた朝生が怪我している様子はなかったが、自分の視界には入らないところで、高畑に突き飛ばされでもしたのではないかと思っていた。カミルの説明は理解できないもので、胡桃は首を傾げて居間に入る。朝生によって綺麗に掃除された部屋は自宅だというのに、足を踏み入れるのも躊躇いを覚える。遠慮がちに端っこを歩き、胡桃はキッチンへ向かった。

居間と同じくキッチンもぴかぴかに磨き上げられており、胡桃はなんともいえない気分で冷蔵庫を開ける。一人暮らしの上に家にいないことの方が多い生活を送っているから、飲み物や調味料くらいしか入っていないが、数少ないそれらも几帳面に並べられているのに閉口しつつ、ビールを取り出した。

そのプルトップを開けて、小がものように後をついてきているカミルを横目で見る。返事はわかっていたが、一応と思い、声を低めて尋ねた。

「…それで、お前の…怪我は？」

「怪我？」

「背中を刺されたじゃないか」

すっかり忘れてしまっているかのように繰り返すカミルに、胡桃は溜め息交じりに繰り返す。すると、カミルははっとしたように「そうだ！」と声を上げてどこかへ駆けていった。その動作に怪我の影響はまったく見られず、胡桃は嘆息してビールに口をつけた。

やっぱり…と憂える胡桃のもとに、カミルはシャツを手に急いで戻ってくる。

「胡桃。これを…。洗ってみたんだが、跡が残ってしまったのだ」

カミルがどこからか持ってきたのは、先日彼が着ていた胡桃のシャツだった。跡というのは刺された際に出血して付着した血液の染みらしい。ナイフによって貫かれたせいで空いた穴は、下手くそながかり縫いで補修されていた。

「……」

元々、胡桃は衣類に金をかけるタイプではなく、そのシャツも安物だから捨ててしまうつもりだった。なのに、カミルが染みを消そうと丁寧に洗い、繕ってまでいたのに驚かされる。

「…お前が縫ったのか？」

「ベネディクトがやっていたから…直せるかもと思って、朝生に道具を買ってきてもらったんだ。それで…思い出してやってみたんだが、あまり上手にはできなかった。ベネディクトだったらもっと綺麗にできたと思うのだが…」

申し訳ないとカミルが恐縮するのは、直し方が下手なのを恥じているかららしい。確かに、お世辞にも上手とはいえない縫い方だったが、針と糸など中学生以来手にしたこともない胡桃には、繕おうと思い立つこと自体がありえなかった。

ありがとう…と礼を言いかけたものの、なんとなく躊躇われて、代わりにビールを飲んだ。カミルは自分が繕った部分を見て、「なかなか難しいのだ」と呟いている。その姿を見ながら、胡桃はビールの缶をキッチンカウンターの上に置き、懐から煙草を取り出した。

「なあ…」

咥えた煙草に火を点け、カミルに話しかける。シャツを見ていた顔を上げるカミルに、胡桃は彼自身の希望を聞いた。

「お前は…どうしたい?」

恐らく、どれだけ捜してもカミルが入院していた病院は見つからない。カミルが日本へ入国した記録も。カミルが本当のことを話しているのだとすれば、彼は棺桶で眠っている間に日本へ運ばれてきたのだから。

そして、生き返ったのだから…。

「ベネディクトを捜してくれ」

「……」

胡桃の問いかけに対し、カミルは迷わず即答した。それが唯一の解決策だとカミルは考えているようだ。だが、カミルと同じヴァンパイアであるなら、ベネディクトも同様に入国記録などは存在しないはずだ。

「…ベネディクトも…ヴァンパイアなんだよな？」

「ああ」

「そういうのが…大勢いるのか？」

「大勢はいない。一族同士でしか助け合わない決まりがあってな。私とベネディクトは同じ一族の最後の生き残りなのだ」

「……」

絶滅危惧《きぐ》種というわけか。なるほど…と頷いてから、胡桃は首を傾げる。確か…死んでも蘇る、不死の能力を持っているのではなかったのか。なのに、最後の生き残りというのが解せず、どういうことなのかと聞く胡桃に、カミルは微かに眉を顰めて説明した。

「死んでも蘇るのは本当だが、死後に身体をばらばらにされてしまったり、焼かれてしまったりすると蘇ることができなくなるのだ。それに子が生まれる確率が非常に低い。そのせいもあって…」

「ちょっと待て。お前、俺の車に轢かれて死のうとしてただろう？」

「ああ。あれはベネディクトが見つからず、途方に暮れてしまって、一度死んでみようと思いついたのだ。次に目覚めたらベネディクトが私を見つけてくれているかもしれないと思ってな」

ナイスアイディアだろう…と自慢げに言うカミルを、胡桃は鼻先で笑う。馬鹿にされたと感じたらしく、カミルが小鼻を膨らませて「なんだ?」と聞くのに、胡桃は唇の端を歪めて答えた。

「轢かれなくてよかったな。お前、本当に死ぬところだったぞ」

「どうしてだ?」

「日本は基本、死んだら火葬にする国だ」

「えっ」

火葬と聞いたカミルは高い声を上げ、顔を青ざめさせる。信じられない…! と呟くカミルを見ながら、胡桃は煙草の煙を吐き出してビールの缶を手にする。カミルをなんとかするにはベネディクトを見つけなくてはいけないようだが…どうやって? 考えてもまったく思いつかず、胡桃は残りのビールを飲み干した。

ベネディクトの捜索方法をカミルと相談しなくてはならないのはわかっていたが、ビールを飲んだせいもあって、頭が回らなくなっていた。この数日、ほとんど眠っていないせいもある。

「お前の今後について、いろいろ相談したいんだが、先にちょっとだけ休ませてくれ。ずっと寝てないんだ。また後で話をしよう」

咥えていた煙草を灰皿に押しつけ、胡桃は寝室へ向かう。取り敢えず、一度寝て、それから考えよう。頭がすっきりしたらいい考えも思いつくかもしれない。そんなふうに自分を慰めつつ、首からネクタイを外す。ベルトを緩めたズボンを脱ぎ捨てると、シャツと下着という格好でベッドに潜り込んだ。

横になって目を閉じると、疲れのせいもあって、すぐに睡魔に襲われた。そのままぐっすり眠れる…はずだったのだが。

「胡桃」

「っ‼」

ふいにカミルの声が間近から聞こえ、胡桃は息を呑んで瞼を開けた。首を捻って背後を見れば、いつの間にかカミルがベッドに入ってきていて、寄り添うようにして寝ている。

「な…何して…っ…」

「一緒に寝てもいいか？」

「ば…っ…」

「この前、胡桃が一緒に眠ってくれた時、とてもよく眠れたのだ」

だから頼む…と言うカミルの顔は真面目なもので、目には子供のような純真さが宿っている。先日、ずっと眠れなかったとも聞いていたので、胡桃は眉を顰めつつも邪険にはできず、小さく「勝手にしろ」と呟き、再び目を閉じた。

一人暮らしではあるけれど、諸々の事情から胡桃はダブルベッドを使っている。だから、二人で眠るのもさほど窮屈ではないし、カミルを気にかけるよりもまず、眠たかった。慣れたベッドで横になってみると自分が思いのほか、疲れているのがわかる。

取り敢えず、一眠りしてからだ。そう思って、胡桃は深い眠りに落ちていった。


仮眠もまともに取れなかった数日分の睡眠不足を補うため、ぐっすり眠ろうと考えていた胡桃は、脚に冷たいものが触れた感触にどきりとして目を覚ました。

「っ」

驚きに息を呑み、瞼を開ける。一瞬、自分がどこにいるのかわからなかったが、見慣れた風景と匂いで、自宅だとわかった。脚に感じる冷たさを、怪訝に思って起き上がると…。

「あ…」

隣に寝ていたカミルと目が合い、ぎょっとする。いつの間にと眉を顰めてから、寝入りばなにカミルがベッドに入ってきたことを思い出し、小さく息を吐いた。

冷たく感じたのはカミルの手で、それは今も胡桃の太腿に触れている。下肢にはトランクスタイプの下着一枚しか纏《まと》っていなかったから、カミルの手が直《じか》に皮膚に触れて、冷たく感じたのだとわかるが、問題は偶然とは思えない体勢だった。

「……何をしてる?」

「…いや」

一緒のベッドで寝ていて、たまたま触れてしまったというには無理のある状況だった。太腿の内側にまで入り込もうとしている手を退け、眉間の皺を深くする胡桃に、カミルは悪気のなさそうな笑みを浮かべる。

「胡桃の身体は温かいな」

「触るな」

人の身体で暖を取ろうという考えが理解できず、胡桃は険相で言い捨てて、再び横になる。カミルの方に背を向け、もう一度眠ろうと目を閉じたのだが、しばらくすると、カミルが背中にぴったり寄り添ってきた。

「…離れろ」

「……」

低い声で胡桃が命じても、カミルが動く気配はなかった。寝ぼけているのかと怪訝に思いながら、胡桃は先日のことを思い出していた。

眠れないから傍にいてくれと頼まれ、仕方なく寄り添うのを許していたら、いつの間にか身動きが取れなくなっていた。そして、そのままキスされて…。

されるがままだった記憶が蘇り、胡桃は厭な予感を覚える。まさか…また…。そんな恐れを抱いた胡桃は、ベッドを離れようと決めた。まだ眠いが、再びあんなことになっても困る。

シャワーでも浴びて目を覚まそうと思い、起き上がろうとしたところ、身体が動かないのに気づいた。

「っ…!?」

さっきは起き上がることができたのに、今はなぜだか身体が言うことを聞かない。それだけでなく、声も出せなかった。あの時と同じような状況になっているのに、焦る胡桃の耳にカミルの声が届く。

「……胡桃」

「っ……」

「頼みがあるんだ」

背中にぴったり引っついていたカミルは低い声でそう言うと、胡桃の顔を覗き込んだ。身動きの取れない胡桃が、眉間に皺を刻んだまま、ぎろりと睨むように見るのも気にならない様子で、

「頼み」を口にした。

「どうしても…したいのだ」

「っ…」

「ずっと…我慢していたのだが、もう…」

我慢できない…と囁くような声で言い、カミルは動けない胡桃の身体を仰向けに倒す。その上にそっと覆い被さり、胡桃の唇に優しく触れるだけのキスをする。

「……胡桃は何もしなくていい」

「……」

にっこりと笑うカミルの顔が綺麗な分だけ、恐ろしさが増すようで胡桃はごくりとつばを飲んだ。カミルが「したい」というのは…やはり、アレだろう。状況的にも他には思いつかない。いや、いや。無理だから…と必死で声を上げようとする胡桃に、カミルは再び口づける。

「…っ…」

少しずつ深くなっていくキスがカミルの欲望を示しているようで、胡桃の恐怖は比例して大きくなっていった。やめろと声に出したくても、口を塞がれていて叶わない。唇を舐め、口内に入り込んできた舌は、甘えるような動きで胡桃の欲情を誘っている。

「……」

先日と同じ状況に陥っていると気づいた胡桃は、次第にまずいのではないかと焦り始めた。カミルが何をしようとしているのかは、もはや明らかだ。そして、今回はキスだけでは済まない予感がする。

つまり…。

「……」

もしかすると…、自分は「襲われて」いるのかもしれないと思いついた胡桃は、ぞっとする思いで眉を顰めた。まさかとは思うが…、カミルは自分を犯そうとしているのか？　いや、逆のパターンだとしても、カミルと性的な関係を持ってしまうのは絶対に避けたい。

そう思って身体の上に覆い被さっているカミルをなんとかしようと焦るのだが、相変わらず指一本動かない状態だった。その上、カミルのキスは巧くて、胡桃は追い詰められていく。

「…っ」

一方的な行為で、頭では拒絶したいと考えているのに、刺激に対して反応を見せ始めている自分の身体が厭になる。湧き上がってくる熱情を収めようと、理性を総動員して必死に耐える。快楽とはまったく関係のないことをわざと考えて、自分を萎《な》えさせようと努めたが、いかんせん、カミルの口づけの方が上を行っていた。

唇を優しく食《は》み、舌を絡ませる。熱心に口内を味わうような仕草は、確実に快楽を紡いでいく。時折垣間見えるカミルの表情もいけなかった。陶酔したような顔つきは濃い色香に彩られていて、それだけで、胡桃の欲情を擽《くすぐ》った。

「…胡桃……」

耳元で聞こえたカミルの声にはっとし、胡桃は自分の口が自由になっていることに気づく。いつの間にか、陶然とさせられていて、話せる状態なのもわかっていなかった。

やめろときっぱり言うつもりで、胡桃は口を開きかけたのだが。

「っ…ん」

ふいに自分自身を握られて息を呑む。もちろん、握っているのはカミルで、視界に映ったその顔はうっとりしたものだった。

「……意外に大きいな」

「…ま、待て……っ」

カミルが何をしようとしているのか、想像すると声に怯えが混じるような気がする。胡桃は意識して平静を装いながら、カミルを制した。

「俺は……そんなつもりはないんだ…っ…」

反応を示してしまっているのは事実だが、これは不可抗力というもので、仕方のない現象なのだ。だから、誤解するなとカミルに訴えたいのに、彼は胡桃の話よりも握り込んでいる胡桃自身の方に気を取られていた。

「…これじゃ…苦しいだろう」

小さく呟き、カミルは胡桃の下着を脱がせる。やめろという胡桃の制止をまったく聞かず、露わになった胡桃自身をじっと見つめた。

「っ」

冷たいカミルの手に直接触れられた胡桃は小さく身体を震わせる。カミルは慌てて「すまない」と詫びたものの、胡桃自身を離そうとはしなかった。

「よく冷たいと言われるのだ。我々は人間より体温が低いらしくてな」

「っ…離せ…っ」

「胡桃のがすごく熱くなってるから…、…余計に冷たく感じるかもしれない」

「じゃなくて…っ…」

離せと胡桃が険相で繰り返しても、カミルはまったく従うつもりはないようだった。わざと無視しているというより、目の前の快楽に夢中になっているように見え、胡桃は途方に暮れる。

このまま…カミルの好きにされてしまうのは……まずい。絶対にまずいと強く思い、大きく息を吸ったのだが…。

「っ…」

再び覆い被さってきたカミルに唇を塞がれ、胡桃は声が出せなくなる。情熱的に口づけられると同時に、握り込まれたものを扱《しご》かれるとたまらない快感が全身を走り抜ける。

セックスで得られる快楽に夢中になったのは、もう随分前のことだ。恋人も長くいないし、欲しいとも思わなかった。結婚を諦めた時から、異性に対する興味も失っていた。こうして誰かと口づけるのだって、いつ以来なのか、覚えもない。

「…っ…」

だから、余計に身体をコントロールできないのだと思い、自分を慰めてみたものの、言い訳にはならない気がした。身動きが取れないとはいえ、こんなふうに一方的な行為で感じてしまうなんて。なんて浅ましいのかと自分を恥じると共に、カミルに弄られているものが昂《たか》ぶりを増してきているのを感じて、先を想像する。

カミルは…何を求めているのだろう。このまま、自分をいかせることが…目的なのだろうか。それで満足するのか？

…いやいや。

「……」

男の「満足」がどこにあるのかを考えた胡桃は、絶望的な気分になった。もしもカミルに犯されてしまったら…。恐ろしい想像を浮かべ、顔を青ざめさせて名前を呼ぶ。

「…っ…カミルっ…！」

「なんだ？」

「ま…ってくれ…。俺は…無理だ…」

尻を貸すような真似は絶対に無理だと、必死な目線で訴える胡桃に、カミルは不思議そうに首を傾げる。

「胡桃は朝生と違って大人だから、いいんだろう？」

「っ…ちが…」

そういうことじゃないと、続けようとした胡桃の唇を、カミルは淫らな口づけで塞ぐ。カミルから与えられる快楽を望んでいるかのように、素直に受け入れる身体が憎かったが、胡桃にはどうにもできなかった。

どうして自分の身体は動かないのか。これもヴァンパイアだというカミルの能力のせいなのだろうか。

「…っ…ふ…」

身動きが取れない理由を考えていた胡桃は、カミルが服を脱いでいる様子なのに気づいた。怪訝に思って眉を顰めると、口づけが解かれる。視界に映ったカミルはいつの間にか裸になっており、胡桃の身体を跨いで腹の上に座る。

「…胡桃」

カミルはしなだれかかるように胡桃の上半身に覆い被さり、耳元で名前を呼ぶ。甘い声は蠱惑的な響きで胡桃の本能を誑《たぶら》かす。カミルの身体は白く、しなやかで、美しかった。服を着ているより、裸でいた方が綺麗だ。そんなことを胡桃に思わせるほどの身体は、同時に、ありえないはずの欲望を唆《そそのか》す。

「……」

自分を見るカミルの目にも、胡桃は惑わされていた。泣いているわけでもないのに、濡れているような瞳は、黒曜石のようにきらきらと輝いている。カミルの瞳に引き込まれそうになる錯覚と共に、彼から目が離せないでいた胡桃は、次の瞬間、思いがけない感触を得た。

「っ…」

カミルの口づけと愛撫によって形を変えていたものが、柔らかな内壁に包まれる。えっと驚いた胡桃が視線を移動させると、カミルが彼の孔で自分自身を飲み込もうとしているのがわかった。少しずつ、カミルは自ら腰を落として、胡桃のものを収めていく。根本まですべて含んでしまうと、満足げに息を吐いた。

「っ…はあ…っ」

恍惚《こうこつ》とした表情は聞かずとも、カミルが感じているのだと教えてくれる。それでも、胡桃はカミルのことが心配になって、「大丈夫なのか?」と聞いた。同性としては信じ難い真似で、先ほどまでは自分がされるのではないかと恐れていた行為でもある。

けれど、カミルは小さく笑って、頷いた。

「ん……すごく……いい…」

カミルが掠れた声で喋ると、内壁が震えて胡桃のものを刺激する。それに反応してぴくりと動いたのを、カミルは敏感に感じ取って、胡桃自身をきゅっと締めつけた。

「っ…」

柔らかく温かなものに覆われるのは、手での愛撫とは比べものにならない、悦《よ》さがある。男と繋がるのはもっときついものかと想像していたが、予想と違い、カミルの孔は絶妙な具合で胡桃を包み込んでいた。

予想外の快感を覚えた胡桃が眉を顰めたのを勘違いしたカミルは、「すまない」と申し訳なさそうに詫びた。

「…胡桃は……よくないのか?」

そうじゃない…という意味で首を振った時、胡桃は自分の身体が動くようになっているのに気づいた。さっきまで首を振るのも、震わせる程度しかできなかったのに、今は大きく動かせる。手も脚も自由になるのを確かめてから、胡桃は肘をついて起き上がった。

「っ…あっ」

胡桃自身を飲み込んで、彼の上に跨がっているカミルは、体勢が変わることで受けた刺激に甘い声を上げる。眉を顰めたカミルが辛そうに見えて、胡桃は「悪い」と詫びた。カミルはそれに首を振り、胡桃の頰を両手で包み込む。

「…違う…、胡桃のが……動いたから…」

感じただけだ…と少し恥じらうように言い、カミルは胡桃の唇を塞ぐ。甘えるような仕草で一頻《ひとしき》り口づけを施し、離れたカミルは至近距離から胡桃を見つめた。

「…胡桃……」

濡れた瞳や、甘い声に惑わされる。身体を自由に動かせるようになったのだから、カミルを突き飛ばすことは容易だ。犯されているわけではないけれど、同性であるカミルと繋がっていることと自体、胡桃にはありえないことだ。

なのに。カミルを追いやることができずに、胡桃は再び重ねられる唇を受け止める。

「…んっ…」

口内に忍んできたカミルの舌は大胆な動きで、胡桃の欲望を煽《あお》る。鼻先で息を継ぐたび、きゅっきゅっと締めつけてくる内壁の淫猥《いんわい》な仕草にも惑わされた。

駄目だという意識は頭の隅には残っていたけれど、カミルから与えられる快楽の方がずっと影響が大きかった。胡桃はカミルの欲望に引きずられるようにして、ベッドについていた両手を彼の腰に回していた。

「…っ……ん……ふ……」

女の柔らかな腰回りとは違うけれど、滑らかな肌はひんやりとしていて、掌に吸いつくように感じられる。思いもしなかった心地よさに惹《ひ》かれ、ぐっと力を込めると、カミルがゆらりと腰を揺らした。

「っ…」

カミルに包まれている自分自身がぴくりと反応するのを感じ、胡桃は小さく息を吸う。胡桃の変化を直に感じ取ったカミルも、「ん」と喉の奥を鳴らす。咬《か》み合っていた口づけを解いたカミルは、胡桃の唇を吸い、鼻や頬を舌先で舐め上げた。

「…ん…っ……胡桃…っ…」

囁くような声で呼び、耳元につけた唇で誘惑を告げる。動いてもいいか？　という問いかけに胡桃が頷いてみせると、カミルは彼の肩に腕をかけた。

「あ…っ……んっ……は…あ…」

「っ…」

カミルがゆっくりとした動きで腰を上げ下げし始めると、胡桃にもたまらない快感がもたらされた。温かく濡れた内壁でこすられる感触は至高のものだ。カミルの内部は、胡桃がそれまでに経験した誰よりも魅力ある感触で彼を包み込んでいた。

絶妙な絞まりと、濡れ具合。冷たい肌とは対照的な熱さ。そんなものに淫らな動きで締めつけられれば、厭でも追い上げられる。

「っ……ふ…なんで…っ…、なんで、男なのに、お前の中…こんなに……」

「……いいか？」

「んっ…。…すげ……濡れてる…」

「っ…すごく……胡桃のが……大きくて…いい、から…っ…」

だから、感じてるのだと言うカミルに、胡桃は翻弄《ほんろう》される。色香に溢れた美しい顔と、欲望に素直な最高の身体。いけないと自分を制する理性はいつしか綺麗に消えてなくなり、胡桃はカミルの身体に溺《おぼ》れるようにして、自ら彼の中へ欲望を打ち込んでいた。

CHAPTER4

据《す》え膳《ぜん》食わぬは男の恥…とはいうものの、それは時と場合によるのではないか。互いが思う存分欲望を吐き出し、満足しきって身体を離して…しばらく後。次第に理性を取り戻しつつあった胡桃の頭には、そんな考えが浮かんでいた。

同時に湧き上がってきたのは、とてつもない大きさの後悔だ。美人局《つつもたせ》に引っかかって、指一本触れていないのにあり金全部巻き上げられた…というようなオチの方が、まだマシだ。男のヴァンパイアに寝込みを襲われて、あまつさえ、まんまと誘惑に乗せられ思いきりやってしまったなんて、まったく笑えない。

まだマシなのは、犯されたわけではないことだろうか。いや。まだそっちの方が悲劇としては成立し得る。身動きが取れない状態では致し方なかったと、諦めもつけられる違いない。

いやいやいや。入れられてはいないだけで、あれは犯されたも同然なのでは…。

「胡桃」

「っ…」

天井を睨むように見ながら己のすべてを悔いていた胡桃は、突然、カミルの顔が視界に入ってきたのに息を呑む。胡桃を覗き込んだカミルは驚かせたのを詫び、「よかったぞ」と満足げな声で褒めた。

「久しぶりだからというだけじゃなくて…本当によかった」

「……」

カミルが満足げなのは当然だろう。カミルはストレートに抱いてくれと頼んできたこともあるし、朝生まで誘っていた。性欲をあからさまにし、恋人でもない相手と関係を持てるという感覚は、自分には理解できないと思うけれど、悪事の片棒を担いでしまったも同然の現状では何も言えない。

それより…。胡桃は深い溜め息を吐き出し、カミルに約束してくれと頼んだ。

「約束…？」

「このことは誰にも言うな」

特に朝生には知られたくない。朝生はまだ未成年だし、実の甥でもある。それに男と関係を持ってしまったことがよしんば、沙也香の耳にでも入ったら…。想像するだけで恐ろしく、胡桃は「いいな？」と繰り返した。

「わかった。二人だけの秘密ってやつだな？」

「……」

どこか嬉しそうな表情になるカミルに違和感を抱きつつも、胡桃はベッドに起き上がった。裸のカミルに服を着るように言い、自分も脱がされた下着を探す。ベッドの端に引っかかっていたそれに脚を通していると、脱ぎ散らかした服を集めているカミルの背中が目に入った。

「……」

そうだ…と思い、胡桃は手を伸ばしてカミルの背中に触れた。カミルは小さく身体を震わせて胡桃を振り返る。

「…胡桃？」

「動くな」

確かこのあたりだった。微かに目を眇めて胡桃が見るのは、カミルが高畑に刺された場所だ。あの時、じわじわと塞がっていった傷は、わずかな痕さえも残っておらず、刺されたのがどこだったのか、正確な場所もわからない。

本当に…治ったというのか。でこぼこでも残っていないかと、カミルの肌を指先で撫でて確かめていると、低い声が聞こえる。

「胡桃」

「…なんだ？」

「そんなふうに触られると…またしたくなる」

いいのか？　と尋ねるカミルは期待しているような気がして、胡桃は慌てて手を離した。そういう意味じゃないとぶんぶんと首を横に振って否定し、眉を顰めてカミルを見る。

「…もう…痛くないのか？」

「何が…、ああ。あの傷のことか。平気だ。あの程度なら治るのに一晩もかからないと言っただろう」

「……」

カミルはごく当たり前のことのように言うけれど、決してありえないことだ。これを信じるのならば、カミルは本当に人間ではないのだと認めなくてはいけなくなる。胡桃は渋面のまま腕組みをして、カミルに先ほどと同じような約束をさせた。

「このことも、誰にも言うな。恐ろしく、面倒なことになりかねない」

「二人の秘密だな？」

「……」

またしても嬉しそうな顔をするカミルは、ことの重大さをわかっていない気がする。胡桃ははあと大きな溜め息をつき、下着一枚の姿でベッドを下りた。シャワーでも浴びようと思い、何気なく寝室のドアを開けたところ、居間に朝生がいるのを見つけて飛び上がる。いつの間に帰ってきたのか。まったく気づいていなかった。

「っ‼」

「おじさん。帰ってたんですか」

カミルは？　と聞く朝生に、胡桃は満足な答えを返せないまま、寝室に逆戻りした。ドアを後ろ手に閉め、不思議そうな顔でベッドに座っているカミルに「しーっ」とジェスチャーで声を出さないように指示する。

それから急いでクロゼットに近づき、デニムを穿いてシャツに腕を通した。

「朝生が帰ってきてる。俺はあいつを外へ連れ出すから、その間に服を着替えてこの部屋を出ろ。何事もなかったかのような顔でいろよ？」

「わかった。秘密だからな！」

小声で命じる胡桃にカミルは素直に頷くが、やはり嬉しそうなのが解せない。しかし、そのあたりを追及している余裕はなく、胡桃は携帯と財布を引っつかむと、シャツのボタンを嵌めるのもそこそこに寝室を出た。

万が一でもカミルがベッドにいるのを悟られないよう、素早い動作で寝室を出てドアを閉める。

それから朝生に話があるから外へ行こうと持ちかけた。

「え…でもカミルは？」

「あいつはトイレだ。ここで話すと聞かれるかもしれない」

「…そうですね」

朝生もカミルの耳が異常にいいのを知っている。胡桃の提案にすぐに頷き、二人は居間を出て玄関で靴に履き替えた。二階からの階段を下り、胡桃は朝生を連れて近くのカフェへ向かう。その間、朝生にどこへ行っていたのかと聞くと、曖昧な答えが返ってきた。

「ちょっと…用があって。おじさんの方はどうなったんですか？」

「取り敢えず、一段落した…って、そういえば、お前。なんで気を失ったんだ？」

カミルから事情は聞いたが、胡桃には理解不能な内容だった。だから、改めて本人に聞いてみたのだが、朝生は困ったように小首を傾げ、カミルの話と同じ内容を口にした。

「暴力とか本当に苦手で…。おじさんがあの男と揉み合いになった時、すでに気が遠くなってたんですが、その後…」

カミルが刺されたから…と続けようとしたらしい朝生は、途中なんともいえない顔つきになって、口を噤《つぐ》む。その理由は察しがついて、胡桃はそのあたりを話したいのだと仏頂面で言って、足を速めた。間もなくして着いたカフェは、駅近くの賑やかさからは離れた場所にあるが、オリジナルで焙煎《ばいせん》しているコーヒー豆が有名で、いつでも繁盛している。

すでに夕方に差しかかった平日だというのに、客席は半分ほど埋まっていた。胡桃は朝生を連れて煙草の吸えるテラス席に出ると、注文を取りに来た店員にホットコーヒーを頼む。朝生はコーヒーが飲めないと言い、ココアを頼んだ。

胡桃が朝生を連れ出したのは、寝室のベッドにカミルがいるのを知られたくなかったせいもあるが、同時にカミルについて相談しなくてはいけないと考えていたためだ。朝生はカミルが刺されたのを見ている。だから、気を失ったのだ。

朝生に煙がいかないよう気を遣って座る場所を調整し、胡桃は煙草を取り出す。灰皿を引き寄せる胡桃に、朝生は神妙な顔つきで「おじさん」と呼びかけた。

「あの時…カミルは刺されましたよね…?」

「…その話がしたかったんだ」

確認するような物言いなのは、朝生が自分と同じく信じられない思いでいるからに違いない。胡桃はパッケージから取り出した煙草を咥え、火を点けてから、「確かに」と続ける。

「あいつは俺を庇って刺された…」

「俺はそれを見て…恐ろしくて、耐えきれなくなって気を失ったんです…」

「この…背中の左側あたりにナイフが刺さってた」

胡桃が自分の背中に手をやって説明するのを聞き、朝生は当時のことを思い出したようで、顔を青くする。かくかくと頭だけ動かして頷き、倒れる前に自分も目にしたと証言した。

「そうです。最初、あの男がおじさんに向かって突進していって…カミルがおじさんとあの男の間に入ったのは陰になってよく見えなかったんですが、男が離れると…カミルの背中にナイフが……」

「そこで気を失ったんだな?」

「はい。なので、…そこから先は何がどうなったのか知らないんです。気づいたらおじさんの家で、カミルが心配そうに覗き込んでました。俺が目を覚ますと嬉しそうに笑ったんですが、怪我をしてる様子はなくて…。大丈夫なのかと聞いたら…」

「…治ったって？」

「はい」

明るく「治ったぞ」と言うカミルの顔が頭に浮かび、胡桃は渋面で煙草の煙を吐き出す。そこへ注文していた飲み物が運ばれてきて、煙草を消した。熱いコーヒーに口をつけ、その苦みを味わってから、自分が目にした信じられない奇跡を小声で伝えた。

「あいつが刺されて…俺はすぐに救急車を呼ぼうとしたんだ。そしたら、あいつは…ナイフを自分で抜きやがった。俺が驚いてると、すぐに治るからいいって言うんだ。意味がわからなかったんだが…本当に、本当に…傷が塞がっていったんだ」

真剣な表情で「本当に」と繰り返す胡桃を、朝生はなんともいえないような顔で見つめる。胡桃自身、信じがたく思っている事実だ。信じてもらえていない気がして、「本当だぞ」と再度言う胡桃に、朝生は小刻みに頷いて「わかってます」と返事した。

「でないと…おかしいので。だって、あの時カミルの背中にはナイフが…」

「そうなんだ。確かに、あいつは刺されたんだ。…でも、考えられないスピードで傷が塞がっていった。こう…するすると…映像を逆戻ししてるみたいで…自分が夢を見てるんじゃないかと疑いたくなったんだが、シャツにもナイフにも血がついてて…、やっぱりあいつは刺されたんだって…」

思うしかなかったと言う胡桃に、朝生は重々しく頷く。それから、胡桃をじっと見つめて、カミルはどう説明したのかと聞いた。胡桃は大きく肩で息を吐き、テーブルに頬杖を突いて小声で告げる。

「人間じゃないと言ったじゃないかって、…呆れ顔で言われた。部屋の向こうの声が聞こえてたのと同じように、傷の治りが早いのも特徴らしい」

「……ヴァンパイアの？」

「……」

認めたくはないが、そうなる。胡桃が仏頂面で頷くのを見て、朝生は頬を引きつらせてココアの入ったカップを持ち上げた。溶けかけた生クリームを啜るように飲み、上唇に白いものをつけながら、「本当に」と続ける。

「カミルは人間じゃないんですか…？」

「…人間はあんなに早く傷が治ったりしないはずだ。治癒能力にも個人差ってのはあると思うんだが、そういうのを超えた…人間にはありえないレベルの違いだ」

「だったら、やっぱりヴァンパイア…」

「…か、どうかはわからないが…、人間じゃないのは確かなんじゃないか」

そう認めざるを得ない現実に直面している。胡桃は眉間に深い皺を刻んだまままそう言い、新しい煙草を取り出した。カミルの背中をじっくり検分してみたが、刺された痕などまったく残っていなかった。朝生と二人揃って、カミルが刺された幻想を見たとは考えにくい。それよりも、カミルが人間ではないと考えた方が妥当だ。

だとすれば…。妄想だと考えていたカミルの発言はすべて真実だという可能性が出てくる。朝生も同じことを考えたらしく、唇のクリームを紙ナフキンで拭いて、カミルから聞いている説明を口にした。

「だったら…生き返ったというのも本当なんでしょうか？　カミルの話では…死んだのは大きな戦争が終わった頃らしいんです。隠れていた村の人に怪しまれて…ベネディクトさんと共に毒薬を飲んで棺桶の中で死んだと言ってました。目覚める時には村人たちは自分たちのことを忘れているだろうから、またそこでベネディクトさんと暮らせばいいと考えていたみたいで…」

「確か…イギリスのドーヴァーとか言ってたな。ドーヴァーって、ドーヴァー海峡のドーヴァーか？」

「だと思います。そこからなんらかの理由で、カミルの棺桶だけが日本に運ばれてきたんでしょうか」

「大きな戦争って…第二次世界大戦だとしたら、七十年は経ってるのか…」

「カミルが浦島太郎《うらしまたろう》状態なのも納得ですね」

朝生が神妙な顔で言うのに頷き、胡桃は煙草の煙を吐き出す。お互いがカミルを「ヴァンパイア」として捉え始めているのに、胡桃も朝生も異論を唱えなかった。そう考えればすべてに合点がいくし、それを否定してしまったら、すべてに説明がつかない。

しかし、問題は…。カミルがヴァンパイアだと認めるとして、彼を今後どうするべきかである。

「てっきり頭がおかしいと思ってたから病院を探させてたんだが…見つからないのも当然だな。ていうか、イギリスにいたってだけで、イギリス人じゃないんだよな？」

「ヴァンパイアですから。国籍はないでしょう」

「パスポートもな」

つまりカミルを帰す先はどこにもない。顰めっ面で煙草を咥えてどうしたものかと考えていた胡桃ははっとして「そうだ」と声を上げた。

「遊園地がどうとか言ってたな？」

高畑を逮捕する前、江戸川署を朝生とカミルが訪ねてきた。二人で遊園地に行こうとしたのを胡桃は許可しなかった。現場へ向かおうとしていたところで慌ただしくしていたから、話も半ばしか聞かなかったのを思い出す。

「どうして遊園地に？」

「カミルにどうやったらベネディクトさんを見つけられるかと相談されたので、まずはカミルが目を覚ましたって場所を探してみようって話になったんです。…目が覚めて棺桶の蓋を開けたらそこは鏡張りの部屋で、それがある建物を出たら、四角い箱のついた高い塔や…丸い大きな籠のついたリング状のオブジェみたいなものがあったというので、もしかして、遊園地なんじゃないかと思いまして」

「遊園地…」

そう言われてみると、なるほどと思う点がある。同じような話を胡桃もカミルから聞いたが、妄想だと頭から思い込んでいたものだから、そんなおかしな場所はないと切り捨てていたが。

「四角い箱がついた高い塔っていうのは、遊園地によくある遊具なんじゃないかなって。丸い大きな籠のついたっていうのは…」

「観覧車か」

人差し指を立てて言う胡桃に、朝生は真面目な顔つきで頷く。朝生の推測が当たっているのだとしたら…。死のうとしていたカミルを轢きかけた山道の近くに遊園地があるのではないか。胡桃は朝生にスマホを出させ、長野の地図を表示させた。

テーブルの上に置いたスマホを二人で覗き込み、まず、カミルと出会った場所を探す。

「…ここが葬儀場で…ＩＣを目指して走っていたから……恐らく、このあたりだ」

「じゃ…拡大して…、遊園地がないか…」

画面に触れ、朝生が地図を拡大する。すると、カミルが倒れていた場所から数キロ離れた場所にそれらしき名称が記されていた。あずみのボタニカルパーク。朝生が検索にかけると、牧場や観光施設などに小さな遊園地が併設されているのがわかった。

「おじさん、観覧車もあるみたいです」

「たぶん、そこだな。…よし、行ってみるか」

「え…でも、長野ですよ?」

即決する胡桃に驚き、朝生は目を丸くする。とにかく早くカミルをなんとかしたい胡桃は、少しでも手がかりを得たいという強い思いがあった。朝生には決して告白できないが、本意ならずともカミルと関係を持ってしまった今、以前以上に、一刻でも早く縁を切りたいと真剣に考えていた。

それに事件が解決し、非番になったといっても、いつ何時緊急の呼び出しがかかるかわからない。呼び出されてしまえば、また家に帰れない日々が続き、カミルのことも後回しになる。となると、ますますカミルが居着くことになるやもしれない。

それはまずいと首を振り、胡桃は煙草の火を消す。レンタカーを借りてくるから、先に家へ戻っているように朝生に指示を出してから、「ついでに」とつけ加えた。

「おばさんたちにも挨拶しに行くから、お前は沙也香さんに鍵を貰え。そしたら、家に帰れるだろう？」

「えっ…！」

「なんだったら、そのまま長野にいてもいいぞ？」

さっと表情を曇らせる朝生に眉を顰めて続け、胡桃はレシートを手に立ち上がった。物言いたげな朝生をその場に残し、支払いを済ませて先に店を出る。一番近いレンタカー会社はどこかと考えて早足で歩きながら、長野に手がかりがあるようにと願っていた。


借りた車で自宅に戻ると、玄関を開けてすぐのところでカミルが待ち構えていた。

「胡桃！　ようやくベネディクトを捜してくれる気になったのだな⁉」

「あ、ああ。取り敢えず、長野でお前がいたかもしれない場所に目星をつけたから、そこへ行ってみよう」

わかった！　と返事するカミルはハイテンションで、遠足に出かける子供のようだ。それをやれやれと思って見ながら、「朝生は？」と聞く。部屋の中にいると言うので、胡桃が「おい！」と声を大きくして呼びかけると、少しして暗い顔でやってきた。

「何してんだ。行くぞ」

「でも…おじさん。ずっと忙しかったんだし、ちょっと休んでからの方がいいんじゃないですか?」

「そうしたいのは山々だが、その間に呼び出されるかもしれないんだ。先に用事を片づける」

「じゃ、俺は留守番してますから…」

「何言ってんだ」

出かけるのを渋る朝生に眉を顰め、胡桃は早くしろと叱りつけて靴を履かせる。二人を連れて家を出ると、停めておいた車に乗せて、長野を目指した。後部座席に座ったカミルは、長野から東京へ来た時と同じく、窓にへばりつくようにして外を眺めていた。

あの時はおかしな奴だと呆れたが、カミルが七十年前に死んで生き返ったのだとすれば、何もかもに驚くのも無理はない。カミルにとっては信じられないくらいに発展した未来の世界なのだろう。タイムマシンに乗ってやってきたようなものだ。

「…お前はいつくらいから、生きてるんだ?」

妄想だと考えていた話の中で、カミルは二度ほど死んで生き返っているということだった。それも本当なのだろうと考え、後部座席に向かって声をかけると、カミルが窓に寄せていた顔を座席の間から覗かせる。

「いつからというのはどういう意味だ?」

「ええと…じゃ、カミルさんが覚えてる一番古い記憶ってどういうものですか?」

歴史という概念がないのだろうと考え、朝生が胡桃の質問を言い換える。カミルはしばし考えた後、幼い頃はウィーンにいたのだと答えた。

「そこで父とベネディクトと暮らしていた。あの頃は戦争が多くて、住んでた屋敷に火を放たれて逃げたのだ。逃げた先で一度死に…生き返った時には父は亡くなり、ベネディクトしかいなくなっていた。それからはベネディクトといろんな街で暮らした。プラハで暮らしていたこともある。その後…また戦争に巻き込まれて…死んで、目覚めたらイギリスにいたのだ」

カミルは淡々と答えるが、事情を知らずに聞けば、妄想だとしか思えないような内容だ。胡桃はハンドルを握りながら、助手席の朝生と視線を送り合う。カミルがいつから生きているのか正確なところはわからないが、ヨーロッパを転々としていたようだ。

「ヨーロッパではフランス革命後、あちこちで揉めてましたよね。ウィーン議定書が出されたのが…一八一五年でしたっけ?」

「知らん。俺に聞くな」

歴史の授業など、まともに聞いていた覚えがない。胡桃は微かに眉を顰めて朝生に答えると、素朴な疑問をカミルに向ける。

「だが、ずっとヨーロッパにいたのに、どうして日本語ができるんだ?」

カミルはその容姿から日本人でないとわかったが、日本語がぺらぺらだったため、日本で育った外国人なのだろうと考えていた。しかし、ヴァンパイアであることを認めざるを得なくなり、状況は変わった。

今の話からすると、信じられないくらい長い間生きているとしても、日本にいたことはないらしい。ずっとヨーロッパにいて、その後なんらかの経緯があって、棺桶ごと日本に運ばれてきたと考えられるカミルは、いつ日本語を習得したのか。不思議に思って尋ねる胡桃に、カミルは自慢げな表情で答える。

「我々は耳がいいのだ。だから、その土地の言葉も少し聞けばすぐに話せるようになる」

「聞いただけで？」

「それもヴァンパイアの特別な能力なんですか？」

「そうなるな」

以前であれば、また妄想だと眉を顰めるところであるが、カミルは人間ではないと考えた方が妥当だと結論が出ている。胡桃は小さく息を吐き、「それで」と続けた。

「イギリスで死んだ時にベネディクトとやらは一緒だったんだな？」

「もちろんだ。私の棺桶と、ベネディクトの棺桶を並べて…毒薬を飲んで、二人で眠った。前はベネディクトの方が先に目覚めて、起こしてくれていたのだ。だから、今回も……」

ふいにカミルの声が途切れたのが気になり、胡桃はそれとなく背後を振り返る。俯いたカミルの瞳に、溢れ出しそうな涙が溜まっているのを見つけ、内心で嘆息して目を背けた。カミルは気弱な性格というわけではないのだが、前にも涙を零したことがある。

あれも…ベネディクトの話をしている時だった。それほど、カミルにとってベネディクトの存在は大切なものなのだろう。胡桃が「泣くな」と声をかけると、カミルは掠れた声で「すまぬ」と謝る。

「…今頃…、ベネディクトはどうしているのだろうと考えると、辛くなるのだ」

「ベネディクトさんもカミルさんを探して苦労してるのかもしれませんね」

「そうならば……いいのだが…。…もしも…まだベネディクトが目覚めていなくて…ベネディクトが眠る棺桶を探せなかったら…もう、会えなかったらと思うと…」

そう言って、カミルはまた言葉を続けられなくなる。泣いているのはわかっていたから、胡桃はカミルの方は見ないようにして、訪ねようとしてる遊園地にベネディクトの手がかりがあるようにと願った。

もし、空振りだった時はどうするか。その先についてはまったくのお手上げで、一縷《いちる》の望みに縋《すが》るような心持ちだった。東京を出た車は順調に進み、夕方になる頃には長野県へ入っていた。中央道から長野道に入り、安曇野ＩＣで高速道路を下りる。

そこからはナビを頼って目的地である「あずみのボタニカルパーク」を目指した。朝生がインターネットで調べたところ、営業時間は午後七時までとなっており、それまでに着けるようにと急いだ結果、六時半過ぎにあずみのボタニカルパークに到着した。

なだらかな山道を下り、カーブを曲がったところで後部座席のカミルが「あっ！」と声を上げる。

「あれだ！　あそこだ！　間違いない！　ほら、胡桃、私の言った通りだろう？　丸い籠のついたあれや、四角い箱のついたあれや……このおかしな村に違いないぞ！」

「村じゃない。遊園地だ」

「遊園地？」

不思議そうに繰り返し、カミルは窓を開けてくれと要求する。カミルが座っている側の窓を胡桃が開けてやると、彼は風に吹かれながら、大きく目を見開いてどんどん近づいてくる観覧車を見つめていた。ここにベネディクトがいてくれたら、話は早いんだが。そんな都合のいい展開はありえないかと嘆息しつつ、胡桃は遊園地の駐車場へ車を向かわせた。

有名な大規模テーマパークならともかく、地方の小さな観光施設で平日の夜ということもあり、駐車場はがら空きだった。しかも、あと三十分ほどで閉園する。そんな時に入園しようとする客は滅多にいないらしく、チケット売り場でも「いいんですか？」と確認された。

大人一人、千八百円。それを三十分ほどのために…しかも遊ぶわけじゃないのに…使うのはもったいなくも思えたが、これでベネディクトの手がかりが見つかるかもしれない。自分のためにもなるのだからと胡桃は自分自身を慰め、チケットを購入して入園した。

さて、どこから探そうかとあたりを見回していると。

「おじさん。これじゃないですか？」

チケットと一緒に貰った園内の案内地図を見ていた朝生が声を上げる。朝生が広げている地図を覗き込むと、彼は「ドラキュラの館」と書かれている場所を指さしていた。ホラーハウスだというその建物は、観覧車の近くにあるようだ。

「ベタすぎるが、行ってみるか」

遊園地の「ドラキュラの館」に本物のヴァンパイアが眠っていたなんて。まさかと呆れるような展開だが、カミルの存在自体がまさかそのものだ。胡桃は神妙な顔で朝生を促し、きょろきょろしているカミルを連れて、ドラキュラの館へ向かった。

あずみのボタニカルパークのメインは飲食店や土産物店が入る観光施設と牧場で、胡桃たちがいる遊園地はおまけのようなものだった。だから、敷地も広くなく、ドラキュラの館もすぐに見えてきた。

「あっ！　あれだ！」

その建物を見たカミルは高い声を上げ、間違いないと確認する。胡桃は朝生と顔を見合わせ、足を速めてドラキュラの館へ近づいた。簡素なプレハブ作りの建物の上部に「ドラキュラの館」と書かれたちゃちな看板が掲げられている。おどろおどろしげな文字でホラーハウスとつけ加えられているが、ホラーからはほど遠い感じだ。

「…ホラーハウスって、お化け屋敷のことですか？」

「お化け屋敷ならそう書くだろう。違うんじゃないか」

「お化け屋敷ってなんだ？」

怪訝そうに看板を見る朝生と話していると、カミルが不思議そうに質問してくる。胡桃は説明するのが面倒で、とにかく中へ入ってみようと提案した。

ドラキュラの館は入園者であれば誰でも入れる施設で、係員の類いはいなかった。入り口から中へ入り、順路として示された矢印に従って進んでいく。建物の内部は暗く、恐怖心を煽るために暗い旋律の音楽が流されていた。

「はあ…なるほど。ドラキュラにまつわる展示がしてあるんですね。…この部屋は貴婦人の部屋ですって」

通路に沿って部屋がいくつかあり、それを見学して回る趣向のようだ。最初の部屋にあった説明書きを朝生が読むのを聞き、胡桃は部屋の中を覗く。赤い照明で照らされた部屋の中央にはベッドが置かれており、寝ている女性を襲おうとしているドラキュラの様子が、マネキンで再現されていた。

「……」

それを見た胡桃と朝生は思わず顔を見合わせる。あまりに子供だましすぎやしないか。いや、今時の子供はこんなものでは驚きもしないだろう。そんな微妙な気分でいた二人に対し…。

「く、胡桃！　あの女性は大丈夫なのか？　助けなくていいのか？」

七十年前で記憶が止まっているカミルには作り物には見えないらしく、本気で心配して胡桃の袖を摑む。胡桃は溜め息交じりに「大丈夫だ」と返し、偽物なのだと説明した。

「偽物？」

「ああ。あれはマネキンってやつで、本物の人間じゃない」

「ドラキュラの恐ろしさを表現しようとしてるんでしょうか。他にも…夜道で襲われる紳士…血を吸われる牛…ドラキュラの花嫁になった貴婦人…なんてテーマの部屋があるようです」

通路の壁に貼《は》られていた館内図を見て朝生が読み上げるのを聞き、胡桃は大きく溜め息をついた。他の部屋もこんな感じで安っぽい展示がされているだけなのだと、見なくても想像がつく。

だが、この建物内のどこかにカミルが眠っていた棺桶があるはずなのだ。胡桃がそれらしき部屋はないかと聞くと、朝生は館内図を注視してこれじゃないかと推測した。

「ドラキュラ伯爵の間というのがあります。建物の中央部のようですね」

「そこだ。行くぞ」

一つ一つ部屋を覗いて脱力している時間が惜しい。朝生に案内しろと求め、胡桃はまだも心配げに部屋の中を覗き込んでいるカミルに声をかける。こっちのようです…と先頭に立つ朝生の後を、胡桃とカミルは並んでついていった。

「胡桃。ドラキュラとはなんだ？　怖いものなのか？」

「そりゃ…、お前のことじゃないのか」

「私のこと？」

「ドラキュラっていえば、吸血鬼…つまり、ヴァンパイアってやつだろう」

なあ…と胡桃が朝生に声をかけると、彼はちらりと背後を振り返り、軽く肩を竦めた。

「ドラキュラというのは『ドラキュラ伯爵』という吸血鬼の映画がありまして、そこから有名になり、吸血鬼の代名詞のように使われるようになった名前なんです。ただ、カミルさんは俺たちが知ってる吸血鬼とは違うようなので、ドラキュラとは違う存在なのかもしれませんね」

朝生は説明しながらも歩みを進め、目的の部屋に辿り着く。「ドラキュラ伯爵の間」と書かれた札が、観音開きの扉に貼られている。閉められていたそれを胡桃が開けると、後ろから部屋を覗いたカミルは叫び声を上げた。

「ここだ！」

カミルは棺桶を出たら鏡張りの部屋にいたと話していたが、その通り、ドラキュラ伯爵の間の壁には全面、鏡が張られていた。胡桃を押しのけるようにして部屋の中に入ったカミルは「あった！」と再度高い声で叫ぶ。

「私の棺桶だ！」

嬉しそうにカミルが指す先には、一段高くなった台があり、その上に古びた棺桶が置かれていた。台の回りには赤いロープが張られ、立ち入りを禁じる札がかかっている。その手前に置かれたプレートには、ドラキュラ伯爵が眠る棺桶だという説明があった。すべてがちゃちな作りの施設で、これだけは本物だったというわけか…と、胡桃は小さく嘆息した。

その間にカミルは棺桶の傍まで駆けつけ、ロープを跨いで台の上へ上がっていた。胡桃はカミルを止めようとしたが、彼にとっては長年眠っていた棺桶であり、唯一の手がかりでもある。室内に監視カメラの類いがないのを確認し、誰かが来たらすぐに知らせるよう、朝生に見張り役を命じてから、自分も台へ上がった。

「胡桃！　見てくれ！　これが私の棺桶だ！」

「……。やっぱり、一つしかなかったか…」

カミルの記憶では、ベネディクトの棺桶と自分のそれが並んでいたとのことだった。台の上だけじゃなく、室内を見渡しても棺桶は一つだけだ。胡桃の呟きを聞き、カミルもはっとしたようにあたりを見回した。

「……。確かに…そうだな……」

棺桶が見つかり、嬉しそうだったカミルが一転、表情を曇らせているのに気づき、胡桃は軽く咳払いをする。棺桶の中に何か手がかりはないのかと胡桃に聞かれたカミルは、微かに首を傾げて蓋に手をかけた。

「…何もないと思うが…」

蓋を開けようとするカミルを手伝った胡桃は、それが存外重いのに驚いた。カミルは細く、とても力がありそうには見えない。これを中から開けるのは大変だったんじゃないかと聞く胡桃に、カミルは「そうなのだ」と眉を顰めた。

「目覚めたものの、なかなか開けられなくて苦労した。前はベネディクトが蓋を開けてくれたからな」

二人で協力して蓋をどかし、棺桶の内部を見る。深紅の布地が張られた内部は豪華そうに見えたが、目をこらせばその古さが実感できた。出会った時、カミルがぼろぼろの服を着ていたのも、経年変化で劣化していたせいだったのだろう。

「…ここに七十年もいたのか…。…にしては髪も爪も伸びてなかったな？」

「死んでたからな」

「…なるほど」

わかるような、わからないような答えに首を傾げる胡桃の前で、カミルは棺桶の中をごそごそと探す。しばらくして「あった」と声を上げた彼が手にしていたのは、掌にすっぽり収まってしまいそうなガラス製の小瓶だった。

「なんだ？」

「毒薬だ。これを飲んで死ぬのだ」

「……」

カミルの表情は物騒なことを口にしているとは思えないもので、胡桃はなんとも言えずに頭を掻く。棺桶の中にはその毒薬しか残っておらず、手がかりはなさそうだったので、再び二人で蓋を閉めた。

「…取り敢えず、他の部屋に同じような棺桶がないか確認してみよう」

もしかしたら、分けて展示されている可能性もある。胡桃の提案にカミルが頷いた時だ。見張りとして部屋の入り口にいた朝生が「おじさん！」と声を上げた。

「誰か来ます！」

立ち入り禁止の場所にいた胡桃は慌ててカミルを連れて台を下りた。部屋の中を素早く移動し、朝生のもとに駆けつけると、通路を歩いてくる警備員の姿が見えた。よくある制服姿の警備員を見たカミルは、「あっ！」とまたしても驚いた声を上げる。

「胡桃！　軍人だ！　私を追いかけてきたのはあいつらだ！」

「……」

カミルの話に「軍人」という言葉が出てきたのは胡桃も覚えていた。それを聞いて、ますます、心の病なのではないかと疑ったのだ。しかし、実のところ、カミルは制服姿の警備員を軍人と勘違いしていただけだった。

騒ぎになっても困ると思い、胡桃はカミルに黙っているよう命じる。怪訝そうな表情の警備員は、間もなく営業が終わると伝えてきた。

「ここも閉めますので、お早めにどうぞ」

「あの…」

他の部屋を見て回ろうと考えていたが、時間もないようだし、ついでだと思って胡桃は警備員に棺桶について尋ねた。この部屋にある棺桶と同じようなものがないかと聞く胡桃に、警備員は首を捻って答える。

「いえ。棺桶があるのはここだけですよ」

「そうですか…」

「棺桶がどうかしたんですか？」

ここにいる男が中に入っていたんです…とは口が裂けても言えない。言葉を濁す胡桃に、警備員は「そういえば」と思い出したように話し出した。

「あの棺桶の蓋はどうやっても開けられず、中を確かめられずにいたそうなんですが、先日、なぜか開いてましてね。同じ日に不審者が出たこともあって、マニアの仕業じゃないかという話なんですが、お客さんも棺桶好きなんですか？」

「……」

蓋を開けたのはカミルだし、不審者というのも、カミルだろう。胡桃は神妙な表情で警備員の問いかけに首を振った後、棺桶について詳しく知っている人間はいないかと聞いた。同じ物はないとしても、入手経路などがわかればベネディクトの居所に繋がる手がかりが得られるかもしれない。

すると、警備員は眉を顰めて訝しむように胡桃を見た。不審者が出たのを思い出したせいで、怪しみ始めているのだと思い、仕方なく懐から身分証を取り出す。

「…自分は警察の者で…、棺桶に関わる事件について調べてるんです」

警視庁と名乗れば、長野にどうしてと訝られる。曖昧な物言いに留《とど》め、身分証もちらりとしか見せなかったのだが、警備員は素直な反応を見せた。

「そうだったんですか。これは失礼しました。では、事務所の方へご案内しましょう。知っている者がいるかもしれません」

どうぞこちらへ…と案内を買って出てくれる警備員に頭を下げ、後に続く。後ろからついてくる朝生が小声で「棺桶に関する事件って」と呆れたように呟くのに、鋭い目を向けてから、カミルには余計なことを言わないように指示した。

素直に頷くカミルを見て、やれやれと肩で息をつく。下手な突っ込みを受ける前に情報だけ得て退散しなくては。そう肝に銘じて、胡桃は作り物の館を後にした。


ドラキュラの館から入場門の方へ戻り、それを通り過ぎた先にある観光施設棟の裏手に施設全体を管理しているという事務所があった。そこへ辿り着く頃には閉園時間を迎え、園内には蛍の光が流れ始める。胡桃たちを連れた警備員はサッシのドアを開け、長沼《ながぬま》さんはいるかと呼びかけた。

「奥にいますけど、どうしかしたんですか?」

「警察の方だ。ドラキュラの棺桶について話を聞きたいらしい」

警備員に答えた中年の女性は、警察と聞いて驚いた顔になって奥へ走っていく。間もなくして、彼女は四十前くらいの、頭頂部が寂しくなっている眼鏡の男を連れて戻ってきた。長沼と名乗ったその男がドラキュラの館の担当だと聞き、胡桃は用意した作り話を混ぜて質問を向けた。

「あそこに置いてある棺桶によく似たものが、ある事件で使われまして…。入手経路を調べてるんですが、こちらのものはどこからか購入されたんですか?」

「恐らく…そうだと思いますが、開園以来、置いてあるもので…。僕が入社する前のことなので、よくわからないんです」

開園はいつなのかと聞くと、八十年代半ばだと言う。だとすれば、三十年近く経っていることになり、よしんば、購入先がわかったとしても、それを辿って探すのは困難を極めると思われた。

「他に同じ物はありませんか？」

「棺桶はあれ一つですよ」

答える長沼が不思議そうな顔になっているのを見て、胡桃は潮時だと考えた。怪しまれる前に退散しよう。そう思って、「ありがとうございました」と礼を言ったのだが…。

「あれと並んでもう一つ同じ棺桶があったはずなのだ。ベネディクトが今も眠っているやもしれぬ。頼むから思い出してはくれないか」

「っ…カミル…」

黙っていろと言ったのに、我慢できなくなったように問いかけるカミルを、長沼は驚いた顔で見る。胡桃は慌てて長沼に暇《いとま》を告げ、カミルの腕を摑んだ。朝生と協力してカミルを事務所から連れ出すと、真っ直ぐ駐車場へ向かい、離せと暴れるカミルを後部座席へ放り込む。

「胡桃！　どうして諦めるのだ？　他に手がかりはないのだぞ！」

「俺だってわかってる！　だが、変に深追いして怪しまれるのも困るだろう」

それにあのまま話させていたら、カミルがあの棺桶で寝ていたと告白しかねなかった。そうなれば話が非常にややこしくなる。嘆息してエンジンをかけた胡桃は、顰めっ面でシートベルトを締めた。

「…とにかく、ここにベネディクトの棺桶はないのはわかった。取り敢えず、先に他の用事を済ませよう。おい、沙也香さんに電話してどこにいるか…」

助手席に座っている朝生に声をかけ、沙也香の居場所を確かめさせようとした時だ。タイミング悪く、胡桃の携帯が鳴り始める。ちっと舌打ちして、ポケットに入れた携帯を取り出せば、南野の名前が表示されていた。

「……」

厭な予感しかせず、出たくなかったのだが、胡桃に無視できる器はない。ほとほと小心者の自分を蔑《さげす》みながら、ボタンを押した。

「…はい」

『ちょっといいか?』

全然よくないのだが、声の調子だけで何かあったのだと察せられる。胡桃は頭を抱えたい気分でハンドルに突っ伏し、「どうしたんですか?」と聞いた。

『おかしなことになってな…』

「何がです?」

『祖師谷の…ガイシャ宅から意外なものが見つかったんだ』

「……」

祖師谷といえば、胡桃が担当した新小岩の事件捜査中に起きた別件だ。同じ四係の別の班が担当し、新小岩よりも先に被疑者を確保していた。自分には無関係な別件についての情報をわざわざ南野が報せてくるというのは…。

厭な予感がますます濃くなるのを感じながら、胡桃は聞き返す。

「…何が見つかったんですか？」

『新家のスマホだよ』

「……」

南野が「新家」というのは新小岩の被害者である新家祐二に他ならないだろう。そうは思ったものの、話が繋がらないように思え、訝しげに確認した。

「ちょっと待ってください。新家って…新家祐二ですよね？　新小岩のガイシャの」

『ああ』

「そのスマホがどうして祖師谷のガイシャ宅で見つかるんですか？　それに、新家のスマホは交番に届けられてたじゃないですか」

自宅からは消えていたスマホは、その後、近くの交番に拾得物として届けられていたのが見つかった。その内容を解析するのに時間をかけたけれど、結局、被疑者に結びつく手がかりは得られなかった。

『理由は俺にもわからん。だが、ガイシャのものでも、被疑者として逮捕した女のものでもないスマホが部屋から見つかってたんだ。ロックがかかっていて、誰のものか調べるのに時間がかかっていたんだが、さっき判明した持ち主が新家祐二だったんだよ。住所も新小岩のもので一致してる』

南野が疲れた声で話すのを聞きながら、胡桃はもしやという思いを抱き始めていた。拾われたスマホとは別に、新家がもう一台所有していたのだとしたら…。

「…もしかして…そのスマホは仕入れ用の…？」

新家はシャブの売人をしていたが、交番に届けられたスマホから出たのは客の情報だけで、仕入れルートに関する情報は一切出てこなかった。なので、スマホを使い分けていたのではないかと、玉置が推測していたのを思い出し、尋ねた胡桃に、南野は「わからん」と繰り返す。

『内容の解析はこれからだ。ただ…他にもいろいろと気になる点があってな。ちょっと来られないか？』

南野は気軽に言うけれど、長野にいる胡桃はすぐに行くとは返事できなかった。時計を見て、深夜を過ぎるかもしれないと答える。

『用事でもあるのか？』

「今、長野なんです」

『あ…』

低い声で胡桃が返した答えを聞き、南野は失敗したというように声を上げた。胡桃の父親が亡くなったばかりなのを思い出したのだろう。慌てて「すまん」と詫びる南野に、胡桃はすぐに東京に戻ると返す。

『いやいや、いいぞ。こっちは俺がやっておくから。悪かった。お前はゆっくり…』

「本庁ですか？」

『いや、だから…』

「着いたら連絡入れます」

胡桃…と呼びかけてくる声は無視して通話を切り、携帯をポケットにしまう。はあ…と息を吐いて椅子の背もたれに身体を預けると、ぬっとカミルの顔が近づいてきた。

「東京に帰るのか？」

「っ…！」

話を聞いていたらしいカミルに確認され、胡桃は仏頂面で頷く。だが、その前に沙也香から家の鍵だけは貰わなくてはいけない。そう思ったのに…。

「おじさん、俺のことはいいですから、早く戻りましょう」

「いや…」

「あの人に会ったら、おじさんもいろいろめんどくさいでしょう？」

「……」

朝生の言う通り、沙也香に会うのは胡桃も億劫だった。近くまで送り、鍵だけ貰ってこさせようと考えてはいたが、沙也香が出てきてしまったら、挨拶しないわけにはいかないだろう。こんな展開をこの前も…と思い出していると、朝生が「それに」と続けた。

「ベネディクトさんが見つかるまでカミルはおじさんの家にいるんですよね？　カミル一人じゃ何もできませんから、おじさんが仕事に行ってしまうと困ると思うんです」

確かに七十年前からタイムスリップしてきたも同然のカミルが、問題なく暮らせているのは朝生のお陰だ。自分が一緒にいるとは言えず、胡桃は仕方なく「わかった」と了承した。

「だが、沙也香さんが東京に戻ってきたら…」

「その時はちゃんと家に帰ります。それまでにベネディクトさんを見つけられるよう、俺も協力します」

「頼んだぞ、朝生」

わかっているのかいないのか。座席の間から顔を出して頼むカミルを、胡桃は横目に見つつ、車を発進させた。時刻は七時過ぎ。東京へ着くのは深夜になるだろう。仮眠を取りたいところだが、そうも言ってられない。どうして新家のスマホがまったく関係のない事件現場から出てきたのか。二つの事件には某《なにがし》かの接点があるのだろうかと考える胡桃の横顔には、疲労が色濃く浮かんでいた。


高速道路のサービスエリアで買ったガムとコーヒーで眠気をごまかしながらハンドルを握り、胡桃は東京を目指した。いつしか助手席の朝生は寝入ってしまっていたが、後部座席のカミルは相変わらず窓にへばりついている。

よく飽きないものだと苦笑しつつ、味のしなくなったガムを包んで捨て、新しいものを取り出した胡桃は、何気なくカミルにも勧めた。

「食うか？」

「…なんだ？　これは」

不思議そうに受け取るカミルに、ガムの説明をする。口の中で噛んで味わうものだから、飲み込まないようにと注意されたカミルは、銀色の包み紙を開いて小さな白い粒を食べる。眠気を覚ますため、清涼感を味わえるフレーバーのものを選んでいたこともあり、カミルは驚いて声を上げた。

「っ……！　なんだ、これは？　口の中がすーすーするぞ？」

「そういうものだ」

「それに甘いし…むにゅむにゅしてる…」

そういうものだと繰り返し、胡桃は苦笑してバックミラーでカミルを眺める。神妙な顔で生真面目に口を動かし、ガムを噛んでいる様子は微笑ましいものでもあった。朝生からカップ麺に驚いていたと聞いた時は怪訝に思ったが、カミルが死んだ頃にはカップ麺も今のようなガムもなかったに違いない。

カミルは過去に二度死んでいて、今回生き返ったのが三度目だという話だが、どの時も文明の進化に驚いていたのだろうか。小さな疑問を抱いて、胡桃はカミルに声をかけた。

「生き返るたびに世の中が新しくなってるんじゃ大変だな」

「前の時は死んでいた期間が短かったし、ここまで変わってはいなかったからな。さほど苦労はしなかった」

「…ベネディクトが起こしてくれたからか？」

「ああ。ベネディクトは人間とのハーフで、目覚めるのが早いのだ」

だから、二、三十年で目覚めると聞き、なるほどと頷く。ベネディクトと離れてしまったせいで、目覚めるのが遅くなってしまったせいもあるのだろうが、それよりも、この百年ほどの間の文明の発達速度が異常であるのも、カミルが戸惑っている原因に違いない。胡桃自身、子供の頃と比べていろんなことが大きく変わっている。

「携帯に慣れたと思ったら、今度はスマホだって、俺もついていけない感じなんだ。お前が困るのも無理はない」

「ベネディクトも困っているだろうか」

「……」

　ぽつりと呟いたカミルに、胡桃は何も言えなかった。きっと見つかるさ…なんて、気軽なことはとても言えない。インターネットの普及で世界は狭くなったと感じる昨今ではあるが、誰か一人を捜し出すのは容易ではない。特に人間でもない存在ならば、なおさら。

「…ベネディクト以外に仲間はいないのか？」

　どうしてもベネディクトが見つからない場合は、他の手立てを考えなくてはいけない。以前、カミルたちヴァンパイアは同じ一族内でしか助け合わず、一族の生き残りはベネディクトだけだと話していたが、他に頼れる相手は誰もいないのかと確認する胡桃に、カミルは重々しく頷いた。

「同じヴァンパイアであっても、違う一族とは敵対的関係にあるのだ。それがヴァンパイアの数が減った原因だと、ベネディクトが言ってた」

「そうか…」

　いろいろ難しいんだな…と相槌を打ち、胡桃は心の中で嘆息する。カミルにとってベネディクトは唯一の仲間であり、自分が考える以上に大切な存在なのだろう。きっと、家族も同然の…。そう思ってから、はっとした。

　ベネディクトいう名前から男であるのがわかり、そういう考えは除外していたのだが…。カミルと「関係」を持ってしまった胡桃は、ふいに疑惑を抱いて、「なあ」と顰めた声でカミルに尋ねた。

「もしかして…ベネディクトというのは、お前の…恋人なのか？」

「いや」

「…じゃ…」

「恋人以上の存在だ」

カミルはきっぱり言い切るけれど、答えにはなっていない気がする。恋人以上…というと、家族ってことだろうか。しかし、カミルはベネディクトのことを「兄」とか「弟」というような呼び方はしていない。

カミルの常識が大きく違っているのに気づいていた胡桃は、質問を変えた。

「関係？」

「でも…ベネディクトと…、その…ああいった関係を…」

「……。あれだ、あれ」

「ああ。もちろん、していた。我々は人間よりも色事を好むのだ。ベネディクトは私のどんな望みにでも応《こた》えてくれる」

「……」

あっけらかんとカミルが答えるのを聞き、胡桃は焦って助手席の朝生を見る。未成年の朝生には聞かせられない話だと慌てたのだが、幸い、朝生はぐっすり眠り込んでおり、気づいていないようだった。

それにほっとしつつ、やっぱりと嘆息する。カミルが自分にしたいと持ちかけてきたのも、ベネディクトが傍にいなかったからなのだ。つまり…自分は、ベネディクトの代わりだったというわけか。

そう考えると、少しだけほっとしたけれど、同時に、心のどこかを擽られているような気分になった。その感覚は笑えない、不快なもので、胡桃は微かに眉を顰める。そんな胡桃の心情をカミルはまったく気づいていない様子で、「胡桃は？」と聞いた。

「大切な人はいないのか？」

「…ああ」

「どうして？」

どうしてと聞かれても。返す言葉がなくて、胡桃は無言でハンドルを握っていた。父のことがトラウマになり、若い頃は誰かとつき合おうという気にはなれなかった。それでも三十を前にして、一度は結婚するべきかと思うようになり、知り合いに紹介された女性とつき合い始めた。

しかし、彼女とのつき合いよりも仕事の方を優先してばかりで、結局、うまくいかなかった。彼女は仕事に理解を示してくれているような素振りを装っていたから、別れを切り出された胡桃は困惑した。言ってくれればよかったのにと思うのと同時に、自分には向いてないとつくづく厭になったのだ。

それ以来、結婚は諦めて、女性とのつき合いもずっと遠ざけてきた。無精髭を生やし、女性に嫌われるようなだらしない身なりでいるのも、面倒を避けるためである。玉置の忠告を聞き入れて、髭を剃って小綺麗にしようなどとは、まったく思わない。

「…大切に思えるほど、誰かを好きになれないんだ」

ぽつりと零れた呟きが、自分の本音を表していたのに、胡桃自身驚く。こんなことを口にするなんて、自分は相当寝不足だ。自分自身に苦笑する胡桃に、カミルは驚いたように聞き返す。

「そうなのか？　私は胡桃が好きだぞ」

「……」

あっさりとした物言いだったけれど、誰かに「好き」などと言われたことはほぼ初めてで、胡桃は戸惑った。つき合っていた彼女からも「好き」だとはっきり言われたりはしなかった。「好き」なんて言葉を向け合うような年齢でなかったせいもある。

だから、どきりとしたものの、カミルの場合、カップ麺が「好き」だというのと、同じようなものかとすぐに思い直した。カミルとは思いがけない展開で関係を持ってしまったが、自分を「好き」だったから求めてきたとは思えない。

胡桃は動揺した自分を隠し、唇を微かに歪めて「そうか」と相槌を打った。カミルは胡桃の複雑な心中には気づいていない様子で続ける。

「私にとって胡桃は大切な存在だ」

ちらりと横を見れば、カミルがにっこり笑っていた。胡桃は苦笑を返し、前方へ視線を戻す。

確かに、自分はカミルにとって「大切な存在」だろう。頼りにしていたベネディクトは所在不明で、他に頼れる相手はいない。自分がいなければ日々の暮らしから困るはずだ。

そりゃそうだ…と納得し、胡桃は高速道路上の標識を確認した。車はすでに東京に入っており、首都高速を走っていた。そろそろ日付も変わる頃だが、そびえ立つビル群に灯る明かりが眩しいほどだ。再び窓にへばりついたカミルは瞬《まばた》きもせずに煌めく街を眺めている。

このまま行けば本庁にはすぐ着くが、その前にカミルと朝生を自宅へ送り届けなくてはいけない。ついでにレンタカーも返しておくかと考えていた胡桃は、突然響いた叫び声に身体を震わせた。

「あっ!!」

「っ……」

カミルが驚いて上げた声は車内に響き、ぐっすり熟睡していた朝生もびくりと反応して目を覚ます。びっくりさせるなと窘めようとした胡桃に、カミルは摑みかからんばかりの勢いで前方を見るように要求した。

「胡桃！　ベネディクトだ！　ベネディクトがいる!!」

「はあ？」

「本当だ！　あれはベネディクトに間違いない！　ベネディクトがテレビに映っているのだ！」

カミルの言ってる内容は意味不明だったが、彼がかなり昂奮《こうふん》しているのは確かだった。座席の間から身を乗り出し、カミルが指さす前方にはビルの壁面に取りつけられたＬＥＤビジョンがある。

映像を流せるタイプの看板には映画の予告編が映し出されているようだった。ただ、距離が離れているせいもあり、胡桃には映っている内容がよく見えなかった。

「何言ってんだ。あんな遠くの看板…」

「私は目がいいのだ！　本当なのだ、胡桃！　あれはベネディクトだ！」

「予告ですよね。映画かな」

目を覚ました朝生も前方のＬＥＤビジョンを注視している。胡桃は車の速度を落として、徐々に近づいていく。運転に気をつけながら見ている間に、封切り間近のハリウッド映画だというのがわかる。繰り返し流されている映像の中で、ある男のアップが映し出されるたびに、カミルは「ベネディクトだ！」と叫んだ。

「胡桃！　ベネディクトは目覚めていたのだ！　あそこにいるぞ！」

「……」

あそこ…とカミルは頬を紅潮させてLEDビジョンを指さすけれど、まさか、あの中にいるとは思っていないよな…と疑いを抱いてしまう。しかし、問題は…。

「…おじさん。あれ、ハリウッドの映画ですよ？」

「ベネディクトは…ハリウッド俳優って…ことか？」

困惑した顔で言う朝生に、胡桃も同じような表情で返して首を傾げる。カミルははしゃいで喜んでいるけれど、話がますます複雑化してきた気がして、胡桃の眉間には深い皺が刻まれていた。

LEDビジョンを通り過ぎ、映像が見えなくなると、カミルはすぐにベネディクトがどこにいるのか調べてくれと頼んできた。渋面で車を運転する胡桃の横で、朝生がスマホを使って映画の情報を調べ、カミルがベネディクトだと言っている俳優の情報を調べた。

「…ええと、アルフォンス・オリヴィエって俳優さんらしいです。カミルさん、この人ですよね？」

「そうだ！　ベネディクトだ！」

「有名なのか？」

映画やドラマに興味がなく、芸能情報に縁のない胡桃が聞くのに、朝生はスマホの画面をスクロールさせながら「みたいですね」と答えた。

「俺も詳しくないので知りませんでしたが、実力派として有名な俳優らしいです。…ええと、俳優のデータを集めているサイト情報によると、デビューしたのは…十五年前。有名な作品にもいくつか出てるようです」

「十五年前…ってことは、やっぱりベネディクトは早くに目覚めてたのか」

「言っただろう？　ベネディクトが私を起こしてくれるはずだったのだ！」

カミルは勝ち誇ったように言うものの、まだアルフォンス・オリヴィエという俳優がベネディクトであると決まったわけじゃない。胡桃は朝生にアルフォンス・オリヴィエの画像を出させ、カミルに渡してちゃんと確認するように指示した。

スマホを受け取ったカミルは画面に食い入りながら、間違いないと断言する。

「金髪に…薄いグレイの瞳…。ベネディクトは本当に美しい男なのだ。ベネディクト……私はここにいるぞ」

スマホに向かって呼びかけるカミルは真剣で、アルフォンス・オリヴィエがベネディクトであると微塵《みじん》も疑っていないようだった。だが、生き返ったヴァンパイアがどうしてハリウッド俳優になっているのか。

あまりにもかけ離れている気がして、胡桃は疑わしい気分だった。他人の空似というやつではないのかという疑いを解消できないまま、車は自宅のある清澄白河近くへと辿り着いていた。朝生とカミルを自宅へ置き、すぐに南野の待つ本庁へ向かうつもりでいたのだが、意外な展開でベネディクトらしき人物が見つかったため、二人と共に一度、自宅へ戻ることにした。

倉庫前に車を停め、朝生とカミルを連れて二階の部屋へ上がる。スマホを使っていない胡桃は、自宅のノートパソコンでベネディクト…つまり、アルフォンス・オリヴィエという俳優について調べ始めた。

「…年齢は四十二歳…ってあるぞ。お前より大分年上なのか？」

居間のソファに座り、ノートパソコンを膝に置いて検索していた胡桃は、隣に座って画面を覗き込んでいるカミルに尋ねる。カミルは画面に出ているベネディクトの写真から視線を離さないまま、頷いた。

「ああ。我々は基本、年を取らないが、ベネディクトは私より随分前に生まれているのは確かだ。ベネディクトの家の者は代々、私の家の執事を務めてきたのだ」

「しつじ…？」

「執事がいるなんて、カミルさんってヴァンパイアの中でも偉い人なんですか？」

執事と聞き、すぐに意味がわからなかった胡桃とは違い、朝生は驚いた顔で尋ねる。カミルは勝ち誇ったような笑みで「まあな」と答えた。

「我が家は一族を率いる家柄なのだ」

「お前が…率いる？」

「なんだ、胡桃。もしかして疑っているのか？」

怪訝そうに眉を顰める胡桃が疑いをかけているのに気づき、カミルは不満げな表情に変わる。

本当なのだと繰り返すカミルを適当にあやし、胡桃はアルフォンス・オリヴィエについて検索を続けた。

だが、年齢や代表作、身長や体重といったデータは載っていても、さすがに住んでいる場所について触れているサイトはない。当たり前か…と諦めかけた時、朝生が「おじさん」と呼んだ。

「アルフォンス・オリヴィエさんが出ている映画を見てもいいですか？」

「ＤＶＤでも借りてくるのか？」

「いいえ。おじさん家のテレビに俺が加入してる動画配信サービスを繋いで、アルフォンス・オリヴィエさんが出ている映画を流します」

朝生の説明はデジタル方面に強くない胡桃には今ひとつわからなかったが、とにかくやってみろと許可を出す。朝生はテレビのリモコンを弄り、あれこれやっていたかと思うと、間もなくしてテレビの画面で映画が始まった。

「…取り敢えず、アルフォンス・オリヴィエさんが出ているところまで早送りします」

朝生が選んだ映画は中世のイギリスを舞台にした、王侯貴族を巡る歴史物だった。胡桃にとってはまったく馴染《なじ》みのない世界だが、カミルには違っていた。早送りで進んでいく画面に釘《くぎ》づけになり、「おお！」と感嘆する。

「これは…！　今でもこのような場所があるのか！　胡桃！　これはどこなのだ？　私はここに行けば生きられるやもしれぬ！」

「…いや、だから。これは映画で…」

「いや。映画はこのようなものではない」

確かにカミルの知っている映画は映像の創世記と呼ぶべき時代につくられたものだろうし、現代の最先端技術で再現された中世の様子をカミルが信じてしまうのも無理はない。どう説明したらいいものかと胡桃が困った時、カミルはさらにテレビ画面に近づいて叫んだ。

「ベネディクト！」

ようやくアルフォンス・オリヴィエが登場する場面となり、朝生が早送りをやめる。画面の中で動き、話しているベネディクトを見たカミルは、歓喜の表情で「間違いない」と続けた。

「やっぱり、絶対にベネディクトだ！」

車で朝生のスマホで写真を確認した時と同じく、カミルは自信満々で、アルフォンス・オリヴィエはベネディクトであると断言した。胡桃はまだ信じきれないような思いで、テレビ画面を見つめる。

アルフォンス・オリヴィエ…ベネディクトはカミルも言った通り、綺麗な男だった。カミルも整った顔立ちをしているし、雰囲気のある美青年であるが、ベネディクトは誰もが見惚れるような美しさを備えている。輝くような金髪に、物憂げな灰色の瞳。朴念仁《ぼくねんじん》な胡桃でも綺麗だと感じる男だ。

これは人気がある俳優に違いない。ソファの背に肘をつき、斜めになって映画を見ていた胡桃に、朝生がスマホで検索した情報を伝える。

「おじさん。アルフォンス・オリヴィエさんは日本でもかなり人気なようですよ。ファンサイトがいくつもヒットしました。それによると、かなりの秘密主義者らしく、パパラッチも苦戦する相手みたいです」

「だろうな。カミルの言うことを信じるなら、こいつも人間じゃないんだ。慎重にもなるだろう」

「雑誌のインタビューも滅多に受けないし、公の場にはほとんど姿を見せないので、プライヴェートはまったく不明だそうです。表に出てくるのは映画の宣伝の時くらいのようですね。さっき高速道路から見た予告編…あの映画がもうすぐ公開になるので、来日するという噂があるみたいですが……詳細は不明のようです」

来日と聞いた胡桃はさっと耳をそばだてたが、望みは薄いと知り、溜め息をついた。朝生と自分がどれほどネットで検索したところで、ベネディクトの居場所を摑むことはできなさそうな気がする。

日本の俳優ならまだしも、相手は世界を股《また》にかけるハリウッド俳優だ。テレビ局に出入りするのを待っている…なんてレベルの話じゃないだろう。そして、打開策が浮かばず、憂鬱になる胡桃の気持ちをまったく察していないカミルは…。

「ベネディクト…！　私はここにいるんだぞ…！　自分で目覚めたのだぞ！」

誉めてくれ…と真剣にテレビ画面に向かって話しかけている。カミルのためにも…そして、自分の平穏のためにも、ベネディクトだというアルフォンス・オリヴィエに会わせてやりたいのは山々なのだが…。

その居場所を調べるのは相当な困難を伴いそうだと、胡桃が零した溜息は深いものだった。

そのまま、自宅で朝生と検索を続けていても埒《らち》があかないと判断した胡桃は、取り敢えず、仕事に行くと言って、スーツに着替えてから二人を自宅に残して出掛けた。レンタカーを返却した後、タクシーを拾い、行き先を告げて携帯を取り出す。南野には深夜を過ぎると言ってあったが、自宅に寄っていたこともあり、すでに午前一時を過ぎている。遅くなったのを詫び、もうすぐ着くと連絡を入れてから、頭を切り換えて祖師谷の事件について考えた。

ＤＶを訴えていた女が同棲相手の男を殴り殺したと耳にしたが、詳細までは首を突っ込んで聞かなかった。新家のスマホが見つかったという部屋には、被害者と加害者の男女二人が住んでいたようだが、どちらかと新家の間に繋がりがあったのか。

判断材料が足りないと首を捻っているうちに、タクシーは目的地である桜田門《さくらだもん》に着いていた。車を降りた胡桃は南野がいるという鑑識課を足早に目指した。南野は同じ四係の主任で、祖師谷の事件を担当した宮下と共に胡桃を待っていた。

「胡桃。悪かったな。長野にいるとは思ってなくて…」

「いいですから。お疲れ様です」

「お疲れ。大丈夫なのか？」

南野から話を聞いたのだろう。心配げに聞いてくる宮下に、「大丈夫です」と短く返した。宮下は胡桃よりも年上で、捜一でのキャリアも長い。胡桃が主任になってからは、時には頼りにならない上司の愚痴を言い合う仲でもある。

「祖師谷の関係者はシャブでもやってたんですか？」

新家のスマホがまったく無関係であるはずの祖師谷の現場から見つかった理由を考えていた胡

桃が思いついたのは、祖師谷で殺された被害者か、加害者のどちらが覚醒剤の常習者で、売人でもあった新家と覚醒剤を通じた接点があったのではないかという筋書だった。だが、胡桃の考えを、南野は首を振って否定する。

「いや。ガイシャも被疑者も覚醒剤を使用していた事実はないし、過去にも使用歴はない」

「じゃ、他に新家との共通点が…」

「それが今のところ、出てきてないんだ。被害者の福留和義《ふくどめかずよし》はスポーツインストラクターで、同棲相手だった被疑者の寺口有紀《てらぐちゆき》はエステティシャンだった。二人の交友関係は一通り調べたが、新家祐二の存在は確認できていない。見つかったのはガイシャの福留がトレーニング機器を置いてた部屋で、寺口は取り調べで、そこには入るなと命じられていたという供述をしてるから…」

「となると、新家と接点があったのはガイシャの方ですか…」

「調べてみないとわからないが…」

眉を顰めて考え込む胡桃を、南野は物言いたげな顔でじっと見つめる。その真意を測りかね、胡桃が南野を見返すと、彼は鼻先から息を吐いた。

「だって、考えてもみろよ。祖師谷も新小岩も被疑者は逮捕できてるんだぞ。今さら、スマホがあった理由を調べても…」

「じゃ、放っておくっていうんですか?」

「いやいや。それはないでしょう、係長」

早速、得意の及び腰を見せ始める南野に、胡桃と宮下は一斉に突っかかる。南野は二人から同時に責められるのはたまらないといったふうに眉を顰め、「わかったよ」と言って攻撃を止めさせた。

「じゃ、こうしよう。次の事件が入るまでの間は動いてもいいってことで」

「時間切れになったらスルーしろと？」

「それまでの間に、事件性が感じられる理由を見つけられなければな」

不服そうな顔で聞く胡桃に、南野はふんと鼻息つきで返す。南野が捜査を渋る意味を胡桃も宮下も大筋のところでは理解できていた。両事件とも被疑者を逮捕し、自供も取れている。下手に突いて、捜査がひっくり返るようなことになれば、上から責められるのは南野だ。

胡桃と宮下は南野の立場も考慮し、彼の出した条件を受け入れた。となれば、時間が惜しい。

「宮下さん。見つかったスマホの解析にうちの玉置を加わらせてください。あいつはもう一つのスマホを解析してましたから、力になれると思います」

「それは助かる。見つかったスマホのロックを解除するのに時間がかかって、新家名義のものだと判明するのが遅れたんだ。今もうちの倉持《くらもち》と鑑識が解析を続けているところだ」

すぐに玉置を合流させると言い、胡桃は携帯を取り出した。いろいろと問題を抱えていても、仕事に対しては真面目な玉置はすぐに電話に出る。いつも通り盛大に愚痴ってくる玉置に本庁まで来るよう指示だけ出して、一方的に通話を切った。

「被疑者の寺口有紀は検察で勾留《こうりゅう》されてるんだが、明日の朝一で事情聴取できるよう、手配をかけてる。同席するか？」

「お願いします。あと、祖師谷の現場も見たいんですが」

「わかった」

胡桃の求めに宮下が頷いた時、彼を呼ぶ声がした。別室から手招きしている部下に応え、胡桃と南野に断ってその場を離れていく。宮下の姿がなくなると、南野が神妙な顔で「もう一つ」と切り出した。

「…お前に、確認しなきゃいけないことがあるんだが」

「なんですか?」

「高畑を取り調べている検察から問い合わせが来たんだ」

新小岩で格闘になった相手の顔を思い出し、胡桃はどきりとする。もしかして…という心当たりがあるのを悟られないよう、意識して普通の顔を保ち、南野を見返す。南野は窺うように胡桃を見ながら、問い合わせの内容を口にした。

「高畑が…逃げようとした時、お前と揉み合いになって、持っていたナイフで誰かを刺したと供述したらしい。それで、そういう事実があったのかって確認だ」

やっぱり…と思い、胡桃は内心で舌打ちする。警察での取り調べで高畑はその件について話さず、胡桃としてはほっとした気分だった。高畑だって罪状を増やしたくないだろうから、このまま言い出さないに違いない。そう思っていたのに、検察で告白するとは。

余計なことをと思いつつ、胡桃はとぼけにかかる。

「ナイフで誰かを…って、どういうことですか?」

「聞いてるのは俺の方だよ」

「俺だってなんのことか、さっぱりわかりませんよ。あいつ、ナイフなんか、所持してましたか?」

「いや。逮捕時は所持していなかったし、現場からも見つかったという報告はない」

ですよね…と相槌を打ち、胡桃は首を捻ってみせる。高畑には悪いが、カミルが刺されたという事実は隠蔽しなくてはならない。カミルが持ち帰った高畑のナイフも、早いうちに処分しなくてはいけないと考えながら、胡桃は肩を竦める。

「捕まえようとしたらあいつが暴れて…壁に激突したんですよ。その衝撃で動けないでいるうちにあいつが逃げて…、でも、タイミングよく、玉置が応援を連れて駆けつけてくれたんで。そのあたりは報告しましたよね？」

確認する胡桃に南野は「ああ」と頷いて、腕組みをする。だからこそ、おかしなことを言い出したものだと、困っているのだと続ける。

「ナイフも見つかってないし、怪我人も出てなかったし、なのに、なんで誰かを刺したなんて言ってるのか…さっぱりわからなくてな」

「39を狙ってるんじゃ？」

「まさか」

自分が混乱していたのだとし、心神耗弱《しんしんこうじやく》状態における罪の軽減を考えているのではと指摘する胡桃に、南野は顔を顰めて返したが、すぐに思い直したようだった。警察では順調に自供していたのに、検察に送致されてから、突然、供述をひっくり返す被疑者は少なからずいる。警察サイドにとっては傍迷惑な話で、そういうパターンなのかと、南野は頭を抱えた。

「勘弁して欲しいな。めんどくさいんだよ」

「困ったもんですね。とにかく、俺にはまったく覚えがないと検察に返答しておいてください」

わかった…と答えた南野は、腕時計で時刻を確認し、ちょっと用があるので本庁を出ると胡桃に告げた。何か用があれば連絡して欲しいと言う南野に「お疲れ様です」と声をかけ、少し猫背気味に廊下を歩いていく背中を見送る。

「……」

高畑がどれほど言い張ろうとも、ナイフを処分してしまえば、カミルが刺された事実は消える。被害者であるカミルの傷はとうに治っているから、高畑の行為は記憶の中にしか存在しない。罪を告白したつもりの高畑は混乱するだろうが、仕方ないと苦笑しながら宮下のもとへ向かいかけた時、「主任」と呼ぶ声が聞こえた。

「…お。早いな」

振り返った先には膨れっ面の玉置が立っていた。玉置に呼び出しの電話をかけたのはついさっきのことで、こんなにも早く現れるとは正直、思っていなかった。ただ、一つ怪訝に思ったのは、いつもは黒っぽいパンツスーツの玉置が私服だったことだ。

薄いピンク色のパーカーに、黒いチュチュレースを重ねたスカート。パーカーの帽子部分は二股に分かれ、うさぎの耳仕様になっている。玉置の年齢や印象からは遠いメルヘンな格好は、本人の趣味でもある。胡桃も普段とのギャップに最初は驚いたものだが、すでに慣れている。

ただ、刑事という堅い職務に不似合いなスタイルであるのは確かで、微かに眉を顰めた。着替える暇も与えないほど、緊急の呼び出しをかけた覚えはない。怪訝そうに見る胡桃に、玉置はそれをうんと上回るひどい顰めっ面で、私用で本庁に来ていたのだと話す。

「忘れ物を取りに来たところだったんです」

「ナイスタイミングだな」

「どこがですか！」

憤然と怒る玉置を「まあまあ」と宥め、胡桃は事情を説明する。祖師谷の事件現場から見つかった新家のスマホを解析するよう命じられた玉置は、怪訝そうな表情で疑問を口にした。

「どうして祖師谷の現場なんかにあったんです？　祖師谷の関係者と新家の間に何か繋がりがあったってことですか？」

「そのへんはまだわかっていない。見つかったスマホにはロックがかかっていて、解除するのに時間がかかり、今夜まで新家のものだとわからなかったんだそうだ。もう一つの…交番に届けられていた方はロックはかかってなかったのにな」

「それだけ重要な情報が入ってるんでしょうか」

「俺もそう思う。お前が調べてた方のスマホからは仕入れルートに関する情報は出なくて、スマホを使い分けてるんじゃないかって言ってただろ？　今回見つかったものからは、そっちの情報が出るんじゃないかと思うんだ」

よろしく頼むと胡桃は軽い調子で言い、宮下班と鑑識と共に作業にかかってくれと指示する。玉置は顰めっ面で胡桃を冷たい目で見て、ようやく解放されたのに、明明後日まで非番だと言ったのに、労働基準法は本当に存在するのかと、次々愚痴を零した。

「これから朝までゲームやって、明日は映画の試写会に行く予定だったんですよ？　舞台挨拶のあるチケットを友達に譲ってもらって…今回こそ行けるって、喜んでたのに。主任は鬼ですか、悪魔ですか、ろくでなしですか」

「…映画の試写会…」

いつもなら玉置の愚痴は右から左へ聞き流すのだが、映画の試写会というのが気になった。美少年や美形の青年をこよなく愛する玉置なら、あれだけの美貌を持つアルフォンス・オリヴィエについても詳しいのではないか。

「…お前、アルフォンス・オリヴィエって俳優、知ってるか？」

「もちろんじゃないですか」

鼻息荒く返事する玉置の目には、何言ってるんですかという非難さえ込められているようだ。

胡桃は立ち止まり、廊下の端に玉置を引き寄せて、アルフォンス・オリヴィエがどこに住んでいるのか、調べる方法はないかと聞いた。

玉置は胡桃の口からその名が出たこと自体、驚きだと目を見張る。

「主任がアルフォンス・オリヴィエを知ってたことだけでもびっくりなのに、住んでる場所を知りたいなんて…！　信じられない！」

「驚くのは後にして、質問に答えろ」

「調べられる方法があるなら、私の方が知りたいですよ」

玉置は大仰に肩を竦め、アルフォンス・オリヴィエはかなりの秘密主義者だという、朝生が調べたのと同じ情報を口にする。プライヴェート写真が撮れたパパラッチも存在せず、アルフォンス・オリヴィエがどこに住んでいるのかは誰も知らないはずだと、難しい顔で腕組みをして言った。

「ハリウッド俳優の中には、自宅が名所になっているような人もいますけど、アル様は本当に謎なんです。一説では、フランスとかスペインの離島に家があるって話もありますが、確実な情報は出てこないですね」

「アル様…？」

「ファンの間での呼び名です」

ふうん…と怪訝そうに頷く胡桃に、玉置はどうしてアルフォンス・オリヴィエの住んでる場所が知りたいのかと質問を返した。

「主任が俳優に興味を持つとは思えませんから…事件絡みで何かあるんですか？」

「……」

胡桃は違うと首を振り、さっさと作業チームと合流するように命じて、再び歩き出す。玉置が背後からなおも理由を聞いてきていたが、答えずに宮下たちのもとへ足を向けた。玉置は自分よりも調査能力には長《た》けているし、興味のある分野に関してはさらなる能力を発揮する。

その玉置が頭から無理だと言うのに、どうして自分に探せようか。自然と行き詰まった気分になり、鼻先から漏れる息も大きくなった。


宮下班でまとめられていた祖師谷の事件に関する資料を読み込んでいるうちに朝になり、胡桃は宮下と同班の岩浪《いわなみ》と共に寺口有紀の勾留先へ赴いた。同棲相手であった被害者を殺害した寺口は身を寄せていた知人宅で身柄を確保された後、すぐに罪を認めた。

現在は検察に送致され、取り調べを受けているため、胡桃たちに許された面会時間は午前八時半から九時までの、三十分間だけだった。早朝から手続きを済ませて待っていると、八時半ぴったりに寺口が面会用の部屋に連行されてきた。色の白い、ほっそりとした綺麗な女で、エステティシャンだったというのも頷ける。

ただ、かなりやつれており、頬がこけている。自分に対し、暴力を振るっていた同棲相手を殺害できてせいせいしているようには見えない。寺口への事情聴取には宮下が当たり、胡桃は部屋の隅に控えて話を聞いていた。

「時間がないから単刀直入に聞かせてもらうが、福留和義さんが…薬物の類いを使用していた気配は感じられなかったか?」

警察でも、検察でも、寺口は取り調べに素直に応じている。駆け引きは必要ないだろうと判断し、真っ向から尋ねた宮下を、寺口は怪訝そうに眉を顰めて見た。

「薬物って……ハーブとかですか?」

「ぶっちゃけて言えば、覚醒剤だ」

「いいえ。それはありません」

覚醒剤と聞き、寺口は眉間の皺を深くして首を横に振る。きっぱりと即答するには某かの理由があるのかと胡桃が考えた通り、寺口は使用しないわけを明確に説明した。

「あの人は薬物を嫌ってましたから。嫌悪してるって言ってもいいくらい…でした。前に友達がはまってひどい状態になってるのを見て厭になったって…」

「薬物使用者が友人にいたと?」

「でも、その人とはとっくに縁が切れて……それに、過剰摂取が原因で亡くなったと言ってました。だから、余計に…」

嫌ってました…と次第に消えていくような声で言い、細い肩を震わせて寺口は俯く。自分の手で殺してしまった恋人のことを思い出したのだろう。同じ罪を犯した者でも人によってその後はまったく違うものだ。先日、胡桃が逮捕した高畑は自分がしたことを悔いているようには見えなかった。それよりも、殺されて当然だったとさえ、思っているように感じられた。

明け方にかけて読んだ調書では、寺口が福留を殺害した動機は気の毒になるものだった。以前から福留に暴力を受けていた寺口は、別れようと考え、警察にも相談しながらも実行できないでいた。福留が部屋にいる時は常に怯え、できるだけ機嫌損ねないよう、注意して暮らしていたという。

事件が起きた日の夜。勤めを終えた寺口が自宅に帰ると、出掛けているはずの福留がいた。数日留守にすると聞いていたので、何も用意していなかったことを福留に責められ、殴られた。駄目な女だと頭ごなしに貶《けな》されているうちに、憎しみが湧き上がり、目に入ったダンベルを手にした。

自分に背を向けながら、悪口を吐き捨てる福留を、無意識に殴っていた。動かなくなった福留を見て恐ろしくなり、逃げ出して友人宅に転がり込んだ…というのが、大まかな経緯だった。

暴力を受けながらも、寺口には福留への情があって、それを捨てきれなかった。とうとう殺してしまった今も、その情は消えていないように見える。

「じゃ、あなたの方は？」

「とんでもないです…！　覚醒剤なんて…。どうしてそんなことを…」

寺口自身に使用歴はないかと確認する宮下に、彼女は首を振って否定し、怪訝そうに尋ねる。

宮下がちらりと見てくるのに頷き、胡桃は見つかったスマホについて横から説明をした。

「あなたの部屋から、覚醒剤の密売人が使用していたスマホが見つかったんですよ。なので、あなたか、同居人であった福留さんのどちらかが、その密売人と関係があったんじゃないかと思いましてね」

「部屋って…どこからですか?」

「福留さんがトレーニングルームとして使ってた部屋だ」

宮下が答えると、寺口はすぐに「なら」と首を横に振る。

「私はまったく知りません。あの部屋には絶対入るなと言われていたので、ドアを開けたことさえ、ないんです」

それは警察での取り調べでも出てきていた話で、胡桃も耳にしていた。しかし、いくら福留が怖かったからとはいえ、留守中になら、覗《のぞ》こうと思えば覗けたはずだ。部屋の中に何があるのかも知らなかったのかと胡桃に確認された寺口は、微かに首を傾げて答える。

「…ランニングマシンとか…トレーニングできるような道具があるのは知ってました。運び入れるところは見ていたので…」

「福留さんはスポーツインストラクターをなさってたんですよね。調書を読ませてもらったら、殺害当日、福留さんが数日出掛ける予定にしていたと聞いてたとありましたが、仕事で留守にすることがたびたびあったんですか?」

ビジネスマンならばともかく、出張のあるスポーツインストラクターというのも不自然だ。他に女がいて、その人物が新家と接点があった可能性もある。そのあたりを寺口がどう考えていたのか。尋ねる胡桃に対し、寺口は小さな溜め息を零してから、薄々おかしいと思っていたのだと告白する。

「…あの人は仕事だと言ってましたが……インストラクターが出張っていうのも…おかしいとは思ってました。それに…週に三日ほどしか働いてなかったのに……そのわりに羽振りもよくて…」

週に三日ほどしか…という情報は、宮下にとっては初耳のものだったらしい。そうなのか？と机に身を乗り出すようにして聞く宮下に、寺口は戸惑い顔で頷く。

「…すみません、関係ないと思って…、話してませんでした。それが暴力の原因というわけでもなかったので…」

「あんたに金を無心するような真似はしなかったんだな？」

「ええ。逆に…機嫌のいい時はごちそうしてくれたり…バッグを買ってくれたり…。…あの人は…、自分はカリスマ的な人気を誇るインストラクターだから…、短時間しか働かなくても収入がいいんだって話してました。…でも、友達はおかしいって…他に何か仕事をしてるんじゃないかって……」

話しながら寺口は覚醒剤と福留との結びつきを思いついたらしく、はっとした表情になる。疑わしげな顔つきでいる宮下に、「違います」と否定して首を横に振った。

「だとしても、覚醒剤だけはありえません！　本当です！」

懸命に殺してしまった恋人の潔白を訴える寺口を、宮下は「わかった」と言って宥める。福留は寺口に乱暴を振るいながらも、一方では甘やかしていたのだろう。飴《あめ》と鞭《むち》。飼い慣らすのも飼い慣らされるのもいい趣味じゃないなと思いつつ、胡桃は女がいる疑いを抱いていなかったのかと、寺口に確認した。

寺口は宮下から胡桃に視線を移し、数秒間見つめた後、「わかりません」と答えた。震える唇を噛み、俯く寺口を見て、別の女の影を感じ取っていたに違いないと推測する。

それなのに別れられなかったのは、やはり情なのか。理解できない思いで、胡桃は懐から取り出した新家の写真を寺口に見せる。この男を知っているかと聞かれた寺口は、小刻みに頭を振って「知りません」と答えた。

嘘をついている気配は感じられない。スマホが見つかった場所からも、新家と某かの関係があったのは殺害された福留に間違いないだろう。週に三日しか働いていなくても羽振りがよかったという福留が、副業を持っていたのだとしたら…。

高収入が得られる仕事は限られている。光明を得られたのに満足し、胡桃たちは寺口への事情聴取を終えた。捜査車両で勾留先を後にし、続けて祖師谷の現場へ向かう。寺口と福留が暮らしていたのは、小田急小田原線の祖師ヶ谷大蔵の駅から歩いて十分ほどのマンションだった。

「結構立派なマンションですね」

「ああ。女に稼がせてたんだと思ってたが、そうでもなかったようだな」

近辺でも目立つ新しいマンションの前で、胡桃は宮下と共に車を降りる。駐車場を探すのを運転手をしていた岩浪に任せ、二人は先にマンションへ入った。

「部屋は八階の角部屋だ。家賃は三十万近いらしい」

「へえ。それも寺口が別れきれなかった理由でしょうか」

かもな…と肩を竦める宮下の前に立ち、胡桃はエレヴェーターのボタンを押す。すぐに開いたドアからエレヴェーターに乗り込み、八階へと向かう。家賃が三十万もするような部屋に女一人で住むには、雇われのエステティシャンの稼ぎでは難しいに違いない。

乱暴を振るわれても、悪口雑言を喚き立てられても、セレブ紛いの暮らしに浸っていたかったのかもしれない。そんな想像をかき立てるような高級マンションは、また、週三日しか働かないというスポーツインストラクターにも縁遠い物件だと思われた。

「新家の商売に絡んでたんだと思いますか？」

押収物である鍵で施錠を開ける宮下にそう尋ねると、「他にないだろ」と短い答えが返ってくる。胡桃も同意見であったので、肩を竦めて返し、開かれたドアから部屋の中へ入った。

「今時、そうそう稼げる商売はないと思うぞ。…ここだ」

靴を脱ぎ先に上がった宮下は、玄関から入ってすぐ、廊下の左側にあったドアを開ける。胡桃が中を覗くと、宮下が電気を点けたことで明るくなる。六畳ほどのフローリングの部屋には、寺内も言っていたランニングマシンと、ベンチプレスマシンが置かれていた。他にもバランスボールやヨガマットがあり、さながら、ミニスポーツクラブといった様相だ。

「スマホはどこにあったんですか？」

「それがな…」

あそこだと宮下が示したのは、壁際に置かれていたハンガーラックだった。ジャージの上着や、ゴアテックス素材のパーカーなどがかけられているラックの下部には、小さめの衣装ケースが置かれていた。その中に入っていたのかと確認する胡桃に、宮下は首を横に振った。

「中じゃなくて、裏なんだ。隠していたようで、ケースの裏側にテープで貼りつけられていた」

「よく見つけられましたね」

「この部屋を捜索中に着信音が鳴り出したんだよ。それでどこだって探して…。相手は非通知でわからなかったんだがな」

新家のスマホに電話をかける相手など、後ろ暗いところのある者ばかりだ。なるほど…と頷き、胡桃はハンガーラックの前に屈んで、ケースやラックを細かく検分する。しかし、宮下班がすでに探し尽くした後だけあって、新たな発見はなかった。

室内にあるのはトレーニングマシンが二台、ハンガーラックが一台、そして、黄色のカラーボックスが一つ。それには雑誌や本、雑貨類が無造作に詰め込まれていた。雑誌も本も身体を鍛えることを目的としたものばかりだ。

「仕事柄っていうよりは、鍛えることが好きなマニアみたいですね。ガイシャの勤め先はこの近くのスポーツジムですか？」

「いや。代々木上原《よよぎうえはら》だ」

代々木上原なら、小田急一本で行けるな…と考えながら、カラーボックスの中身をあれこれ見ていた胡桃は、雑誌の横に何本かのうちわが突っ込まれているのに目をつけた。貰い物だと思われるが、同じものが五本も入っている。

「……麺屋小次郎《こじろう》…。うまいのかな」

ラーメン店の販促品らしく、ラーメンの写真がでかでかと刷られている。しかし、お世辞にもうまそうとは思えない豚骨ラーメンで、胡桃は首を傾げた。だが、五本も持っているのだから、福留は好きで通っていたのだろう。近くにあるのかと思い、書かれている住所を見ると、東高《ひがしこう》円寺《えんじ》とあった。

「……」

東高円寺といえば、自宅のある祖師谷からも福留の勤め先のある代々木上原からも離れている。祖師谷からであれば一度新宿まで出て、メトロに乗り換えなくてはいけないだろう。そんな面倒をかけても行くほどの価値があるのだろうか。

しかし、世にはラーメン好きというのが大勢いて、情熱をかけて食べている人間も多い。だからこそ、行列の絶えない店が雨後の竹の子のように出てくる。

「うまそうには見えんな」

胡桃の手元にあるうちわを覗き込み、宮下も怪訝そうに首を振る。ですよね…と相槌を打ちかけた時だ。携帯が鳴り始めたのに気づき、うちわを宮下に渡して、ポケットから取り出した。玉置か南野かと思ったのだが、表示されていたのは朝生の番号だった。

「…すみません」

私用電話でもあるので、宮下に詫びて廊下に出る。ボタンを押し、「どうした?」と聞いた胡桃に、朝生は焦った声で訴えた。

『おじさん、大変なんです…!』

「何が、どうした?」

厭な予感を抱きながらも、無視するわけにはいかず、顰めっ面で聞き返す。朝生は胡桃が抱いた厭な予感を具体的にしたような内容を早口で告げた。

『カミルが…成田に行くって聞かなくて…。部屋を飛び出してしまったんで、俺も仕方なくついてきてるんですけど…っ、どれだけ説得しても聞いてくれないんです…！』

「成田？　なんで成田なんだ？」

その理由を説明しろと、胡桃は苛立った声で返す。朝生とカミルは家でベネディクトの映画でも見ているのだとばかり思っていた。それがどうして成田なのかと聞く胡桃に、朝生は焦った口調で説明を始める。

『あれからいろいろ検索してたら…、アメリカのファンサイトで、ベネディクトさん…ええと、アルフォンス・オリヴィエさんが、来日するっていう情報が見つかったんです。で、さらに調べたら、今日の午後、成田に着くらしいってわかって…』

「っ…‼　その話、カミルにしたんじゃないだろうな⁉」

『しちゃったんです…！』

すみません～と詫びる朝生の声は泣きそうなものだ。ベネディクトが日本に来ると聞いて、カミルが黙っているはずがない。飛行機はどこに着くのだと問い詰められ、朝生が成田国際空港だろうと答えたら、ベネディクトに会いに成田へ行くと言い出したのだという。

だが、相手は有名なハリウッド俳優だ。空港で待っていれば会える相手では、到底ない。カミルがそのあたりの事情もわからずに突進して、玉砕するのは目に見えている。そして、玉砕する過程で騒ぎになることは火を見るより明らかで…。

だからこそ、朝生も自分に連絡してきたのだろう。胡桃は「ちっ」と舌打ちし、苦々しい思いでわかった｣と答えた。

「俺も成田に行く。とにかく、俺が行くまで、カミルを止めてろ」

『わ、わかりました！　でも…できなかったらすみません…』

「できなくてもやれ！」

騒ぎは絶対に起こさせるなと強く言い、胡桃は通話を切る。携帯を握り締めて宮下のもとへ戻ると、申し訳ない気分で少しの間、抜けさせて欲しいと頼んだ。胡桃が誰よりも捜査に熱心であるのを知っている宮下は、意外そうな顔で頷いた。

「こっちは気にするな。福留と新家の間になんらかの接点がないか、交友関係を掘り下げて当たることにする。取り敢えず、勤め先のスポーツクラブから始めてみる」

「碓氷を応援に出しますので、お願いします。俺も野暮用を片づけたらすぐに合流しますから」

すみませんと詫び、胡桃は足早に現場の部屋を出た。エレヴェーターへ向かう廊下で会った岩浪にしばらく抜ける旨を伝えて、駅の方向を聞く。駅までは結構ありますよ…と言われたので、マンションを出ると迷わずタクシーを拾った。

本当はそのままタクシーで成田まで行ってしまいたいところだったが、金額を考えると恐ろしい。仕方なく、祖師ヶ谷大蔵の駅から小田急で新宿まで出て、ＪＲで日暮里《にっぽり》へ向かうことにした。日暮里から出ている京成《けいせい》に乗れば成田空港まで一時間弱で着く。

南野から次の事件までと期限を切られて、時間がないというのにどうして成田くんだりまで行かなくてはいけないのか。ほとほとうんざり気分だったが、それよりもカミルをどう説得したものかが思い浮かばず、深い溜め息が零れた。

新宿での乗り継ぎの合間に、胡桃は碓氷に電話をかけて事情を話し、宮下たちと合流して捜査に協力するよう命じた。碓氷は玉置のようにぶうたれた文句を零すことはないが、その分、行動が鈍い。

『わかりました。けど、主任。俺、今サウナにいるんで…あと一時間くらい、かかっちゃうと思うんですけど、いいですか？』

「可能な限り、早くしろ」

『了解です。あ、でも、代々木なんですよね？　それだと…二時間くらいかかるかなあ』

「…なんでもいいから、とっととサウナを出ろ！」

思わず怒鳴ってしまい、ホームにいた他の乗客から冷たい視線を浴びる。胡桃は苦々しい思いで背を向けると、一応、笹井にも連絡を入れるよう碓氷に命じ、通話を切った。喧々《けんけん》と不平を喚き散らしながらも、仕事にはすぐに取りかかる玉置と、返事はいいが、初動も仕事も遅い碓氷と、どちらがマシなのだろう。

そんな憂いを抱きながら、日暮里へ移動し、成田空港行きの京成スカイライナーに乗車した。車内は比較的空いていたので、人気のない場所を選んで座り、携帯で朝生に連絡する。成田へ向かう途中に電話してきていたのであれば、すでに着いてる頃だ。

「…俺だ。あと…小一時間で成田に着くが、そっちはどこにいる？」

『第一ターミナルの…国際線到着ロビーです。すごいんです、おじさん。どこから情報が出ているのかわかりませんが、ベネディクトさんの出待ちの人がいっぱいで…。俺たちもそれに紛れて待っている最中です！』

「……」

昂奮した口調で伝えてくる朝生に、そうじゃないだろう！　と怒鳴ってしまいそうになるのを懸命に耐える。ホームでも非難を含んだ視線を浴びたばかりだ。電車内で怒声を響かせれば、他の乗客の迷惑になるだけでなく、乗務員を呼ばれる羽目になりかねない。

そんなことを考えながら自分を落ち着かせるのだが、どうにも腹に収めることができず、声を潜めて聞いてみる。

「どうしてそこにいるんだ？」

『それがですね。成田っていってもターミナルが分かれてるし、どこから出てくるかわからないと思ってたんですが、たまたま、電車でベネディクトさんの話をしてたファンに遭遇しまして。その人たちも出待ちに行くというので一緒に来たんです。よかったですよ。空港で迷う羽目になるところでした』

「……」

違う。朝生は自分の役割を間違えている…と暗澹たる思いで、胡桃は頭を抱える。本来であれば、どこから出てくるかわからないとカミルをごまかし、時間をやりすごすべきなのだ。ベネディクトとカミルが遭遇した時の騒ぎを考えれば、空港などという大衆の面前で…しかも、ベネディクトは大勢のファンが出待ちするような人気俳優なのだから…二人を再会させるべきではない。

朝生もそれをわかっているはずで、だからこそ、自分に電話してきたのだろうに。どこらへんからミイラ取りがミイラになったのかは不明だが、今は完全にミイラとなっている様子の朝生に説教する気力も湧かず、とにかく、自分が着くまでそこにいろと命じる。

『わかりました。いろいろ情報が錯綜《さくそう》してるんですが、あと一時間くらいで出てくるんじゃないかって話もあるんです。おじさん、早めに来た方がいいですよ。いい場所、キープしてますから』

早く来ないと見そびれるかも…と言いたげな朝生は、完全にベネディクト…いや、アルフォンス・オリヴィエのファンに感化されているようだ。胡桃は溜め息交じりに「わかった」と返し通話を切る。

どいつもこいつも…。困ったものだと眉を顰め、車窓の向こうを眺める。カミルはベネディクトが目の前を通ったりしたら、どんな制止も振りきって近づこうとするに違いない。警備も厳重だろうから、なんとしてでも騒ぎになるのだけは止めなくては。

そして、もし。ベネディクトがカミルに気づいたら。どうするのだろうと考えてみたものの、うまい具合に想像はできなかった。


ホームに着いた電車から飛び降り、胡桃は第一ターミナルの到着ロビーを目指して駆け出した。朝生の情報が正確ならば、そろそろ出てきてもおかしくない。エスカレーターを駆け上がり、一階に出ると到着ロビーの場所を探す。

「っ…！」

どこだ…と思ってあたりを見回してすぐにわかった。何百人という人…しかも女性ばかりが集まっている場所がある。まさに黒山の人だかりというやつだ。用があっても近づきたくないような状況だが、なんとかしてあそこからカミルを連れ出さなくてはいけない。

まだあれだけの人がいることからも、ベネディクトは出てきていないのだと思われた。胡桃は携帯で朝生に電話をかけながら、厭々女性たちの集団に近づいていく。

「俺だ。到着ロビーまで来たんだが…どこにいる？」

『最前列の席にいます！』

「……」

席なんてないだろう…と渋く思いながら、到着客用の通路から一番近い場所にいるのだろうと判断する。携帯を耳につけたまま、人だかりの周囲を歩き、朝生とカミルを捜すのだがそれらしき姿はない。

「最前列っていっても……目印になるようなものはないのか？」

『通路側の壁にガムの広告があります。その向かい側にいます』

ガム…と呟き、通路側の壁を確認する。胡桃は背が高く、少し背伸びすれば人だかりの上部から壁を覗くことができた。朝生の言うガムの広告はすぐに見つかったものの、それは人だかりの中でも一番奥の位置にある。そこまで行くにはかなりの人をかき分けて入っていかなくてはならなさそうだ。

「そっちへ行くのは無理そうだ。お前がカミルを連れて出てこい」

『えっ！　もうすぐ出てくるかもしれないのに？』

「バカか。お前はベネディクトを見るために来てるんじゃないだろうが。その位置だったら、カミルはベネディクトが出てきた瞬間、飛びかかるぞ。警備だっているだろう?」

『はい。少し前に屈強なボディガード風の人たちが加わりまして。なので、もう間もなく出てくるようなんです』

「だったら、早くしろ!」

胡桃に怒鳴られた朝生は「はい」と返事し、カミルを説得し始めた。通話を繋いだままでいたので、胡桃にも朝生の声が聞こえる。胡桃が来ているからそっちへ行こうと朝生が言うと、カミルは「厭だ」と即座に否定する。二人はその後も同じようなやり取りを続けていたが、結局、朝生が負けて胡桃に泣きついた。

『おじさん、カミルが動いてくれません!』

「代われ!」

朝生に電話を代わるように言うと、少ししてカミルの声が聞こえた。しかし…。

『私は動かぬ!　もうすぐベネディクトが出てくるのだ!』

「カ…」

胡桃が名前を呼ぶ暇すら与えず、カミルは一方的に通話を切ってしまう。くそっ…と舌打ちし、胡桃は携帯を握り締めて意を決した。女だらけの集団に突っ込んでいくなど、トラブルになりそうな真似は極力避けたいのだが、仕方がない。カミルが逮捕されるようなことになったら一大事だ。ヴァンパイアであるカミルには、身分を証明するものなど何もなく、話が格段にややこしくなる。

「すみません…！　ちょっと、通してください。すみません！」

　ベネディクトを一目見たくて集まっているファンたちだから、誰もが前へ行きたい気持ちでいっぱいだ。それをかき分けて進むものだから、誰しもに眉を顰められる。おかしなところを触ったと誤解されないように両手を挙げたまま、前へ進んでいった胡桃は、ようやくカミルと朝生の姿を見つけることができた。

「カミル…！」

「胡桃…」

「行くぞ！　俺がなんとかするから…ここで声をかけるのはやめろ」

「厭だ！　ベネディクトも私を見れば喜んでくれるはずなのだ」

「だが…」

　状況が悪いと言いかけた時だ。キャーと絹を裂くような叫び声が上がり、それを皮切りに大混乱が巻き起こった。その場に集まっていた幾層にも連なるファンたちがベネディクト見たさに、一斉に前へと押しかけ始めたのだ。

「っ…」

　胡桃も後ろから押され、集団が前に出ようとするのを防ぐために配置されている警備員との間で、カミルと一緒に押し潰されたような体勢になる。朝生の姿はもう見えず、どこにいるのかはわからなかった。キャーキャーという金切り声が耳に痛い。阿鼻叫喚《あびきょうかん》とはこのことかと頭が真っ白になりつつ、胡桃は身動きが取れない状態のカミルを「大丈夫か？」と気遣った。

「べ、ベネディクト…！」

それでもカミルはベネディクトを諦めきれないらしく、首を捻って背後にある通路を見ようとする。ファンと胡桃と警備員に囲まれ、むぎゅうと潰された状態のカミルは完全に身動きが取れないでいた。

それはそれで、胡桃にとっては想定外の、都合のいい状況でもあった。最前列などにいたら、カミルが警備員を振りきってベネディクトに突進するかもしれないと恐れていたものの、それほど甘くはないようだ。

アル様！　アル様！　とベネディクトを呼ぶファンたちの声がさらに大きくなり、フラッシュがバシバシと音を立てて光る。カミルを説得して連れ出すことしか頭になかった胡桃は気づいていなかったが、最前列のその場所にはファンだけでなく、報道関係者も多く詰めかけていた。写真や映像に入り込むのはまずいと顔を伏せながらも、胡桃はベネディクトの姿を捜した。

ファンのほとんどは女性で、背の高い胡桃はその人山から頭一つ分以上抜き出ていた。この場でカミルから声をかけるのは無理でも、ベネディクトの方がカミルに気づき、近づいてくれたら。もしかすると、状況が変わるかもしれないという考えが芽生えていた。

そこへ…。

「……」

映画で見たのと同じ顔が現れる。黒いスーツに身を包んだ外国人のボディガードたちに周囲を囲まれ、通路の壁際を足早に歩いていくベネディクトは、ファンとの交流を図るつもりはないようだった。過熱しているファンたちに緊張しているようにも見える。

ベネディクトがファンの方を…つまり、カミルの方を見ないで通り過ぎてしまいそうなのに危機感を抱き、胡桃はカミルの腰を抱えて持ち上げた。胡桃よりもさらに上へ突き出たカミルは「ベネディクト！」と必死に名前を呼ぶ。

その声は女性たちの声にすっかりかき消されてしまっていたが、カミルはベネディクトの名前を呼び続けた。

「ベネディクト！　私だ！　カミルだ！」

しかし、残念ながらカミルの声は届かず、カミルの方を見ないまま、ベネディクトは通り過ぎてしまう。その動きにつれて人だかりも移動しようとするので、胡桃はバランスを崩してカミルを抱き上げてはいられなくなった。二人して人混みに押し潰されながらも、胡桃は身体を捻ってベネディクトの方を見ていた。

カミルの声は聞こえなかっただろうか。カミルの顔は目に入らなかっただろうか。本当に彼……アルフォンス・オリヴィエがカミルの捜すベネディクトであるならば、あれだけの歓声の中でもその声を聞き分けられるのではないか。

願うような気持ちでいた胡桃は、ベネディクトの姿が通路の向こうへ消える間際、一瞬だったが、彼がちらりと振り返ったのを目にした。何かを気にしているようなその仕草を見た瞬間、ベネディクトはカミルに気づいたのではないかという考えが生まれた。

「おい……」

今のを見たか？　と確認しようとしたのだが、自分の胸に顔を押しつけたまま潰されているカミルにはまったく見えなかったようだ。だったら、余計なことは言うまいと思い、カミルを抱えるようにして人だかりから脱出を図る。

ベネディクトを目当てに集まってきていたファンたちは、彼の姿が消えたことによって、蜘蛛の子を散らすように消えつつあった。通路の脇に寄ると、カミルは力なく倒れ込み、床に蹲《うずくま》る。

「ベネディクト……。ベネディクトだったのに……」

顔を伏せてベネディクトの名を繰り返すカミルは、泣いてもいるようだった。涙声を聞いていられない気分で、胡桃は周囲を見回す。そういえば…朝生はどこへ行ったのだろうか。カミルと一緒にいた朝生は、ベネディクトが現れたことによって巻き起こった混乱のせいで、姿が見えなくなっていた。

それでも近くにいるだろうと捜す胡桃に、背後から「おじさん」と声がかかる。振り返れば、文字通り、ぼろぼろになった朝生がいた。

「お前…どこに行ってたんだ？」

「ひどいんですよ。最前列にいたのに…後ろの人が割り込んできて…。そのままあっという間に流されて…必死で前に出てベネディクトさんを見ようとしたのに…全然、見えませんでした」

悔しそうに語る朝生は本来の目的をまったく忘れているようだ。ベネディクトを見るために来たんじゃないだろうと説得するのも面倒で、床に蹲っているカミルをそれとなく顎で示す。朝生は驚いて床に跪き、カミルを気遣った。

「カミルさん!?　どうしたんですか……、泣いてるじゃないですか！」

「俺たちはベネディクトを見るには見たんだが…」

「…ベネディクトは……私に気づかずに…、行ってしまったのだ…」

すんすんと鼻を啜りながらカミルが訴えるのを聞き、朝生は困った顔つきで「元気出してください」と慰める。床に座り込んでやり取りをしている二人を見ながら、胡桃はともすれば浮かんできそうな厭な予感を意識して押し込めていた。

最後に振り返ったベネディクトは、カミルに気づいていたのではないか。もし、気づいていながら敢えて無視したのだとしたら…。ベネディクトにはカミルを受け入れる用意はないということになる。

カミルはベネディクトを信頼し、彼に会えさえすればなんとかなると思っているようだが、ベネディクトの方はどうなのだろう。長い間、カミルに仕えてきたとしても、それは一緒にいたからであって、環境が変わってしまったことで、考えを変えた可能性はある。

もうカミルには関わりたくないと、ベネディクトが思っているのだとしたら…。

「おじさん」

「…すまん。なんだ？」

考え込んでいた胡桃は、ベネディクトの隣に跪き、慰めていた朝生が立ち上がったのにも気づいていなかった。朝生は胡桃の袖を引き、カミルから少し離れた場所へ移動して、小声で事情を伝える。

「実はさっき知り合いになったベネディクトさんの追っかけの方が、宿泊先を探しに行くそうなんです。なので、俺も同行させてもらおうかと」

「ホテルを張るのか」

「明日の午後から、新作映画の発表会があるんですが、それにベネディクトさんが出席するかどうかはわからないそうなんです。雑誌インタビューやテレビなんかの取材を受けるだけで出国する可能性もあるみたいで。なので、ベネディクトさんが宿泊しそうな都内のホテルを当たるのが一番、遭遇できる確率が高い…というのが、追っかけの方の判断です」

追っかけというのもいろいろ考えるものだと感心しながら、胡桃は「わかった」と頷いた。自分がカミルを家まで送り届けておくので、何かわかったら連絡しろと言い、朝生を送り出す。足早にロビイを駆けていく朝生が見えなくなると、まだ、床に這いつくばっているカミルのもとへ戻った。

泣かれるのは相手が女でも男でも苦手な胡桃は、溜め息交じりに天井を見上げる。煙草が吸いたいところだが、当然ながら、禁煙区域だ。はあと息を吐き、カミルの前にしゃがむと、彼の腕を摑む。

「いい加減に…」

顔を上げろと言いながら、カミルの身体を引っ張り上げた胡桃は、露わになった顔がひどいものであるのに絶句する。泣いているのはわかっていたが、涙と鼻水でどろどろになった顔は、まるで子供だ。

前にカミルは信じてくれと訴えて涙を零したけれど、それとは比にならない泣きっぷりだ。困り果てる胡桃を、カミルはまだも涙が溢れる赤い目で見て、ひっくとしゃくり上げる。

「べ、べ、ベネディクト…が……べ、べ、ベネディクトが…」

「……。わかったから、帰ろう」

うちに帰ろう。そう言う胡桃に、カミルは縋るように抱きつく。空港のロビイなどという公衆の場で、同性に抱きつかれるような真似はできれば避けたく、突き放してしまいたいところだったが、そうはできなかった。仕方なく、胡桃はカミルの背に手を回し、「わかったから」と繰り返す。

「……あんなに大勢の人がいたんだ。気づけなかったのも仕方がない」

「っ…べ、ベネディクト……」

「…なんとか……してやるから…」

取り敢えず、朝生はホテル探しに向かったものの、宿泊先が見つかるという保証はない。切実な望みを抱くカミルに、責任の持てない約束をするべきではないとわかっていたが、それ以外に言葉がなかった。

「…く、くるみ……」

「…なんだ?」

「ありがとう…」

泣き声で告げられる礼が心に染みる。ああ、煙草が吸いたい。そんな思いを頭に浮かべることで、複雑な心境を遠くへ追いやった。


泣き続けるカミルをなんとか宥め、胡桃はその手を引いて、電車を乗り継いで自宅まで戻った。本当は手を繋いで歩くなど、相手が女でも避けたかったのに、縋るように手を握ってくるカミルを邪険にできなかった。電車で並んで座った時も、カミルは甘えるように寄りかかり、ずっと泣いていた。

押上《おしあげ》で半蔵門《はんぞうもん》線に乗り換え、清澄白河で地下鉄を降りる。相変わらず泣いているカミルを連れ、自宅に着いた時には、時刻は三時を過ぎていた。朝に菓子パンを食べたきりだった胡桃は空腹を感じ、何か食べるかと聞きながら、玄関のドアを開ける。

「お前も腹が減っただろう?」

空港でベネディクトが出てくるのを待っていたカミルも昼を食べていないはずで、何か食うかと聞くものの、俯いたまま首を横に振る。派手に泣きじゃくっていた時と比べれば、落ち着いて見えるが、未《いま》だ涙は乾いていない。

困ったなと思いつつ、胡桃は先に靴を脱いで部屋へ上がり、キッチンへ向かう。カップラーメンだけでも食べて出るかと思い、湯を沸かすために水を入れた薬缶《やかん》を火にかけようとした時、すぐ後ろで「胡桃」と呼ぶカミルの声がした。

「っ…」

てっきり、居間の方にいるのだと思っていたから、驚いて振り返る。カミルは泣き腫《は》らした真っ赤な目でじっと見つめ、また出掛けるのかと聞いた。

「……仕事を抜けてきてるんだ。夜には朝生も戻ってくると思うから…」

それまで一人で…と言いかけた胡桃に、カミルはひしと抱きつく。無言でも細い腕に込められた力の強さで、カミルの思いは痛いほど伝わってきた。胡桃は困った気分でガスの火を止め、「カミル」と呼びかける。

「ショックなのはわかるが…ベネディクトは日本に来てるんだ。まだチャンスはある。なんとか…会えるよう、努力してみるから…」

「……。行かないでくれ…」

「……」

「眠るまで…少しだけでいいから…、傍にいて…くれないか…」

抱きついたままで頼むカミルは顔を俯かせており、表情は窺えない。ただ、掠れた声はまたカミルが涙を溢れさせているのだろうとわかるものだった。胡桃は溜め息をつき、「わかった」と了承する。

「お前が寝るまでなら」

するとカミルは顔を上げ、濡れた目で胡桃を見て「本当か?」と聞く。

それくらいの時間ならある。すでに何時間も抜けてしまっているし、連絡がないところをみると、画期的な進展があったわけでもなさそうだ。今さら、多少遅れたところで変わらないだろうと考え、胡桃はソファへ行こうとしたのだが、カミルはベッドがいいと言う。

「……。わかった」

自分のベッドでカミルが眠るのを許したわけではないのだが、どうせ使う予定はないと考え、寝室へ向かった。後をついてきていたカミルに「寝ろ」と命じ、胡桃は丸椅子を横に置いて座る。

「胡桃は寝ないのか?」

「俺は仕事に行かなきゃいけないって言ってるだろう。お前が寝るまではここにいてやるから」

安心しろと言い、胡桃は取り出した煙草を咥えて火を点けた。それを見ながら、カミルはベッドに寝転がり、胡桃の方へ向かって横になる。

左手を枕にし、横たわったカミルは、じっと胡桃を見つめていた。泣き疲れた顔をしているカミルは、そのうち目を閉じて眠るだろうと考えていたのだが、一向にその気配はない。吸い終えた煙草をサイドテーブルにある灰皿に押しつけ、胡桃は派手に息を吐いて、ベッドの端に腰掛けた。

「寝ろ。余計なことは考えるな」

ベネディクトのことばかり考えているから眠れないのだと諭し、顰めっ面で命じる。仕方のない子供をあやすように、何気なくカミルの髪を撫でようとした時だ。

「っ…」

ぴきんと何かが固まったように動けなくなった。これは…もしや。三度目となるとさすがに胡桃も見当がついた。これは恐らく、カミルのヴァンパイアとしての「能力」の一つだ。相手を身動きできなくして、襲うという…。

よくあるヴァンパイアであれば、襲う＝血を吸うなのだろうが、カミルの場合は違う。

「胡桃…」

「っ……」

お前、何かしてるだろ？　と非難を込めた目で睨むものの、カミルはまったく気にならない様子で、起き上がって胡桃の身体にしなだれかかる。背中から覆い被さり、「頼む」と言って耳元に口づけた。

「少し…疲れたから…、ゆっくり眠りたいのだ」

「…っ…」

だったら、寝ればいいじゃないかと返したいのに、声が出ない。目で訴えるしかできない胡桃を、カミルは躊躇いなくベッドの上へ押し倒す。胡桃の身体を跨いで上に乗ったカミルは、シャツのボタンを外し、露わにした胡桃の胸に頬を寄せた。

「…温かいな。胡桃は」

鼓動を聞いているかのように、しばしそのままでいたカミルは、顔を上げると胡桃に口づけた。甘く淫蕩な匂いのする口づけは、どれほどいけないと自分を律しても敵《かな》わない、魔力を持っている。

「っ…ふ…」

口内を一方的に蹂躙《じゅうりん》されながらも、胡桃は「駄目だ駄目だ」と呪文《じゅもん》のように頭の中で唱えていた。昨日、カミルとしてしまったのは事故みたいなもので、二度と、あんなことはしてはならないと深く悔いた。

なのに、また「事故」を起こしてしまうのか。偶然も重なれば必然となるように、二度目を許してしまえば、三度目も起こりかねない。カミルと関係を持つなど、ありえないのだと強く思い、胡桃は決死の思いで声を絞り出す。

「っ……やめ…ろっ…」

「…厭なのか?」

「あ…たり前…っ…」

「だが、昨日は気持ちよさそうにしていたではないか。…私の中もくまなく可愛がってくれた」

奥まで…と囁きながら、カミルは耳朶《みみたぶ》を軽く噛む。痛みはなかったが、甘く、むず痒《がゆ》いような感覚が半身を痺れさせる。それと同時に、昨日味わったばかりの感覚を身体が思い出し、ずくりと中心が疼《うず》いた。

それを敏感に察したカミルは、胡桃の中心に手を伸ばす。

「…こっちは欲しがってるようだ」

「ち…が…っ」

これは致し方ない反応なのであって、膝を殴られれば脚が上がるのと一緒なのだと言いたいけれど、そこまでは声が続かない。声も身体も自由にならないことに苛つく胡桃を構わず、カミルは下衣のボタンに手をかけた。

緩めたウエストから手を差し入れ、胡桃自身を確認すると、「ほら」と小さく笑って言う。

「硬くなってるぞ」

「っ…」

違うという意味を込め、首を横に振っているつもりでも、身体は一ミリたりとも動いていない。自由になる目でカミルを睨みつけ、鼻息で抵抗を表してみるが、カミルにはまったく通じずに下衣を脱がされてしまった。

露わにした胡桃自身を両手で包み込み、優しく撫でた後、カミルは迷わずそれを口に含んだ。動けない胡桃はベッドに転がるマグロも同然の状態で、行為に及んでいるカミルの姿は見えなかったが、何をされているのかはよくわかる。

「…っ…か…み…」

強い調子で名前を呼び、制したい。この手が動けば…。カミルの頭を摑んで退けるのに。どうにもできない状況を呪いたい気分の胡桃だったが、何よりいけないのは快楽を拒否できない自分の身体だとわかっていた。

カミルに何をされても反応を示さなければいい。そう思って理性をフル稼働させているというのに、意に反して胡桃自身は素直に快楽を享受する。

「…ふ……」

濡れた口内に含んだものを、カミルは愛おしげに愛撫する。舌や唇を使った口淫は熱心で、カミルの欲望を如実に伝えている。カミルが「したがっている」のは厭でもわかるが、解せない気持ちが大きかった。

カミルはベネディクトとの再会が果たせなかったと、ずっと泣いていたのである。哀しみに暮れ、憔悴《しょうすい》しきった姿を心配して家まで送ってきたというのに、こんな真似に及ぶとは。泣き腫らした目と、淫猥な行為が結びつかず、胡桃は混乱する。

カミルはベネディクトをどう思っているのだろう？　同時に、自分のことをどう思っているのだろう？　カミルにとってこういう行為は、ただ本能に従った純粋なもので…食欲や睡眠欲と同じような…自分を満足させてくれるなら、相手は誰でもいいらしいというのはわかっている。

だが、落ち込んでいる時でも、そうした欲望を抱くというのは…。

「…っ…」

理解できないと思いながらも、自分の身体が正反対の反応を見せているのが情けなかった。カミルがくちゅくちゅと音を立てて舐める自分自身から、先走りが溢れ出す感覚がする。液を漏らしている先端を舌先で割られ、中を吸い上げるように唇を使われる刺激がたまらず、ずんと下腹が重くなる。

このままでは口でいかされてしまう。そんな恐れを抱き、胡桃は必死に力を振り絞って「カミル」と呼んだ。その声を聞いたカミルは、愛撫を止め、身体を起こして胡桃の顔を覗き込む。

「どうした?」

「っ…も…う…」

駄目だと真剣な目線で限界を訴える。カミルは胡桃の表情を見て、にっこり笑い「わかった」と言い、自分の服を脱ぎ始めた。

「っ…」

これは…まさか。昨日は犯されるのではと怯え、無理だと訴えたが、結果的にはそうならなかった。いや。あれは犯されたも同然だったのかもしれない。「入れられ」はしなかったものの、「使われた」のだから。

裸になったカミルは昨日と同じく、胡桃の身体を跨いで座り、自身の腰を上げた。そして、屹《きつ》立《りつ》している胡桃自身を支えて、自分の孔へと導く。

「あ……」

鼻に抜けるような甘い声を上げ、カミルは硬く勃ち上がった胡桃自身を飲み込んでいく。昨日よりもすんなり、根本まで胡桃自身を含んでしまうと、カミルは密《ひそ》やかな息を深々と吐き出した。

「は…あ…っ」

「……」

同じ濡れた感触でも、口内とは全然違う。カミルの中はとても熱く、絶妙な絞まり具合も合わさって、胡桃は達してしまいそうな衝動を懸命に堪える。その際、何気なく額に手を当ててみて、自分が動けるようになっているのに気づいた。

「…カミル…」

声も出せる。どうしてなのかはわからないが、昨日も途中から…しかも、カミルと繋がってしまった後から…動けるようになったのを思い出しながら、胡桃は肘をついて上半身を起こした。

カミルと向かい合うような体勢になると、キスをねだられる。恍惚とした表情のカミルは、胡桃が拒否する隙を与えずに唇を奪って、深くまで舌を差し入れた。カミルのキスは巧く、下半身が味わっている快楽も影響して、胡桃は振り解けずに口づけを受け止める。

唇と舌で、夢中に胡桃を味わいながら、カミルはゆらゆらと身体を動かす。甘やかな刺激が胡桃自身を刺激し、理性など役に立たないものだと貶《おとし》めていく。

「…胡桃……」

名前を呼ぶカミルの声は、ひどく蠱惑的で、何も考えられなくする術を持っているようだった。自分が惑わされているとわかっていながらも、胡桃はその術に嵌まっていく。

「……お前の中…、どうして…こんなに濡れてるんだ？」

カミルの腰に手を回し、冷たく柔らかな尻を摑む。それに反応してぎゅっと締めつけてくる内壁は、男の中だとは思えないほどに濡れている。カミルがローションなどを使って濡らしている気配はなかった。

昨日も不思議に思ったことを尋ねた胡桃に、カミルは艶美な笑みを浮かべて自分は特別なのだと告げた。

「感じると…濡れるのだ…」

「…ヴァンパイアだから？」

「そうなのだろうな。…女が少ないせいで、そのようになったのだろう」

なるほど…と、胡桃は取り敢えず頷く。カミルに関しては不思議なことだらけだ。傷があっという間に治ってしまうアレよりは、不思議具合も低いと思い、尻の狭間《はざま》に指を這わせる。自分のものを含んでいるカミルの孔を確かめてみると、確かに内側から液のようなものが溢れてきているようで、指先が濡れる感触がした。

同時に、カミルが高い声を上げる。

「あっ…！」

「すまん…」

間近にあるカミルの顔は眉は顰められており、痛みでも覚えたのかと思い、胡桃は慌てて謝る。しかし、カミルは首を横に振った。

「違う…。…そこ……いいから…」

「……」

痛みではなく、快感を覚えたのだと告白し、カミルは胡桃の耳元に口を寄せる。もっと触ってくれと掠れた声でリクエストされ、胡桃はごくりとつばを飲んだ。色香の滲む声に身体の芯を刺激され、ありえないはずの欲望が湧き上がる。

「…ここか？」

先ほどの場所に再び指先を這わせると、カミルはぶるりと身体を震わせて胡桃にしがみついた。よほどいいらしく、「あっ」と甘い声を上げ、内壁をひくひく震わせる。それに包まれている胡桃にも刺激が伝わり、硬さが増していく。

自分自身を含んだ孔の周囲を続けて弄っていると、カミルは堪えられないというように首を振り、唇を重ねてきた。

「ん……っ……」

カミルの欲望がどれくらい大きいのかを表しているかのような、激しい口づけだった。胡桃は翻弄され、カミルと深く咬み合うことに夢中になる。そのうちに、孔を弄る手は疎《おろそ》かになり、代わりに、自分の上にあるカミルの身体をベッドに押し倒していた。

「っ……あ……っ……ふ……っ……」

「っ……」

細い脚を抱え、自分自身を打ち込む行為を始めたら、やめられなくなった。カミルの身体は乱暴にさえ思える仕草でも望んでいるように受け入れる。もっとと唆されているようにさえ、思えて、胡桃は激しく腰を揺らす。

「あっ……くる、みっ……あっ……」

「……ふ……っ……く……」

「いいっ……あ……ふっ……」

カミルの口から漏れる嬌声《きょうせい》がさらに欲望を刺激する。熱く熟れたカミルの内部で自分をこすり上げる快感は筆舌に尽くし難いもので、胡桃は我を忘れて行為に没頭した。もう若くはない自分が襲われるであろう後悔は、とてつもないものになるだろうという予感には目を伏せて。

CHAPTER5

カミルと再び関係を持ってしまったのだけでも胡桃にとっては誤算で、悔いるべき出来事だったのだが、それ以上に衝撃だったのは…。

「しまった…！」

薄く目を開けた先に広がっていた暗闇に驚き、胡桃は大声を上げて飛び起きた。とんでもないことをやらかしてしまったという事実が心臓の鼓動を早め、ドキドキしている胸を押さえて大きく息を吐く。

本意ではないのだと自分に言い訳しながら、カミルとのセックスに夢中になった後、胡桃は疲れ果ててベッドに横たわった。それもそのはず。ようやく新小岩の事件が解決して帰宅した後も、あれやこれやでほとんど眠っていなかった。蓄積した疲れが、余計な「運動」で倍増してしまった結果。

五分だけ…そう思って目を閉じた後の記憶がない。髪をむしって時計を見れば、時刻は深夜十二時を過ぎていた。

「っ…！」

部屋の中が暗いので夜だとは思っていたが、まさか、深夜にもなっているとは。胡桃は慌ててベッドを下り、激しく使ったせいで鈍く痛む腰を押さえながら、あたりに落ちているはずの下着を探す。しかし、部屋の中が暗いせいで見つからず、クロゼットから新しいものを取り出して身に着けた。

シャツを羽織り、ズボンに脚を突っ込んでから、ベルトを通す。着替えながらベッドの上を見れば、気持ちよさそうな顔で寝ているカミルの顔が、窓から入り込んでくるわずかな光に照らされていた。

ヴァンパイアというより、天使のような寝顔である。寝顔だけなら…と、内心で溜め息をつき、胡桃は暗がりの中で着ていた上着を探して携帯や財布といった貴重品を取り出した。それを手にそっと寝室を出て、居間で携帯を確かめる。

「……」

案の定、マナーモードにしてあった携帯には着歴がいくつも残っていた。宮下に玉置、碓氷、南野。皆、自分がどこへ行ってしまったのかと訝しがっているに違いない。ほとほと参ったと頭を抱えながら、胡桃は玄関へ向かった。

とにかく、一度本庁にいるはずの玉置のところへ顔を出そう。電話で喧々言われるのはごめんで、会って状況を確かめようと段取りを考えていた胡桃は。

「胡桃」

「っ…!!」

背後から急に名前を呼ばれて飛び上がる。振り返れば裸にシャツ一枚だけを羽織ったカミルが立っていた。カミルはベッドで熟睡している様子だったのに、いつの間に。物音どころか気配すら感じなかったのに戦《おのの》きながら、出掛けてくると告げた。

「どこへ行くんだ?」

「…仕事だ。朝生に連絡を取っておくから、お前はここで待ってろ」

そういえば、ベネディクトの宿泊先を探しに行った朝生はどこで何をしているのか。電話して確かめなくてはいけないなと思いつつ、無愛想な調子でカミルに返す。カミルはこれまで「仕事なら仕方ない」と言っていたので、同じように納得すると思っていたのだが。

「……」

無言で胡桃を見つめた後、カミルがふいに抱きついてくる。虚を突かれて避けられなかった胡桃は、子供が縋るみたいに抱きついたまま離れないカミルに溜め息を零した。

「…あのな…」

「……いつ帰ってくる？」

「……。悪いが…」

「ベネディクトに…会えるのだろうか…」

「……」

答えようのない問いに苛つきかけた時、ぽつりと呟くカミルの声が耳に入った。寂しそうな声音はカミルの不安を伝える。ベネディクトがどこにいるのかさっぱりわからなかった時よりも、カミルの不安が濃くなっているような気がして、胡桃は微かに眉を顰めた。

世界のどこにいるのかわからない状況よりも、同じ国の中にいることがわかっている現在の方が、カミルにはずっと希望が持てるはずだ。なのに、こんなに寂しげなのは…。

あれほど傍に近づいても、ベネディクトが気づいてくれなかったことに、ショックを受けているのかもしれない。どれだけの人混みに阻まれたとしても、ベネディクトは自分に気がつくはずだとカミルは信じていたのかもしれない。

そんなことを思うのと同時に、胸の奥へ押し込めた気がかりが浮かんでくる。胡桃は渋い表情で「なんとかする」と当てのない約束を繰り返した。

「どうにかして…ベネディクトに会えるように、してやるから…」

「……。頼む」

胡桃をじっと見つめてそう言うと、カミルはとぼとぼと廊下を戻っていった。その背中が扉の向こうに消えると、胡桃は大きく息を吐く。

空港からずっと泣き続けていたカミルは相当へこんでいるのだろうと気にかけていたのだが、家に着いたら再び襲ってきて、セックスしている間は涙も乾いて快楽に夢中になっている様子だった。好きでもない自分と寝たいと思えるくらいなのだから、実は大して落ち込んではいなかったのだと疑ったりもしたのだが。

薄闇に消えていったカミルの後ろ姿が目に焼きつき、胡桃は憂鬱な気分で自宅を後にした。カミルと再び関係を持ってしまったことを悔いる前に、何がなんでもベネディクトが日本にいる間に会わせてやらなくてはいけないという思いが、強く湧き上がる。

カミルのためでもあるが、自分のためでもある。このまま、カミルがベネディクトに会えずにうちに居着いてしまったりしたら…。

「…困る……」

このままでは、カミルと寝るのが当たり前になってしまいかねない。なぜだかわからないが…恐らく、ヴァンパイアとしての能力なのだろう…カミルの傍にいると突然動けなくなってしまい、不埒《ふらち》な要求を拒めないような状況に陥ってしまうのだ。

カミルは男で、しかも、人間ですらない。そんな相手と同棲紛いの生活を送ることになるのだけは、避けなければならない。顰めっ面で煙草を取り出そうとした胡桃は、持って出るのを忘れたのに気づき、顰めっ面でコンビニに向かって歩き始めた。

煙草を仕入れた後、通りかかったタクシーを停めて本庁へ向かった。各方面に謝らなくてはいけないと頭を悩ませつつも、カミルのことが頭を離れず、電話をかける気にはなれなかった。しかし、現実を前にすると気分がどうのなどと言ってられなくなる。

「胡桃！　どこ行ってたんだよ？」

先に玉置の機嫌を伺っておくかと考えながら、本庁へ入って間もなく、廊下の向こうから南野が声をかけてきた。意外なことに南野は笹井と一緒で、胡桃は慌てて二人のもとへ駆けつける。怪訝そうな表情の南野と笹井に、「すみませんでした」と開口一番謝った。

突然、捜査を抜け、その後も連絡が取れない状態にあった言い訳をしなくてはいけなかった。しかし、捜査のために親の葬儀すら抜け出す胡桃は言い訳など使った例しがなく、うまいものが思いつかない。よって。

「…急に…腹が痛くなりまして…」

これじゃ碓氷みたいだと恥じ入りながらもごもごと説明する胡桃を、南野と笹井は心配そうに見る。それが碓氷であれば「またか」と呆れる程度だが、普段から誰よりも仕事熱心な胡桃なのだ。二人ともそれほど深刻な状況なのかと眉を顰める。

「大丈夫なのか？」

「病院は？」

「そこまでではなくて…少し、自宅で休んだら治りましたから。迷惑かけてすみませんでした」

気遣ってくれる南野と笹井に恐縮しつつ、真実は絶対に知られてはいけないと強く思う。それに自分が犯したミスを挽回しなくてはならず、胡桃は表情を引き締めて「それで」と南野に捜査状況を問いかけた。

「福留の交友関係を洗ってみるとのことでしたが、新家との接点は何か出てきましたか？　宮下さんたちの方には碓氷を応援に行かせたんですが」

「いや。今のところ、進展なしだ。ただ、勤め先のスポーツクラブでも、福留の羽振りのよさは有名だったらしくてな」

「被疑者の寺口にはカリスマインストラクターだから、収入がいいような話をしてたらしいですが」

「それはデマだったようだ。福留は週に三日、それも半日ずつほどしか働いておらず、大した収入ではなかったらしい。月に十万とか…十五万とか」

その収入では、たとえ寺口と折半にしていたところで、マンションの家賃すら払えなかっただろう。やはり福留には実入りのいい副業があったと考えられる。職場で覚醒剤に関する噂はなかったのかと聞く胡桃に、南野は渋い顔で首を横に振った。

「その点に関してはシロのようだ。シャブどころか、薬剤全般に不信感を持っていたようで、風《か》邪《ぜ》薬さえも飲まなかったって話だ。だが、被疑者以外にも女が複数いたみたいでな。宮下たちはそっちを洗ってる。福留がシロでも、女が新家に繋がってるって線もありえる」

「やっぱり他に女がいたんですね。寺口もその点は疑っていたようでした。新家のスマホからは何か？」

そちらの報告はまだ来ていないと南野が返すのを聞き、胡桃は自分で玉置に確かめてくると返す。それから、笹井を見てどうしてここにいるのかと尋ねると、彼はうんざりした顔で肩を竦めた。

「主任が行方不明で人手が足りないからって、係長に呼び出されたんだよ。係長、主任出てきたし、俺、帰ってもいいよね？」

「いやいやいや。せっかく出てきたんですし、お願いしますよ」

成田空港へ向かう道すがら、碓氷を呼び出すついでに笹井にも連絡を取るよう、命じていた。非番中の笹井が簡単に摑まるとは思えず、当てにはしていなかったのだが、ここにいる以上、手伝ってもらいたい。宮下班と合流し、碓氷と共に福留の交友関係を調べるよう頼む胡桃に、笹井は渋々頷いた。

「俺も玉置の方を確認したらすぐに合流しますから」

「参ったな〜。了解」

先に行ってると言い、笹井は出口へ向かって歩き始める。胡桃は南野と共に上階へ上がるためにエレヴェーターホールを目指した。

「体調は本当に大丈夫なのか？　無理するなよ。お前も若くないんだ」

「その言葉、そのまんまお返しします。係長だって全然休んでないでしょう」

「俺は…まあ、それなりに」

適当にやってるからと言い、南野はエレヴェーターのボタンを押す。すぐに開いたドアから二人して乗り込み、それぞれの目的階を押す。どこに行くのかと聞く胡桃に、南野は小さな溜め息と共に、管理官のところだと答えた。

恐らく、自分と宮下が強引に南野を説き伏せ、こうして動いている件で呼び出されたに違いない。憂いのある横顔を見てそう理解し、「すみません」と謝った。南野は胡桃を見ないまま、「まったくだよ」と呟く。

「誰も俺の言うことなんて、聞いてくれやしないんだから」

「そんなこともないですよ」

「嘘つけ」

南野が吐き捨てるように言った時、エレヴェーターが停まってドアが開く。胡桃は「よろしくお願いします」と慇懃《いんぎん》な調子で顰めっ面の南野に頭を下げ、先にエレヴェーターを降りた。南野には申し訳ないが、のらりくらりと相手の追及をかわすのは得意技でもあるはずだから…と勝手に解釈し、玉置のもとへ向かう。

携帯には玉置からも着歴が入っていた。報告は来ていないと南野は言っていたが、なんらかの進展があったのか。もしくは、自分が行方不明になっていることを聞きつけ、文句を言うためにかけてきたのか。

文句のため…である線の方が濃いかもなと思いつつ、玉置がいるはずの部屋のドアを開ける。鑑識課の一室で、玉置は宮下班の倉持と、鑑識の人間と共に見つかった新家のスマホの内容解析に当たっているはずだった。

しかし、部屋には眼鏡をかけた若い男と、顔見知りでもある倉持しかいなかった。胡桃を見た倉持は「お疲れ様です」と声をかける。玉置はどこかと聞くと、トイレだという返事があった。

「どうだ？」

「玉置さんが来てくれてから大分進みました。新家はあるサイトを利用して海外からシャブを仕入れてたんですが、闇サイトってやつなんで、アクセスの仕方から複雑で…。玉置さんがいなかったらもっと時間がかかっていたと思います」

「あいつは…」

そういうところは優秀なのだと、胡桃が倉持に返そうとした時、「主任!!」と叫ぶ玉置の声が聞こえた。呼ぶというより、叫ぶと言うべき声に、胡桃だけでなく、倉持も鑑識の男も竦み上がる。

「っ…なんだ、お前。大声出して」

「大声も出したくなりますよ！　一体、どういうことなんですか!?」

玉置が剣幕を変えているのは自分が姿を眩《くら》ませていたのが気に入らないからに違いない。自分は予定をキャンセルしてまで働いているのに…と山のような文句を浴びせられるのを覚悟した胡桃だったが、玉置が続けたのは想像もしなかったような内容だった。

「なんで、主任があんなところにいたんですか？」

「あんなところ？」

「空港ですよ！」

「…‼」

まさか…まさかとは思うが…。空港という言葉に心当たりがあった胡桃は、慌てて玉置の腕を摑み、部屋の外へ連れ出した。「セクハラです！」といつもの台詞を叫ぶ玉置を無視し、どういう意味なのかと確認する。

「空港って……なんのことだ？」

「成田空港です。アル様の出待ち、してたでしょう？」

「……」

どうして知ってる？　と言いそうになったのをきわどいところで堪え、胡桃はわざと顰めっ面を作る。動揺しているのを読まれないためにも、渋面で玉置を睨むように見て、「は？」と剣呑な声で言い返した。

「とぼけないでください。アル様が成田に着いた様子をワイドショウで中継してるのを見てたら、主任が映ったんです」

しまった…と内心で舌打ちし、対応が甘かった自分を悔いる。玉置の言う「アル様」…つまり、アルフォンス・オリヴィエこと、ベネディクトが出てくるのを待つ大勢のファンたちの間には、報道関係のカメラマンや記者、レポーターの姿も垣間見えた。だから、よしんば映り込んでしまったりしたらまずいと、気をつけてはいたつもりだったのだが…。

それなのによりによって、テレビ中継に映ってしまっていたとは。臍《ほぞ》を嚙む思いだったが、今になって自分にできるのは、とぼけることだけだ。何があっても認めるわけにはいかない。その時間、腹痛で寝込んでいた者としては。

「…何言ってるんだ。俺は空港になんか、いなかったぞ。お前の見間違いじゃないのか？」

「見間違いなんかじゃありません！　絶対に、あれは主任でした」

「だから…」

「私が主任の後頭部を見誤るはずがないんです！」

他人の空似というやつもある…とつけ加えようとした時、玉置が自信満々にそう言い切った。それを聞き、胡桃はほっとする。顔までばっちり映っていたらと恐れたのだが、後頭部ならばなおさら、とぼけきるのが一番だと決め、呆れ顔で肩を竦めた。

「アホか。後頭部って…そんなもんで、俺だと決めつけてるのか」

「だって、主任、私にアル様のこと聞いてきたじゃないですか。その日に来日するなんて、おかしいですよ。何か理由があって…」

「ないない。偶然だ。それより、お前。仕事中にワイドショウ見てたのか？」

「い、いいじゃないですか。本当は私非番なんだし…ちょうど解析ソフトにかけてて、時間が空いてたので…」

慌てて言い訳する玉置を冷めた目で見つつ、このまま強引に否定して逃げきろうと決めた。恐らく、後頭部が映ったのだって一瞬のことで、異様に勘の鋭い玉置以外の人間が見ても自分だとはわからないに違いない。畳みかけるように説教してごまかそうと、「とにかく」と言いかける胡桃に、玉置は膨れっ面で「だって」と続ける。

「アル様があんなふうに到着ロビーから出てくるなんて、初めてなんですよ。過去に来日した際にはプライヴェートジェット用の出入り口を使ってたし、あんなふうにファンと接近することなんて、滅多にないんです」

すごいことのように玉置は言うけれど、実際、その場にいた胡桃には首を傾げるような話だった。確かにベネディクトはファンたちの前に姿を見せたけれど、通路の壁際を足早に歩いていっただけで、ファンの歓迎に応えるつもりはまったくないようだった。ハリウッドスターの中には、足を止め、サインのリクエストを受けたりする社交的な人物もいる。そういう例と比較すると、随分素っ気ない態度だったとしか言いようがない。

ベネディクトが少しでも足を止めてくれれば、カミルにも気づいてくれたかもしれないのに。ついそんな不満を抱いてしまうが、ベネディクトがヴァンパイアであるならば、社交的にもしていられないのかとも思う。

「今回の映画はものすごくお金がかかってるみたいで、出演者が総動員で世界各地を宣伝して回ってるんですよ。アル様はシャイなお方なので、プロモーションとかには向いてないから、お気の毒ではあるんですけど」

「……プロモーションというと試写会とかに出るために来たのか？　ほら、よくあるだろう。日本の俳優でも」

興味なさげな顔を見せながらも、玉置からベネディクトに関するなんらかの情報を得られないかと、それとなく話しかける。朝生もディープなファンと行動を共にし、リサーチを続けているが、玉置の捜査能力は信頼が置けるものだ。胡桃の思惑に気づくことなく、玉置はそれはないようだと首を振った。

「試写会自体は開かれるんですけど、映像でメッセージだけ出すみたいですよ。恐らく、テレビとか雑誌の取材をいくつか受けて、すぐに出国するんじゃないでしょうか」

玉置の話は朝生から聞いている情報と同じで、胡桃は難しい顔つきで相槌を打った。となれば、ベネディクトが日本にいるのは、二日か三日…。時間がないのだと、改めて思い知らされる。

ベネディクトに会う方法。なんとかするとカミルには言ったものの、宿泊先を探している朝生に期待するしかないというのが実情だ。朝生にも連絡を取らなくてはいけないと思いつつ、まだ話したそうな玉置にさらに水を向けた。

「ああいう有名な俳優っていうのは、さぞ、高いホテルに泊まるんだろうな」

「でしょうね。アル様クラスになるとスイートで、ホテルの出入り口もＶＩＰ用のものを使いますから、宿泊先の情報も漏れてこないんですよね～」

「だが、よくあるじゃないか。ホテルのスタッフとかがＳＮＳで情報を漏らすとか」

「いえいえ。やっぱ本物の高級ホテルになると従業員の教育も行き届いてますから。ＳＮＳでばらまくようなバカは雇ってませんって」

ガードが堅い…と難しい顔で言い、玉置は肩を竦める。

「ですから、意外と情報が入手しやすいのは警備方面かなと思います。プライヴェートで雇ってるボディガードを同伴してきてるとは思いますが、こっちでも警備スタッフを相当数動員してるはずですから。いわゆる、芸能プロモーター的な人間が雇っている、特殊な警備スタッフだと思いますけど」

「芸能プロモーター…」

玉置が思わせぶりに言う「芸能プロモーター」に負のイメージを感じ取り、胡桃はある人物の顔を思い浮かべた。昔から芸能界と反社会的勢力の間には、切っても切れぬ縁があるといわれてきた。クリーンさを要求される現代では、その縁も途絶えたように見えがちだが、実際のところはグレイな世界だ。

もしかすると、あいつなら…。ベネディクトの所在がわかるかもしれない人物に心当たりがついたものの、胡桃にとっては危険な賭《か》けだった。頼み事をすれば、借りを作ることになる。ひいてはそれが弱みとなって足下をすくわれる。

「主任？」

つい考え込んでしまっていた胡桃を、玉置は怪訝そうに見る。胡桃は「ああ」と生返事でごまかし、話を切り替えた。

「それより、スマホの方はどうなってるんだ？」

「ちゃんと仕事しましたよ。仕入れルートもほぼ解明できました。主任の読み通り、新家は定期的に海外のサイトにアクセスして、物品を購入し、国際郵便で受け取っていたんです。購入していたものは様々ですが、その中にシャブが同梱《どうこん》されていたんでしょう。アクセスするサイトはころころ変わってまして、アクセス先をメールで受け取っていました。顧客専用に開かれる捨てサイトみたいなものですね。なので、そこから仕入れ先を探るのは難しいかと思うんですが…」

「ふん。ま、そのあたりは俺たちの仕事じゃない。適当なところで組対に投げよう。それより、祖師谷のガイシャか被疑者の名前なり、交友をにおわせるようなネタは出てきてないか？」

「ありません。倉持さんともチェックしましたが、ガイシャと被疑者の電話番号やその他の個人情報などは含まれていませんでした。あのスマホだけ見る限り、両者の間に関係はなかったように思われます」

なるほど…と頷き、胡桃は難しげな顔で首を捻る。被疑者の寺口と直接会っているが、シャブの売人だった新家との接点はとてもなさそうな女だった。ガイシャの福留も、覚醒剤には無縁だったらしい…。

それでも、某かの関係があるに違いなくて、胡桃は玉置に新家が所持していたもう一つのスマホも調べるよう指示した。そもそも、二つあったスマホの片方は道路上、片方は別の殺人現場で見つかっているということ自体、理由があるはずなのだが…。

「了解です。でも、あっちのスマホは売り専門にしてたみたいですから、何も出ないと思いますよ。ガイシャも被疑者もシャブはやってなかったんですよね?」

「みたいだが、何か出るかもしれないだろ。あと、あれだ。新家の女」

「山西エミリですか?」

「祖師谷の二人を知らないか、写真を見せて確認しろ。それから、ガイシャの福留には被疑者以外にも別に女がいたらしいんだ。確認が取れたら、女に関する情報を送る。それも新家のスマホに該当情報がないか当たってくれ」

頷いて「了解です」と繰り返す玉置に後を頼み、携帯を取り出す。合流先を確認するために碓氷に電話をかけながら、胡桃は廊下を足早に歩き始めた。福留の女と新家との間に接点が浮かべば、新たな展開も望める。でなければ…。時間切れになってしまう予感を振りきり、電話に出た碓氷に居場所を聞いた。

福留に同棲相手だった寺口以外の女がいるとわかったのは、スポーツクラブの同僚たちから情報を得られたためだった。祖師谷の事件はＤＶの加害者が被害者に殺されるという、ある意味単純な構造のもので、なおかつ、被疑者として浮上した寺口が一時は行方不明となったものの、すぐに確保された上に犯行を自白したこともあり、二人の身辺調査はさほど詳細には行われていなかった。

特に被害者である福留に関しては、勤め先のスポーツクラブで、捜査員が簡単な聞き込みをしただけで終わっていた。突っ込んだ聞き方をしない以上、殺害された故人を悪く言う人間はあまりいない。福留に関しても、いい人でした、殺されるような人じゃなかった…というごく一般的な証言しか得られていなかった。

しかし、改めて宮下たちが事情を聞いたところ、いろいろと曰くのありそうな男だということが判明したのだった。午前二時過ぎ。胡桃は渋谷の道玄坂近くのファストフード店で、宮下たちと合流し、それまでの捜査状況を聞いていた。

「…取り敢えず、今の段階で確認できている福留の女は五人。同棲してた寺口も合わせると、六股ってやつだ」

「うらやましいよねえ」

思わず、漏れてしまったというように呟く笹井を、胡桃も含めた他の四名でじろりと見る。全員に不審げな視線を向けられた笹井は、慌てて口を押さえた。

「これまでに話が聞けたのは三名。同じスポーツクラブの受付、携帯ショップの店員と、さっき会ってきたコスプレパブの店員…」

「コスプレパブ?」

聞き慣れない単語を耳にし、その現場に赴いていない胡桃と笹井が首を傾げる。胡桃よりも少し早くに笹井は宮下たちと合流していたが、すでにコスプレパブを出たところだったという。

「いろんなコスプレをした女が接客してくれるんだよ。婦警もいたぞ」

「ぞっとしませんね」

「福留の女はナースでした」

「新家との接点はありそうでしたか?」

尋ねる胡桃に、宮下と岩浪は揃って首を横に振る。新家との繋がり…つまり、覚醒剤使用者らしき特徴は誰にも見えず、犯歴も照会したが、ヒットしなかったという。胡桃は微かに眉を顰めて頷き、現段階でわかっている女たちの名前と電話番号を玉置に伝えるよう、碓氷に命じた。それから、残りの二名はどうなっているのかと宮下に聞いた。

「あとはネイルショップと、服屋だ。この二人は電話連絡がつかなくてな。明日、仕切り直して勤め先を当たろうと思う」

「でも、よく五人もの女の連絡先が一気にわかりましたね。福留のスマホに履歴でも?」

「いや。最初に勤め先のスポーツクラブで、受付の女と関係があったんじゃないかって噂を聞きつけてな。確認してみたら、福留との関係を認めて、自分以外にも女がいるって話し始めたんだ。それが携帯ショップの店員で、この女が全員の名前と電話番号とどこで働いているのかを把握してた。どうやって調べたのかは言わなかったが、携帯やスマホに詳しい女なんかとつき合うもんじゃないな。秘密になんか、できないぞ」

「ですって、笹井さん」

「俺は大丈夫だよ、主任」

しれっとした顔で答える笹井に肩を竦めて返し、胡桃は残りの二つは自分たちが当たると申し出た。宮下も岩浪も昨夜からほとんど仮眠も取らずに動いている。不本意ながら雲隠れしてしまった胡桃は、申し訳ない気分で休むよう勧めた。

宮下は胡桃の申し出を受け、一旦、引き上げた後、明日もう一度寺口と会ってくると告げた。

「寺口は福留に他の女がいるのを気づいてはいたようだが、それが複数だったのを把握してたのか、確かめてくる。何か思い出すかもしれないしな」

「ですね。知らなかったのであれば、怒りが呼び水となるかも」

寺口は福留から暴力を受け、とうとう殺してしまった今も、情を抱いているようなふうであった。しかし、六股をかけられていたと聞けば、考えも変わるかもしれない。それがきっかけで何か情報が出てくる可能性もある。

胡桃から新家のスマホに関する情報を聞いた後、宮下と岩浪は席を立ち、先に店を出ていった。残った碓氷と笹井と共に、今後の動きについて打ち合わせを始めようとした時だ。胡桃の携帯が鳴り始め、見れば、朝生の番号があった。

本庁を出てすぐに、朝生に連絡を入れたのだが、留守電になっていた。すぐに連絡をよこすよう、残しておいたメッセージを聞いたのだろう。胡桃は碓氷と笹井に断り、席を立って店を出た。携帯のボタンを押すと、すぐに朝生が「おじさん？」と呼びかけてきた。

「…どこにいる？」

『今は…日比谷《ひびや》にあるホテルです。どうもここにベネディクトさんが泊まっている可能性が濃厚らしくて…張り込んでます』

「……」

微妙に朝生の声が張りきったものであるのに、胡桃は軽い目眩を覚える。空港でも思ったが、どうもベネディクト…アルフォンス・オリヴィエの熱心なファンに感化されているようだ。困ったものだと思いつつ、胡桃は玉置から聞いた情報を伝える。

「だが、俳優なんかの有名人はホテルへの出入りにＶＩＰ用のものを使うらしいじゃないか。張り込んでたって無駄だろう」

『そのＶＩＰ用出入り口が監視できる位置で張り込んでいるんですよ』

なるほど…と頷いていいものかどうか悩みつつ、本当にそこにいるのかと訝しい気持ちで確認する。朝生は自信ありげな様子で「はい」と答えた後、保険もかけているから大丈夫だとつけ加えた。

『麻子《あさこ》さんの友人の方がもう一つ、有力候補でもある日本橋《にほんばし》のホテルを張ってますんで。もしも、そっちだった場合、わかり次第、連絡をくれることになってるんです』

「麻子さん…？」

『追っかけ仲間です』

いつから仲間になったのかと突っ込むのも疲れ、胡桃はわかったと返した。とにかく、ベネディクトが泊まっていることが確認できたらすぐに連絡をよこすよう、指示をして通話を切る。本当は家に戻ってカミルの様子を見るよう言いたかったのだが、ベネディクトの宿泊先を探すことは最重要課題でもある。

カミルは一人でどうしているだろう。哀しげな顔が思い浮かび、やりきれない思いになる。再びとんでもない真似をやらかしてしまい、逃げるように家を出てきたが、玄関まで追ってきて、行かないでくれと頼んだカミルはとても心細そうだった。

ベネディクトに会うことは簡単じゃないと身に染みてわかったせいもあるのだろう。カミルにとってベネディクトは、唯一の頼れるヴァンパイア仲間である。胡桃としても。生活力もなく、人間ですらないカミルを、託せる相手はベネディクト以外にいない。

だから、ベネディクトが日本にいる間に、何がなんでも接触しなくてはならないのだが。よしんば、朝生が見張っているホテルにベネディクトが泊まっていると確認できたとしても、会えるかどうかは疑問だ。玉置の情報によれば、ベネディクトは試写会にも直接出席しないようだし、出国までホテルから出ないつもりだとすれば…。

「……」

通話を切った携帯を握り締め、しばらく考え込んでいた胡桃は、大きく息を吐いて覚悟を決めた。借りは作りたくない。作りたくはないのだが…。

他に方法はないと、背に腹はかえられない思いで、携帯に保存してあったある番号を選んで発信する。時刻は深夜二時過ぎ。発信して間もなく、留守電に切り替わった。

「…胡桃だ。連絡をくれ」

短いメッセージを残して通話を切る。さて。吉と出るか凶と出るか。どう転んでも自分にとっては凶に違いないだろうが、せめて目的だけは果たせるようにと願い、深い溜め息を零した。

胡桃が決死の覚悟で助けたを求めた相手から連絡があったのは、翌日の午前十時を過ぎた頃だった。福留の女が勤める銀座のネイルショップ近くで、出勤してくるのを待っている最中、携帯が鳴った。番号を見れば、留守電にメッセージを残した相手のもので、小さく息を吐いて携帯を開く。一緒にいた碓氷と笹井から離れ、ボタンを押してすぐに、からかうような声が流れてきた。

『よくこの番号を知ってたな?』

「…俺に教えたのはそっちの方だ」

『そうだったか?』

含み笑いが混じるような声であるのは、電話をかけたこと自体が、すでに弱みを見せたのと同じだからだ。胡桃は苦々しい思いで、通話を切ってしまいたい衝動を懸命に堪えつつ、「頼みがある」と切り出した。

『頼み! お前が、俺に、頼み!』

「…本当に厭な奴だな」

『頼み事をしようとしてる相手に厭な奴っていうのはないだろう』

くすくす笑われるのに苛つきがピークに達し、本当に電話を切ってしまいかねなかったので、胡桃は話を聞く気があるのかないのかと確認した。電話の相手…鷲沢は、軽く咳払いをしてから「聞いてやる」と上段に構えた返事をする。

すでに立場が逆転しているのに辟易《へきえき》しながらも、胡桃は仕方ないと自分に言い聞かせた。鷲沢が代表を務める鷲沢組は関東一円に根を張る、一大組織である。反社会的活動で幅を利かせ、財を成しているだけでなく、鷲沢は情報通でもある。ベネディクトの日本での動きを把握している芸能プロモーターにも、鷲沢なら顔が利くだろうと考えた。

「…アルフォンス・オリヴィエという俳優を知ってるか？」

『……。ああ』

一瞬、沈黙を置いて、鷲沢は答える。想像していた内容とはまったく違ったのだろう。電話越しにも鷲沢の戸惑いが伝わってくるようで、少しだけ、小気味がよかった。

「昨日、来日したんだが、泊まってるホテルが知りたい。…できれば、会えるように段取りを組んでもらえると助かる」

『お前が俺に電話してくるなんて、どれほどの用かと思えば…。呆れたな。一体、どういう理由があって、俳優なんかに会いたいんだ？』

「手筈はつけられそうなのか？」

できないのであれば、さっさと通話を切りたかった。真実を話したところで鷲沢はひっくり返ったって信じないだろうし、ねちねち痛くもない腹を探られるのもごめんだ。厭そうな声で確認する胡桃に、鷲沢は「ふん」と鼻息を吐いて、傲慢《ごうまん》に言う。

『俺にできないことがあるとでも？』

「…時間がないんだ。恐らく、アルフォンス・オリヴィエは短い期間しか滞在しない。それこそ、今日出国したっておかしくない」

『了解した』

また連絡する…と言って通話を切る鷲沢に、ほっとしたような、不安が増したような複雑な気持ちを抱きつつ、携帯を畳んだ。鷲沢は報酬についての話をしなかった。それが余計に厄介だと渋く思いながら、胡桃は碓氷と笹井のもとへ戻った。

「主任」

ちょうどよかったと言いたげな顔つきで、碓氷が道の向こう側にあるネイルショップの方を指さす。見れば、若い女がビルの一階にある店舗の鍵を開けているのが見えた。福留の女が勤めているというその店は十時半が開店で、胡桃たちは店の人間が出勤してくるのを待っていた。

すかさず通りを渡り、ドアを開けて中へ入ろうとする女に声をかける。不審げな顔で振り返った女は、胡桃が掲げた身分証を見て、すっと表情を固くした。その反応を見て、もしやという疑いを抱き、確認する。

「…小園久美江《おぞのくみえ》さんですか？」

「……。はい」

名前と電話番号しかわかっていなかったので、小園という従業員がいつ出勤するのかを聞こうとしていた。だが、顔つきを変えたことで、本人ではないかと考えたのが当たった。なるほど、よく見れば、福留が同棲していた寺口とどこか似ている。色が白く、茶髪のロングヘアの女が福留の好みだったのか。胡桃は身分証をしまいながら、警視庁の人間なのだと続けた。

「捜査一課の胡桃といいます。福留和義さんをご存じですよね？」

警察官であることを示す身分証を見て、小園が顔つきを変えたのは、福留の一件が頭に浮かんだからだろう。つき合っていた福留が同棲相手に殺されたことは、報道で知っているはずだ。小園は微かに眉を顰めて頷き、開きかけていたドアを閉めて胡桃の方へ向き直る。

「…知ってますけど…。…一緒に暮らしてた人が…捕まったんですよね？」

「福留に同棲相手がいたのはご存じでしたか？」

「……」

胡桃が尋ねると、小園は眉間の皺を深くして俯く。それから、重々しく首を横に振るのを見て、胡桃は笹井と顔を見合わせた。

「知らずにつき合ってたのかい？」

驚いたように聞く笹井に、小園は首を落として頷く。福留が殺されたという報道を見ただけでもびっくりしたのに、一緒に暮らしていた女が行方不明だと聞き、信じられなかったのだと厳しい顔つきで話した。

「…女と暮らしてるなんて…全然知らなくて…」

「福留とはいつ、どこで知り合ったんですか？」

「三ヶ月くらい前に…東高円寺の居酒屋です。友達が東高円寺に住んでて、遊びに行った時にたまたま入った店にあの人がいたんです。一緒に飲もうって誘われて…それから…」

「東高円寺…」

どこかでその地名を耳にしたと思い、胡桃は首を捻って考える。どこだったかと思い出す胡桃に代わり、笹井が小園に質問を続けた。

「福留は自分のことをどういうふうに話してた？　何をしてるとか…どこに住んでるとか」

「スポーツジムでインストラクターをしてるって言ってました。家は…祖師谷だと…。私は赤羽《あかばね》に住んでて、方向が違うので、家に行ったことはなかったんですが…。一緒に住んでた女がいたんですよね…」

「福留は同棲相手に手を上げたりしてたんだが、君には？　乱暴な真似とか、されなかったかい？」

「いえ。そういうことは…。…ただ…、飲食店とかで、店員にきつく当たったりすることがあって…ちょっと怖いなと思ったことはあります…」

「気分のむらが激しかった？」

笹井の問いに頷いて答え、小園は溜め息をつく。彼女がいるなら言って欲しかったと、自分の行動を悔いるような発言をする小園を、笹井が親身に慰める。同棲相手がいることにさえ気づいていなかった小園は、六股をかけられていたことも知らないのだろう。

余計なことは言うべきじゃない。笹井にもそれとなく、目線で口止めしている途中、はっと記憶が蘇った。

「ラーメン屋だ…」

そうだ。

福留の自宅を確認しに行った際、同じラーメン店の販促用のうちわが何枚も置いてあった。それほど好きなのかと興味深く見たうちわに書かれていた住所が、東高円寺だった。

「福留と東高円寺のラーメン屋に行ったことはありますか？　確か…麺屋小次郎…とかっていう名前の」

「いいえ。私、ラーメン食べないので。それに東高円寺には出会った時以来、行ってません。会うのはもっぱら、銀座《ぎんざ》近辺でした。彼はいつも私の勤めが終わるのを待っててくれたので…」

小園には覚えがないと返されたものの、胡桃は東高円寺という地名が気になったままだった。福留の自宅は祖師谷で、勤め先のスポーツクラブは代々木上原だ。両方とも東高円寺からは離れている。小園から出会った場所だと聞き、それが福留と東高円寺を繋ぐ接点かと考えたのだが、初回以降は行ってないというのはどうしてなのか。

「初めて会った時、福留はどうして東高円寺にいたんですか?」

「さあ…。それは聞きませんでした。私も地元ではなかったので…」

知らないと首を捻る小園を見ながら、胡桃は他の女が東高円寺に住んでいたのかもしれないと想像した。六股をかけていたような男である。女連れのところを見られたりしないよう、気をつけていたのかもしれない。

その後、小園にも福留にドラッグの類いを使用していたような気配は見られなかったかと確認したが、他と同じく答えはノーだった。気の短いところはあっても、薬物の類いに手を出すような人じゃなかったという証言は、寺口やスポーツクラブの同僚といった、福留に親しい人間たちから聞いたものと同じだ。

最後に胡桃は新家の写真を小園に見せ、知らないかと聞いた。怪訝そうな顔で首を横に振る小園は、嘘をついている気配はまったく見られなかった。

「ご協力、ありがとうございました。お忙しいところ、お時間いただきすみません」

「いえ。…あの……私、何か疑われたり…」

不安げな表情で聞く小園に、そういうわけではないのだと言い、後を笹井に任せる。笹井の方が女性の扱いはうまい。小園に余計な心配を与えないよう話をしてもらっている間に、彼女の傍を離れて碓氷に確認をした。

「碓氷。福留の他の女の住所と勤務先の場所はわかるか?」

「あ、はい。…ええと。スポーツクラブが代々木上原で、携帯ショップが西新宿、コスプレパブが渋谷の道玄坂《どうげんざか》で、…銀座のことと、次に行く予定のショップが青山です。自宅は順番に…泉岳寺《せんがくじ》に中野、板橋と、赤羽になりますね。ショップ店員の自宅はまだわかってませんが…」

「……」

その店員が東高円寺に住んでいないのだとしたら…。福留はなんらかの理由があって、東高円寺に足を向けていたことになる。その理由はなんなのか。どうしても気になり、胡桃は碓氷に東高円寺の「麺屋小次郎」という店を検索させた。

有名店であれば、福留がラーメン好きで、通っていたとも考えられるが…。

「…有名…ってことはないようですよ。普通の店みたいです。口コミもついてないですしねえ…。主任、さっきもそのラーメン屋のこと、彼女に聞いてましたよね? 何か気になる点でもあるんですか?」

「……」

福留の部屋で見つけたうちわが引っかかっているのだと説明しかけた時、笹井が戻ってきた。そのことでなんとなく話は途絶え、次の移動先についての話題に切り替えた。青山の洋服店で働いているという最後の女が東高円寺に住んでいるのだとしたら、福留が当地のラーメン店に通っていた理由も納得もできる。

それを確かめてからでも遅くはないと考え、胡桃は碓氷と笹井と共に地下鉄の駅へ向かうために足早に歩き始めた。

青山の服屋…と言うのは憚られる、ハイセンスなセレクトショップだった…の開店時間は十一時で、胡桃たちが訪ねた時にはすでに店は開いていた。しかし、肝心の女は出勤しておらず、二時にならないと姿を見せないという。

店長から聞けた女の自宅住所は、下目黒《しもめぐろ》で、東高円寺ではなかった。だとすると、福留と東高円寺との接点は女絡みのものではなかったことになる。

「二時か。ちょっと時間が空くな。下目黒の自宅を訪ねてみるか？」

笹井に判断を仰がれた胡桃が、ずっと気になっている東高円寺の地名を挙げようとした時だ。携帯が鳴り始め、相手が宮下だったため、すぐにボタンを押す。宮下たちは寺口に再度事情を聴いた後、福留の友人関係を中心に聞き込みに当たっていた。通話が繋がると同時に、宮下は新たな情報を胡桃に伝えた。

『福留の友人から有力なネタが取れたぞ』

「新家との繋がりが？」

『いや。残念ながら新家絡みのネタじゃないんだが…福留が暴力団関係者らしき人間と会ってたのを見たっていうものだ』

「……」

暴力団関係者という響きに、現在進行形で後ろめたさを感じる胡桃は、どきりとした気持ちを押し込めつつ、詳しい内容を聞く。寺口以外の交際相手も福留は金回りがよかったと話している。福留に秘密の副業があったのは間違いなく、シャブの売人であった新家との接点を探してきたが、暴力団というのは想定外だった。

『福留が殺される…二、三日前に品川駅近くで、人相の悪い、スーツ姿の男と話しているのを見かけたらしいんだ。友人は福留がその手の男と知り合いだったというのに驚いて、しばらく様子を窺っていたら、福留は男から小さな紙袋を受け取って別れたっていうんだ』

「紙袋…ですか」

その中にシャブでも入っていたのか。だが、そうなると、福留と新家が共謀してシャブを捌いていたという筋書は成り立たなくなる。新家は独自に海外から覚醒剤を入手しており、暴力団などの組織を介していなかった。だからこそ、光進会にも目をつけられていたのである。

そう考えて、はっとする。品川は光進会の本部がある五反田《ごたんだ》からも近い。もしかすると、福留が会っていたのは光進会関係者だったのではないかと考え、宮下に確かめて欲しいと頼んだ。

「新家は光進会の三輪という幹部に目をつけられていたようなんです。結果的に、新家を殺害したのは隣室に住む高畑という男でしたが、そいつが殺した後にも恐らく、三輪が雇ったヒットマンが新家の部屋に入り込んでるんです。福留が三輪からシャブを仕入れていたのであれば…福留の部屋に新家のスマホがあったのには、光進会が絡んでいると考えられるかと」

『なるほど。わかった。友人が目撃したっていう地区の防犯カメラを当たってみる。駅の近くだというし、何か手がかりが得られるかもしれない』

「お願いします」

通話を切った胡桃は、近くで様子を窺っていた笹井と碓氷に、宮下から聞いた証言を伝えた。女が出勤してくる二時までは時間があるし、暴力団関係者との接触があったらしいという情報の方が、恐らく重要だ。

「笹井さん、宮下さんたちと合流して、防犯カメラの映像を当たってもらえますか。大井で見た光進会の三輪、覚えてますよね？　福留が会っていたのがあいつであれば、シャブの売買に関わっていた線が強くなると思うんです」

「了解。組対の松葉さんに顔写真も用意してもらうよ」

「頼みます。俺と碓氷は、一度、東高円寺に行ってきます」

東高円寺？　と不思議そうな顔で繰り返す笹井に、福留の部屋に同じラーメン店のうちわが何本もあったのが気になっているのだと告げる。銀座で話を途中まで聞いていた碓氷は、納得顔になって、「だから」と呟いた。

「ただ、そのラーメン店が気に入ってただけかもしれないんですが…。どうしても気になるので、一度行ってきます。その後、ここに戻って女から聴取した後、そっちへ合流しますんで」

「わかった。宮下さんにも伝えておく」

打ち合わせを終えると、笹井は宮下たちのもとへ向かい、胡桃は碓氷を連れて東高円寺を目指した。地下鉄を乗り継ぎ、三十分ほどで着いた東高円寺で、碓氷に「麺屋小次郎」というラーメン店までの道順を調べさせる。駅から歩いて五分ほど。青梅《おうめ》街道から一角南へ入ったところにある雑居ビルの一階に、その店はあった。

時刻は昼時だが、店に行列などはできていない。のれんを潜って引き戸を開けると、「らっしゃい！」という低い声に迎えられる。カウンター席が二十席くらいの小規模な店で、揃いのTシャツを着た店員が二人いる。客の方は三人ほどだった。

ついでに昼飯を済ませようと、道すがら碓氷と話し合っていたので、胡桃は空いている席に座った。碓氷もその隣に腰掛け、二人揃ってお勧めと書かれているつけ麺を注文する。

「あ、俺は麵、大盛りで」

すかさず増量を頼む碓氷を呆れた目で見て、胡桃は腹は大丈夫なのかと聞いた。碓氷は頷き、自分よりも…と胡桃を気遣う。

「主任こそ、大丈夫なんですか？」

「何が」

「だって、腹が痛くて家で休んでたって」

「……」

そういえば、そんな言い訳をしたのだと思い出し、胡桃はばつの悪い気分で言葉を濁す。本当のことはとても話せなくて、仕方なく腹痛だとごまかしたのだが…。まったく嘘などつくものじゃない。

溜め息をつきながら水を飲み、カミルはどうしているだろうかと考えた。あれからもう一度、寝たのだろうか。今は起きて自分の帰りを待っているだろうか。

何か食べたか…いや、食べるものは家にあるのだろうか。朝生がいれば心配もしなくて済むが、今はカミル一人だ。出掛けに見た、カミルの寂しげな表情が思い浮かび、どうしても心配になってくる。

「お待たせしました！」

そんな物思いを断ち切るように、かけ声と共に丼が目の前に置かれる。つけ麺なので、ラーメン丼よりも小ぶりなものに、黄土色のつけ汁が入っている。一緒に出された麺は太めの縮れ麺で、大盛りを頼んだ碓氷の前には、倍はあろうかという量の麺があった。

「…全部、食べられるか？」

「楽勝です」

割り箸を手にして軽い調子で答えた碓氷は、丼から溢れそうな量の麺をつけ汁に浸して、ずずっと勢いよく吸い上げ始める。胡桃も腹は減っていたので、早速食べ始めたのだが。

「……」

どうもぴんとこない。つけ汁は普通のラーメンスープが少し濃くなった程度で、麺の太さからすると、味がぼやけて感じられる。しかも、微妙に温《ぬる》い。つけ麺というのを食べ慣れない胡桃は、こんなものなのかと思いつつ、機械的に麺を口へ運んだ。碓氷に味の感想を聞いてみたかったが、店の人間がすぐ目の前にいるだけに憚られた。

内心では首を傾げながら、胡桃が麺を食べ終えた時だ。碓氷が「替え玉お願いします」と思いきりよく言うのに驚かされた。替え玉を頼みたくなるほど、うまいのか。だとすれば、自分の認識が足りないせいだと考え、胡桃は店内の様子を窺った。

三人いた客のうち、二人は食べ終えて会計を済ませて出ていった。もう一人は端の席でテレビに見入っている。胡桃はカウンターの食器を片づけている店員に声をかけ、身分証を提示する。

「…この男をご存じないですか?」

警察の人間だと知り、動きを止めた店員に福留の写真を見せると、彼は「あっ」と声を上げた。それからカウンターの内側にいるもう一人の男を「店長」と呼ぶ。その様子から、福留を知っているのだと推測がついた。

碓氷に替え玉を提供してから、「どうした?」と声をかけてきた店長にも、胡桃は福留の写真を見せた。すると、同じように「あっ」と驚く。

「知ってるんですか?」

「あ…はい…。…でも…、殺されたんですよね」

もう一人いる、別の客を気遣ってか、声を潜めて言う店長に、胡桃は無言で頷いた。やはり福留はこの店の常連で、二人とも顔見知りだったのだろう。福留が殺されたのも、ニュースなどで見て知っていたからこそ驚いたに違いなく、最後に来たのはいつかと尋ねる。

「それが…殺された日だったんです。ニュースで見て、びっくりしちゃって」

「福留さんはこの店によく来てたんですか?」

「はい。しょっちゅうってわけじゃないんですが、定期的に」

やはり常連だったのだと納得すると共に、疑問も湧く。自宅からも職場からも離れたこの店に、通いたいと思わせるような魅力は感じられない。事実、昼時であるのに自分たち以外の客は一人だけだ。

福留がわざわざここまで来ていたのには、何か特別な理由があったとしか思えないのだが…。

福留の顔を覚えていたという二人に、印象に残っていることはないかと尋ねる。

「何か話したりしてませんでしたか？　このあたりに知り合いがいるとか…」

「知り合いがいるのかどうかはわかりませんが、なんか、トランクルームを借りてるような話をしてましたよ」

「トランクルーム…？」

「ええ。ほら、家に収まりきらない荷物とかを預かってくれるって、あれですよ。近くに住んでるんですかって、聞いたことがあって。そしたら、自宅は遠いんだけど、トランクルームを借りてるから時々来るんだって言ってました」

それか…！　と膝を叩きたい気分で、胡桃は頷いた。福留はこの近く…東高円寺付近でトランクルームを借りていた。自宅からも職場からも遠く離れた地に借りていたのは…疚しい何かをしまっておくためだとしか考えられない。

つまり、それは福留の「副業」に関わる何かなのではないか。そう考え、胡桃は碓氷に「行くぞ」と声をかけた。替え玉がまだ半分ほど残っていた碓氷は「えっ」と声を上げ、残りをかき込むようにして食べる。その横で胡桃は会計を済ませ、先に店を出た。

付近のトランクルームを片端から当たるべきか。しかし、あてもなく歩いて探しても日が暮れるだけだ。ここは調べてから出直して…と周囲の様子を窺い見ながら、碓氷が出てくるのを待っていると、携帯が鳴った。

宮下班と合流した笹井からかと思い、何気なく携帯を開いてボタンを押す。耳につけるとすぐに「わかったぞ」という鷲沢の声が聞こえた。

「…っ…」

そうだった…と、頭の中を急いで切り替えつつ、「そうか」と返事する。鷲沢は気のない返事だなと文句をつけてから、「だが」と続けた。

『会うのは難しそうだ。どうもかなりガードが堅い相手のようで…金を積んでも無駄だって言われた。何か取引材料でもない限り、無理だって話だ』

「……」

『午後からテレビ局が二社、取材するらしいが、それも事前に人数から顔写真まで提出させられてるらしい。だから、取材に便乗して潜《もぐ》り込むのも不可能だ。それと、お前が言ってた通り、明日の朝には出国するんだと』

やっぱり…と思いつつ、胡桃は唇を嚙む。取引材料というのとは違うが、ベネディクトであるなら、カミルの名を出せば…。鷲沢に余計な情報を与えてしまうのは避けたかったものの、迷う余裕はなく、胡桃は指示を出していた。

「…カミルが、会いたがってるんだと伝えて欲しい。恐らく、それで向こうから会うと言ってくるはずだ」

『カミル？　誰だ？』

「いいから、伝えろ」

説明のしようなどなく、乱暴に言う胡桃に、鷲沢は「ふん」と鼻息を返して通話を切る。よもや無視はしないだろうなと気がかりに思いつつ、携帯を閉じる。そこへ遅れて碓氷が店から出てきた。

「お待たせしました。主任、食うの早すぎですよ」

「お前は食いすぎだろ。それより、福留はこの近辺にトランクルームを借りてたらしい」

「聞いてました。片っ端から当たりますか？」

「ああ」

碓氷に頷いた胡桃は、手にしていた携帯を再び開き、玉置に電話をかけた。事情を話し、東高円寺駅付近にあるトランクルームの所在地をすべて洗い出すよう命じる。同時に、運営会社にも連絡を取り、福留の名義で借りられているものはないか探すようにつけ加えた。

「…碓氷。玉置が調べてるから、連絡を取り合って先に当たっていてくれ。俺は……青山で聞き込みに当たってから、一度、本庁へ顔を出してくる。早めに戻るようにするから」

「了解です」

頷く碓氷とラーメン店前で別れ、胡桃は足早に東高円寺の駅から再び地下鉄に乗った。トランクルームの捜索も気になるが、カミルの一件も差し迫っている。碓氷に任せて東高円寺を離れた胡桃は、路線を乗り継いで自宅のある清澄白河を目指した。


カミルの名を出せば、ベネディクトは必ず、会うと言ってくるはずだ。そんな確信が胡桃にはあった。清澄白河の駅に着き、地上に出るために階段を上りかけている途中、携帯が鳴った。電話の相手は鷲沢で、面白くもなさそうな声で朗報を伝えてくる。

『会うそうだ』

「……」

やっぱり…とほっとすると同時に、鷲沢から質問を浴びせられる。

『カミルっていうのは何者なんだ？　間に入ってるプロモーターも驚いてて、何者なのか確かめろと言われてるんだ。どうも、アルフォンス・オリヴィエってのは相当の偏屈で、今回、空港の通路を歩かせるだけでも難儀したらしい。プロモーター自身、まともに会ったことはないって言うんだ。それが名前一つで会うっていうのは、どういうことだと不審がってるぞ』

「…古い知り合いなんだ」

『それがどうしてお前と？』

「…いろいろあるんだ。とにかく、助かった。段取りは？」

まともに答えない胡桃に鷲沢は不満げだったが、手筈だけは事務的に伝えてきた。午後七時に、六本木《ろっぽんぎ》のホテルで。鷲沢から聞いたホテル名は超高級ホテルとして名高いものだったが、朝生が告げてきたのとは違う。

まったく。的外れなところで張り込みをしている朝生を呼び戻さなきゃいけないなと思いながら、ロビイまで行けばいいのかと確認する。

『ああ。俺が部屋まで連れていく』

「いや。どこの部屋か教えてもらえれば…」

『俺が一緒っていうのが向こうの条件だ』

鷲沢はきっぱり言い切ったが、本当なのかどうかはわからないと思った。鷲沢はカミルが何者なのか、確かめたいだけではないのか。しかし、だとしても胡桃に拒む権利はなく、「わかった」と返すしかなかった。

また後でな。鷲沢はそう言って通話を切っただけで、相変わらず、報酬については話さなかった。すべてことが終わってからか。それも余計に気が重いものだと憂い、胡桃はそのまま携帯で朝生に連絡を取る。

またしても留守電になっていたのでメッセージを残して、自宅に向かう足を速めた。これでようやく、カミルはベネディクトに会える。一件落着だというのに、心底ほっとできていない自分がいた。

それも仕方のない話だ。カミルの願いを叶えるために、鷲沢に弱みを握られてしまったのだから。この躓《つまず》きがいずれ職を失うことに繋がらないとも限らない。

「……」

そうなったら、そうなった時だと、自分を慰め、胡桃は階段を上がった。それに、カミルにはどうしても家から出ていってもらわなければ困る。同じヴァンパイアだというベネディクトに託すしか、他に方法はないのだ。

でないと…。

「……」

玄関のドアを開けようとした胡桃は、はっとして動きを止めた。この向こうにはカミルが…いるかもしれない。いや、いるだろう。これまでも胡桃が帰宅するたびに、カミルは玄関で待ち構えていた。ヴァンパイアであるカミルは聴力が非常に優れていて、離れた場所の小さな物音でも聞こえるのだ。

自分が帰ってきたのにも、足音で気づいているに違いない。胡桃はすうと息を吸い、意を決してドアを開けた。しかし。

「……」

ぬっと顔を覗かせてくるはずのカミルはそこにおらず、不思議に思って玄関内に入る。どこかに隠れているのかもと思ったが、やはりいない。おかしいな…と思うのと同時に浮かんだのは、カミルが一人でベネディクトを捜しに出かけてしまったのではないかという考えだった。

「っ…」

それはまずい。朝生が一緒ならともかく、カミル一人では騒ぎを起こしかねない。胡桃は慌てて捜しに行こうとしたが、まずは部屋の中を確認してみようと思い直した。もしかすると、まだ寝ているのかもしれない。

胡桃が出掛けたのは深夜のことで、十二時間以上が経っている。それはないだろうと思いつつも、足早に廊下を抜け、寝室に向かおうとした胡桃は、途中の居間でぽつんと窓辺に座っているカミルを見つけた。

「…いたのか」

ほっとして声をかけつつも、カミルの様子がおかしいのに気づいていた。迎えに出てこなかったのは初めてだし、声が聞こえているはずなのに、振り返りもしない。床に座り、膝に顔を埋《うず》めて窓の外を見ている横顔は、ぼんやりしたものだ。

出かける際、カミルは不安げな表情で抱きついてきて、「いつ帰ってくる?」と聞いた。言葉にはしなかったが、行かないで欲しいと思っているのは感じていた。空港でベネディクトに近づけはしたものの、彼が気づいてくれなかったことに、相当なショックを受けているのもわかっていた。

カミル。胡桃が名前を呼ぶと、小さな白い顔がぴくりと動く。ゆっくりと胡桃を見上げたカミルは小さく息を吐いて、「胡桃か」と言った。胡桃はその横に腰を下ろし、カミルが喜ぶ顔を想像しながら朗報を伝える。

「会えることになったぞ」

「…え…」

「ベネディクトに」

一瞬、意味がわからないというようにぽかんとした後、カミルは大きく息を吸い上げた。物憂げだった表情が見る見る間に変わっていく。目を丸くして、ぱくぱく口を動かし、本当なのかと確認する。

「ああ。今夜、泊まっているホテルで…」

「胡桃っ…」

「ん？」

「ありがとうっ…‼」

説明を途中で遮り、カミルは胡桃に勢いよく抱きつく。あぐらをかいて座っていた胡桃は、飛びついてきたカミルを咄嗟に避けることができず、後ろへ押し倒されてしたたかに頭を打った。

「っ…いって…！　お前…っ…」

「ありがとう、ありがとう、ありがとう！」

何をするのかと顰めっ面で叱りつけようとした胡桃だったが、目の前にあるカミルの顔があまりにも喜びに溢れたものだったので、言葉を失った。子供でも、これほどわかりやすく喜んだりしないだろう。そんな感想を抱くくらい、カミルは喜色満面の笑みを浮かべている。

「朝生も戻ってこないし、もう…無理なのかもしれないと、諦めかけていたのだ。ありがとう、胡桃。本当に、本当に感謝している」

「……。お前をなんとかしなきゃ、俺が困るからな」

「そうなのか？」

「いつまでもうちにいさせるわけにはいかない」

床に寝転んだまま、そう言う胡桃に、カミルは「そうか」と真面目な顔で頷いた。某か考えているふうでもあったが、すぐに笑顔に戻り、心配は無用だと言い放つ。

「ベネディクトに会えればすべて解決する。ベネディクトがこれからどうすればいいのか、ちゃんと考えてくれるはずだ。ベネディクトと一緒にいれば、なんの心配もいらないのだ」

「そうか」

今や人気俳優となっているベネディクトと、以前のような暮らしは送れないかもしれないが、カミルの面倒は見てくれるに違いない。離ればなれになるまでは、長い間、共に生きてきた仲のようだし、同じヴァンパイア同士なのだから、一緒にいた方がいいに決まっている。

空港で感じた小さな違和感も、ベネディクトが面会を了承してきたことで消えていた。自分の思いすごしというやつで、あの時、ベネディクトはカミルの気配にまったく気づけていなかったのだろう。

「よかったたな」

「ああ。胡桃には何かお礼をしなきゃいけないな」

「いらん」

真面目な顔で言うカミルに首を振って断り、胡桃は起き上がって、身体の上から退くように言う。しかし、カミルは胡桃のネクタイを引いて顔を近づけ、綺麗な笑みを浮かべた。

「楽しませてやろうか？」

「……」

まさかそれが礼だとでも？　本当にカミルの感覚にはついていけないと呆れ果て、胡桃は顰めっ面になって返す。

「そういうことはベネディクトとしろ」

「嫌いじゃないだろう？」

「そうじゃなくて…」

好きとか嫌いとか、そういう問題じゃないと言いかけて、胡桃は口を噤む。カミルは行為自体を「好きか嫌いか」と考えているが、自分は違う。相手を「好きか嫌いか」で、判断するのだ。そんな説明が、考えどころか、種族さえ違うカミルに通じるかわからないと思いつつも、大切なことなのだという信念はあったので、最後だと思って伝えてみた。

「俺は…好きな相手としかしたくないんだ。本当は」

本当は、とつけ加えるところが弱いなと思いつつ、胡桃は苦笑する。二度も関係を持ってしまったのは、不可抗力な状態における事故みたいなものだ。言い訳めいた考えを突っ込まれるかと思ったが、カミルは「好きな相手」と不思議そうに繰り返す。

「私は胡桃が好きだぞ」

「そういうんじゃない」

「…恋愛というやつか」

前に話したことを覚えているらしいカミルに、胡桃は頷く。恋愛感情というものをあまり考えないと話していたカミルは、やはり理解が及ばないらしく、難しい顔で首を捻っている。そんなカミルに、胡桃はベネディクトを例に挙げた。

「ベネディクトは恋人以上の存在だって言ってただろう？　つまり、誰よりも大切な相手ってことだ。そういう相手とするべきなんだよ。ああいうのは」

「そうなのか？　…じゃ、ベネディクトとしかしちゃいけないってことか？」

「ベネディクトよりも大切な相手ができない限りな」

怪訝そうに聞くカミルに答え、胡桃は彼の身体を自分の上から退ける。上着のポケットから取り出した煙草に火を点け、夜まではここで待っていろと伝えようとしたのだが、まだも考え込んでいたカミルが新たに尋ねてきた。

「でも、私にとっては胡桃も大切な相手だ。順番をつけて、一番しか駄目ってことか？」

「大切の種類が違う」

「種類？」

「…俺が言う大切っていうのは…誰よりもその人のことが好きで、大事で、どんな犠牲を払っても守りたくて…だから、ずっと一緒にいたいと思えるような気持ちのことだ。お前にとってベネディクトはそういう相手だろう？」

確認されたカミルは神妙な顔で頷く。それを苦笑して見ながら、胡桃は灰皿を取りに立ち上がった。朝生によってキッチンカウンターの隅に片づけられていた灰皿を見つけ、煙草の灰を落とした時だ。携帯が鳴り始める。

タイミングよく、相手は朝生で、胡桃はすぐに戻ってくるよう命じた。

「夜にベネディクトと会う手筈をつけた。それまでカミルと一緒にいてやってくれ」

『ええっ⁉　ど、どうやってですか？』

「いいから、戻ってこい。追っかけ仲間とやらには余計なことは言うなよ」

『ちょ、ちょっと待ってください、おじさん！　ベネディクトさんとはどこで会う…』

朝生が見張っていたホテルが見当違いの場所だと教えれば、追っかけ仲間に伝わり、余計な騒動を巻き起こしかねない。詳しい情報は伝えず、胡桃は一方的に通話を切ると、カミルに朝生が戻ると伝えた。

「俺は仕事先から待ち合わせ場所に行くから。お前は朝生と一緒に来い」

「わかった」

胡桃に話しかけられたカミルははっとした顔で頷き、立ち上がる。再び出掛けるために玄関へ向かった胡桃は、靴を履いて玄関のドアに手をかける。すると、後ろをついてきていたカミルが「気をつけてな」と言う声が聞こえ、背後を振り返る。

「……」

昨夜は子供みたいに抱きついてきたカミルの顔に、不安の色はもう見えない。不安どころか、対照的に晴れ晴れした表情に見えるのは、ベネディクトに会えるという期待に満ちているからに違いない。今夜にはカミルともお別れだと思うとほっとするのに、心のどこかで一抹の寂しさを感じている自分がいて、複雑な心境になる。

そんな自分はありえないもので、胡桃はカミルに小さく笑いかけてから背を向ける。おかしな体験をしたものだと、いつか思い出して首を傾げる日が来るだろうか。いや、忙しい日々の中で、すぐにこんな記憶は消えていくはずだ。その方がいいと思い、足早に階段を下りた。


清澄白河から表参道駅へ向かい、午前中にも訪れた青山のショップで、福留とつき合っていた最後の女から事情聴取を行った。他と同じような供述しか得られず、胡桃は早々に青山を引き上げて、東高円寺でコンテナ倉庫探しに当たっている碓氷に合流した。

青山から本庁に寄ると話してあったので、時間がかかったのにも碓氷は不思議そうな顔をせずに、現状を説明する。玉置の力を借りて、東高円寺近辺にあるコンテナ倉庫をすべてピックアップしたものの、福留和義名義で借りられているものはなかったという。

「なので、福留が関係者に名義借りをしていたのではないかと。玉置さんが」

「その可能性は高いな。寺口か、他の女か。別名義では調べたか？」

「寺口は調べましたが、ありませんでした。今は他の関係者で当たっています。その間に現地を確認しておこうと思いまして」

東高円寺駅から歩いていける近距離のものとして、玉置は三つのトランクルームを絞り込んでいた。中央線の高円寺駅ではなく、わざわざ丸ノ内線の東高円寺駅を選んでいるのだから、その近くに違いないというのが玉置の見解だ。そのうちの一つは確認が終わったというので、碓氷と次のトランクルームに向かう。

「どれも古い雑居ビルを改装したもののようです。管理人の類いは置いておらず、防犯カメラだけ、作動させてるみたいなんですが、一軒目のところは映像が二十四時間しか記録できないタイプのものでしたので」

福留は寺口に殺害された当日、ラーメン店に顔を出している。ということは、トランクルームを訪れていた可能性が高く、映像が残っていれば確認が取れる。次はどうだろうと話しながら、目当てのトランクルームを探し歩いている間に、碓氷のスマホに玉置から着信が入った。

碓氷に電話を代わらせた胡桃は、玉置から直接報告を受ける。

『寺口以外の女の氏名で調べてみたんですが、該当する契約はないんです。他にも女がいたのか…もしくは、友人名などで借りているか…』

「現在までに挙がっている関係者名、すべてで検索してみろ。あと、寺口が何か知らないか、話を聞けるよう宮下さんに頼んでもらう。同棲していたんだ。寺口が一番詳しいだろう。手配が整ったら、頼めるか」

『了解です』

また連絡すると言い、通話を切って歩みを進めると、間もなくして二軒目のトランクルームに辿り着いた。雑居ビルの一階がトランクルームとして使用されているようで、ビルの壁面に小さな看板が掲げられている。

通りに面した出入り口から建物の中へ入ると、短い廊下の突き当たりが扉となっており、その先がトランクルームであると示す表示と、注意事項などが書かれていた。借り主はその扉を開ける鍵で中へ入り、さらに個人が借りているトランクルームをそれぞれの鍵で開けることになっているという。

「なので、基本的に二十四時間使用可能なんです。で、防犯体制としては…あそこに防犯カメラがありますよね。あれで出入りをチェックしているようです。…ここは…契約者が五十以上、いるみたいですね」

「五十か。そんなに部屋があるようには見えないが…」

「部屋タイプのものもありますが、もっと狭い…クローゼットを一つ借りる感じのものもありますから。一番狭いタイプのものだと、一平方メートル切ってます」

なるほど…と頷き、胡桃は周囲を見回す。鍵さえ持っていればいつでも出入りができ、防犯カメラも一ヶ所だけであるし、角度的にも顔が映らないようにして鍵を開けることは可能なようだ。疚しいものを隠しておくには最適な場所といえる。

だが、五十以上も物件があるのだとしたら、借り主一人一人の身元確認をするのは相当骨が折れそうだ。しかも、ピックアップされているトランクルームはここだけでなく、さらに言えば、まったく別の物件である可能性もある。

玉置が該当物件を見つけてくれることを願った方が早いだろうかと、胡桃は溜め息をつき、宮下に連絡を取るために携帯を取り出した。

捜査が重要な局面を迎えていることはわかっていたが、胡桃にはカミルをベネディクトに会わせるという重大な役割もあった。七時に六本木のホテルで鷲沢と待ち合わせしているというのに、六時を過ぎても福留が利用していたと思われるトランクルームは見つからなかった。仕方なく、一緒に動いていた碓氷に野暮用で抜けると告げた。

「悪い。二時間くらい、任せてもいいか？」

「あ…はい。大丈夫ですか？」

また腹痛なのかと心配そうに見てくる碓氷に、そういうわけではないともごもごまかし、もしも見つかったらすぐに報せてくれと頼んで別れる。東高円寺から六本木へ移動しながら、胡桃は朝生に連絡を取って待ち合わせ場所を決めた。

鷲沢が指定してきたのは、六本木に聳《そび》える高層ビルに入っているホテルだったので、その下の商業エリア内にあるカフェテリアを指定した。鷲沢との待ち合わせ時刻に遅れるわけにはいかず、朝生とカミルが迷ったりしないだろうかと不安に思いながら、地下から地上に上がり、カフェテリアを目指す。

だが、二人の方が先に到着しており、カミルは遠くからでも胡桃を見つけ、高い声で名前を呼んだ。

「胡桃！」

ここだと大きく手を振るカミルは、非常に目立っている。もうすぐベネディクトに会えると昂奮しているせいだけじゃなくて、カミルの容姿は外国人だらけの六本木でも目立つものだ。胡桃が足を速めて二人に近づくと、朝生が予想とは違う場所で驚いたと訴える。

「まさか、六本木だったとは。ここはないって麻子さんたちは候補から除外してたんですけど」

「誰にも言ってないだろうな？」

電話で待ち合わせ場所を告げる際、胡桃は朝生にベネディクトの宿泊先を探すため、しばらくの間行動を共にしていた追っかけ仲間には絶対に口外するなと釘を刺した。確認された朝生は真面目な顔で頷き、「もちろんです」と答える。

「おじさんの言う通り、騒ぎになってベネディクトさんに迷惑をかけてもいけませんし…。でも、一つだけお願いしたいんですが…」

「なんだ？」

「麻子さんには大変お世話になったので、サインだけでも…」

何を言っているのかと、呆れた目で見て、「知らん」と突き放す。しかし、カミルの方は上機嫌で「いいじゃないか」と鷹揚《おうよう》に了承していた。

「ベネディクトに名前を書いてもらえばいいのだろう？　容易《たやす》いことだ」

「お願いします！」

任せておけと言わんばかりのカミルに内心で嘆息して、胡桃は「行こう」と二人を促す。約束の七時まではあと五分ある。ちょうどいい時間に到着できたとほっとしつつ、超がつくほどの高級ホテルへ三人で連れ立って向かう。

各国のＶＩＰも宿泊するラグジュアリーなホテルだけあって、利用客も富裕層ばかりだ。仕事柄、普段から様々な場所に赴いている胡桃は、どんなところでも臆することは滅多にないが、億劫には感じる。

「すごいな、胡桃。このあたりは王宮か何かなのか？」

「……」

タイムスリップしてきたも同然のカミルが、こっそり聞いてくるのに苦笑いを返し、ロビイ階に上がるためのエレヴェーターに乗った。広いエレヴェーターに乗り込んだのは三人だけで、胡桃はちょうどいいと思い、朝生に忠告した。

「今からベネディクトに会えるよう、手筈を整えてくれた男に会うんだが…問題のある男でもあるから、関わりを持たないようにしろ。カミルのことを聞かれても、何も知らないってごまかせよ」

「問題があるっていうのは…」

一体、どういう意味なのかと、朝生が不安げに表情を曇らせた時、エレヴェーターがロビイ階に到着し、ドアが開く。胡桃はとにかく、余計なことは言うなと念を押し、先にエレヴェーターを降りた。

鷲沢はホテルのロビイと言っただけで、具体的な指定はしてこなかった。一通りロビイを巡り、見つからなかったら電話するかと考えていた胡桃は、外国人が大勢行き交う広いロビイに入ってすぐに、鷲沢を見つけることができた。

胡桃の月収すべてを費やしても買えそうにない、高級なスーツに身を包み、優雅に腰掛けている鷲沢は、煌びやかな宿泊客たちの中でも一番目立っていた。アジア系の富豪たちにまったく引けを取らない堂々とした態度は、同じくらいの資産を有しているという自信に溢れているようだ。

鷲沢は暴力団組織を率いているだけでなく、金融業界でも暗躍し、相当の財を成しているのだと組対から聞いている。渋い思いで近づく胡桃に気づいた鷲沢は、唇の端を歪めて笑い、立ち上がった。

「遅かったな」

「時間通りだ」

「そっちの頼みだ。俺より先に着いてるのが、礼儀ってもんだ」

鷲沢に「悪かった」と謝ることはプライドが許さず、胡桃は仏頂面で無言を返す。険悪な雰囲気を察した朝生が、慌てて間に入った。

「あ、あの、ありがとうございます。困っていたので助かります」

「無礼な叔父を持つと苦労するな」

「……」

朝生を甥だと紹介した覚えはないのに、鷲沢が知っている様子なのを苦く思う。裏でこそこそ調べるなんて姑息な奴だと眉を顰める胡桃の前で、カミルも鷲沢に礼を言っていた。

「ベネディクトと会えるよう、図らってくれたのは貴方《あなた》か。ありがとう」

「……カミル？」

「ああ。世話をかけたな。感謝するぞ」

カミルの名を出した途端、ベネディクト側が会うと返事してきたことに、鷲沢は不信感を抱いているらしかった。何者なのかと訝しがり、その正体を調べようとしたのだろうが、鷲沢の情報網をフル活用しても叶わなかったに違いない。

興味深げにカミルを観察している鷲沢に、胡桃は「どっちだ？」と聞いて案内を要求する。鷲沢はつまらなさそうな顔で胡桃を見ると、顎でロビイの奥を示して歩き始めた。その後に続いた胡桃に、窺うような調子で「で」と尋ねる。

「あれは何者だ？」

「お前なら調べがついてるだろう？」

馬鹿にしたようにふんと鼻先を鳴らす胡桃を、鷲沢は冷たい目で見る。反論を考えている様子だったが、結局口は開かずにエレヴェーターホールで足を止め、ボタンを押した。すぐに開いたドアから中へ乗り込み、上階へ向かう。

鷲沢が押したのは最上階から二つ下にある階のボタンだった。五十階を越える部屋へも、高性能のエレヴェーターは数十秒で辿り着く。急な気圧の変化のせいで耳に違和感を覚えつつ、エレヴェーターを降りようとすると、濃色のスーツに身を包んだ体格のいい二人の男に行く手を遮られた。

「……」

彼らが特殊な訓練を積んだボディガードであるのはすぐにわかった。関係者以外はエレヴェーターを降りることさえ許さない、徹底した警備を敷いているのがわかり、鷲沢に手配を頼んで正解だったと思う。よしんば、ベネディクトの宿泊先がわかったところで、これでは彼に会える可能性はほぼなかっただろう。

ボディガードは鷲沢の顔を見てすぐに進路を開けた。鷲沢は胡桃たちを引き連れて廊下を歩いていき、突き当たりにあったドアの前で立ち止まった。

「…残念ながら、俺はここまでだ」

振り返って言う鷲沢を、胡桃は微かに眉を顰めて見る。鷲沢は電話で、自分も一緒だというのが向こうの条件だと言っていたが、怪しいものだと思っていた。案の定、ベネディクトは部外者が関与するのを許さなかったらしい。

「中に入れるのはカミルと…お前だけだ」

「……」

指さされた胡桃は少しだけ意外な思いで、ドアスコープのついた重厚な造りのドアを見る。「事情」を抱えるベネディクトは、カミルにしか会わないかもしれないと思っていた。だから、カミルを部屋まで送り届け、そこで別れる覚悟はしてきていたのだが…。

「俺と甥っ子は下のラウンジで待ってる。何か問題があったら連絡しろ」

低い声で言い、鷲沢は朝生に「行くぞ」と声をかけた。鷲沢に従っていいものか戸惑った表情で自分を見る朝生に、胡桃は仕方なく、一緒に下で待っているように命じた。それから、小声で注意をつけ加える。

「いいか。さっきも言ったが、あいつに何を聞かれても答えるなよ。余計なことは一切話すな」

「わかりました」

胡桃の命令に神妙な顔で頷いてから、朝生はカミルを見た。小さく笑みを浮かべ、「お元気で」と告げると、二人に背を向けて鷲沢を小走りで追いかける。朝生と鷲沢が廊下の向こうに消えてしまうと、胡桃は小さく息を吐いて隣にいるカミルを見た。

カミルは期待に満ちた目でドアを見つめていた。カミルにとっては、待ち望んだ瞬間がもうすぐ訪れるのだから、当然だ。そして、胡桃にとっても。これでカミルともお別れだという意識が朝生にもあったに違いない。

この数日間の珍妙な出来事を振り返る。長野の山の中でカミルを拾った後、意味不明な発言を繰り返す厄介なお荷物を抱えてしまったと、嘆いたりもした。その後、カミルが人間じゃないと信じざるを得なくなってからは、さらに途方に暮れた。

カミルをどうしたらいいかわからず、自分もいろいろと悩んだけれど、一番困っていたのはカミルに違いない。そのカミルが同じヴァンパイアであり、誰よりも大切な存在だというベネディクトと、ようやく再会できるのだ。

カミルにとっても、自分にとってもこれが最高の解決策だ。心からそう思っている。そう、思っているはずなのに…。

「……」

緊張したカミルの横顔を見ると、自分の心に影ができるのがわかって、なんともいえない気分になった。犬でも三日世話すれば情が湧く。カミルとは図らずも二度までも関係を持ってしまっているから、当然なのか。

だが、「よかったな」と声をかけてやるのが、お互いのためである。俺もほっとした…と喜んで伝えよう。そう決めて、胡桃は部屋のチャイムを押した。カミルと共にドアをじっと見つめて待っていると、間もなくしてカチャリとロックが外される音が聞こえ、ゲルマン系の顔立ちをした碧眼《へきがん》の男が現れた。

「……」

黒いスーツを着た背の高い男は、胡桃とカミルを無言で見つめた後、中へ入るように促す。まっすぐに伸びる廊下を歩いていくと、広い居間に出る。高級ホテルのスイートルームに相応しい豪華な家具が配された部屋は、目映《まばゆ》い夜景が一望できる窓に面していた。

そして、部屋や夜景のゴージャスさにもまったく引けを取らない、誰もが見惚れるほどの麗人が窓際に立っていた。柔らかく光る金髪、物憂げなグレイの瞳。アルフォンス・オリヴィエ、その人である。空港で揉みくちゃにされながら胡桃が垣間見た時は、サングラスをかけていたせいで、瞳の色はおろか、顔立ちもはっきり見えなかったが、今は違う。

連れ立って部屋に入ったカミルを見て、アルフォンス・オリヴィエ…ベネディクトは心から安堵したというように美しい微笑みを浮かべた。カミルもその姿を確認した途端、走り出し、飛びかかるようにしてベネディクトに抱きついた。

「ベネディクト…‼」

「カミル様…！」

ベネディクトはカミルの名を呼び、彼の思いに応えるようにしっかりと抱き留めた。抱擁を交わす二人からは、互いの存在を求め合う強い気持ちが伝わってきて、胡桃は小さく嘆息した。

もしも…ベネディクトがカミルの思うような反応を示さなかったらどうしようという不安を、胡桃は心のどこかで抱いていた。カミルは自分がベネディクトを捜すように、ベネディクトも自分を捜しているのだと、当然のように考えていたが、一緒に生きていた頃ならともかく、離ればなれになってから随分月日が経っている。少なくとも、ベネディクトはカミルよりも二十年近くは前に目覚めているはずだった。

その間にどういう経緯があって、ベネディクトがハリウッド俳優になったのかはわからないが、以前とはまったく違う環境下にあるのは間違いない。そんな彼はもうカミルを忘れているのではないかという考えが、頭から離れなかったのだ。

しかし、熱い抱擁を交わす二人を見て、杞憂《きゆう》であったと胡桃は思い知る。同時に、先ほど自分の心に差しかけた影を振り払い、「カミル」と声をかけた。胡桃に呼ばれたカミルははっとしたように振り返り、彼をベネディクトに紹介する。

「そうだ、ベネディクト。私は目覚めてから、胡桃には大変世話になったのだ。胡桃がいなければお前に会うこともできなかったかもしれぬ」

「そうですか。…ありがとうございました」

カミルの話を微笑んで聞き、ベネディクトは胡桃にソファへ腰掛けるよう勧めた。ベネディクトはカミルと同じく、流暢に日本語を操る。これもヴァンパイアである証拠の一つだ。彼が出演している映画を見た時も綺麗な男だと感心したが、実際、目の前にいる本人は画面の中よりも格段に魅力的だった。

ただ、一つ。カミルと並んだベネディクトを見ると、小さな違和感を覚えた。それがなんなのか、はっきりとわからないまま、胡桃はソファに腰を下ろす。カミルはベネディクトから離れず、一緒に向かい側のソファへ並んで座った。

甘えるようにべったり寄り添うカミルを見つめるベネディクトの眼差《まなざ》しは慈愛に溢れている。きっと、ベネディクトは長い間、このようにカミルを見守ってきたのだろうと想像がつく。ベネディクトは二人の前に座っている胡桃に、控えめな口調で確認した。

「あの……胡桃さんはカミル様の事情をご存じなのですね?」

「あ…ええ、はい」

「戸惑われたでしょう」

カミルが人間ではないというだけでなく、彼のパーソナリティそのものも指しているような気がして、胡桃は苦笑を返す。実際、ヴァンパイアだとわかってからの方が、すんなり納得できたことも多い。胡桃は煙草が吸いたい気分を抑えつつ、ベネディクトに辿り着くまでの経緯を説明した。

「カミルとは長野の…日本の中部地方なんですが、そこの山の中で出会ったんです。ベネディクトさんが見つからなくて…途方に暮れて、…その…、死のうとしていたところに…通りかかりまして…」

「そうだったのですか。申し訳ありません。カミル様」

自分に引っついているカミルに、ベネディクトは表情を曇らせて詫びる。カミルは笑顔で首を振り、「いいのだ」と鷹揚に言い放つ。

「胡桃と会ってからは不自由しなかった。こうしてお前に会えるように取りはからってもらえたのだし」

「胡桃さんのようにいい方と巡り会えて、本当によかったです。カミル様お一人では…大変でしたでしょうから」

「ベネディクトさんもカミルを捜していたんですか?」

「はい。私も長い間、お捜ししておりました。目覚めた時、カミル様の棺が隣になくて…どれほど焦ったことか…。最後に暮らしていたイギリスや、その前にいたヨーロッパの国などを調べておりましたが、どうしても見つからなかったのです。まさか、日本に来ていたとは…思いもよりませんでした」

「ベネディクトはどこで目覚めたのだ？」

尋ねるカミルに、ベネディクトはアメリカだと答える。もしかして…と思い、はっとした表情になる胡桃に微笑み、「そうなのです」と続けた。

「私の棺はハリウッド映画の小道具としてアメリカの業者に買われ、倉庫の中で保管されていたのです」

「だから…」

「ええ。目覚めた後、カミル様をどうやって捜せばいいか、途方に暮れているところをスカウトされまして…。寝ている間に随分と文明が進み、働かなくては生きていけないような状況になっておりましたので、仕方なく…俳優になったのです」

「なるほど」

これほど綺麗な男なら、うろついているだけでスカウトされるだろう。そういう経緯だったのかと納得し、胡桃はカミルの棺桶について説明した。

「カミルの寝てた棺桶は日本の遊園地に買われて、展示されてたんです。カミルはそこで目覚めて…」

「そうだ、ベネディクト。私は一人で目覚めて、自分で棺桶の蓋を開けて出たのだぞ？」

「お助けできなくて申し訳ありませんでした」

自慢げなカミルに苦笑し、ベネディクトは丁重に詫びる。再会した時から、カミルに対するべネディクトの口調は、敬うべき主人に向けるようなものだ。カミルからベネディクトは執事だと聞いていたが、本当だったのかと感心しつつ、確かめた。

「ベネディクトさんはカミルの世話係…というか、執事だと聞いたんですが…」

「はい。カミル様は我が一族最後の、正統な血統継承者なのです。私の家は代々、カミル様の家に仕えて参りましたので…」

「本当だったろう？」

胡桃が自分の話を信じていないと感じていたカミルは、ベネディクトの説明を鼻息荒く支持する。「わかったわかった」と適当にカミルをあやす胡桃に、ベネディクトは説明を続ける。

「我が一族はカミル様と私しか残っていなかったので、カミル様を失った私は途方に暮れておりました。純血種であられるカミル様は、私がお起こししないとお目覚めにならない可能性があるのもわかっていたので、このまま…カミル様とは永遠にお会いできないのかもと諦めていたのです…」

「こうして会えたじゃないか！　よかったな、ベネディクト！」

「……はい」

嬉しそうなカミルに頷くベネディクトの表情が、一瞬曇ったような気がして、胡桃は訝しく思った。カミルほど派手に喜んでいないのは、ベネディクトの控えめな性格故と思っていたが、何か理由があるのではないか。

そんな考えを抱いたのは、相手の状況を細かに観察してきた刑事としてのキャリアが胡桃に備わっていたからもある。ただ、カミルの喜びに水を差すような真似はしたくなくて、黙って様子を窺っていた。

「日本へ来た時、空港でカミル様をお見かけしたような気がしたのですが…」

「それは私だ！　空港へ会いに行ったのだが、揉みくちゃにされて声をかけることもできなかったのだ」

「やはりそうだったのですね。申し訳ありませんでした。まさかカミル様が日本にいるとは思っておらず、見間違いだろうと思ってしまったのです。しかし、その後、カミルという名の方が私に会いたがっているという連絡を受け…、心から…驚きました。カミル様が無事でいらして…本当によかったです」

カミルの手を握り締めて切々と語りかけた後、ベネディクトは胡桃の方へ向き直って厚く礼を述べた。

「胡桃さん。カミル様を信じて、助けてくださり、本当にありがとうございました。荒唐無稽な話だったでしょうに…」

「…いえ。信じざるを得ない出来事があったりしたので…」

ナイフで刺されたという話は物騒だと思い、口にはしなかった。いろいろと苦労はしたが、カミルの望み通り、ベネディクトと再会できてよかった。これでカミルとの縁も切れる。余計な思いを抱く前に別れを告げようと思い、胡桃はベネディクトにカミルを頼むと言って立ち上がろうとした。

しかし、カミルの顔つきが俄に固くなっているのに気づき、開きかけた口を閉じる。ベネディクトをじっと見つめるカミルからは、さっきまでの喜色満面といった顔色が消えていた。機嫌を損ねるような出来事があった覚えはなく、不思議に思う胡桃の前で、カミルはベネディクトを凝視したままでいた。

「……ベネディクト……」

ベネディクトに呼びかけるカミルの声には不安が混じっている。見つめられているベネディクトは、静かにカミルを見返し、哀しそうな声で話しかけた。

「…お気づきになられましたか？」

「……」

ぴったりとベネディクトに寄り添っていたカミルがたじろぐような仕草を見せ、彼の手を振り解《ほど》いて少し後ずさる。ベネディクトから視線を離さず、カミルは「どうして…」と声を震わせて聞いた。

その先をカミルは続けられなかったけれど、ベネディクトには何を言おうとしているのかがわかっているようだった。申し訳ありませんと詫びるベネディクトはカミル以上に悲痛な面持ちでいた。

「目覚めてからずっと、カミル様をお捜し続け…、俳優としての仕事を得てからもずっと捜しておりました。しかし、一向にカミル様は見つからず…。もう見つからないと思い、諦めてしまったのです…」

「だからといって……」

「…カミル様を失い、この世に一人きりで残された気分を味わい、自暴自棄になりかけていた私を…救ってくれたのが、ヘンドリックだったのです」

静かな口調で言い、ベネディクトは部屋の隅に立っていた男に視線を向ける。胡桃とカミルを部屋に招き入れた碧眼の男は、壁際に立ち、ずっと話を聞いていた。ベネディクトのマネージャーか何かで、自分と同じく、彼らがヴァンパイアであることを知っているのだろうと考えてはいたのだが…。

「…私は…ヘンドリックのために……こうすることを選んだのです。どうか…お許しください。カミル様」

「……」

申し訳ありませんと悲壮感に満ちた声で詫び、ベネディクトはカミルを見つめたまま動かなくなった。辛そうに歪んだベネディクトの顔を呆然と見返していたカミルは、ぎこちない動きで壁際のヘンドリックに視線を移す。

ヘンドリックは無表情な男で、カミルと目が合っても反応を示さなかった。ただ、無言で、ベネディクトと同じようにカミルを見つめる。両方から謝意を向けられた、カミルはどうしたらいいのかわからないといったふうに首を振る。カミルがひどく動揺しているのを察した胡桃は、「おい」と小声で呼びかけた。

「大丈夫か?」

カミルがどうして突然ベネディクトへの態度を変えたのか。ベネディクトとヘンドリックという男がどうしてカミルに謝っているのか。その理由を胡桃はわからなかったが、カミルが窮地に追い込まれている様子なのは伝わってきていた。胡桃の声を聞いたカミルはぎこちなく彼の方を向いて、しばし逡巡した後、小さく息を吸う。

それから、自分を励ますようにぎゅっと拳を握り、上擦った声で話し始めた。

「そ、そうだったのか…！　…ならば、仕方ない。我々は滅びゆく種族。これも運命と捉えよう」

「…カミル様…」

「案ずるな、ベネディクト。私には胡桃がいる！」

「…？」

どういう意味かと怪訝に思って胡桃が眉を顰めると、カミルはベネディクトと並んで座っていたソファから素早く移動する。今度は胡桃の隣に寄り添って座り、その手を握って、ベネディクトに早口で伝えた。

「わ、私がそなたを捜していたのはどうしているのか心配だったからなのだ。随分、文明も進歩しているし、困っているのではないかと思ってな。でも、元気そうでよかった。それに…それほどに大切に思える人ができて、よかった…」

「…カミル様…私は…」

「ベネディクトがしあわせならば、私はそれでよいのだ。それに私にも胡桃という、大切な相手がいる。お互い、よかったな」

どういう意味かと眉を顰めて胡桃が問おうとした時、カミルが手を握る力を強めてきた。ぎゅっと握られても相手は非力なカミルだから痛くはなかったのだが、視線を俯かせて見たその手には、悲壮な思いが込められているようで、何も言えなくなる。微かに白い指が震えている。子供が何かに必死で縋っているみたいに。

「……」

二人の間に何があったのか、正確なところはわからないが、カミルが必死でベネディクトを思いやっているのが感じられた。カミルは胡桃の手を握ったまま、壁際のヘンドリックを見て、ベネディクトをよろしく頼むと告げる。

「ベネディクトをしあわせにしてやってくれ」

凛とした声で言うと、カミルは急にソファから立ち上がった。それから、胡桃を「行こう」と促す。自分を見るカミルの目は涙が滲んでいるように光っていて、胡桃は何も聞けなかったし、言えなかった。

無言で見つめる胡桃に、カミルは震えの混じる声で独り言のように話しかける。

「下で朝生が待っているじゃないか。早く行こう」

「……」

「悪いな、ベネディクト。人を待たせているのだ。私には胡桃がいるから、私への心配はもう不用だ。ヘンドリックと達者で暮らせ」

「カミル様、でも…」

「さらばだ、ベネディクト」

胡桃が何も言えないでいるうちに、カミルはベネディクトの方を見ないままそう言い放つと、堪えきれなくなったように、急に駆け出した。走って部屋を出ていくカミルに胡桃が「おい！」と声をかけても、立ち止まりはしない。間もなくして、部屋のドアが閉まる音が聞こえ、胡桃は戸惑い顔でベネディクトを見た。

カミルを追いかけたいのはやまやまだが、どうしてこんな展開になっているのか、理由を確かめなくてはいけない。部屋に入る前、胡桃はこれでカミルとは別れることになるのだと考えていた。ベネディクトにカミルを預ければ…自分の役目も終わると、思っていたのに。

怪訝な顔つきでどういうことなのかと聞く胡桃に、ベネディクトは沈痛な面持ちのまま、衝撃の事実を告白した。

「実は……私はもうヴァンパイアではなくなっているんです…」

「え？」

「カミル様とは違い、私の母は人間で、純血種ではないのです。ですから、ヴァンパイアとして生きていくためには新月の夜に水に浸かるという儀式をこなさなくてはなりません。それをやらないでいると、徐々に人間になっていくのです」

「…まさか…」

「…カミル様を失くしたと絶望した私は…ヘンドリックに救われ、彼のために、人間として生きることを選びました」

苦しげに目を閉じるベネディクトは、重罪を告白しているかのように辛そうだった。それを見かねたのか、壁際に立っていたヘンドリックがその後ろ側に立ち、ベネディクトの肩にそっと手を置く。

顔を上げてヘンドリックを振り返ったベネディクトは、力なげに微笑んで、彼の手に触れて頷いた。その様子は、正しく愛し合っている二人のもので、胡桃は戸惑いを深くした。

ベネディクトに再会できた喜びが大きく、カミルは彼の変調にすぐには気づけなかったのだろう。しかし、話しているうちに違和感を覚え始めた。まさかという疑いは、ベネディクトの反応によって肯定され、ああ言わざるを得なくなったのか。

自分には胡桃がいるから、案ずるなと。

「カミル様に再会できるかもしれないとわかった時、私は心から嬉しく思うと同時に、深く悩みました。私の取った行動は取り返しのつかないもので、カミル様にとっては重大な裏切りです。…カミル様があのように…お許しになるのもわかっていたので…なおさら、辛かった…。カミル様は本当にお優しい方ですから…」

「……」

「会わずにいた方がいいのかとも考えたのですが、やはり、直接お会いしてお詫びしたかったのです。それと…カミル様がどのようにお暮らしなのかも、気になっておりました。…先ほど、カミル様がおっしゃっていたことは…」

本当なのかとベネディクトに確認される前に、胡桃はソファから立ち上がっていた。「すみません」と詫び、部屋を駆け出す。ベネディクトに事情を聞かなくてはならないと思い、飛び出していったカミルを追いかけなかったのを後悔する。

様子が変だと感じてはいたが、まさか、そんなにも深刻な事情があったとは。ベネディクトも辛かったのかもしれないが、それ以上にカミルはショックを受けたに違いない。カミルは出会った時からベネディクトを捜してくれと訴えていた。

自分が頼れる相手はベネディクトしかいないのだからと。

「っ…」

失敗したと舌打ちし、廊下を走り抜け、エレヴェーターへと辿り着く。エレヴェーター前には先ほどと同じボディガードがいたが、胡桃は彼らには目もくれずに下へ向かうボタンを押した。

するると。

「あの…」

控えめな声でボディガードに話しかけられ、怪訝な目つきで見ると、困ったような顔で胡桃の背後の方を指している。なんだと思って振り返った先には。

「カミル⁉」

エレヴェーターの向かい側の壁際に座り込んで、顔を伏せているカミルがいた。てっきり先に一階へ下りたと思っていた。胡桃は慌てて近づき、その前に屈んで「おい」と声をかける。

「どうした？　大丈夫か？」

「……」

「カミル！」

「…平気だ。ただ…どうしたらいいのかわからないのだ…」

「……」

折り曲げた膝を抱え、その上に顔を伏せているカミルの表情は見えない。けれど、苦しげな表情をしているに違いなく、胡桃は何も言えずに艶やかなカミルの黒髪を見つめているしかできなかった。

「…ベネディクトがなんとかしてくれると…信じていて…、だから、ベネディクトに会えれば…何もかもが解決するって思っていた。…しかし、もうベネディクトは頼れなくなってしまった……」

「カミル…」

「もう……どうすればいいか、わからぬ…」

小さな声で呟くカミルの肩が震えているのを見て、胡桃は心が締めつけられるような思いを味わった。安請け合いはするべきではない。もっと先を見据えて、建設的な方法を考えるべきだ。

そういう思いはあるのに。

「帰ろう」

「……」

ベネディクトという希望は失くなってしまったかもしれないが、元に戻ることはできる。取り敢えず、うちに帰って考えようと胡桃が勧めるのを聞き、カミルはおずおずと顔を上げる。案の定、カミルの目は涙で濡れており、胡桃は居たたまれなくなる。

「…いいのか?」

ここで駄目だと言えるくらいならば、とっくにカミルとの縁も切れていただろう。胡桃は内心で嘆息して頷き、カミルに立ち上がるよう促す。よろよろと立ったカミルの腕を掴み、エレヴェーターの方へ連れていき、再度ボタンを押した。

エレヴェーターのドアはすぐに開き、胡桃はカミルを連れて乗り込んだ。ボディガードの戸惑った顔が扉の向こうに消え、エレヴェーターは動き出す。その中で、隣に立つカミルがおずおずと伸ばしてきた手を、胡桃はしっかり握り締めた。

何も約束はできないけれど、カミルを見捨てられない。そういう自分の八方美人的な一面が混乱を生むとわかっていても、胡桃にはどうしようもできなかった。

CHAPTER6

ロビイ階に着き、エレヴェーターを降りてもカミルは胡桃の手を離そうとしなかった。ホテルのロビイという公衆の場で、男と手を繋いで歩くことは、胡桃にとっては非常に不本意ではあったが、泣き続けているカミルを突き放せなかった。しかし、ラウンジには朝生だけでなく、鷲沢もいる。さすがにまずいと思い、ラウンジの手前で足を止めた。

「…カミル。手を離してくれないか?」

「……。…すまぬ」

自分なりの気遣いを込めて頼んだつもりだったが、カミルがなんともいえない表情になるのを見て、後悔が生まれる。哀しみの底にいるカミルには、冷たく感じられただろうか。そんな迷いを抱き、胡桃が言い訳めいた説明をしようとした時、タイミング悪く、携帯が鳴り始めた。

小さく舌打ちをして取り出した携帯には、玉置の名が表示されていた。無視するわけにはいかず、胡桃はボタンを押す。通話状態になると同時に、玉置が「見つかりました」と報告する声が聞こえた。

「本当か⁉」

『寺口に福留がトランクルームを借りていたのを知らないかと確認したところ、寺口の姉が以前、契約していたトランクルームをそのまま譲り受けて使っていたのがわかったんです。それで調べたら、東高円寺駅の西にある、センズルームという会社が運営しているトランクルームに該当物件がありました。現在、碓氷が管理会社に出向き、鍵を借りる手続きをしています』

「わかった。俺もすぐに行く」

玉置も向かっている途中だというので、現地で合流しようと話し合い、通話を切った。だが、携帯を閉じた直後、カミルが哀しげに自分を見ているのに気づき、「すぐに」と言ったのを反省する。しまったと思いつつ、事情を説明しようとしたのだが…。

「胡桃は仕事に行くのだな？」

「…カミル……」

「大丈夫だ。私は朝生と家に戻っている。心配しなくてもいい」

「……」

そう言うカミルの目元はまだ涙で濡れていたが、全体的には落ち着いているように感じられた。本当は家まで一緒に帰り、慰めてやりたいものの、新たな展開を迎えようとしている現場に戻らないわけにはいかない。朝生がいるからと胡桃は自分を納得させ、カミルを連れてラウンジへ向かった。

ロビイから一段上がった場所に設けられたラウンジには、グランドピアノが置かれており、緩やかなジャズが生演奏されていた。朝生は鷲沢と共に窓辺のソファ席で寛《くつろ》いでおり、足早に近づきながら「おい」と胡桃が声をかけると、はっとした顔で振り返る。

「おじさん……カミル⁉」

朝生もカミルとはもう別れることになると思っていたに違いない。一緒にいるカミルを驚いた顔で見る朝生に、胡桃は事情を説明しないまま、家に連れて帰ってくれと頼んだ。朝生は戸惑った表情を浮かべたが、カミルが泣き顔でいるのに気づき、何も聞かずに頷いた。

「おじさんは…」

「俺は仕事に戻らなきゃいけないんだ。時間を作って早いうちに帰るようにする」

鷲沢がいる場では話せないという胡桃の意図を理解し、朝生は立ち上がってカミルに「行きましょう」と促す。カミルはぎこちなく鷲沢に頭を下げ、朝生と共にラウンジを出ていった。鷲沢はその一部始終を興味深げな顔で観察していた。

「話は終わったのか？」

「…ああ。世話をかけて悪かったな」

尋ねてくる鷲沢に、胡桃は無愛想な礼を言って、内心で溜め息をつく。ベネディクトに会いたいという、カミルの望みは叶った。しかし、ベネディクトにカミルを託すという胡桃の目論見《もくろみ》は頓挫《とんざ》した。

目的は果たせなかったとしても、鷲沢に借りを作ってしまったのは事実で、なんらかの礼をしなくてはならない。何を要求されるのかと身構える胡桃を、鷲沢はしばし無言で見つめた後、手を挙げてボーイを呼んだ。鷲沢はボーイにクレジットカードを預け、会計を頼みながら、胡桃に「いいのか？」と聞く。

「…何が？」

「現場に行かなきゃいけないんだろう」

「……」

早く行けと促す鷲沢は、この場では何かを要求するつもりはないのだと読み、胡桃は頷いて背を向けた。足早にラウンジを出る背中に鷲沢の視線が張りついているような感覚がして、眉を顰める。鷲沢はこれから、いつどういう形で自分に借りを返させようか、虎視眈々《こしたんたん》と狙うに違いない。

億劫に感じられても、自分から頼んだことなのだから、仕方がない。結局、何も変わらなかったのに…と後悔を抱くのは間違っている。少なくとも、カミルはベネディクトに会えたのだから。そう思うことにして、胡桃は現場へ向かうための足を速めた。

六本木から東高円寺へ戻ると、地下鉄の駅から地上へ上がる途中で、碓氷から電話が入った。管理会社から鍵を借りられたとの報告と、胡桃がどこにいるかという確認だった。

「今、駅に着いて…外に出たところだ。センズルームだったたか？　玉置は？」

『一緒にいます。さっき、二番目に訪ねたトランクルームなんで、すぐにわかると思うんですが…』

続けて碓氷が説明したトランクルームの場所は、玉置が最初にピックアップした三軒のうちの一つで、胡桃が確認を済ませていた物件だった。あそこかと納得し、胡桃は携帯を握り締めたまま走り始める。青梅街道沿いを抜け、二本目の筋を曲がると、百メートルほど先にあるビルの前に、碓氷と玉置の姿が見えた。

「中は確認したか？」

「今からです」

すぐに開けようと言い、胡桃は碓氷と玉置と共にビルの中へ入る。廊下の先にあるドアを共用の鍵で開けると、人が二人すれ違えるかどうかという細い廊下が続いており、その両脇に等間隔にドアが並んでいた。

「1543番です」

玉置が調べた番号を探して廊下を進んでいく。その間、胡桃は寺口にはトランクルームに何が入っているのか、心当たりはあったのかと聞いた。

「それがトランクルームのことはすっかり忘れていたようでした。東高円寺と聞いて、姉が住んでいたのを思い出し、そういえば…って感じで出てきた話なので…。恐らく、トレーニング機器なんじゃないかと言ってましたが…」

「福留はいつから又借りしてたんだ？」

「姉は二年以上前に結婚して、埼玉の方へ移ったそうなんです。当時、寺口は福留と一緒には暮らしてなかったそうなんですが、姉が引っ越す際、福留に手伝ってもらったことがあって、それがきっかけで使わなくなったトランクルームを福留がそのまま又借りするようになったらしいです」

「賃料は福留が？」

「そのようです。福留は一年ごとに利用料金を振り込んでいて、名義だけ、姉になっていました」

なるほど…と頷く胡桃に、碓氷の「ありました」と言う声が聞こえる。背後にいた碓氷の方を振り返って見れば、細い幅のドアに「1543」という数字が書かれたプレートが貼られていた。

胡桃と玉置が駆けつけると、碓氷は管理会社から借りてきた鍵でドアを開ける。ドアが開くと同時に照明が点くシステムになっており、蛍光灯の白い光が狭い内部を照らし出した。

部屋というより、用具入れ程度の狭い空間だ。そこに古い小型のベンチプレスが壁に立てかけるようにして置かれており、床の上には段ボール箱がいくつか積み上げられている。やはり使わなくなったトレーニング機器をしまっていただけなのか。

一瞬、失望しかけたが、廊下へ引っ張り出した段ボール箱の上蓋を開いた瞬間、胡桃だけでなく、玉置も碓氷も、緊張した顔つきになった。

「……」

「…主任…」

無造作に衣類が詰め込まれた箱の一番上に置かれていたのは…鈍く黒光りする、拳銃だった。まさかと自分の目を疑いつつ、胡桃はポケットから取り出したハンカチでそれを持ち上げて確認する。モデルガンの類いではなく、拳銃…マカロフであるのが見て取れると、元あった場所に戻した。

実入りのいい副収入があったと考えられる福留の部屋から、シャブの売人であった新家のスマホが発見された。福留は新家からシャブを譲り受け、捌くことで稼いでいたのではないかと筋書を書いたところで、トランクルームが見つかった。そこに覚醒剤を隠していたに違いないと…予想を立てていたのだが。

よもや拳銃が見つかるとは。想定外の展開に戸惑いながらも、胡桃は玉置と碓氷に残りの段ボール箱も運び出して、内容を確認するよう命じる。二人が早速作業に取りかかる横で、胡桃は携帯を取り出して南野に連絡を入れようとした。

しかし、携帯を操作しようとした直前、着信が入った。相手は宮下たちと捜査に当たっている笹井で、折り返させるために一旦電話に出る。

「…すみま…」

『主任。福留が会ってた相手がわかったよ』

挨拶も抜きで一方的に告げてきた笹井の声は緊張したものだった。胡桃はどきりとしつつ、

「誰ですか?」と問い返す。目の前にある拳銃を見つめる胡桃に届いたその名は。

『主任の読みは当たるね。光進会の三輪だよ』

「……」

やっぱり…とは返せず、額を手で押さえる。つまり…これは…。

「主任! こっちの箱にもチャカが入ってます!」

別の箱を開けていた玉置が高い声で報告してくるのを聞きながら、胡桃は驚くべき展開に呆然としながら、目の前の現実に即した新たな筋書を立て始めていた。


東高円寺のトランクルームにしまわれていた段ボール箱は全部で五つ。形も大きさもばらばらの箱の中からは、衣類などと共に一つずつ、拳銃が発見された。胡桃から報告を受けた南野が手配した鑑識課の捜査員たちが到着すると、さらに詳しく内容の確認が行われた。

鑑識課と前後して駆けつけてきた南野は、さすがに普段の暢気さを追いやって、表情を厳しくしていた。誰にとっても驚愕すべき、急展開である。どうなっているのかと慌てる南野を細い廊

下の先へ連れていき、胡桃は電話では説明しきれなかった、トランクルームに辿り着いた経緯を話す。

胡桃の話を聞き終えても、南野は首を傾げたままだった。

「だが、どうして福留が利用していたトランクルームから拳銃がいくつも見つかるんだよ？」

「知りませんよ。俺だってシャブがあるはずだと思って開けたら、拳銃だったんで驚いてるんです」

「じゃ、福留はシャブじゃなくて、チャカの密売をしてたってことか」

そう推測する南野に、胡桃は顰めっ面で首を横に振った。今のところ、確かな証拠は見つかっていないが…胡桃は別の見方をしていた。

「チャカを密売してたのなら、もっと商品らしく保管しているはずです。見つかっているものはすべて種類が違い、実弾が装塡されているものもあれば、ないものもあり、全部状態がばらばらです。あれは売り物というより…使用済みのものだと思うんです」

「使用済み…？　福留が使用したってことか？」

「ええ。というのも…福留が接触していた相手が、光進会の三輪だとわかったので、浮かんだ筋書なんですが…」

まだはっきりと言える段階ではないが、と前置きし、胡桃は先を続ける。

「福留の部屋から新家のスマホが見つかり、新家がシャブの売人だったこともあり、福留もシャブの密売で稼いでいたんだろうと考えてましたが…福留の副業は違ったんじゃないでしょうか。新家と福留の接点はいまだ見つかってませんが、二人とも、光進会の三輪とは接点があります。

新家は三輪に目をつけられていたし、福留は新家が殺害される前日、三輪と接触しています。そして、新家を殺したのは結果的に高畑でしたが、遺体には銃痕が残っていました」

「まさか…」

「俺は新家を撃ったのは福留だと思うんです。ついでに言えば、三輪が使っていたヒットマンは…」

「福留だっていうのか」

肩を竦めて頷く胡桃を、南野は眉間に皺を刻んで見たが、否定はしなかった。そう考えれば、すべてが繋がると納得できる筋書だった。

「三輪は凶器の拳銃をその都度用意し、福留に渡していた。使用後は始末するように言ってあったんでしょうね。しかし、福留はそうせず、ここにしまっていた。同じ箱の中から見つかっている衣類は、殺害時に着用していたものだと思います。調べればわかると思いますけど」

「なんてこった。福留の副業はシャブの密売じゃなくて…殺しだったのか」

唖然としながらも、胡桃の推測に同意した南野は、各所に指示を出す。胡桃も鑑識に協力している玉置たちと共に、証拠品の運び出しを手伝う。現場での作業があらかた終わり、一段落したところで、南野が「胡桃」と呼ぶのが聞こえた。出入り口の方から手招きしている南野に従い、胡桃はトランクルームの外へ出る。

光進会に関する指示かと思い、南野の言葉に耳を傾けようとした胡桃だったが。

「…何してんだ？」

「……」

南野が渋い表情で頭を掻き、尋ねてくるのにはっとさせられる。主語のない問いかけだったが、胡桃は何を聞かれているのかすぐにわかった。鷲沢に頼みごとをしたのがばれたのだろう。それでも、認めるわけにはいかず、とぼけて聞き返す。

「なんの話ですか?」

「口酸っぱく注意してくるのはお前の方じゃないか」

呆れたように言う南野を見て、やっぱりという思いを抱いた。鷲沢を情報屋として使っている南野には、いずれ話が伝わるかもしれないと考えてはいたが、こんなに早いとは思っていなかった。鷲沢は自分をネタに、南野から見返りを得るつもりなのだろうか。

鷲沢が何も要求してこなかったのは、そういうわけか。新たな不安が浮かび、胡桃は表情を厳しくした。

「…あんたには迷惑はかけません。関係ないで押し通してください」

「……」

「なんなら俺から…」

「もういい」

ふうと溜め息をついて、南野は力なく首を振る。だが、胡桃にとっては聞き逃せない話である。自分のせいで南野に迷惑をかけるわけにはいかないと思い、自分が責任を取ると明言した。

「よくないです。借りを作ったのは俺なんですから、俺がなんとかします」

「あいつに借りを返さなきゃいけないとか、そういうことは考えなくてもいいって言ってるんだ」

「どうしてですか？」

「どうしてって…」

聞き返された南野が言葉に詰まるのと同時に、胡桃の携帯が鳴り始めた。まだトランクルーム内にいるはずの玉置かと思ったが、表示されていたのは朝生の名前だった。カミルの件は自宅に戻ったら相談しようと告げてある。訝しく思いつつもカミルのことが気になって、南野に背を向けてボタンを押した胡桃は、「大変です！」という切羽詰まった朝生の声を耳にした。

『カミルが……カミルが、いなくなりました！』

「!?　どういうことだ？」

『それが…何か食べたいというので、俺だけ買い物に出掛けたんです。カミルは疲れているから家で待ってると言って…それで、戻ってきたら…いなくて…、書き置きがあって…』

「書き置き？」

『…ありがとう…って書いてあります。それだけなんですけど……でも…』

たぶん出ていったのではないかという朝生の考えを、胡桃は否定できなかった。ホテルで泣いていたカミルの顔が思い出され、厭な予感が頭に浮かぶ。カミルは唯一の庇護者であったベネディクトを失い、絶望している。もしかすると…カミルは…。

ぞっとする思いで、胡桃は眉間に皺を刻んで朝生に命じた。

「あいつは金を持ってないから、遠くには行けないはずだ。近くを捜してみろ。俺もすぐに帰る」

わかりましたという朝生の返事を聞いて通話を切ると、胡桃は後ろを振り返り、怪訝そうな顔つきで自分を見ている南野に頭を下げた。事情があって抜けさせて欲しいと頼む胡桃に、南野は首を傾げながら尋ねる。

「書き置きって、なんだよ？」

「…その…例の迷子が…いなくなって」

「……カミルとかいう？」

はいと頷く胡桃に、南野は続けてカミルは何者なのかと聞いた。

「アルフォンス・オリヴィエに会わせたいとあいつに頼んだ『カミル』っていうのは、あの迷子のことなんだろう？　ハリウッド俳優と知り合いの迷子って…」

「それは…」

鷲沢がそこまで詳しく南野に話しているとは思わず、咄嗟に言い訳が思いつかずに言葉に詰まると、「南野係長！」と呼ぶ声が聞こえた。南野はそれに返事をし、溜め息をついてから胡桃を見る。

「行け。後は俺が指示を出しておくから」

「……ありがとうございます」

追及はせずに送り出してくれる南野に頭を下げ、胡桃は足早にビルを出る。南野の指示じゃ当てにならないという、失礼な思いを抱く余裕もなく駅へ向かって駆ける。カミルは…カミルはどこへ行ったのか。

どうすればいいかわからないと泣くカミルに、帰ろうと声をかけた時は、素直に頷いたのに。他に行く当てなど、ないはずなのに。

「……」

だからこそ、厭な予感がして、たまらなかった。


東高円寺の駅まで駆け、地下鉄に乗って自宅へ向かいかけた胡桃は、途中で行き先を変えた。もしかすると、カミルはやっぱりベネディクトを頼ろうと考えたのかもしれないと思いついたからだ。電話でベネディクトに確認ができればよかったのだが、ホテルに電話したところで取り次いでもらえるわけがない。

直接訪ねるしかなく、六本木の駅から駆け上がって再び高級ホテルに足を踏み入れ、数時間前に辞したばかりのベネディクトの部屋を目指した。エレヴェーターが目的階に着くと、前と同じくボディガードが胡桃の前に立ちはだかった。

「さっき来たばかりだから、覚えてるだろう？　ベネ…いや、アルフォンス・オリヴィエに話があると取り次いでくれないか。カミルの件だと言えば、絶対に会ってくれる」

部屋へ行かせることはできないと進路を阻むボディガードに、必死で取り次ぎを頼む。その騒ぎが部屋の中にまで伝わり、間もなくしてヘンドリックが様子を見に現れた。胡桃を見たヘンドリックはすぐにボディガードを下がらせ、部屋へと案内してくれた。

居間へ駆け入ると、ベネディクトが驚いた顔で胡桃を迎えた。

「どうしたんですか？　胡桃さん」

「カミルは…カミルは来てないか？」

焦った顔つきで尋ねる胡桃に、ベネディクトは眉を顰めて首を横に振る。

「いいえ。胡桃さんと一緒だと…」

「俺の家に帰らせたんだが…いなくなったって…。だから、もしかするとやっぱりあんたを頼ったのかと…」

カミルがベネディクトを頼っていてくれれば、それはそれでよかった。ベネディクトに対する葛藤や遠慮がカミルにあったとしても、彼はカミルを深く理解している。だから、自分も安心して任せられると思ったのだが。

「カミル様はどこに…」

「わからない。捜してみる。悪いが、あんたの連絡先を教えてくれないか。いちいちホテルまで来てられない」

そう頼む胡桃に、ベネディクトは自分のプライヴェートな電話番号を教えた。胡桃はそれを携帯に打ち込み、自分の番号を報せるために着歴を残す。それが俺の番号だと早口で伝え、小走りに部屋を出る。

出口までつき添ったベネディクトは、ドアノブに手をかけた胡桃を、低い声で呼び止めた。

「胡桃さん。…もしかすると…カミル様は…」

その後にベネディクトがどう続けようとしているのかが胡桃には読めて、「わかっている」と言って遮った。胡桃自身、朝生からカミルがいなくなったと聞いた瞬間、それを頭に浮かべた。

カミルは死を選ぶのではないか。何もかもに絶望している、カミルなら…。

「……」

せめて家まで一緒に行ってやるべきだったと後悔しても遅い。胡桃は苦々しい思いで、カミルが見つかったら連絡すると告げ、美しい顔を曇らせているベネディクトに背を向けた。廊下を駆け抜け、エレヴェーターでロビイ階に下りる。高速のはずのエレヴェーターさえ、遅く感じられ、ひどくもどかしかった。

自動ドア一つにも八つ当たりしたいような気分で、胡桃はホテルからはタクシーを使い自宅を目指した。とにかく急いでくれと無茶な要求をして、携帯を取り出す。朝生に電話をかけると、どこにいるか確認した。

『カミルと来たことのあるコンビニです。店員に確認しましたが、見かけてないそうです。あと、一緒に行ったファミレスの方にも行ってみます』

「わかった。ベネディクトのところかと思って確認したが、カミルは来てないそうだ。俺は一度、家に戻って、そこから足取りを追ってみる」

『お願いします』

朝生との通話を切った胡桃は、大きな溜め息をついて車窓の外を見た。流れていく夜景を綺麗だと喜んだカミルの声が耳の底に蘇る。ベネディクトを捜し出せば、ベネディクトに会えれば、自分は安泰だと考えていたカミルが、どれほど心細い思いでいるのかは想像して余りある。頼れる相手を失ったカミルが死を選ぼうとすることは、もっと早くに予想できたじゃないかと、愚かな自分を悔いても遅い。

出会った時から、カミルは死のうとしていた。彼にとって死はリセットの手段でもある。しかし…。

「…そんな簡単な話じゃないだろ…」

火葬される日本で死ぬのは、焼かれてしまったら二度と復活できないカミルにとってはリスクがある。そう説明したのを覚えてくれているだろうか。それとも…二度と、目覚めなくてもいいと考えているのだろうか。

人間となることを選んだベネディクトには、カミルとは違って「死」が待っている。カミルが死んで、次に目覚めた時にはベネディクトは確実にいない。だから、自分も「死」を選ぶつもりなのだとしたら…。

よくない想像ばかりが頭を過り、胡桃の顔つきはどんどん恐ろしいものになっていた。そんな彼の様子をバックミラー越しに見ていた運転手は恐怖を覚えたらしく、可能な限り早く、彼を清澄白河の自宅まで送り届けた。胡桃は素早く支払いを済ませ、車から飛び降りる。

「…っ…」

胡桃の住まいは倉庫の二階にあり、あたりに人が住んでいる物件は他にない。人気のない、暗い道の両端を確認してから、階段を駆け上がった。もしかしたら、カミルが戻ってきているかもしれない。あまり期待は持てなかったが、一応と思い、部屋の中を確認する。

しかし、玄関にも居間にも寝室にも、カミルの姿はなかった。居間のテーブルには、朝生が話していた書き置きが残されていた。

「……」

ありがとう。下手くそな文字で書かれた一言が、胡桃の胸を打つ。カミルにはヴァンパイアとしての特別な能力があって、どんな言語も耳にしただけで操れるようになるが、読み書きは別なのだと言っていた。朝生に教えてもらっていたのか、見よう見まねで覚えたのか。二、三歳の子供が書いたような字は、震えているようにも見えた。

一言だけの書き置きからは行き先の見当はつかず、それを元に戻して、胡桃は険相で居間を出る。現金を持たないカミルの移動手段は歩きだけだ。それに地理にも詳しくないから、このあたりをうろついているしかできないように思える。

だが、当てもなくうろついたりするだろうか。カミルの目的が…死ぬことだとすれば、死に場所を探すはずだ。死に場所…と考え、胡桃が思いついたのは長野で見た棺桶だった。

「……」

長い間、棺桶の中で眠っていたカミルは、またあの中へ戻ろうと考えるのではないか。そんな推測は当たっているように思えたものの、問題がある。長野は遠い。簡単に歩いていけるような距離ではないし、カミルはどっちへ向かって歩いていけばいいかもわからないはずだ。

長野に行こうと考えたとして、カミルならどうするか。本人の立場になって想像しながら、胡桃は玄関を出て階段を駆け下りた。カンカンと高い音を立てて鉄製の階段を踏み鳴らす。滑るような勢いで下りきり、そのまま駆け出そうとした時だ。

「……」

何か気配を感じ、胡桃は振り返る。あたりに街灯の類いがほとんどなく、夜になると真っ暗になるせいで、はっきりと見えなかったが、何かがいる。まさかと思い、階段の後ろ側へ回ってみると…。

「っ…カミル!!」

階段の影に隠れるようにして、カミルがぽつんと立っていた。不安げな表情で自分を見るカミルを、胡桃はほっとして……思わず、抱き締める。

「…よかった……」

ただいなくなっただけでなく、死んでしまうかもしれないという恐れを抱いていた。だから、カミルを見つけられたことに想像以上に安堵して、抱き締めてしまったのだが、本来の胡桃にとってはありえない行動だ。

胡桃…と呼ぶカミルの声が聞こえると、はっと我に返る。慌ててカミルの身体を離し、「すまん」と詫びてから理由を聞いた。

「どうして…いなくなったりしたんだ…？　朝生が心配して……あの書き置きも…」

「……」

「カミル…」

ホテルで別れた時、カミルは落ち着いているように見えたが、それは自分を気遣って無理をしていたのだとわかり、胡桃は辛くなった。目の前で視線を落として俯いているカミルは、わずかな時間でひどくやつれたように見える。すべてを失い、放心しているようにも。

カミル。胡桃が二度、呼びかけると、カミルはおずおずと顔を上げた。

「…これ以上…胡桃には……朝生にも、迷惑はかけられないと思って…。…元いた場所に戻ろうと思ったのだが、どうやって行けばいいかわからず……」

途方に暮れていたというカミルの告白を聞き、胡桃はやっぱりと嘆息する。元いた場所というのは長野にある棺桶に違いない。だとするなら…。

「死ぬ気だったのか？」

「……。それが一番なのだ。私はこの時代では生きられそうにない」

「時代が変わったって同じじゃないのか。ベネディクトは…」

いないんだぞと続けようとして、胡桃は途中で言葉を止めた。カミルの顔がひどく強張るのを目にしたせいだ。辛い現実を突きつけるのが可哀想《かわいそう》で、言葉を選ぼうとするのだが、相応しいものが浮かんでこない。

取り敢えず、部屋に連れていこうと思い、カミルの腕を摑む。その時、カチンと音を立て、何かが落ちる音がした。カミルが手に握っていたものが落ちたらしく、慌てて探し始める。胡桃も周囲を見回し、カミルよりも先にそれを見つけた。

「…これか…。…！」

何気なく拾い上げたものを見てぎょっとする。古いガラス製の小瓶は胡桃にとって見覚えがあるものだった。長野の遊園地で、棺桶の中を確認した際、カミルが毒薬だと言って見せたあの小瓶だ。棺桶に戻したと思っていたのだが。

「胡桃…！　それは私の……」

「これを飲んで死ぬ気だったのか？」

「返してくれ！」

カミルは必死な顔つきで求めてきたが、返すわけにはいかない代物だ。飛びかかってくるカミルをひょいと避けた瞬間、胡桃の手先から小瓶が滑り落ちる。高い位置から勢いよく落ちた小瓶は、先ほどよりも強い衝撃を受けてパリンと割れてしまった。

「っ……！」

カミルには渡せないと思いながらも、壊すつもりまではなかった。すまんと慌てて詫びる胡桃の前で、カミルはその前に蹲ってガラスの欠片《かけら》を拾い上げようとする。胡桃は怪我をするからやめろと制し、カミルを強引に立たせた。

「離してくれ…っ…私は…っ…」

「死んだって状況は変わらないって言ってるんだ」

「わからない…」

わからないじゃないか…と繰り返し、カミルは俯く。細い肩が震えている。カミルの顔は見えなかったが、泣いているのだと察せられて、胡桃はその身体を引き寄せて再び抱き締めた。腕の中に抱くと、いかにも頼りなげな細い身体を守ってやらなくてはという気持ちにさせられる。

約束なんかできない。面倒事を抱えるのはごめんだ。そう思っているのに。

「…死んだら…俺にも、朝生にも、もう会えなくなるんだぞ？」

「……」

「行くところがないなら…うちにいたらいい」

安請け合いを口にする自分を責める声が頭の奥から聞こえたが、他に方法はないじゃないかと言い返す。ふう…と深い溜め息を吐き出すと、カミルが背中に手を回してくる。ぎゅっと子供みたいに縋ってくる手を、振り払えないし、しっかり握ってやることもできない。

中途半端な自分に厭気を覚えながら、胡桃はカミルを促して、階段を上がった。

カミルを部屋に帰したら、すぐに朝生に連絡を取るつもりだった。朝生に見張っているよう言い、山場を迎えている捜査現場に戻ろうと考えていたのに。

玄関のドアを閉めてすぐ、カミルが正面から抱きついてキスをねだってきた。胡桃は驚き、何をしているのかと叱ろうとしたのだが。

「…頼む」

「……」

暗闇の中で聞こえたカミルの声は、それまでのどの時よりも真剣で、切実な思いに満ちているように感じられた。絶望的な気持ちを少しでも和らげたいと考えているのだろうか。カミルを思いやる気持ちが抵抗を弱らせ、仕掛けられる奔放な口づけが理性の働きを鈍らせる。

「…っ……ふ…」

胡桃の欲望を煽るように、カミルは大胆に唇や舌を使って深いキスをする。そこが玄関で、自分がどういう状況下にあるのかを、胡桃に忘れさせるのに十分なキスを。

「……胡桃…」

「…っ…」

耳元で名前を囁かれるだけで、身体が反応してしまうのを胡桃は止められなかった。カミルとのセックスがどれほどの快楽を生むか、すでに身体が覚えてしまっている。それに、今、自分が拒絶したらカミルがどういう思いをするかという心配もあった。死のうとまでしていたカミルを、これ以上哀しませるのは…。

だとすれば、自分が取れる方法は一つしかないと、胡桃は腹を括《くく》る。

「…余計なことは…するなよ…」

「余計なこと?」

「動けなくしたり…するだろ?」

不本意であるのにもかかわらず、カミルの誘惑を拒絶できなかったのは、身体が動かず、声も出なくなってしまったからだった。それはカミルがヴァンパイアの能力を使っているからだと考えていた胡桃が、あらかじめ注意すると、カミルは綺麗な笑みを浮かべて「ああ」と頷く。

「気づいていたのか?」

「っ…不埒な奴だ」

やっぱりと苦く思って、胡桃はカミルの腰に手を回す。キスを望んでくるカミルと、深く咬み合いながら、下衣の中へ手を差し入れる。細いカミルにとって借り物である胡桃の衣類はぶかぶかで、ボタンなどを外さずとも楽に触れられた。

すでに反応を示しているカミル自身を手にした胡桃は、わずかに戸惑いを覚えた。それまで「襲われる」形で行為に及んでいたので、カミルのものに触れるのは初めてだ。自分以外の男のものに触れるのも。

違和感はあったが、嫌悪感はなく、胡桃は自分のものを弄る時のようにカミルを愛撫する。掌に包んで軽く扱くだけでもカミルは感じるようで、胡桃の身体にこすりつけるようにして腰を揺らめかす。

「…ふ……胡桃……」

キスの狭間で名前を呼び、カミルは胡桃自身に触れることを望んで、ボタンを外してファスナーを下ろす。互いのものを愛撫しながら淫らなキスを続ける行為は、予想以上の快楽を生んで、胡桃を翻弄した。

「っ…ふ……」

「…ん…っ……あ」

時折、耳に届くカミルの声は甘く、身体の芯を疼かせる。情熱的な口づけと、手の愛撫だけでも十分に達せられそうだったが、カミルの望みに応えてやりたい。そう思って、胡桃は自分を握っているカミルの手を退け、彼に背を向けさせて壁へと押しつけた。

「あ…っ……ん…」

背後から覆い被さり、柔らかな肉を摑んで隠れている孔を探る。指先が触れただけで、カミルはきゅっと双丘を反応させる。中指の先を孔に押し当てると、じんわりと液が溢れ出てくるのがわかった。

「…やっぱり…自分から濡れるのか…」

「…ん…っ…そう、言っただろう…」

感心したように呟く胡桃に、カミルは焦れったげ《じ》に孔をひくつかせて掠れた声で返す。男であるのに濡らさずに繫がれることを不思議に思い、カミルに確かめた。ヴァンパイアは男でも、感じると濡れるのだと聞いていたが、自ら確かめてみると実感が湧く。

胡桃が探り探り孔に指先を埋めていくと、カミルは甘い吐息を零した。不快に思っている様子はなく、感じているのを見て、指を増やす。

「っ…あ…っ…！」

二本に増やした指を奥まで入れる途中、カミルが高い声を上げて身体を震わせた。大丈夫か？と気遣う胡桃に、頭を振って要求する。

「もっ…と……そこ…っ…」

逆に弄って欲しいのだと聞き、胡桃は窺いながら指を上下させる。カミルは感じるポイントに当たるたび、高い声を上げて内壁を蠢《うごめ》かせた。

柔らかく、熱く、濡れた内壁に包まれていると、指先までもが快楽を感じ始める。胡桃はカミルの内側を可愛がりながら、背後から項《うなじ》や耳元に口づけを施す。熱い唇を耳の後ろに当て、「いいか？」と聞く胡桃に、カミルはすぐさま頷いた。

「っ…早く…っ…」

欲しいと望むカミルの声に煽られ、胡桃は指を抜いて細い腰を抱える。身長差のあるカミルの身体を持ち上げるようにして、一気に下から貫くと、一際大きな嬌声が上がった。

「ああっ…」

「っ…」

奥まで入り込んだ胡桃自身を求め、絡みつくカミルの内壁は貪欲《どんよく》で、恥を知らない。ぎゅうと強く締めつけられる刺激に、達してしまわないように堪えながら、胡桃はカミルの背中に身体を密着させる。

「カミル……」

「…っ……」

愛おしげに名前を呼ぶ胡桃に応えようと、カミルが首を捻ってキスを求める。その横顔に唇を這わせ、胡桃は腰を抱え直した。

「っ……んっ……ふ……っ……」

ゆっくり快楽を味わう余裕は二人ともになく、お互いが刹那《せつな》的に欲望をぶつけ合った。激しい行為は何もかもを忘れさせてくれる。カミルの淫猥な望みに十分に応える頃には、自分の置かれた状況など、胡桃の頭のどこにも残ってはいなかった。


朝生に連絡を取って…、カミルを預けて、すぐに現場に戻ろう。思いがけない接点が浮かんできたことで、事件の真相に近づきつつある。福留が光進会のヒットマンであったことが証明できる目処が立ったら、カミルともう一度ゆっくり話し合おう。

部屋に入る前に考えていた段取りは、玄関先で崩れ去ってしまった。カミルの要求を拒めず、なおかつ、自らも情事に夢中になりすぎた胡桃は…。

「胡桃」

「…っ…」

自分の名を呼ぶカミルの声にはっとして、目を開ける。薄闇の中にカミルの顔が見え、どうやら自分はベッドに寝ているのだとわかった。しかし、起き上がろうとしても、身体が動かない。それだけじゃなく、声も出なかった。

「……」

これは…いつものやつかと思い、胡桃はカミルに視線を送る。必死に束縛を解けと目で訴えるのだが、カミルは黙って見つめているだけだ。目だけを動かす胡桃をしばし見ていたカミルは、小さな声で「ありがとう」と言った。

「……」

ありがとう、というのはあの書き置きにあった言葉だ。胡桃は厭な予感を覚え、全身に力を込める。

「っ…ふ…っ…」

厭な予感がする。今、ここで動かなければ…話さなければ、自分は一生後悔する。そんな思いさえ浮かんで、全身全霊を込めて身体を自由にしようとするのに、どうしても叶わなかった。

そんな胡桃に、カミルは独り言のように続ける。

「胡桃のように優しい人間に巡り会えて…私は本当にしあわせだった。でも…私の存在は胡桃にとっては迷惑だろう」

「……」

「胡桃は優しいから……ここにいろと言ってくれただけなのだよな？」

「……」

「私のことを大切に思っているわけじゃないのだよな？」

図星を突かれたような気になり、胡桃は目線を泳がせる。カミルに心を読まれていたのも予想外で、どういう反応を示せばいいのかわからなかった。話せないことをラッキーに思う気持ちもあるが、黙っていることが肯定に繋がっても困るという思いもある。

相反する気持ちに揺れる胡桃を、カミルはじっと見つめた後、顔を近づけて唇を重ねた。触れるだけのキスで離れ、小さく微笑む。

「朝生にも…礼を伝えてくれ。二人には本当に感謝している」

「……っ」

「…私は胡桃を……本当に大切に思っていたのだぞ？」

それは信じてくれ…。そう言い、カミルは胡桃の額にそっと掌を当てた。冷たい感触にぞくりとするのと同時に、ふいに眠気に襲われる。谷底へ落ちていくかのように意識が急速になくなり、胡桃はカミルに何も言えないまま、深い眠りについた。


おじさん、おじさん。何度も呼ぶ声は聞こえていたのだが、なかなか瞼を開けられなかった。懸命に努力して、ようやく目を開くと心配そうな顔で朝生が覗き込んでいた。

「よかった…。おじさん、大丈夫ですか？」

「……か…みる……」

「まだ見つかってないんです。どうしようかと思って、おじさんの携帯に電話しても出ないから…困っちゃって。一度戻ってきたら…おじさん、寝てるから」

いや。実は見つかったのだと朝生に説明したかったのだが、まだ意識がはっきりしなかった。悪い薬を飲んだ後のように頭がぐらぐらしていて、ひどい頭痛もする。それでも胡桃は必死で身体を起こし、朝生に何時なのかと聞いた。

「もうすぐ…午前四時になります」

「……っ…」

カミルを家の前で見つけたのは、日付が変わるか変わらないかという頃だった。数時間しか経っていないのであれば、まだ遠くへ行っていないはずだ。胡桃は立ち上がり、ふらつく足下でキッチンへ向かう。

「…カミルがいたんだ」

「えっ」

後ろをついてきていた朝生に話しながら、コーヒーを淹れるために薬缶を火にかけた。懐から取り出した煙草を咥え、ベネディクトの話をカミルから聞いたかと確認する。ベネディクトの部屋に入れたのはカミルと胡桃だけで、朝生には何があったのかを伝える余裕なく、別れてしまっていた。

朝生は神妙な顔つきで頷き、カミルはかなり落ち込んでいたと話した。

「詳しいことは言いませんでしたが…ベネディクトさんを頼れなくなったと…」

「…これからどうするかについては…捜査の目処が立ってから、話し合おうと思ってたんだが…。あいつはどうしたらいいかわからなくなって…死のうとしてたらしい」

「そんな…」

沈痛な面持ちで呟く朝生を見て、胡桃は咥えていた煙草に火を点ける。朝生には知られてはならない疚しい部分だけを抜いて、家の前で見つけてからの経緯を説明した。

「長野の…棺桶のある遊園地に行こうとしても、どうやって行ったらいいかわからず、うちの階段の下に隠れてたみたいだ」

「えっ。全然、気づきませんでした」

「それで…とにかく、部屋に入れと言って…二人で中に入ったんだ。……そしたら…急に眠くなって…たぶん、カミルが何かしたんだと思う。気づいたら、ベッドの上…だったんだ」

「じゃ、カミルがどこに行ったのかは…」

わからないと首を横に振り、胡桃は眉を顰めて煙草の煙を吐き出す。動けない自分にカミルは「ありがとう」と礼を言った。朝生にも礼を伝えてくれと、言った。自分を大切に思っていたのだと、信じてくれと言ったカミルは…。

「…遠くには行けないはずだ。もう一度、捜しに…」

カミルの気持ちを切なく思いながら、胡桃は咥えていた煙草をシンクの縁に押しつけて消す。その時、携帯の着信音が何処かで鳴り響き始めた。上着のポケットに入れていたはずの携帯が消えているのを不審に思いながら、朝生と共に在処《ありか》を探す。

「ありました」

音を頼りにソファの方を探していた朝生が、鳴り続けている携帯を持ってきてくれたのに礼を言い、胡桃は渋い思いでボタンを押した。恐らく、痺れを切らした南野だろう。開口一番、詫びるつもりで口を開きかけた胡桃は。

『…胡桃さんですか？』

「……！」

聞こえてきたベネディクトの声に驚き、息を吞む。それから番号を交換したのを思い出し、

「すまん」と謝った。ベネディクトは自分からの連絡を待っていたに違いない。一度はカミルを見つけたのに、再び、逃がしてしまったのは自分の責任だ。

「あれから…見つけたんだが、またいなくなってしまったんだ。これからまた捜しに…」

『捜さなくても結構です』

「……どういう意味だ？」

『カミル様は私のところにいらっしゃったのです』

「!!」

まさかと思うような展開に、胡桃は目を丸くする。どうして…と聞こうとしても声が出ない胡桃に、ベネディクトは落ち着いた口調で事情を説明した。

『カミル様が見つかったかどうかが心配で、胡桃さんの携帯に電話したところ、カミル様がお出になられたのです。なので、いろいろと話をさせていただき、私と一緒に来ていただくことにしました』

「一緒って…」

『アメリカにです』

アメリカ…と繰り返しながらも、胡桃は自分が状況を把握しているのかさえ、よくわからなかった。カミルがベネディクトと共にアメリカへ行く。ベネディクトを頼ることはもうでさないと、泣き腫らしていたカミルの顔が頭に浮かび、混乱が深くなる。どうしてそんな話になっているのか…。

「だが、あんたには…ヘンドリックさんがいるんじゃ…」

『はい。ですから、以前のような関係ではいられませんが、それでもカミル様をお守りすることはできます。カミル様さえ、納得してくださるのであれば、私は可能な限りお世話をさせていただきたいと思っておりますから』

「……。カミルは…それでいいと、言ってるのか？」

はい…と答えるベネディクトに、胡桃は返す言葉がなかった。元々、望んだ結果でもある。人間ですらないカミルの扱いに困り、あまつさえ、肉体関係まで結んでしまったことを悔いて、なんとかして遠ざけたいと思ってきた。これ以上、一緒にいたらますます困ったことになると憂えていた。

ベネディクトという当てを失ったカミルを可哀想に思っても、一緒にいてやりたいと心から思うことには戸惑っていた。カミルは男で、人間ですらないヴァンパイアだ。ここにいればいいと口では言いながら、迷いを抱いているのがカミルにも伝わっていた。

だから、カミルは自分に迷惑をかけまいとして…。

『胡桃さん？』

「……あ…悪い。いや……その…」

『胡桃さんには大変お世話になって、感謝しております。カミル様に代わって、厚くお礼申し上げます』

「あいつは…」

『先にプライヴェートジェットに乗り込んでいただいています。私もこの電話を終えたら乗りますので、間もなく出国します』

「だが、あいつはパスポートも…」

『それはこちらで用意しました。どうやって用意したのかは、お聞きにならないでください。胡桃さんのような立場の方にはお話しできません』

「……」

まさかと思うほどの急な話に、胡桃は言葉を失くす。別れを告げることもできないのかと呆然としたが、カミルはちゃんと挨拶していったとも言える。ありがとうと、カミルは自分を見つめて言った…。

大切に思っていたのだと。

「……」

カミルの声が聞きたい。最後に、最後に…自分も「ありがとう」と言いたい。いや、「ありがとう」ではなくて…。

『では、失礼します』

言葉を見つけられない胡桃が言い淀《よど》んでいるうちに、ベネディクトはそう言って通話を切ってしまった。何も聞こえなくなった携帯を握り締め、呆然とする胡桃を見て、朝生が心配そうに「おじさん?」と呼ぶ。何があったのかと聞いてくる朝生に、カミルが本当にいなくなってしまったと、伝えるのには長い時間を要した。

すべては夢だったんじゃないか。そんな気持ちになるくらい、現実に起きた出来事を上手に認識できないまま、胡桃は仕事に戻った。呆《ほう》けている場合ではないと、自分を叱咤する気力だけは残っていたのが幸いだった。

肝心なところで再び姿を眩ました胡桃は、現場に戻ったら冷たい目で見られるのではないかと危惧していたのだが、意外にも皆が心配そうに気遣ってくれた。というのも、また急な腹痛を起こしたのだと、南野が説明していたのだ。

「主任。一回、ちゃんとした検査受けた方がいいよ。若いっていっても、もう三十半ばなんだし」

「そうですよ。後は俺たちでやっておきますから、病院行ってください」

らしからぬ真面目な顔で忠告してくれる笹井に恐縮し、休むように勧めてくれる碓氷に遠慮して首を振る。普段であればちゃんと働けと叱っている立場にある胡桃は、歯痒いような気分で、もう大丈夫なのだと繰り返した。自分が抱えていた「問題」はなくなった。二度と、同じような迷惑をかけることはないだろう。

胡桃が抜けている間に、トランクルームから押収された段ボール箱の中身が詳しく調べられており、その中から福留が書き残したメモが見つかったことが、捜査を大きく進展させていた。

それについて胡桃は、臨時の捜査本部が設けられた本庁の一室で、上層部との打ち合わせから戻ってきた南野から説明を受けた。

「メモが見つかった件は聞いたか？」

「はい。殺害した日時と使用したと思われる拳銃名が書かれていたとか」

メモ書きがされていたのは小さな手帳サイズのノートで、中には日付と拳銃の種類、撃った弾数が記述されていた。そして、その拳銃の種類はトランクルームに保管されていた段ボール箱から見つかった拳銃五つと一致している。

その上。

「お前が言ってた、光進会の三輪が使っていたヒットマンが福留だったんじゃないかって説な。あれ、ビンゴだったぞ。光進会が関わったと思われる過去のヤマと、福留が書き残した日時、殺害に用いられた拳銃の種類が一致した」

「やっぱり、そうでしたか…！」

「ただ、三輪との直接的な接点はまだ見つかってないんだ。福留と接触していた防犯カメラの映像で、引っ張れるかどうか、検討中だ。明日…いや、今日の午後までには結論を出すって言ってる」

それまでに鑑識から他の有力な証拠が出てくるのを願う…とつけ加える南野に、胡桃は頷く。新家の一件に光進会の三輪が関わっていると疑いながらも、証拠は見つからず、真犯人が逮捕できたこともあって、うやむやになってしまいそうだったのに、光明が差し込んできている。これも福留が証拠を保管しておいてくれたお陰だが、それについて疑問があると南野は首を捻っていた。

「しかし、福留は自分にとってもヤバイ証拠をどうして取っておいたのかね。メモまで残して」

「三輪に対する切り札として、持っておきたかったのかもしれませんよ。自分が使い捨てにされることを危惧していたとか」

「なるほど。それはあるな。新家のスマホはどう見る？」

「三輪の指示だったんじゃないでしょうか。三輪は商売敵でもあった新家の仕入れ先について知りたがっていて…スマホを持ち帰るよう指示したのでは？　福留は三輪に渡すつもりで一旦、自宅に隠したものの、思わぬ展開で寺口に殺されてしまった…。ただ、二つあったスマホのうち、一つが公道で見つかった理由はわかりませんね。途中で落としたのか、故意に投げ捨てたのか。福留が死んでますから」

真相は闇の中だと肩を竦める胡桃を、南野は難しい顔で見て頷く。それから、今後の捜査について細かな指示をいくつか伝達すると、「ところで」と切り出した。

「カミルとかいう迷子は見つかったのか？」

「……」

声を潜めて聞く南野に、胡桃はわずかに表情を固くして頷いた。自分の勝手な都合で南野には迷惑かけた。すみませんでしたと詫び、今後、このような真似は二度としないと誓う。深刻な顔つきで胡桃に深々と頭を下げられた南野は、困った顔になって頭を掻いた。

「そんな自害でもしそうな顔、するなよ。そこまでのことじゃない」

「…はい」

「……。なんだよ？　本当は見つかってないのか？」

胡桃の反応が重いのを気にして、南野は怪訝そうに首を傾げる。胡桃はそうじゃないと否定したが、その表情は固いままで、何か事情があるのだと如実に教えていた。普段の胡桃らしからぬ態度に、南野は溜め息をついて腕組みをした。

「どういう事情があるのか、俺にはよくわからんが…」

「すみません、迷惑かけて。でも、もう…解決しましたから」

カミルはいなくなったのだから、面倒をかけられることももうない。解決したと言いながら沈痛な表情でいる胡桃を、南野はしばし物言いたげに見ていたが、八時から宮下班も集めた捜査会議を行う旨を告げただけで部屋を出ていった。

南野の姿が見えなくなると、胡桃は長く息を吐いた。そうだ。カミルはもういない。いないのだから…。

「主任」

「わっ」

自分に言い聞かせるように考えていた胡桃は、背後から突然呼びかけられたのに驚いて振り向く。驚かせるつもりはなかったと怪訝そうな顔で言うのは玉置で、手にはタブレットを持っていた。それを胡桃に見せ、彼にとっても興味あるニュースを伝える。

「これ、見ました？　アル様、突然、帰っちゃったんですよ～」

「……」

嘆きながら玉置が胡桃に見せたのは、アルフォンス・オリヴィエことベネディクトが、早朝にプライヴェートジェットで突然日本を離れたという、芸能ニュースだった。朝のニュース番組で早々と流れていたらしく、胡桃は玉置の手からタブレットを奪って、映像を注視する。

「やっぱり、主任、アル様のファンなんですね？　食いつき方が違う」

胡桃が空港でアルフォンス・オリヴィエの出待ちをしていたのではないかと、玉置はまだ疑っているらしく、ニュースに釘づけになっている胡桃を窺うように見る。胡桃はそれを気にする余裕もなく、流れる映像を隅から隅まで確認していた。

　リポーターが成田空港から中継しているニュースでは、飛び立つプライヴェートジェットの映像が流されていた。だから、どこかにカミルが映っているかもしれないと…期待したのだが…。

　残念ながらカメラが映せたのはプライヴェートジェットの遠景で、小さなそれに乗っている者たちの姿など、見えはしない。だが、その中にカミルが乗っているのだと思うと、胸が痛くなる。

「映画で共演した、キャロライン・パーカーとの熱愛が噂されてて、彼女の誕生日に合わせて急遽《きゅうきょ》帰ったんじゃないかとか噂されてるんですけど、どう思います？　キャロラインって確かに美人ですけど、あんな女にアル様は振り回されたりしませんよね？」

　何かに縋るような思いで小さなプライヴェートジェットを目で追っていた胡桃は、聞こえた玉置の話に内心で苦笑する。ベネディクトと女優のロマンスなど、映画の宣伝目的にねつ造されたゴシップに決まっている。

　ベネディクトにはヘンドリックがいる。そして、カミルは…。

「……」

　以前のような関係ではいられないとわかっていながら、それでもベネディクトを選んで、一緒に行ってしまった。だが、自分にとってはこれが一番いい結果なのだ。そう思っているのに、いつまでもうじうじ考えてしまう自分が厭で、胡桃はタブレットを玉置に戻す。

　こんなどうでもいいことを報告しに来る暇があるのかと、自分を切り替えて叱責しようとしたところ、玉置の方が先に話題を替えた。

「そういえば、主任。カミルさんはどうなったんですか？」

「……」

どきりとする内容の問いに、動揺してしまいそうな自分を見抜かれないためにも、胡桃はわざと険相を作る。「は？」と不機嫌そうに聞き返したが、慣れっこの玉置は気にせず、質問を続けた。

「頭を打って記憶がないとか言ってたじゃないですか。まだ朝生くんと一緒に主任の家にいるんですか？」

「……。いや」

玉置の問いかけに首を横に振った胡桃は、もう帰ったと短く告げる。玉置はそれをいいように理解し、もう一人の名前を挙げた。

「記憶戻ったんですか。よかったですね。じゃ、朝生くんだけ？」

「……」

そうだと頷きかけた胡桃は、いや違うと自分の中で思い返して眉を顰める。そうだ。すっかり忘れていたが、朝生も沙也香のもとへ帰さなくてはいけないのだった。カミルのことで思わぬショックを受けていたものだから、出掛けてくる時も何気なく朝生に見送られてしまったが…。お前も家に帰れと言うべきだったのに。失敗したと思いつつ、胡桃は項垂れて溜め息をつく。その姿は玉置の目にもらしくないものと映ったらしく、怪訝そうに声をかけられる。

「主任、大丈夫ですか？　もしかして、まだお腹が…」

「…平気だ」

最初に腹痛を言い訳に使った自分のせいではあるが、これから当分、皆に腹を心配されるのだと思うと、憂鬱な気分にもなる。煙草を吸ってくると言い残し、部屋を出た胡桃は、皆に心配されるほど自分が落ち込んでいる原因が、カミルであることを、できるだけ考えないようにするのに懸命にならなくてはいけなかった。

意識していないと、ついぼんやりしてしまう。悔いてしまう。何を後悔しているのか、それを考えること自体を、さらに悔やんでしまうという愚かな真似を繰り返してしまう自分に、胡桃はほとほと厭気を覚えた。それでもこれ以上迷惑はかけられないと強く意識していたので、いつもよりもきびきび働いた。結果、光進会の三輪を逮捕するための証拠固めは着実に進んでいた。

早朝にカミルがベネディクトと共に飛び立っていった日の夜遅く。三輪の逮捕状が出るという朗報がようやく飛び込んできた。防犯カメラの映像や、知人の証言だけで福留と三輪の関係を裏づけるのは弱いといわれていたものの、福留本人のスマホから三輪との会話を録音した音声データが見つかったことが、決め手となった。

その日のうちに逮捕され、警視庁へ連行された三輪の取り調べに、胡桃は宮下や、組対の担当者と共に当たりながら、検察送致までの短い時間を慌ただしく過ごした。南野率いる四係の二班がようやく一段落つけたのはそれから二日後のことで、それぞれが二つの事件を続けて捜査したような状態であったため、疲労が色濃く滲んでいた。

「えー取り敢えず、お疲れ様ということで。慰労会は…また改めて開いた方がいいか?」

「慰労会なんていりませんって。休ませてください」

「そうですよ。呼び出しのない非番をください」

「何言ってんだ。慰労会は大事だろう」

「改めてとか言ってると、次のヤマが入りかねませんから、今日にしましょう」

慰労会よりも休みを要求する胡桃班に対し、体育会系が揃っている宮下班は、飲み会のチャンスは逃したくないと主張する。宮下の方が胡桃よりも年上でキャリアもあることから、胡桃たちの方が折れ、夕方から急遽開かれることになった慰労会に参加しなくてはならなくなった。

「玉置。碓氷たちと場所の確保、頼んだぞ。決まったら連絡くれ」

「主任はどこに行くんですか？」

野暮用だと言い残し、胡桃は足早に本庁を後にした。朝生を沙也香のもとへ帰さなくてはいけなかったのだと思い出しながらも、身動きが取れずにいた。電話の一本でも…と思っているうちに、三輪の逮捕が決まり、その後は息つく暇もないほどの忙しさだった。

ようやく一段落した、この隙に。そう思い、胡桃は地下鉄を乗り継いで桜田門から清澄白河の自宅を目指す。思いがけない展開で二つの事件が繋がったことや、カミルに振り回されたこともあり、朝生については後回しになってしまっていたが、もう葬儀の日から十日近くが経っている。さすがに沙也香も長野から帰ってきているに違いない。

自宅へ帰りたくない様子の朝生は、強引に追い出さない限り、出ていかないに違いない。なぜ、帰りたくないのか。本当はその理由を聞いてやった方がいいのだろうが…。

「……」

沙也香が絡んでいる件だけに、深入りはしたくなかった。幼い頃に植えつけられた苦手意識というのは影響が大きいものだ。沙也香は自分にとってのトラウマなのだと、内心で溜め息をつきながら、車窓に映る自分の難しげな顔を見ていると、ポケットに入れた携帯が振動し始める。

誰だと思って見れば、知らない番号が表示されていた。怪訝に思い、出ようか出まいか悩んでいるうちに、地下鉄は清澄白河の駅に着いていた。胡桃は電車から降り、歩きながら携帯のボタンを押す。

窺うように耳を澄まし、相手の声を待っていた胡桃が聞いたのは。

『英人？』

「…!!」

甘い響きのする低い声は沙也香のもので、胡桃は驚いて足を止める。他の乗客の邪魔にならないよう、通路の壁際に寄って「はい」と返事した。

グッドタイミングと喜ぶよりも、心でも読まれているのではないかと疑いたくなる。自然と眉間に生まれた皺を深め、胡桃は先に礼を口にした。

「…仕事でばたばたしてまして、連絡せずにいてすみません。いろいろとお世話になり、ありがとうございました」

『私の方こそ、ごめんなさい。もっと早くに報告するべきだったのだけど…。急遽、こちらに戻らなくてはいけなくなってしまって…。帰ってきてからもいろいろ予定が詰まっていて、こんなに遅くなってしまって本当に申し訳ないわ』

ということは…。やはり沙也香はすでに東京にいるのだと確信を得て、朝生の顔を思い浮かべて苦く思う。朝生が沙也香の帰京を知らなかったとは考えられない。やはり自分が追い出さなくては家に帰らないだろうと考えながら、胡桃は沙也香の声を聞いていた。

『でも、お墓への納骨までは済ませてきたの。あなたも忙しいとは思うけど、一度、篤子おばさんに連絡を取って、お墓を見に行ってくれる？』

「もちろんです。ようやく…休みも取れそうなので」

実はあれから一度、長野を訪れはしたのだが、とんぼ返りで東京に戻ってきてしまった。まったく、不義理すぎる自分は篤子たちに足を向けて寝られないと反省しつつ、早晩、長野を訪れようと決める。亡くなった父とは平行線のまま終わってしまったため、取り立てた感情はないが、篤子たちは別だ。世話になった礼をしなくてはと考える胡桃に、沙也香は続けて朝生について話し始めた。

『それに…あなた、忙しそうなのにあの子の面倒まで…。ごめんなさいね。あの子、私以外の肉親を知らなかったから…あなたに会えるのも楽しみにしていたの。それが…こんなに可愛がってもらって、喜んでるわ』

「…そうですか…」

ずっと留守にしていて、可愛がるというような真似をした覚えはないが、朝生は沙也香を安心させるために、そう報告したのだろうか。見方を変えれば、家に置いているだけで、可愛がっているとも取れる。渋い思いを抱きながらも、薄々感じていたことが当たっているのだと、嘆息した。

朝生から父がいないと聞いた時、沙也香の昔を思い出した。父親が再婚したことにより、胡桃が沙也香と一緒に暮らし始めた頃、彼女はまだ中学を卒業するかしないかという年齢だったが、その美貌故に艶聞《えんぶん》が絶えなかった。それも可愛いからもてるといったような幼いレベルの話ではなかった。

家の近くには常に沙也香目当ての男が車を待機させていたし、学校の教師も生徒であることを忘れて夢中になっていた。沙也香に入れあげた教師が自殺未遂騒ぎを起こし、転校を余儀なくされたこともある。沙也香の周囲から男の影は絶えず、最終的には駆け落ち騒ぎを起こして、胡桃の前から姿を消した。

沙也香と一緒に暮らしたのは数年という短い期間だったが、多感な思春期の頃だったせいもあり、強烈な苦手意識を胡桃に植えつけた。沙也香のせいで迷惑を被ることも多く、いっそ完全に他人だったら割りきれるのにと嘆いたりもした。

そんな沙也香が朝生を息子だと紹介した時、一体、どんな男と結婚したのだろうと訝しんだ。胡桃の知る沙也香は、「結婚」とか「家庭」というような言葉からは縁遠い女だった。だから、朝生から父がいないと聞いて納得し、まだ子供の朝生に対して同情心を抱かないでもなかったものの、それが乗じて沙也香と関わりを持つ羽目になる事態だけは避けたいと、一線を引こうとしていたのだが。

『本当は…あなたは私を嫌っていたから、朝生のことも嫌うんじゃないかと心配していたの』

「……」

苦笑交じりに沙也香が続けた言葉に、胡桃は何も返せなかった。朝生のことを嫌ってはいないが、沙也香と同じように苦手だと思い込もうとしていた節はある。だが、実際のところ、カミルの一件があったせいもあって、朝生にはいろいろと助けられた。

沙也香とは無理でも、朝生とはこれからも叔父と甥の関係を続けていけるかもしれない…と、少しは思っている。それを伝えようか迷う胡桃に、沙也香は耳を疑うような話を続けた。

『それが…一緒に暮らそうって言ってくれるなんて、本当に嬉しいわ。あの子、ずっと日本に戻りたがっていたのだけど、一人暮らしをさせるのは不安で…。あなたと一緒なら私も安心だから…』

「え？」

一緒に暮らそう…って？　日本に戻りたがっていた…って？　沙也香は何気なく話しているけれど、胡桃には理解の追いつかない内容で、慌てて「ちょっと待ってください」と話を遮った。

混乱する頭の中を整理しながら、沙也香に確認していく。

「一緒に暮らそうって…俺が持ちかけたと、あいつが言ってたんですか？」

『ええ。あなたは一人暮らしで、仕事が不定期で留守にすることが多いから、留守番役も兼ねていてくれると助かるからって…』

「な…に言って……、俺はそんなこと言った覚えはありません。それに日本に戻りたがっていたっていうのは…」

『一昨年《おととし》、私が再婚してからＮＹ《ニューヨーク》に住んでるの。たまたま一時帰国していた時に、篤子おばさんから連絡を貰ったものだから…』

「‼」

ニューヨーク！　思わず叫びそうになってしまった口元を押さえ、胡桃は壁に背を預けて天を仰ぐ。ということは…。沙也香が戻っているという「こちら」とは、東京ではなく、ＮＹなのか。

沙也香親子がＮＹに住んでるなんて、全然知らなかった。朝生だって一言も言わなかった。聞かなかったからというより、わざと言わなかったのだろうと苦く思う胡桃に、沙也香が窺うように尋ねる。

『もしかすると……あの子の嘘なのかしら？』

「……」

嘘をつかれた腹立ちはあり、はいと答えて、親である沙也香に事実を伝えたい気持ちはあった。しかし、朝生の気持ちを考えてやるべきではないかという、叔父としての良心が頭を擡《もた》げる。胡桃は小さく息を吐き、適当にごまかした。

「…そういうわけじゃないんですが、行き違いがあるようなので、ちょっと話してみます」

そう言い、困惑している様子の沙也香に、また連絡すると言って通話を切った。朝生を庇うつもりはなかったが、忙しくてゆっくり話を聞いてやれなかったという負い目もある。胡桃は閉じた携帯をポケットにしまい、足早に階段を上がって改札を抜けた。

沙也香は再婚したと言っていた。ということは、朝生が父はいないと言ったのは嘘だったことになる。あちこちに都合のいい嘘を振りまいたところで、最終的に自分の首を絞めるものだと教えてやらなくてはいけない。眉間に皺を刻んだまま自宅に帰り着き、階段を駆け上がって玄関のドアに手をかけた。すると。

「…っ…」

内側から突然それが開き、驚いて息を呑む。カミルか⁉　と一瞬、身構えた自分を、胡桃はすぐに反省した。

「あ…おじさん」

顔を覗かせたのは朝生で、ひどくがっかりした気分になると同時に、引きずっている自分を信じられなくも思う。カミルのことはもう忘れると決めたのに。意思の弱い自分に対する溜め息を呑み込み、胡桃は話があると切り出そうとしたのだが、それより先に朝生の方が「よかった」とほっとした顔で話しかけてきた。

「電話しようとは思ってたんですが、直接話せてよかったです。お世話になりました。母さんがこっちに戻ってきたみたいなので、家に帰ります」

「……」

にっこり笑って朝生は言うが、微妙に嘘が混じっている。もしも、沙也香の話を聞いていなかったら喜んで「そうか」と頷き、送り出していただろうが、真実を知ってしまった以上、そうもいかない。胡桃は渋面で腕組みをし、沙也香から電話があったのだと告げる。

「え…」

胡桃の顔つきからも、すべてがばれたと朝生は悟ったらしく、さっと表情を固くした。ばつの悪そうな顔で窺うように見る朝生に、胡桃はNYに住んでいるのかと確認した。

「…あの人から…聞いたんですか?」

「ああ。一昨年、沙也香さんが再婚してからNYに住んでるって。こっちにいたのはたまたまで、沙也香さんはもうNYに戻ってるらしいじゃないか。それに、俺がお前と一緒に暮らそうって持ちかけたっていうのはどういうことだ?」

「……」

眇めた目で見て問い詰める胡桃に、朝生は神妙な表情で項垂れ、「ごめんなさい」と謝る。嘘の上塗りをするつもりはないらしく、殊勝な態度を見せる朝生は、反省しているようだった。家に帰ると言った朝生は、NYに帰るつもりだったのだろうか。

胡桃がそう尋ねると、朝生は力なく頷く。

「本当は帰りたくないんですけど…ここにいても仕方ないかなと思って。カミルもいなくなっちゃいましたし」

「……」

カミルの名を聞くだけで、またどきりとする心を苦く思いつつ、胡桃は駅まで送ると申し出た。今さっき歩いてきたばかりの道を引き返しながら、朝生がNYに帰りたくなかった理由を尋ねる。慣れない異国での暮らしが苦痛なのかと思ったが、どうも違うようだった。

「海外での生活は初めてじゃないんです。日本で暮らした記憶の方が少ないっていうか」

「……沙也香さんは何度か結婚してるのか？」

「今度のが…四度目です」

実の母親だけに、複雑な思いがあるようで、朝生は声を潜めて言う。胡桃としてはやっぱりと納得するような事実でもあり、今の結婚相手について聞いた。

「NYに住んでるってことは…アメリカ人なのか？」

「はい。三度目の相手もアメリカ人で、その時はロスにいたんです。二年くらいだったかな。それで別れて…、またアメリカ人と。前の時は子供のいない人だったんで助かりましたが、今度は俺と似たような年頃の姉弟がいる人なので…」

その子供たちと折り合いがよくないのだと、朝生はしょんぼりした顔つきになる。再婚を繰り返す母親のせいで迷惑を被る朝生が気の毒になり、自分の中で本物の同情心が芽生えかけているのに、胡桃は戸惑った。

だったら…。このままうちにいたらどうだ。そう勧めたら、朝生は二つ返事で頷くだろうか。朝生は手間がかからないと、この十日ほどで立証済みだ。手間がかかるどころか潔癖症の朝生によって、部屋はどんどん掃除され、綺麗になっていった。世話になったのは自分の方だ。

朝生が沙也香に言ったことは嘘だったが、実は当たってもいる。自分の仕事は不規則で、部屋の掃除もままならない現状だ。朝生がいてくれたら、気兼ねなく留守にできるので、ありがたくもある…。

朝生…と、胡桃が迷いながらも呼びかけようとしたところ、先に向こうが口を開いた。

「…でも、逃げてても仕方ないんで帰ります」

小さく笑みを浮かべて言う朝生は、腹を決めているようだった。胡桃の言葉は行き場を失い、宙に消える。

「……。いいのか？」

「まあ…なんとか。カミルがいたら…おじさんの家にずっといたいと思ったかもしれないんですけど…。おじさん、帰ってこないし、正直、退屈で」

なるほど。ただ一人で家にいるだけでは退屈だというのは納得できる。それに朝生から望んだわけでもないのに、自分が余計なことを言って留まらせては、後々問題になりかねない。胡桃はそう判断し、ＮＹへ帰るという朝生に、いつでも遊びに来たらいいとだけ勧めた。

「ありがとうございます。……おじさん」

「なんだ?」

「楽しかったですね」

朝生がどういう意味で言っているのか、すぐにわからず、胡桃は怪訝な思いで隣を見た。朝生はにっこり笑って、「カミルに会えて」と続ける。

「……」

「正直、今でもカミルがヴァンパイアで、人間じゃなかったっていうのは信じられない思いもあるんですけどね。少しの間でしたが、俺、カミルと一緒にいられて楽しかったです。カミルって何も知らなくて、子供みたいで…困らされることもありましたけど、厭じゃなかったんです。ヴァンパイアの中でも偉い人だって言ってたのも、素直に納得できたっていうか…。生まれ持った尽くされキャラっていうか、面倒を見てあげなきゃって思える人だったんですよね」

人じゃなかったんですけど。苦笑してつけ加える朝生に、胡桃はコメントできないまま、ポケットの中に手を突っ込んだ。煙草が吸いたいが、朝生が一緒だし、歩きながら吸うわけにはいかない。

乾いた唇を軽く噛み、なんとも言い難い自分の感情を抑え込んでいると、朝生が不思議そうに「おじさん?」と呼びかけてくる。ちらりと横を見れば、微かに表情を曇らせていた。

「…おじさんは…カミルと会えて、楽しくなかったんですか?」

「……」

楽しいという表現は相応しくないような気がしている。ならば、どう言えばいいのか。胡桃はすぐに言葉が思いつかず、小さく息を吐いた。

「…忙しい時に振り回されたからな」

「まあ…確かに。おじさんは大変だったかもしれませんね。でも、カミルはおじさんに会えてよかったたって、本気で言ってましたよ」

「……」

自分も同じように思っているのだとは認められず、胡桃は何も返せなかった。そのうちに清澄白河の駅付近に着いており、通り沿いにある地下鉄の改札へ向かう階段の下り口のところで朝生は立ち止まる。

「ここでいいです。お世話になって、ありがとうございました」

「…気をつけて帰れよ」

「はい。おじさんも身体に気をつけて。若くないんですから、あまり無理しない方がいいと思います」

余計なお世話だと、苦笑と共に返し、階段を下りていく朝生を見送った。細い後ろ姿が見えなくなると、胡桃は深く息を吐き出して、再び家路につく。カミルだけでなく、朝生もいなくなってしまった。

これが自分の望んだ平穏だ。ようやく、いつもの生活に戻れる。そう安堵しているはずなのに、もやもやしている心を見つめたくなくて、胡桃は行き先を変更し、近くのカフェへ足を向けた。

煙草の吸える店を選び、喫煙できるテラススペースで延々煙草をふかしながら、ぼんやりコーヒーを飲んでいた。余計なことを考えないようにするために、意識的に頭を真っ白にして、灰皿に吸い殻を積み上げていく。

カミルも朝生もいなくなった。急いで部屋に戻る必要は何一つなくなった。事件も解決したし、これでようやくのんびりできる。明日は篤子に電話を入れ、長野を訪ねよう。そんな段取りを立てていると、携帯が鳴る。

着信相手は玉置で、急遽開かれることになった慰労会の会場についての連絡だった。一時間後に新宿の居酒屋で行うと聞き、通話を切るとすぐに店を出て、新宿へ向かった。人混みに紛れていた方が気持ちが落ち着く時もある。駅周辺を歩き回って時間を潰した後、指定された居酒屋へ足を向けた。

予約されていた大衆居酒屋の座敷に、靴を脱いで上がると同時に、玉置がさっと右手を差し出してくる。

「主任、会費ください」

「お前な。座ってもないのに、会費か？」

「ふらりと途中でいなくなられても困りますから。主任、最近、そういうの多いじゃないですか」

疑わしげな目で見てくる玉置に言い返せる言葉はなく、胡桃は渋々財布を取り出す。ご祝儀も含めて一万円を渡していると、南野が姿を現す。

「遅れてごめん。あ、会費か？　俺も払う」

自ら財布を取り出し、同じく万札を渡した南野は、胡桃の隣に腰を下ろした。その時、ふっとどこかで嗅いだ覚えのある匂いが南野から漂ってきて、胡桃は微かに眉を顰める。

「…あんた、なんか匂いますね」

「え…？」

そうか？　と首を傾げつつ、南野は自分の服の匂いをくんくんと嗅ぐ。洗剤の匂いじゃないのかと言われ、一旦は納得したものの、何かが引っかかったままだった。確かに、以前も南野から同じような匂いがした覚えがある。だが、その時は全然気にならなかった。

なのに、今になって引っかかるのは…どこかで同じ匂いを嗅いだ記憶が浮かびかけているからだ。どこで嗅いだのだろう。首を傾げて思い出そうとしていたのだが、出てきそうになく、そのうちに宮下が到着して考え事は中断されてしまった。面子《めんつ》が揃い、それぞれがジョッキを持ったところで、南野の挨拶が始まった。

「えー今回は意外な展開で、二つの事件が結びつくという厄介なヤマでありましたが、無事ホンボシを挙げられて大変よかったと、管理官や参事官から、お誉めの言葉をいただいております。しかしながら、このようなことが毎回続くものではなく……」

「その先は余計ですよ」

「どうせ皆、聞いてませんから」

説教はいらないと上司である南野を二人で切り捨て、胡桃は宮下と共に「乾杯」と言ってジョッキを掲げる。部下たちもそれに倣い、南野は困り顔で慌てて「乾杯」とつけ加えた。

「ひどいじゃないか～。俺の話も聞けよな～」

「終わりよければすべてよしって言うじゃないですか。結果が出せたんだからいいんですよ」

「そうですよ。説教は失敗した時に」

「それじゃ困るだろ」

お前たちはいつも…と南野は愚痴混じりの説教を独りごちていたが、胡桃も宮下も耳を貸さず、事件についてや、同じ捜一内の噂話などに花を咲かせていた。無事、解決した後の慰労会だけあって、終始リラックスした和やかムードで二時間余りの宴会は終わった。

「主任、二次会、カラオケ行きますけど。どうですか？」

「俺はパス。皆で行ってこいよ」

碓氷の誘いを、胡桃は笹井と共に断り、その場でカラオケに流れていく若手を見送った。笹井は妻から一次会で帰ってくるよう、厳重注意を受けているらしく、残念そうな顔で別れを告げる。

「非番中に呼び出されたのにお冠《かんむり》でさ。ご機嫌取らなきゃいけないんだ」

「頑張ってください」

「今度は呼び出さないでくれよ」

それは約束できないと苦笑を浮かべつつ返し、ＪＲの駅へ向かう笹井に「お疲れ様でした」と声をかける。近くに残っているのは南野だけで、宮下もいるのだと思っていた胡桃が意外に思って聞くと。

「宮下はカラオケ、大好きだからさ。先頭切って行ったよ」

「ああ、そうでしたね」

以前、係の宴会で宮下がマイクを握って手放さなかったのを思い出して引きつり笑いを浮かべ、胡桃は南野に「あんたは？」と聞く。

「帰るんですか？」

「ああ……うん。またな」

「…はあ」

南野は胡桃に返事をしながら、周囲を見回すような素振りを見せていた。食事を終えて店を出る人々が増える時間帯でもあるから、歩道には人が溢れんばかりにいるし、道路は渋滞し、車はのろのろとしか動いていない。

どこかへ寄る用事でもあるのだろうか。不思議に思いつつも、胡桃は「お疲れ様でした」と挨拶を続け、先に歩き始めた南野を見送った。人混みに紛れても、南野はきょろきょろあたりを見回し、何かを探している様子だった。

「……？」

なんだろうなと首を傾げ、胡桃が駅へ向かうために振り返りかけた時だ。「よう」とどこからともなく声をかけられる。

「……」

この声は。どきりとして声の主を探せば、右斜め後ろににやついた笑みを浮かべた鷲沢が立っていた。胡桃が反射的に目を眇めると、鷲沢はそれをからかう。

「そんな厭そうな顔しなくてもいいじゃないか。助けてやったのに」

「……。用件を言え」

「お前は本っ当に態度が悪いな」

顰め面になる鷲沢を見ながら、胡桃は偶然なのかそれとも待ち伏せされていたのか、測りかねていた。借りを返させるためにわざわざ自分から出向くほど、鷲沢は暇じゃないはずだ。ならば、たまたま歩いていたというのか。

しかし、駅近くのそこは新宿の中でも大衆向けの店が集まる地区で、鷲沢のような人間には不似合いな場所だ。実際、六本木の高級ホテルでは馴染んでいた高そうなスーツが、ここでは逆に浮いている。

それに……。胡桃は鷲沢の出方を見つつ、それとなく道の端へ寄った。通行人の邪魔になるし、鷲沢と一緒にいるところを関係者に見られて問題視されるのも困る。いや。それを狙っていて、既成事実を作ろうとしているとも考えられる。

様々な可能性を考慮して黙っている胡桃に対し、鷲沢はそれとなくあたりを窺っているようだった。似た仕草をさっき見かけたばかりだったから、南野の顔が頭に浮かび、まさかと眉を顰める。

「……。…係長を捜してるのか？」

「……」

尋ねられた鷲沢が微かに表情を動かすのを見て、胡桃は自分の考えが当たっているのだと判断する。鷲沢は元々、南野が情報屋として使っている男だ。胡桃が鷲沢に「頼み事」をしたのも、南野はいち早く耳に入れていた。

ベネディクトに会えるよう手筈をつけてもらったホテルで、鷲沢は見返りの類いを要求してこなかった。その後、南野が鷲沢から話を聞いたと知り、もしや鷲沢は自分ではなく、南野に借りを返させようとするつもりなのではないかと懸念した。鷲沢にしてみれば、主任の自分よりも、情報を得やすい立場にある南野の方が利用価値がある。

自分が蒔《ま》いた種だ。自分で責任を取ると南野には言ったのだが…。

「借りを作ったのは俺だ。係長は関係ない」

「……確かに」

「なら…」

どうして…と訝しげに胡桃が言いかけると、背後のビルから宴会を終えたらしい団体客がどっと繰り出してきた。それらに押し出されるようにして胡桃は否応なく、鷲沢と接近する羽目になった。

「すまん…」

ぶつかりそうになったのを反射的に詫び、何気なく鷲沢を見た胡桃ははっとする。図らずも至近距離に近づいた鷲沢から香る匂いは…。

「……!」

南野から匂ったものと同じで、胡桃はそうかと納得した。どこかで嗅いだ覚えがあると思いながらも、どうしても思い出せなかったこの匂いは。ベネディクトの一件で、ホテルのエレヴェーターに同乗した際、隣に立った鷲沢から漂ってきていたものを、鼻が自然と覚えてしまっていたのだ。

つまり……鷲沢と南野は同じ洗剤を使っている、ということなのか。だが、どうもしっくり来ず、眉間に皺を刻んで鷲沢を見ると、怪訝な顔を返される。

「なんだ？」

「……。この匂いは…洗剤なのか？」

「洗剤？　匂いが残るような安物の洗剤を俺が使うと思うか？」

コロンだ。ふんと鼻息つきで鷲沢は横柄に言う。その説明の方がしっくりきて、胡桃は頷いたものの、今度は別の疑問が湧いて出た。

ということは…。南野は鷲沢と同じコロンを使っているのか？　いやいや、南野はコロンなんていう柄じゃないし、そもそも、鷲沢が使うものであれば相当の高級品のはずだ。南野がそんなものに金を使うとは思えない。

だったら…。

「……」

二人から同じ香りがした理由が思いつかないでいた胡桃は、次の瞬間、想像だにしなかった展開に見舞われた。

被疑者逮捕後、まったく別の現場から被害者のスマホが見つかった時以上の、驚きと困惑と衝撃を胡桃にもたらしたのは…。

「哲《さとし》」

聞き慣れた声がするのと同時に、目の前にいた鷲沢が背後を振り返る。その身体が動いたことで、胡桃の視界に入ったのは「哲」と鷲沢の名前を呼んだ相手で…。そして、それは…。

「……！」

「…胡桃？」

目を丸くして呼びかけてくるのは南野で、胡桃はいっぺんにもたらされた情報を整理できずに、硬直するしかなかった。鷲沢のフルネームが「鷲沢哲」であることは捜査資料上から知っていた。だから、「哲」と南野が呼んだ相手は鷲沢に間違いない。

問題は…。どうして南野が、情報屋でしかも暴力団組織を率いる立場にある鷲沢を、名前で呼ぶのかということだ。これまで南野が鷲沢を名前で呼んだ覚えはない。恐らく、二人で会っている時だけ、名前で呼んでいたのだろう。そう推測できるのは、自分を見る南野の顔が強張り、「しまった」という表情が浮かんでいるからだ。

胡桃は南野に、鷲沢と距離を置くよう、強く勧めてきた。情報屋として重宝する相手であっても、南野にとっては足下をすくわれかねない存在である。鷲沢の車に安易に同乗したりするような真似もするべきではないと、口酸っぱく言ってきたのだが。

名前を呼ぶほど、親しい間柄であったとは。驚きと戸惑いがない交ぜになった顔つきで凝視する胡桃から、南野は鷲沢に視線を移す。どういうことだと事情を問うように見る南野に、鷲沢は肩を竦めた。

「お前を捜してたら、こいつを見つけたから声をかけたんだ」

悪びれた様子もなく返す鷲沢は、南野を「お前」呼ばわりする。口が悪くてそう呼んでいるというよりも、妙な親近感が感じられて、胡桃は戸惑いを深くした。もしかして、南野と鷲沢は…情報提供者と、受託側という関係だけでなく、もっと親密な間柄にあるのではないか。

親密な間柄。そう。名前を呼ぶほどの…。

「…鷲沢と会う約束をしてたんですか?」

頭の中で疑念を渦巻かせながら、胡桃は眉を顰めて南野に問いかけた。二人の関係の深さはともかくとして、南野が鷲沢と会おうとしていた理由は確かめておかなくてはいけない。鷲沢にも南野は関係ないとはっきり言ったが、自分よりも南野の方が利用しやすいのは明らかだ。

自分の一件が絡んでいるのだとしたら、鷲沢の前で南野にも改めて明言しておこうという考えで問いかけた胡桃に、南野は困りきった顔つきで曖昧な返事をする。

「約束…っていうか……。その……」

「言ったじゃないですか。あんたには迷惑かけられないって」

「そういうことじゃなくて…」

「じゃ、どうして…」

他に鷲沢に会わなくてはいけない理由があるのならば、それを聞かせろという勢いで問い詰めようとする胡桃を、「よせ」と遮ったのは鷲沢だった。続けて口を挟もうとする鷲沢を、南野は渋い表情で見て、目だけで制する。

そんな南野に、鷲沢は険相で反論した。

「仕方ないだろ。こいつは犬並みに鼻が利くんだ。どうせそのうち…」

「俺は犬じゃねえって…」

以前にも鷲沢から犬呼ばわりされた胡桃はカチンときて、言い返そうとしたのだが、その時、頭の中で何かが繋がった気がした。鼻…といえば……そうだ、匂いだ。南野と同じ匂いが鷲沢からも漂ってきたのは…。

「………」

名前で呼び、同じ香りを纏う…。南野と鷲沢がかなり親しい間柄にあるのは確実だが、妙にざわざわとした感覚が心の底から湧き上がってきているような気がして、胡桃は息を呑んで二人を代わる代わるに見つめた。

そう。たとえて言うなら、同じ職場で思いがけない人間同士が「つき合っている」のがわかった時のような、そんな戸惑いを覚えているのだが…。ありえないと頭から否定したいのに、できないのは…。

「ほら見ろ。鼻が利くだろ？」

「…お前が悪い」

「どうして？」

俺のどこが悪いって言うんだ？　詰め寄る鷲沢に、南野は胡桃が見たこともない厭そうな表情を向け、吐き捨てるように小声で命じる。

「先に帰ってろ」

「だが…」

「いいから」

強い調子で鷲沢を遮る南野は、いつもの彼からは程遠い感じで、胡桃は驚きで胸がいっぱいだった。鷲沢が南野を制するならわかる。及び腰を絵に描いたような人だから、鷲沢の押しの強さに抗《あらが》えず、無理難題を要求されるのではないかと、心配していたくらいなのだ。

しかし、目の前の二人の間には胡桃が考えていたのとは真逆の力関係が存在しているようだった。目を丸くしたまま硬直する胡桃に、鷲沢は叱られた子供みたいな膨れっ面で最後に絡んでいく。

「俺に借りがあるのを忘れてないだろうな？」

「え…？　…あ、ああ…」

「忠犬なら借りはきっちり返せよ。いいか？　誰にも言うな」

真剣な表情で凄む鷲沢が言わんとするところを、胡桃がはっきり理解できないでいるうちに、南野がさらに険の籠もった声で「哲」と呼びかける。ハウス！　とでも命じそうな顰めっ面の南野は、鷲沢に目の動きだけで退場するように命じた。鷲沢は「ちっ」と小さく舌打ちをしたものの、逆らうつもりはないようで、素直に雑踏へ消えていった。

その背中を呆然と見送りつつ、胡桃は今し方自分が目撃した一連の出来事を頭の中で整理した。南野は鷲沢を名前で呼んだ。一度ならずも二度までも。二人からは同じ香りが漂い、並々ならぬ親密さが感じられた。その上、思っていたのとは違う力関係が存在している様子だ。

南野が視線一つで鷲沢を退散させるとは。しかも、何気に聞き流してしまいそうだったが、「先に帰ってろ」と南野は言わなかったか…？

「胡桃」

「っ…！」

台風並みに育った疑惑が頭の中で渦巻いていた胡桃は、突如聞こえた声にびくりと反応する。南野は胡桃がよく知るいつもの困った顔に戻っており、腕組みをして「ふう」と溜め息をついた。何をどう言うべきか、迷っている様子の南野に、胡桃は「聞いてもいいですか？」と確認した。

南野は再度溜め息をつき、目を閉じて「ああ」と答える。覚悟を決めたというような、厳しい表情を見ながら、胡桃は頭から飛び出そうなまでに育ちきった疑惑を口に…。

「もしかして……あいつと…その……」

しようとしたものの、胡桃にとっても衝撃の大きすぎる内容で、どうしても先が続けられなかった。言い淀む胡桃と向かい合って立っていた南野は、腕組みをしたまま俯いていたのだが、しばらくして沈黙に耐えかねたように顔を上げた。

「お前の想像してる通りだ」

「……」

重い口を開き、疑惑を認めた南野に対し、胡桃は何も言えなかった。想像してる通り…つまり、南野と鷲沢はいわゆる、「つき合っている」ような間柄にあるというのか。いやいや、いやいや。

確かに、一つ一つの事実はそうだと示しているけれど。

「ちょ、ちょっと待ってください…っ…。お、俺が…想像してるのって…」

「だから、その通りなんだって」

「でもっ…」

「いろいろあるんだ。複雑な事情が、いろいろと」

険相で言い切る南野には、先ほど鷲沢を帰らせた時と同じ迫力があって、胡桃は何も言えなかった。南野というのは、常に優柔不断で、暖簾《のれん》に腕押し糠《ぬか》に釘。長いものには巻かれて、下からは突かれて、それでも暢気でいられるようなお人好《ひとよ》しだと思っていたのに。ずっと傍にいながら、こういう南野にまったく気づいていなかった自分の見る目のなさを反省させられる。

そして、胡桃がそんなふうに唖然としているのに気づいた南野は、慌てていつもの顔に戻り、失敗したと言いたげに頭を掻いた。

「…とにかく……、俺とあいつのことはそっとしておいてくれないか。頼む」

「……」

「誰にも言うなよ?」

「…そ、それは、もちろんです…」

当然じゃないかと、首を縦に何度も振りながら約束し、胡桃は鷲沢が言い残していった意味を理解する。借りがあるだろうと確認し、誰にも言うなと鷲沢が命じたのは、このことだったのか。

鷲沢に言われるまでもなく、自分は口が裂けても言うつもりはない。南野とは長いつき合いで、ただの上司だとは思っていない。この先、どちらかが異動になって職務上の関係性が変わったとしても、互いを気遣い合うような仲であると考えている。

だからこそ、余計に…。

「どうして…?」

南野が鷲沢と関係を持つようなことになったのか、その理由が知りたかった。控えめに聞く胡桃に、南野は難しい顔つきで沈黙していたが、しばらくして口を開いた。

「…借りを作って無理強いさせられているというわけじゃないんだ。だから、そのあたりは心配するなよ」

確かにその可能性も考えられたが、二人の関係性を目の当たりにした胡桃には、違うと断言できた。主導権を握っているのは完全に南野だった。胡桃は頷き、続けて「いつから?」と聞いてみる。

南野は項垂れて溜め息をつき、額を押さえて答えた。

「…二十年…以上になる」

「マジですかっ⁉」

「……」

思わず大声を上げた胡桃を、南野は恨めしげな目つきで見て、これ以上は答えないと断った。プライヴェートな問題だときっぱり言う南野は、鷲沢を黙らせた時と同じ怖い顔つきで、胡桃は自分の口元を押さえて頷いた。

自ら答えたことを後悔しているように頭を抱える南野を見ながら、胡桃は以前、彼が言っていたことを思い出していた。祖師谷の事件がＤＶに絡んだ犯行だという話をした際、南野は別れられるものならとっくに別れているだろうというようなことを言っていた。

恋愛には無縁だと思っていた南野らしくない台詞だと、あの時は感じられたのだが。実は深い言葉だったのかもしれない。なるほど…と感心する気持ちが自然と態度に出てしまい、興味深げに見る胡桃に、南野は眉間に皺を刻んで言った。

「誰にだって、知られたくない秘密はある。お前だって、そうだろう？」

「俺…ですか…」

自分にはない…と首を振ろうとして、はっとする。確かに。確かに…ある。カミルと思わぬ関係を、一度ならずも二度までも、いや、三度までも結んでしまったのは、間違いなく、誰にも知られてはならない秘密だ。

神妙な顔つきで頷く胡桃に、南野はさらに続けた。

「アルフォンス・オリヴィエの件だって、そうなんじゃないのか」

「……」

どきりとする心を隠しつつ、胡桃は慎重に頷いた。ベネディクトの一件を南野がいち早く知っていたのも当然だったと納得しつつ、つい、あの時のカミルを思い出してしまっていた。ベネディクトが重大な決断をしていたことを知り、愕然としながらも、自分を大切な人だと告げたカミルは。

どういう気持ちでいたのだろう。そして、今、カミルはどういう気持ちでベネディクトの傍にいるのだろう。きっとベネディクトはカミルを大切にしているだろうけれど…。それはカミルの望む「大切」ではない気がする。

「胡桃」

「…っ…あ、はい？」

「俺は…行くが…」

窺うようにお前はどうする？　と聞く南野に、胡桃は力なく頷いて、自分も帰ると告げた。頼んだぞ…と最後に躊躇いがちに言い、南野は人混みに紛れ、すぐにその姿は見えなくなった。人は見かけによらぬものだと、職業柄、様々な人間に関わってきた胡桃は、よくよくわかっているつもりだったが、まだまだ甘かったと痛感する。

まさか南野が…。しかも、鷲沢と…。

「脅されなくても誰にも言わないって…」

言えるものかと、力なく首を横に振り、天を仰ぐ。道理で二人から同じ匂いがしたわけだ。具体的な理由を考えるとぞっとせず、胡桃は背中を丸めて頭を掻く。慰労会で結構な量飲んだというのに、酔いはすっかり醒《さ》めてしまった。一人で飲み直す気には到底なれず、胡桃は駅へ向かってとぼとぼ歩き始めた。

地下鉄の駅から地上へ上がると、コンビニに寄って煙草とビールを仕入れて家路についた。さほど遅い時間ではなかったが、人気はなく、自宅に着くまで誰ともすれ違わなかった。二階へ続く階段を上がり、ポケットから鍵を出して施錠を解除する。ドアノブに手をかけた時、ふいに何度か繰り返した記憶が蘇り、動きが止まった。

「……」

ドアの向こうでカミルが待ち構えていたのは…何度だったろう。本当は二、三回のことだったのに、もっと長い間、同じことを繰り返していた気がする。息を吸ってドアを開けても、当然、カミルの姿はなく、真っ暗な玄関で胡桃は靴を脱いだ。

そのまま居間へ向かい、電気を点けると、帰る家を間違えたかのような錯覚に襲われる。朝生によって綺麗に片づけられ、掃除され、その上、快適に過ごせるようにとラグやクッションなどまで揃えられた部屋は、胡桃の記憶にある自宅からはほど遠い。

インテリアがまったく違っているからよそよそしく感じるだけでなく、誰もいない部屋はひどくがらんとして見えた。以前はそれが当然で、気にかけたことなど一度もなかった。朝生とカミルが滞在したのはごくわずかな間で、しかも、自分は捜査で走り回っていたから、毎日戻ってきていたわけでもないのに。

　寂しさを感じるほど、二人がいたことに慣れてはいなかったはずだ。そもそも、二人とも招かれざる客だった。自分の気持ちが理解できず、眉を顰めてキッチンへ回って冷蔵庫を開ける。ビールを放り込もうとして、自分が買った覚えのないプリンとジュースが入っているのを見て、困った気分でそれを奥へ追いやる。

「…俺はプリンなんか、食わんぞ」

　どうするんだ…と一人ごち、冷蔵庫のドアを閉める。シンクの横でカウンターに手を突き、居間全体を見渡した。朝生のお陰でどこもかしこも片づけられ、ぴかぴかになっているから、掃除しなくて済むのは助かる。

　取り敢えず、風呂に入って眠り、朝になったら篤子に電話して長野に顔を出そう。非番でも呼び出される可能性は十分にあり、その前に絶対、長野に行かなくてはならない。固くそう決めて、胡桃は寝室へ入ってスーツを脱いだ。下着一枚になって、着替えを用意しようとクロゼットを開けた時だ。

「……」

　作りつけになっている棚の一番上に、置いた覚えのないシャツがあった。なんだ…と思って手に取ると、その上にあったメモがひらりと舞い落ちる。

　屈んで手にしたそれには、見覚えのある下手くそな文字で「ありがとう」と書かれていた。居間のテーブルで見かけたカミルの書き置きを朝生が移動させたとは思えず、カミルがまた別に残していったものだろうと思われた。

「……これしか書けないのかよ」

苦笑して呟き、メモの下にあったシャツを見れば、カミルが刺されていた時に着ていたものだった。懸命に繕ったものの、うまくできなかったと見せてくれたのを思い出しながら、胡桃はシャツを手にベッドの端に腰を下ろす。

でこぼこしている縫い跡のあたりには、まだ染みが残っている。カミルの流した血の跡だ。それを指先でなぞっていると、カミルの顔がますます鮮明に思い出された。破れたシャツを直すことなど思いつきもしなかった胡桃は、カミルが洗って繕ったシャツを渡してきた時、戸惑ってしまいちゃんと礼が言えなかった。

あの時、自分は臆せずに「ありがとう」と言うべきだった。ありがとうと言えば、さっとカミルはにっこり笑って、礼を言われたことを喜んだに違いない。

嬉しそうに、笑って。

「………」

もやもやした気持ちが胸に広がり、胡桃は眉間に皺を刻んで煙草を手に取る。ライターで火を点けようとしたのだが、うまく火が灯らず、カチカチと音を立てて繰り返した。壊れてしまっているのか、結局、使い物にならないライターを八つ当たりのように投げ捨て、立ち上がる。

居間に違うライターを探しに行くと、ソファの前にあるローテーブルの上にあるのを見つけた。それで火を点け、煙を吸い込む。元々、飲み残したペットボトルや、雑誌、チラシなど、どうでもいいもので溢れていたテーブルは朝生によって綺麗に片づけられ、灰皿とライターしか置かれていなかった。

その横には胡桃が最初に見つけたカミルの書き置きがあり、それを手にソファに寝転がる。

ありがとう。もしかすると、ここや寝室だけでなく、他の場所にも同じ書き置きが残されているのかもしれない。ありがとう。これを見るたび、自分はカミルを思い出さなくてはいけないのか。

「……」

道路上に寝転がり、車に轢かれようとしていたカミルに出会った時、頭がおかしいのではと疑ったし、多忙な時にとんだ厄介事を背負い込んでしまったと、自分の運の悪さを呪ったりした。その後、カミルが人間ではないと信じざるを得ない出来事を目にした時には、本気でどうしたらいいのか、わからなくなった。

ベネディクトを捜して欲しいと望むカミルに、なんとかしてやると言いながらも、まったく先は見えていなかった。捜査だって二転三転していたし、正直、カミルのことを真剣に考えられる状態ではなかったのだ。それでも、カミルは自分を信じて、いつも期待するような目で見ていた。

いつ帰ってくる？　カミルがそう聞いた声が耳の底から蘇る。誰かに帰りを待たれることなど、本当に久しぶりだった。結婚を考えてつき合っていた女性に、何度かそう聞かれたことがあるが、いつもちゃんとした返事はできなかった。

結局、別れることになったのを、仕事が忙しかったせいだと考えていたけれど、本当は違ったのだろう。どれほど多忙であっても、自分がきちんと相手のことを考えて、向き合っていれば違っていたはずだ。

かけがえのない大切な相手だと、思えていれば。

「……」

つまり、それほど思える相手ではなかったから、駄目になってしまったのか。煙を吐き出すと、目の前が白くなる。気軽に抱き合いたがるカミルに、そういうことは大切な相手としかしないものだと教えた。

誰よりもその人のことが好きで、大事で、どんな犠牲を払っても守りたくて、ずっと一緒にいたいと思えるような、大切な人。カミルにはそう説明したけれど、自分にとってそれほどまでに思える相手がいただろうかと考え、浮かんできたのはカミルの笑顔だった。そんな自分に苦笑し、再び白い煙を吐き出す。

「…あの人にさえ、いるみたいなのになあ…」

ふいに南野の顔が頭に浮かび、そう呟いてしまったのだが、相手が相手だ。いかんいかんと余計な考えを消して、短くなった煙草を指に取って起き上がる。

誰もいない居間に一人、いる。だが、それも一時のことだ。電話が鳴ればすぐに部屋を出て、昼夜なく走り回ることになる。どうせまた家には戻ってこられないのだからと、寂しさを見つめないようにして、胡桃はシャワーを浴びるために立ち上がった。

一ヶ月後。


「主任！　笹井さんと連絡が取れないんですけど！」

「奥さんに携帯の電源切られてるんじゃないのか。奥さんの携帯の番号聞いているだろう。そっちに電話してみろ」

「厭です。話が通じません」

「俺が電話すると長いんだよ」

　到着するのを待ち構えていたかのように、声高に訴えてくる玉置に短く返し、胡桃は開け放たれている玄関ドアから、室内を覗く。すでに鑑識班は到着しており、作業が始まっていた。非番中だった胡桃に呼び出しがかかったのは、午後二時を過ぎた頃だった。ＪＲ秋葉原《あきはばら》駅から御徒町《おかちまち》方面へ歩いて十分ほどのところにあるアパートの一室で、五十代の男性が死んでいるという通報があったためだ。

　すぐに玉置に呼び出しをかけ、碓氷や笹井にも連絡するよう命じてから、現場アパートへ赴いた。二階建ての古いアパートに到着してすぐ、先に着いていた玉置が目を吊《つ》り上げて笹井に連絡がつかないと訴えてきたのだ。

「主任。こっちです」

　奥から顔を出した碓氷が声をかけてくるのに頷き、胡桃は靴にカバーをかけて室内へ足を踏み入れる。碓氷は先に臨場していた機捜と共に現場を確認していた。六畳の和室に、三畳ほどのキッチンスペースのついた物件で、奥の和室に男性の遺体が横たわっていた。

後頭部に殴られた痕があり、陥没したそこから溢れた血液が畳をどす黒く染めている。外傷は左側頭部にあり、身体の右側を下にしていることからも、左方から殴られて倒れた可能性が高い。その周辺で証拠品を採取している鑑識課員の邪魔をしないよう、襖越しに遺体の状況を見ながら、胡桃は碓氷と共にいた機捜の担当者から話を聞く。

「亡くなっているのはこの部屋の住人で、坂上一雄《さかがみかずお》さんのようだ。第一発見者の証言が取れているし、卓袱台《ちゃぶだい》の上の財布にあった免許証の顔写真からも確認している。財布の現金は抜かれたのか、札は一枚も入っていない」

「物盗りですか」

「わからんな。通報したのはガイシャの勤め先の同僚だ。ガイシャは東日暮里の工場に勤めていたんだが、朝、出勤してこず、電話にも出ないのを心配して昼過ぎに訪ねてきて発見したと言ってる」

「早いですね」

「ガイシャは心臓が悪くて、前にも一度倒れたことがあるんで心配したと言ってるが…まあ、そのあたりはそっちで頼む。第一発見者の氏名は…」

機捜から現場を引き継ぐため、細々とした情報のやりとりをしていると、「胡桃」と呼ぶ声が聞こえた。振り返れば、玄関先に南野の姿があって、手招きをしている。胡桃は後を碓氷に頼み、南野のもとへ歩み寄った。

「どうだ?」

「ガイシャはこの部屋の住人のようです。財布から現金がなくなっていますが、物盗り目当ての犯行とは考えにくいですね」

「というのは？」

「室内に荒らされた様子はありませんし、そもそも、盗みに入られるタイプの部屋には思えません。それに、卓袱台の上にグラスが二つありました。恐らく、客が来てたんじゃないでしょうか」

「なるほど。殺しには違いないか？」

「それは間違いないと思います。頭の左側…この辺ですね。後頭部に近い部分がへこんでるんで、自分でぶつけるのは難しいですし、体勢的にも左側から殴られたと考える方が自然です」

胡桃の意見をわかったと受け、南野は所轄署に捜査本部を立ち上げるよう、手続きを取ると続ける。お願いしますと言って、胡桃が碓氷の方へ戻ろうとした際、南野から例の匂いがふわりと漂ってきた。

思わず、眉を顰めた胡桃に気づき、南野が表情を曇らせる。

「……どうしてお前はそう、鼻が利くんだ？」

「あんたまで俺を犬扱いですか」

フンと鼻先から息を吐き、小声でコロンを変えさせたらどうかと提案する。

「変えさせたところで、どうせお前は気づくだろ」

「…確かに」

もう諦めていると力なく呟き、南野は背中を丸めて開け放たれているドアから外へ出ていった。

常に多忙を極めている南野は、いつもどことなくくたびれて見えて、しあわせなんかからは程遠く見えるけれど、実際は違うのだ。恋人のコロンの匂いを漂わせて現場に現れるくらいなのだから。

「……」

思わず零れた溜息は深く、碓氷が不思議そうに見てくる。「腹が痛いんですか？」と心配された胡桃は、必要以上の大声で「違う！」と否定してしまい、自分の大人げのなさを反省した。

その後、被害者の男性は何者かに撲殺《ぼくさつ》されたとして、殺人事件の捜査本部が所轄署に立ち上げられることが正式に決まった。初回の捜査会議は午後六時から開かれるため、それまでの間に一定の情報を集めなくてはならない胡桃たちは、ようやく呼び出しに応じた笹井も含め、全員がフル稼働で捜査に邁進した。

そして、午後六時。初回ということもあり、担当管理官や所轄署署長、刑事課長などが勢揃いした捜査会議では、事件の経緯と現状が報告されると共に、可能な限り早期解決へ導くよう、現場担当である胡桃班や所轄署の捜査員たちへの叱咤激励がなされた。

いつもながらに無理を言うと、半ば呆れながら訓示を聞いていた胡桃は、上役たちが会議室を出ていくのを待ち、所轄署の刑事課長と共に捜査の割り振りを決めた。

「……じゃ取り敢えず、ガイシャの敷鑑はうちが担当するってことで、地取りはそちらにお任せします。応援を二名ほど都合してもらえると助かります」

「了解です。胡桃主任、範囲的には…こちらと、こちらで…あと、ガイシャの勤め先近辺についてはどうしますか？」

「それはこっちがやります。玉置……あれ？　おい、確氷。玉置はどこ行った？」

「さあ。さっきまでいたんですけど」

トイレですかね…と首を傾げる確氷と共にあたりを見回すが、玉置の姿はない。後で確認を取ると返し、捜査の段取りについての打ち合わせを終えてしまうと、明朝の捜査会議までに有力な情報を得ることが重要だと、その場にいた捜査員たちに説き、解散を告げる。

「じゃ、笹井さんは所轄とガイシャの勤め先の方をお願いします。確氷は玉置と……まだトイレなのか。あいつ」

「あの…玉置さんなら、先ほど一階に下りていきましたよ」

玉置の姿が見当たらないのに眉を顰める胡桃に、所轄署の捜査員が控えめに情報を伝える。一階に何をしに行ったのかと怪訝に思いつつ、胡桃は確氷に所轄の捜査員と共に、被害者の交友関係を詳しく調べるように指示を出した。

その後で、胡桃は戻ってこない玉置を捜しに一階へ向かった。多々難はあれど、基本的に玉置は仕事熱心なタイプだ。さぼっているとは思い難いのだが…と、訝しく思いつつ、階段を下りきった時だ。

「やだ、朝生くんったら！　カミルくんも！」

「……!?」

どこからか聞こえてくるはしゃいだ声は玉置のものだとすぐにわかったのだが、その内容が信じられないもので、胡桃はぴきんと硬直して足を止めた。今、玉置はなんて言った？　朝生くん……そして、カミルくん……、確かにそう言わなかったか…？

「……」

まさか。いや、違う。そんなことは……あってはならない。二人は揃って一月《ひとつき》前に胡桃の前から姿を消した。その後はいつも通り平穏に…とは言い難いものの、それまで通りに暮らしてきたのだ。

俺の聞き間違いだ。朝生とカミルがこんなところにいるわけがない。そう思うのに。

「忙しいことなんて、全然ないから！　全然、暇だから！　いつ電話してくれても構わないんだって。朝生くんもカミルくんも、遠慮なんかしないで～」

「……!!」

やっぱり、玉置は「朝生」と「カミル」という名前を口にしている。同じ名前の別人である可能性は……、あの二人がここにいる可能性よりも低いだろう。つまり…。

ありえないと…絶対、ありえないと思うのに、ドキドキしている胸を押さえ、胡桃はそっと一歩を踏み出す。階段を下りきった場所は非常扉のある壁が邪魔になって廊下の先が見えなかったのだが、足を踏み出して目にした光景は…。

「!!」

まっすぐに続く廊下の向こう、ちょうど一階の正面玄関から入ってすぐのあたりに、玉置と一緒に朝生とカミルが立っているのが見えた。朝生は一月前と変わっていなかったが、カミルの方は髪が少し短くなり、何よりスーツを着ているせいで、別人のように見える。

けれど、あれはカミルだ。間違いなく…。

「カ…ミル……」

信じられない思いで胡桃が名前を呟くと、カミルはすぐにそれを聞きつけ、ぴょんと飛び上がる。

「胡桃!!」

「…っ…」

嬉しそうに笑って、大きく手を振り、カミルは胡桃めがけて一目散に駆けてきた。感動の再会…となるはずだったものの、胡桃にはそこが所轄署であるという意識がしっかりあったため、抱きつこうとするカミルをさっと避けた。抱きつく相手を失い、肩すかしを食らったカミルは哀しそうな顔で胡桃を見る。

「く、胡桃…」

「な、なんで…ここにいるっ…!?」

カミルが残念そうであるのに罪悪感を抱きつつも、ここで抱き合うような真似は決してできないという堅い理性が働いた。なんといっても捜査本部が立ち上がったばかりの所轄署なのだ。胡桃は意識して身構え、厳しい顔つきで突然現れた理由をカミルに尋ねる。カミルが答えようとしたところへ、遅れて朝生が駆けつけた。

「おじさん、突然、すみません…」

「一体、どういうことだ？　なんでお前らがここに…」

「おじさんの家に行ったんですが、留守だったので…玉置さんに居場所を聞こうと思って電話したんです。そしたら、ここにいるというので」

自分ではなく、確実にガードが緩いと思われる玉置に先に連絡を取るあたりに作為を感じつつ、胡桃は玉置を睨む。だとしたら、玉置は重要な初回の捜査会議中に朝生とやり取りをしていたのか。何を考えているのかと、険相で叱ろうとする胡桃を玉置は先に制した。

「主任は忙しいからって、朝生くんは遠慮して、私に聞いてくれたんですよ。その期待に応えて何が悪いんですか？」

「時と場合を考えろ！　お前だって、こんな奴らに構ってる暇、なかっただろうが！」

「こんな奴らなんて、ひどいです、主任！　セクハラです！」

「少しはまともに言葉を使え！　どこがセクハラだ！」

「じゃ、パワハラです！」

負けじと言い返してくる玉置が折れることはないのを知っているので、胡桃はさっさと話を切り上げて、朝生を見た。話している間もずっとカミルが自分を見ているのはわかっていたが、視線が合ったら最後、ろくでもない展開になる予感がして、恐ろしくてカミルの方は見られなかった。

「…とにかく、うちに行ってろ。わけは後で聞く」

「いいんですか？」

朝生は気遣った素振りを見せるけれど、それが目的で訪ねてきているのは間違いない。胡桃は顰めっ面で部屋の鍵をポケットから取り出し、朝生に渡す。

「俺は忙しいから、今夜は帰れないと思う。適当にやってろ」

「了解です。カミル」

行こうと促す朝生に頷き、カミルは「胡桃」と呼びかける。反射的にカミルを見てしまった胡桃は、きらきらとした黒い瞳にどきりとさせられた。

「待ってるぞ」

「……」

にっこりと微笑むカミルに、胡桃は何も言えずに、仏頂面で頷いた。何か…気の利いたことでも言えればと思うのに、ぶっきらぼうにしていないと、自らろくでもない真似をしてしまいそうな怖さがあった。

カミルを見た時に………はっきりとわかったことがあり、それが胡桃には恐ろしかった。本当は自分がカミルをどう思っているのか。どういう気持ちで、この一月を過ごしてきたのか。敢えて、考えないようにしてきたことが溢れ出そうになっている。

わずかでも気を抜けば、カミルの後を追ってしまいそうだった胡桃を助けたのは…。

「じゃ、私は…」

二人を送ってくると言い、何気なく朝生とカミルと一緒に行こうとする玉置の腕を胡桃はがしりと摑む。「お前はこっちだ！」と怒鳴る胡桃に、玉置は「セクハラです！」と高い声で叫び返す。セクハラというのは玉置の口癖だが、聞こえのいい言葉ではない。所轄署でおかしな噂が立っても困ると思い、胡桃は慌てて玉置を引きずるようにして二階へ戻ったのだった。

被害者の自宅アパート内への聞き込みから、殺害当夜に被害者宅を訪れていた人間がいたことが突き止められた。鑑識捜査の結果、卓袱台の上に残されていたグラスから、二人分の指紋が検出されている。重要参考人として目されるその人物は、以前から被害者宅に出入りしていたという証言もあり、特定が急がれた。

被害者は独身で、交友関係も限られていた。携帯電話にも職場関係の番号しか登録されておらず、出入りが目撃されていた人物を捜すのも、そう骨の折れる作業ではないと思われた。

「取り敢えず、明日の朝一番で、職場の同僚だった第一発見者を任同しよう。出勤してこなかったからって、昼過ぎに様子を見に行ったというのはどうも解せん」

「確かに。職場は東日暮里で、近所というわけでもありませんからね」

朝一番で手配します…と請け負う玉置に頷き、胡桃は腕時計で時刻を確認する。すでに午前三時を過ぎており、動ける事案にも限界がある。夜が明ける前に一度、自宅に戻る余裕がありそうだと判断し、胡桃は玉置に断りを入れた。

「…俺はちょっと抜けるから。何か動きがあったら連絡をくれ」

「あっ、主任。一人だけ、ずるいです。朝生くんに会いに行くんじゃないでしょうね？」

「何がずるいだ。俺は仕方なく、様子を見に行くんだ！」

好きこのんで帰るわけじゃないと険相で返し、うらやましそうな顔でいる玉置に後を任せて、胡桃は所轄署を出た。通りでタクシーを捕まえて乗り込み、清澄白河までと告げる。

本来であれば非番中であり、呼び出しさえ受けていなければもっと早くに二人から事情が聞けた。一月前、カミルはベネディクトと共に去り、朝生もまた、ＮＹへ帰っていったというのに、どうして今頃になって二人揃って現れたのか。それにカミルは朝生と二人で日本に来たのだろうか。それとも、ベネディクトも一緒に来ているのだろうか。

「…そんなニュースは聞いてないが」

タクシーの後部座席で思わず独り言を呟いてしまい、胡桃は慌てて咳払いでごまかす。明け方も近いような時刻だ。二人とも眠っているかもしれないと思いつつ、自宅前で停まったタクシーから降り、胡桃は足早に階段を上がる。

いつものように鍵を取り出そうとして、朝生に預けたのを思い出す。同時に、中にはカミルがいるのだからと…一月前の記憶を引っ張り出した。

きっとカミルは…自分が帰ってきたのがわかっているに違いない。だから…。

「……」

息を潜めてドアノブを回し、ゆっくりと開けたドアの隙間から覗き見た先には、にっこりと笑うカミルがいた。やっぱり…と思うのと同時に、なんともいえない安堵感めいた感情が湧き上がる。

それはカミルも同じだったようで…。

「っ…」

急に内側から押され、胡桃はバランスを崩してドアにぶつかりそうになる。すんでのところで避けたのだが、飛びついてきたカミルを交わすことはできなかった。

「胡桃…！」

「お…おい…っ」

ぎゅっと首に腕を回して抱きつくカミルを張りつかせたまま、胡桃は玄関内に入り、ドアを閉める。離れようとしないカミルに困ったものの、嬉しく思っている自分がいるのを、認めざるを得なかった。

特に…こうやって直接触れていると、カミルを失ってからぽっかりと空いていた心の隙間が一気に埋められていくのがわかる。胡桃はいつしかカミルの背に手を回していたものの、気になることはあって。

「…朝生は?」

「寝てる」

「……」

そうか…と頷く胡桃の唇を、カミルはためらいなく奪う。ずっと息を詰めていたのが解放されたみたいに、夢中で求めてくるカミルに戸惑いはあったが、仕掛けられるキスの濃さに翻弄される。

いつしか自ら覆い被さるようにカミルに口づけていた胡桃は、途中ではっと我に返った。いけない。カミルのペースに乗せられるのはまずい。慌てて唇を離す胡桃を、カミルは不思議そうに見つめる。

「胡桃…?」

「……ちょっと…待て。俺はこんなことをしに帰ってきたわけじゃなくて…。どうして、東京にいるんだ?　ベネディクトは…」

一緒なのかと聞く胡桃に、カミルは首を横に振る。胡桃の腰に手を回して、ぴたりと身体を張りつかせたまま、彼の首筋に顔を埋めて経緯を説明した。

「朝生と二人で飛行機に乗ってきた。私が日本に戻るつもりだと話したら、朝生も一緒に行きたいと言うのでな。ベネディクトは仕事でスペインに行くと言っていた」

「朝生と二人でって…いや、だから。あいつはNYに帰ったんだが、どうして会えたんだ？　まさか、お前もNYにいたのか？」

「いや。ロスにあるベネディクトの家だ。朝生の携帯に電話をしたら、NYにいるというので、遊びに来ないかと誘ったら来てくれたのだ」

カミルは簡単そうに言うけれど、NYとロスは時差があるほど距離が離れている。それを「遊び」に行く朝生の感覚にはついていけないと思うが、幼い頃から複雑な家庭環境にある朝生には大したことではないのだろう。

二人が再会し、一緒に日本へ来たらしいことまではわかったが…問題はカミルが戻ってこようと考えた理由だ。あの時、カミルは迷いながらもベネディクトを頼って、一緒についていったのに。やはり以前とは違うベネディクトと一緒にいることが辛くなったのだろうかと案じて尋ねる胡桃を、カミルは微笑んで見つめる。

「ベネディクトが教えてくれたのだ」

「何を？」

「私は胡桃に『片思い』をしているらしい」

「……」

どういう意味なのかとさらに問うことはできず、胡桃は息を呑んでカミルを見つめる。カミルは胡桃の腰に回していた腕を肩へと移動させ、彼を真正面から見つめたまま、素直な気持ちを吐露する。

「胡桃は一番大切な人としかしちゃいけないと言っただろう？　あの時、私は胡桃は大切だけど、一番なのかどうかはわからないと思っていた。自分にとっての一番はベネディクトだと思っていたのだ。だが、ベネディクトにはヘンドリックがいて、…二人の傍にいるのは辛いかもしれないと思ったが、胡桃に迷惑をかけられないと思って、ベネディクトに一緒に連れていってくれるよう頼んだ。しかし、実際のところ、ベネディクトとヘンドリックがしあわせそうにしているのを見ても、さほど哀しくはなかったのだ。ショックじゃなかったと言えば嘘になるが、それより、私は胡桃と離れたことの方が辛かった」

「……」

「その話をベネディクトにしたら、それは胡桃が一番大切になっている証拠だと言うのだ。確かにそうだと思って…すぐにでも胡桃に会いたくなった。でも、私は胡桃にとっての一番大切な相手じゃないから……傍にいたくても駄目なんじゃないかと思って、ベネディクトに聞いてみたら、そういうのは片思いといって、相手が許してくれればいいのだと、教えてくれた」

だから、戻ってきた。にっこり笑って言い、カミルは唇をそっと重ねる。

「…胡桃は許してくれるか？」

「……」

「胡桃が…私を一番大切だと思ってくれるまで、傍にいることを」

どんな言いぐさだと胡桃は苦笑しながらも、カミルを抱き締めていた。背中に回される掌までも愛おしく感じて、そんな自分を信じられなく思いつつ、深く息を吐き出す。もうとっくに、カミルが一番大切になっているのだと、本当は認めなきゃいけない。

失って、再び手に入れてこそ、わかる大切さ。二度目のチャンスは逃がしちゃいけないと、痛感している。不器用な胡桃は正直な気持ちを言葉にはできなくて、代わりにカミルの唇を奪った。

激しく口づけられることにカミルは喜びながらも、ためらいがちに「いいのか？」と尋ねる。

「…厭か？」

「まさか」

とんでもないと首を振り、欲望を露わにして求めてくるカミルに応える。これはきっと茨《いばら》の道だと、憂い出したらきりがない。それよりもカミルがいなくなった時の寂しさと、今の喜びを考えよう。自分を一番大切に思い、傍にいたいと願い、欲しいと求めてくれる相手がいる、今のしあわせを。

傍にいることを許してくれるかと、聞いてくれる相手がいることを。

「カミル」

唇の離れた隙間に名前を呼ぶ。それだけでカミルは嬉しそうに笑い、綺麗に光る瞳で愛おしげに胡桃を見つめる。自分はかけがえのない存在だと思える、大切な相手に出会えていたのだというう実感に包まれながら、胡桃はしっかりとカミルを抱き締めた。

あとがき

部下にも上司にも身内にも恵まれず、それでも淡々と働くタフな男がいいなと思い、胡桃を書きました。女性や恋愛に対し、トラウマを抱えている胡桃だからこそ、カミルのような不思議な存在も受け入れてやっていけるのかなと。ダークホースは胡桃にとってのカミルで、「こんなはずじゃなかった」的な穴馬なのです。

背が高くて、髭で、仏頂面の胡桃に対し、カミルは古い少女漫画に出てくる王子様みたいな美少年だといいなと密かに妄想しておりました。それがｙｏｃｏ先生の挿絵では私の妄想の何倍も素晴らしいものにしていただき、心より感謝しております。本当にありがとうございました。

私事になりますが、この本は商業誌として出版していただいた百冊目の本になります。一冊目は「君が好きなのさ」で、一九九九年のことでした。百冊目もシャレードさんから出していただけて大変嬉しいです。当時からいろいろとお世話になっている担当さんに厚くお礼申し上げます。ここまで紆余曲折はあったけれど、お互いが続けてこられてよかったなと、勝手に感動しています。

読者様にも本当に長い間、支えていただき、ありがたく思っています。二百冊はとても無理だと思いますが、これからも細々と書いていくつもりですので、よろしくお願いします。

皆様に感謝を込めて　　谷崎泉

谷崎泉先生、yoco先生へのお便り、
本作品に関するご意見、ご感想などは
〒101-8405
東京都千代田区三崎町2-18-11
二見書房　シャレード編集部
「ダークホースの罠」係まで。

本作品は書き下ろしです

ダークホースの罠《わな》

【著者】谷《たに》崎《ざき》泉《いずみ》

【発行所】株式会社二見書房
東京都千代田区三崎町2-18-11
電話　03(3515)2311[営業]
　　　03(3515)2314[編集]
振替　00170-4-2639
【印刷】株式会社堀内印刷所
【製本】株式会社村上製本所

落丁・乱丁本はお取り替えいたします。
定価は、カバーに表示してあります。

ISBN978-4-576-16088-7

http://charade.futami.co.jp/